读客

读客外国小说文库

激发个人成长

燃烧的密码

[英]肯·福莱特 著 · 周婧劼 译

KEN FOLLETT

The Key to Rebecca

文匯出版社

目　录

Part 1

托布鲁克

一

正午的时候，最后一头骆驼倒下了。

是那头他在加洛买的五岁白色公骆驼，三头骆驼里最年轻最强壮的，也是性情最温和的。他喜爱这头动物的程度已是一个人对一头骆驼所能喜爱的极致了，也就是说，他只有一点点讨厌它。

人和骆驼从背风面爬上一座小丘，笨拙的大脚掌陷在流沙里。他们在丘顶驻足，向前眺望。什么都看不见，除了另一座需要翻越的小丘，而翻过这座后还有上千座。这个念头似乎让骆驼绝望了。它前腿一弯，后腿也跟着跪下来，像块石碑一样卧在丘顶上，凝视着空旷的沙漠，露出一副将死的漠然神情。

男人拉着它鼻子上的缰绳。骆驼的头和脖子都往前伸直了，但不肯起来。男人走到后面，对着骆驼屁股用尽全力猛踢。如此三四次。最终他掏出一把锋利的贝都因尖头弯刀，戳进骆驼的后臀。血从伤口流出来，但骆驼连头都没回。

男人明白发生了什么。由于补给极度匮乏，这头动物的身体组织已经丧失了机能，就像一台用光了燃油的机器。他见过骆驼像这样倒在绿洲的边缘，身边就有能救命的叶子，骆驼却视而不见，连张嘴吃的力气都没有。

他本来还有两个法子可以一试。一个是把水灌进骆驼的鼻孔，直到它呛水；另一个是在它的屁股下面生一把火。但他既没有多余的水也没有多余的木柴，况且两个法子成功的概率都不大。

反正也该停下来休息了。烈日正当头。撒哈拉的漫漫长夏已经开始，正午时连阴影处的温度都高达110华氏度。①

男人没有把行李从骆驼身上卸下来，只打开一个袋子取出帐篷。他又习惯性地四下张望了一番：目之所及，没有任何阴影或遮蔽物，哪里都一样糟。他把帐篷搭在小丘顶上濒死的骆驼身旁。

他盘腿坐在帐篷敞口处动手泡茶。他把一小块沙地刮平，把几根宝贵的干树枝搭成金字塔形，然后把火点燃。等水壶里的水烧开之后，他以游牧民的方式来沏茶，把水从茶壶里倒进杯子，加糖，再倒回壶里让茶叶浸泡出味，反复几次。这样沏出的茶极酽，像蜜一样甜，是世上最好的提神饮料。

他啃着枣子，一面看着那头骆驼死去，一面等太阳从头顶移开。他的平静是被磨炼出来的。他已经在这片沙漠中跋涉了一千多英里了。两个月前他离开位于利比亚地中海沿岸的阿尔及拉，向南走了500英里，经过加洛和库夫拉，进入荒无人烟的撒哈拉腹地。他在那里转道向东，神不知鬼不觉地穿过边境进入埃及。他横跨了西部沙漠那多石的荒原，在哈里杰附近向北拐，现在他距离目的地已经不远了。他了解沙漠，也害怕沙漠——所有智力正常的人都会害怕，即使是那些在沙漠住了一辈子的游牧民也一

---

① 110华氏度，约等于43摄氏度。

样。但他从未被那种恐惧攫取心智，让自己惊慌失措，心力交瘁。总会有各种磨难：找错方位让你偏离水井好几英里；水袋漏水或是爆炸；明明很健康的骆驼出发没几天就病了。他只能报之以一句"依沙拉"^①，这是神的旨意。

太阳终于开始西斜。他看着骆驼背上的行李，思考他能拿多少。有三个小号的欧式手提箱，两个沉一个轻，都很重要。还有一小包衣服，一个六分仪，地图，食物和水袋。这些已经太多了。他必须放弃帐篷、茶具、锅、年历和鞍具。他把三个手提箱堆成一垛，衣服、食物、六分仪绑在箱子顶上，用一根长布带把这堆东西捆起来。他可以把胳膊穿过布带，把行李像帆布包一样背在背上。他把山羊皮水袋挂在脖子上，任由它在胸前晃荡。

行李很沉。

早三个月的话，他可以背着这些行李一整天，晚上还能打网球。他是一个强壮的男人。但沙漠让他变得虚弱。他严重腹泻，遍体鳞伤，体重掉了二三十磅。没有骆驼他走不远。

他抓着罗盘开始走。

他紧跟罗盘所指的方向，抗拒着绕开沙丘的诱惑。因为这最后的几英里中，他完全是靠航位推测法来定位，微小的误差也可能导致致命的错误，让他偏离目标好几百码。他保持慢速大步前进。他把希望和恐惧统统抛到脑后，把注意力集中在罗盘和沙子上。他设法忘记饱受折磨的躯体上的痛楚，两只脚机械地前后交替。什么都不去想，也就不那么费力了。

---

① 意为"如果真主许可"。

到傍晚时，天气变得凉快起来。他脖子上的水袋变轻了，因为他喝掉了里面的水。他拒绝思考还剩下多少水：他算过，他每天要喝六品脱水。他知道剩下的水不够一天了。一群鸟从他头上飞过，发出尖厉的叫声。他抬头用手搭在眼睛上方张望，认出那是一群里氏沙鸡。这是一种生活在沙漠里的鸟，长得像棕色的鸽子，每天早晚都会成群结队飞向水源。鸟群和他前进的方向一致，说明他的路线没错。但他知道这些鸟儿可以为了水源飞个五十英里，所以他并没有从中获得什么鼓励。

随着沙漠变得凉爽，云在地平线附近聚积起来。在他身后，太阳逐渐落下去，变成一个黄色的大气球。片刻之后，一轮白月亮出现在紫色的天空中。

他考虑要不要停下来。没人能走一整夜。但他没有帐篷，没有毯子，没有米也没有茶。他确信自己离水井很近了，根据推算他应该已经到了。

他继续前进。他的镇静在逐渐离他而去。他靠力量与知识来对抗冷酷无情的沙漠，现在看来沙漠即将取得胜利。他又想起了那头被他留下的骆驼，想起它跪卧在沙丘上，精疲力竭，平静地等待死亡的样子。他不会坐以待毙，他想，如果躲不过，他会迎面冲上去。在痛苦中煎熬，任由疯狂侵蚀心智，这种滋味他可不想体会——太没有尊严了。他还有刀。

这想法让他感到绝望，现在他已经无法抑制住恐惧了。月亮已经下山，不过周围景物在星光下显得很明亮。他看见他的母亲站在远处，她说："别说我没警告过你！"他听见一列火车缓缓开过，哐啷哐啷的声音和他的心跳合成了一个拍子。小石块滚到他脚下的路上，像四处逃窜的老鼠。他闻到烤羊羔的味道。他爬上一个小坡，看见一缕红色的火光，就在近处。火上烤着肉，旁边有个小男孩正啃着骨头。火堆旁有帐篷，一条腿被绑起来①的骆驼在零零散散的荆棘丛中吃草，水源就在后面。他走进幻象之中。幻境里的人们惊讶地抬起头来看着他。一个高个子男人站起来说了些什么。旅行者拉着自己的头巾，把它解开一点儿，露出自己的脸。

高个子男人向前跨了一步，震惊地说："我的堂弟！"

旅行者知道这终究不是幻觉，轻轻地笑了笑，倒了下来。

当他醒来的时候，有那么一刻，他以为自己回到了少年时代，成年后的生活不过是一场梦。

有人扶着他的肩膀用沙漠地区的口音说："阿赫迈德，醒醒。"好多年没人这么叫他了。他意识到他被裹在一块粗糙的毯子里，躺在冰凉的沙地上，脑袋被一块头巾缠起来。他睁开眼睛，看见壮丽的日出，像一道笔直的彩虹矗立在黑色的地平线上。凛冽的晨风吹在他的脸上。一瞬间，十五岁那年的迷茫和焦虑又涌上他的心头。

他第一次在沙漠中醒来的时候，感到茫然不知所措。他想，我的父亲死了，然后，我有了一个新父亲。他的脑海里闪过《古兰经》里的章节片段，间或夹杂着《信经》里的片言只语，那是母亲偷偷用德语教给他的。他回忆起不久前的成年礼，剧痛之后响起欢呼声，男人们放枪来祝贺他终于成为他们中的一员，成为一个真正的男人。然后是那场漫长的火车旅行，一路上他都在想

---

① 一条腿绑起来防走失。

他沙漠里的堂兄弟们是什么样子，他们会不会嘲笑他苍白的身体和城里人的做派。他轻快地走出火车站，看见两个阿拉伯人挨着骆驼坐在满是尘土的院子里。他们从头到脚都包在传统的长袍里，只有头巾上留了一条缝，露出黑色的、看不出表情的眼睛。他们带他到水井那里。他一路担惊受怕：没人和他说话，只冲他打手势。晚上的时候，他意识到这些人是没有厕所的，他变得极其局促不安。最终他被迫发问。片刻的沉默过后，他们全都放声大笑起来。原来他们之前以为他不会说他们的语言，所以每个人都试着用手势和他交流；而他在问到厕所位置的时候又用了一个小孩子才会用的词，听起来格外好笑。有人指点他，走出帐篷围成的圈子，再往外走一点儿，蹲在沙地里。在那之后他没那么害怕了。尽管这是群粗人，却十分和善。

所有这些念头在他看着人生中第一次沙漠日出时闪过他的脑海。二十年后，随着那一声"醒醒，阿赫迈德"，它们又一一浮现，像昨天那些痛苦的回忆一样新鲜，一样刻骨。

他猛然坐起，过去的念头像早晨的云一样迅速消散。他身负重任穿越了沙漠。他找到了水井，而且这并不是幻觉：他的堂兄弟们在这里，他们每年这个时候总在这一带。他筋疲力尽地倒下来，他们用毛毯把他裹起来，让他睡在火边。想到他那些宝贵的行李时，他突然感到一阵剧烈的恐慌，他到这里时还带着它们吗？随后他便看见他的行李整齐地堆在他的脚边。

伊什梅尔正蹲在他身边。一直以来总是这样：两个男孩一年到头都一起待在沙漠里，伊什梅尔早晨总是第一个醒。这时他说："你有很多心事，堂弟。"

阿赫迈德点点头。"这是一场战争。"

伊什梅尔拿来一个装饰着宝石的小碗，碗里装着水。阿赫迈德把指头在水里蘸了蘸，洗了洗他的眼睛。伊什梅尔走开了。阿赫迈德站起身来。

女人们沉默而温顺，其中一个给了他端来了茶。他没有向她道谢，接过来飞快地喝掉。他吃了点冷米饭。在他周围，营地的人们开始悠闲地劳作。看起来家族里的这一系还很富裕：有几个仆人，很多小孩，至少二十头骆驼。附近的绵羊只是羊群的一部分，其他的部分应该在几英里之外吃草。骆驼应该也还有更多。它们在夜里四处游荡找草叶吃，即使有一条腿被绑起来，它们有时还是会走出视线之外。年纪小的男孩子们这会儿应该像他和伊什梅尔从前一样，正忙着把骆驼赶拢回来。牲畜们没有名字，但伊什梅尔认识每一头骆驼，知道它们的故事。他会说："这是很多女人死了的那年我爸爸给他的兄弟阿卜杜尔的那头公骆驼。后来骆驼瘸了，我爸爸就把另外一头给阿卜杜尔，把这头带回来，它现在还瘸着呢，看见没？"阿赫迈德已经很熟悉骆驼的习性了，但他还是没法像一个游牧民那样对待它们：他还记得他没在那头垂死的白骆驼屁股下点火。如果是伊什梅尔，他会点的。

阿赫迈德吃完早饭，回到他的行李旁。箱子没有上锁。他打开顶上那个小皮箱。当他看着长方形的箱子里的简易无线电那一个个整齐排列的开关和旋钮时，鲜活的回忆突然如电影般在他的脑海里一幕幕闪现：熙来攘往、疯狂的柏林城；一条叫作提尔皮茨弗的林荫道；一栋四层的砂岩大楼；一座由走廊和楼梯构成的迷宫；外间的办公室里坐着两个秘书；里间的办公室里零散地摆放着写字台、沙发、档案柜和一张小床，墙上挂着一幅日本画，画着一个狞笑的魔鬼，还有一张弗兰科的签名照；穿过办公室，在那个能俯瞰兰德维尔运河的阳台上，有一对德国腊肠犬，还有一位过早地白了头发的海军上将，他说："隆美尔要我放一个特工在开罗。"

皮箱里还装着一本书，一本英文小说。阿赫迈德漫不经心地读了下第一行。"昨晚，我梦见自己又回到了曼陀丽庄园。①"一张折起来的纸从书页里掉了出来。阿赫迈德小心地把它捡起来放回原处。他把书合起来，放回箱子里，又把箱子关上。

伊什梅尔站在他的身后。他说："走了很远的路？"

阿赫迈德点点头。"我从阿尔及拉来，利比亚那边。"这个地名对他的堂兄来说毫无意义。"我从海边来。"

"从海边来！"

"没错。"

"一个人？"

"我出发的时候带了几头骆驼。"

伊什梅尔肃然起敬：即使是游牧民也不会这样长途跋涉，而且他从来没见过大海。他说："可是为什么啊？"

"和这场战争有关。"

"一帮欧洲人和另一帮欧洲人为了谁来统治开罗打仗——这和沙漠的儿子们有什么关系？"

"我母亲的同胞参战了。"阿赫迈德说。

"男人应该追随他的父亲。"

"如果他有两个父亲呢？"

伊什梅尔耸耸肩。他明白这是个两难的问题。

---

① 《蝴蝶梦》，林智玲、程德译，译林出版社，2010年。

阿赫迈德举起那个关上的皮箱。"你能替我保管这个吗？"

"行。"伊什梅尔接过皮箱，"谁会打赢战争？"

"我母亲这边的人。他们和游牧民很像——他们骄傲，残忍，强壮。他们将来会统治世界。"

伊什梅尔笑了。"阿赫迈德，你以前一直相信有沙漠狮。"

阿赫迈德记得这件事：他曾经在学校里学到，从前沙漠里是有狮子的，有可能有一部分存活了下来，藏在山里，以鹿、非洲狐和野绵羊为食。伊什梅尔不相信他的说法。这场争论在当时看来事关重大，他们几乎为此吵起来。阿赫迈德咧嘴一笑。"我现在还相信有沙漠狮。"他说。

两兄弟注视着对方。从上次见面到现在已经五年了。世界已今非昔比。阿赫迈德回想着值得一提的事：1938年在贝鲁特那场关键的会议，他的柏林之旅，他在伊斯坦布尔取得的巨大成就……这些事对他的堂兄来说没有任何意义，而伊什梅尔对于过去五年他自己的经历大概也抱着同样的想法。自从年少时结伴去麦加朝圣过后，他们就结下了深厚的感情，但他们从来没什么话题可聊。

过了一会儿，伊什梅尔转过身子，拿着箱子到他的帐篷里去。阿赫迈德拿碗打了一点儿水。他打开另一个包，掏出一小片肥皂，一把刷子，一面镜子，还有一把剃刀。他把镜子插在沙里，调整了一下角度，动手把头上包着的头巾解开。

他被镜子里自己的脸吓了一跳。

他以往那饱满、光洁的额头布满了小伤口。他的眼神被痛苦所笼罩，眼角长满细纹。他瘦骨嶙峋的脸颊上乌黑的胡子乱糟糟地缠在一起，他那个大鹰钩鼻上的皮肤已经发红开裂。他张开他满是水疱的嘴唇，看见他那一口健康整齐的牙齿如今满是肮脏的污渍。

他用刷子往脸上涂了点肥皂，开始刮胡子。

他原先的脸逐渐显现出来。这张脸与其说英俊，不如说是强壮，在他客观审视自己的时候，会觉得自己脸上常挂着的那副表情略有些放荡。不过现在他的脸只显得憔悴不堪。他带了一小瓶有香味的乳液，他带着它在沙漠里走了几百英里，就是为了现在准备的。不过他并没有往脸上抹，因为他知道这会让他的脸刺痛难耐。他把它给了一个在旁边盯着他看的小女孩，她拿着奖品开心地跑开了。

他拿着他的包走进伊什梅尔的帐篷，把女人们赶出来。他脱掉他的沙漠长袍，穿上一件白色的英式衬衫，配上条纹领带、灰袜子，再穿上一套棕色的格子西服。当他试图穿上鞋子时，他发现他的脚肿了：要想把脚塞进硬邦邦的新皮鞋实在让人苦不堪言。然而他不能用那双橡胶轮胎做成的简易沙漠凉鞋搭配他的欧式西服。最终他用他的弯刀把皮鞋割开，这样穿着能宽松一点儿。

他还想要更多：一个热水澡，再理个发，来点清凉的乳霜舒缓一下他的伤口，一件真丝衬衫，一个金手镯，一瓶冰镇的香槟，还要一个温暖柔软的女人。这些他只能再等等了。

当他从帐篷里出来的时候，游牧民们像看陌生人一样看着他。他拿起他的帽子，掂一掂剩下的两个箱子——一个沉，一个轻。伊什梅尔拿着一个山羊皮水袋过来给他。两兄弟拥抱了一下。

阿赫迈德从外套口袋里掏出一个钱包，检查他的证件。看着那张身份证，他意识到他又一次成为亚历山大·沃尔夫，三十四岁，家住开罗花园城橄榄树别墅，商人，血统——欧洲人。

他戴上帽子，拎起皮箱，伴着清晨的凉意出发，穿过最后几英里沙漠到城里去。

沃尔夫所走的这条历史悠久的商路横亘空旷的沙漠，串联起一个又一个绿洲，在经过一个山口后，最终并入一条普通的现代公路。这条路像是上帝在地图上画的一条线，一边是尘土飞扬、贫瘠的黄色山丘，一边是被灌溉渠分割成方形、郁郁葱葱的棉花地。弯腰在田间干活的农夫们穿着加拉比亚，这是一种用条纹棉布做成的简单直筒长袍，有别于游牧民穿的笨重、能抵御风沙的长袍。沿着路向北走，呼吸着从附近的尼罗河吹来的潮湿的凉风，眼看着四周逐渐增多的城市文明的标志，沃尔夫有种再世为人的感觉。农夫们分散在田间各处，看着不多，其实总数不少。这时他听见汽车引擎声传来，他知道他终于安全了。

那辆车从阿斯尤特城的方向朝他开过来。它转了一个弯之后终于出现在他的视野中。他认出这是一辆军用吉普。车开得更近些后，他看见车里的人穿着英国军队制服。他意识到自己脱离危险后只不过又陷入另一种险境。

他努力让自己镇静下来。我有充足的理由出现在这里，他想。我生于亚历山大城。我是埃及国籍。我在开罗有一栋房子。我的证件都是真的。我是个有钱人，一个欧洲人，还是一个深入敌人后方的德国间谍……

吉普车呼啸着在滚滚沙尘中停下来。一个男人跳下车来。他的制服每侧肩膀上各有三颗星：是个上尉。他看起来非常年轻，走起路来有一点儿瘸。

上尉说："见鬼，你从哪里来的？"

沃尔夫放下箱子，伸出拇指冲身后一指："我的车在沙漠里抛锚了。"

上尉点点头，立刻接受了这个说法：无论是他还是其他人，永远都不会想到一个欧洲人会从利比亚一路步行过来。他说："我还是得看看你的证件，劳驾。"

沃尔夫把证件递给他。上尉端详一番，抬起头来。沃尔夫想：柏林那边走漏了风声，现在埃及的每个军官都在找我，或者我上次离开后他们把证件样式换了，而我的这份已经过期了；或者——

"你看起来累得够呛啊，沃尔夫先生。"上尉说，"你走了多久？"

沃尔夫意识到他憔悴的样子大概从另一个欧洲人那里引来了几分有用的同情。

"从昨天下午开始。"他虚弱地说，这副样子倒不完全是假装，"我有点迷路。"

"你在外面走了一整夜？"上尉凑近了仔细地看了看沃尔夫的脸，"老天啊，我相信你。你最好搭我们的车走吧。"他扭头朝吉普车说，"下士，拿一下这位先生的箱子。"

沃尔夫张口想反对，又突然把嘴闭上。一个走了一整夜的人一定非常乐意有人帮他拿行李。如果拒绝，不只让他的故事显得不可信，还会把别人的注意力吸引到那些箱子上。那位下士把行李拎到吉普车后面时，沃尔夫意识到他没有把箱子锁上，心里不由得一沉。我怎么会这么蠢？他想。他明白是怎么回事。他还停留在沙漠里的生活步调里。在沙漠里，每周能遇见个把人就算走运了，而且谁也不会去偷一台需要插上电源才能工作的无线电发射机。他的感官都在留意不相干的事：他观察太阳的移动，辨别空气里的水汽，扫视着地平线搜寻一棵能让他在酷热的白天乘凉休息的树。他现在得把这些统统忘记，开始思考警察、证件、锁和谎言。

他决定要多加小心，爬上了那辆吉普。

上尉坐在他旁边，对司机说："回城。"

沃尔夫决定为他的故事再增添几分可信度。当吉普车开上那条满是尘土的路时，他说："你有水吗？"

"当然。"上尉伸手到座位底下掏出一个裹着毛毡的锡壶，看起来像个大号威士忌酒瓶。他拧开瓶盖，递给沃尔夫。

沃尔夫大口喝起来，至少喝下了一品脱。"谢了。"他把壶递回去时说。

"瞧你渴得多厉害！这是应该的。哦对了，我是纽曼上尉。"他伸出手。

沃尔夫和他握了握手，从近处观察着这个男人。他很年轻——沃尔夫猜他只有二十出头——脸上洋溢着朝气，留着孩子气的刘海，总是挂着微笑。但他的举止中却透出一种令人厌倦的世故，这在经历过战争的人身上总是出现得早一些。

沃尔夫问他："上过战场吗？"

"有过几次。"纽曼上尉摸着自己的膝盖，"这条腿就是在昔兰尼加折的，为了这个他们才派我到这个鸟不拉屎的小地方。"他咧嘴一笑，"我虽然没法拍着胸脯说我做梦都想回沙漠里去，但我想干点更有意义的事，而不是在离战场有几百英里的地方照看工厂。我们在城里唯一能见到的冲突是基督徒和穆斯林打架。你的口音是哪里的？"

这个突如其来的问题和他之前的话题毫无关联，让沃尔夫有些措手不及。对方一定是故意的，他想，纽曼上尉是个精明的年轻人。幸好沃尔夫有一套准备好的说辞。"我的父母是布尔人①，从南非到埃及来。我是说南非语和阿拉伯语长大的。"他停顿了一下，担心自己着急解释的样子会让表演太过火。"沃尔夫这个名字原本是荷兰语，我的教名亚历山大，是取自我出生的城市。"

纽曼客气地表现出感兴趣的样子。"你怎么会到这里来的？"

沃尔夫对这个问题也早有防备。"我在埃及北部的几个城市都有生意往来。"他笑着说，"我喜欢出其不意地拜访我的生意伙伴们。"

他们进入了阿斯尤特城。按照埃及标准，这算是个大城市，有工厂、医院，一所穆斯林大学，一所著名的女修道院，居民大概有六万人。沃尔夫正要请他们把他送到火车站，纽曼帮他避免了这个错误。"你得找一家修车厂。"上尉说，"我们送你去纳斯弗那里，他有一辆拖车。"

沃尔夫强迫自己说了声"谢谢"。他吞了口唾沫，觉得喉咙发干。他还是考虑得不够周到，思维也不够敏捷。我要是能振作起来就好了，他想，是那该死的沙漠，让我反应变慢了。他看了看表。他到修车厂里走一趟之后应该还能赶上那趟每天一班到开罗的火车。他思考着应该怎么办。他必须走进修车厂里去，因为

① 布尔人，居住于南非境内荷兰、法国与德国白人移民后裔所形成的混合民族。

纽曼会看着他进去。然后士兵们会开车离开。沃尔夫必须得打听一下汽车零件之类的，然后设法离开，步行到车站去。

幸运的话，纳斯弗和纽曼永远不会再核对这个阿历克斯·沃尔夫①的情况。

吉普车从拥挤狭窄的街道上驶过。熟悉的埃及城市街景让沃尔夫感到愉快：艳丽的棉布服装，把包裹顶在头上的女人们，爱管闲事的警察，戴着墨镜的小混混，那些开到了印着车辙的马路上的小商店，那些摊位，那些破破烂烂的汽车，还有超负荷的驴子们。他们在一排低矮的泥砖房前面停下来。前面的路被一辆陈旧的卡车和一辆被拆得七零八落的菲亚特挡住了。一个小男孩正坐在修车厂入口处的地上拿着扳手修一个汽缸。

纽曼说："恐怕我得把你留在这儿了，我还有公务。"

沃尔夫和他握了握手。"你是个好心人。"

"我不想就这么把你扔下。"纽曼继续说，"你刚吃了不少苦头。"他皱着眉头想了一会儿，然后释然地说，"你听着，我把考克斯下士留下来照顾你。"

沃尔夫说："这是很好，但真的——"

纽曼根本不听。"把这位先生的包拿上，考克斯，机灵点儿。我要你照顾好他——什么事都不能交给那些埃及人，明白了吗？"

"遵命，长官！"考克斯说。

沃尔夫内心暗暗叫苦。这下子他要再耽搁一会儿把下士甩掉了。纽曼上尉的好心帮了倒忙——有没有可能他是故意的呢？

---

① 阿历克斯（原文Alex）是亚历山大（原文Alexander）的简称。

沃尔夫和考克斯下了车，吉普开走了。沃尔夫走进纳斯弗的车间，考克斯拿着箱子跟在后面。

纳斯弗是个笑容满面的年轻人，他穿着一件脏兮兮的加拉比亚，正在一盏油灯下修汽车电池。他用英语对他们说："你想租一辆漂亮的小汽车？我兄弟有一辆宾利——"

沃尔夫打断了他，用埃及式阿拉伯语飞快地说："我的车路上抛锚了，听说你有一辆拖车。"

"对，我们现在就可以去。车在哪儿？"

"在沙漠里，大概四五十英里之外。是辆福特。不过我们不打算和你去。"他拿出钱包，给了纳斯弗一张一英镑的钞票。"你回来时到火车站旁边的格兰德大饭店找我。"

纳斯弗欣然接过钞票。"很好，我这就去。"

沃尔夫匆忙点一下头，转身走出了车间，考克斯跟在后面。他思考了一下他和纳斯弗这番简短的对话会带来什么后果。修理工会开着拖车到沙漠里，沿路寻找他的汽车。最终他会到格兰德大饭店来通报车没有找到。他会得知沃尔夫已经走了。他会认为他浪费的时间已经得到了合理的酬劳，但这并不会阻止他和各式人等说起这辆消失的福特车以及消失的车主的故事。这个故事多半早晚会传到纽曼上尉那里。纽曼也许不会立刻明白怎么回事，但他一定会觉得此事可疑有待调查。

意识到他神不知鬼不觉潜入埃及的计划大概失败了，沃尔夫的心情沉重起来。

他只能尽力而为了。他看了看手表。他还来得及赶上火车。他应该能在酒店大堂甩掉考克斯，如果他动作够快，还能在等车的时候买点吃的喝的。

考克斯是个深色皮肤的小个子，带着英国某地的口音，沃尔夫听不出来是哪里的。他看起来和沃尔夫年龄差不多，然而他还是个下士，可见不算太有头脑。在跟着沃尔夫穿过火车站前的广场时，他问："先生，您对这个城市很熟吗？"

"我以前来过。"沃尔夫答道。

他们走进格兰德大饭店。这家酒店有二十六个房间，是城里仅有的两家酒店里较大的那一家。沃尔夫转头对考克斯说："谢谢你，下士。我想你现在可以回去工作了。"

"不急，先生。"考克斯愉快地说，"我帮你把行李拿到楼上去。"

"我相信他们这里有行李员——"

"先生，如果我是你的话，就不会信任他们。"

眼下的情形变得越来越像一场噩梦，又像是一场闹剧，好心的人们迫使着他做出越来越离谱的举动，一连串的后果全是由一个小小的谎话所引发。他又开始怀疑这一切是否纯属巧合，一个荒诞的念头在他心头闪过，也许他们早就知道他的底细，只不过是在戏弄他罢了。

他把这个念头放到一边，用尽可能亲切的口吻对考克斯说："那么谢谢你了。"

他走到前台，要了一个房间。他看了下手表，他还剩下十五分钟。他飞快地填好登记表，留了一个虚构的开罗地址——有可能纽曼上尉会忘记身份证明上面的真实地址，而沃尔夫不想给他留下任何提示。

一个看似是努比亚人的行李员领他们上楼到房间去。沃尔夫在门口付了点小费把他打发掉。考克斯把箱子们放在床上。

沃尔夫掏出钱包，也许考克斯也想要点小费。"好啦，下士。"他开口道，"你帮了我不少忙——"

"让我帮你把行李拿出来吧，先生。"考克斯说，"上尉说，什么都不能交给那些埃及人。"

"不用了，谢谢你，"沃尔夫坚决地说，"我现在想躺下休息了。"

"您尽管躺下吧。"考克斯慷慨地坚持道，"这花不了我多少——"

"别打开那个！"

考克斯正在掀开皮箱的盖子。沃尔夫把手伸进外套里，想着：这个该死的家伙，现在我可暴露身份了，我早该把它锁上的，我能把这件事安静地了结吗？小个子下士目瞪口呆地盯着小皮箱里满满当当的一摞摞崭新的英镑钞票，说："上帝啊，你可真有钱！"沃尔夫向前走去时闪过一个念头，考克斯这辈子都没见过这么多钱。考克斯正要转过身来，说："你打算拿这些钱做什么——"沃尔夫掏出那把上好的贝都因弯刀，当他和考克斯目光交汇时，手里刀光一闪，考克斯畏缩了一下想要张口尖叫，锋利的刀刃随即深深地切开他喉部柔软的血肉，他恐惧的叫喊被鲜血咕嘟咕嘟涌出来的声音淹没，他就这么死了。而沃尔夫只觉得失望。

二

那是在五月，正刮着喀新风①。这是一股来自南方的、裹挟着沙尘的热风。威廉·范德姆正站在淋浴水龙头下，郁闷地想着这也许是他一整天里唯一能感到凉爽的时刻。他关掉水，迅速地把自己擦干。他全身都在隐隐作痛。前一天他打了会儿板球，他已经好多年没打过了。总司令部情报局组了个队，对战野战医院的医生们——他们管这叫间谍对庸医。范德姆负责在边界上防守，医生们把情报局击出的球打得满场飞，让他疲于应付。现在他不得不承认自己身体素质不行了。杜松子酒让他的体力变差，香烟让他的呼吸变得短促。板球比赛需要注意力高度集中，而他有太多其他的事要操心。

他点燃一支香烟，咳了几声，开始刮胡子。他刮胡子时总要抽烟——这是他所知的唯一一种能让这项躲不掉的每日任务变得不那么无聊的方法。十五年前，他发誓一旦离开军队，就把胡子留起来，但他现在还在军队里。

他穿上那套日常所穿的制服：沉重的凉鞋，袜子，军装衬衫，卡其布卷边短裤，卷边可以放到膝盖以下扣起来，用来防

① 喀新风，每年从撒哈拉沙漠吹向埃及的一种干热南风。

蚊。从来没人用那道卷边，年轻点的军官往往把它剪掉，因为卷边的样子看起来很可笑。

床边的地板上放着一个空的杜松子酒瓶。范德姆看着那个瓶子，对自己的厌恶之情油然而生：这是他第一次带着那个该死的瓶子上床睡觉。他把瓶子捡起来，换掉瓶盖，然后把瓶子扔进垃圾桶。然后他到楼下去。

贾法尔正在厨房里泡茶。范德姆的这个仆人是个上了年纪的科普特人，秃顶，走起路来慢吞吞的，以英式管家自居。虽然他永远不可能成为真正的英式管家，但他还有点自尊心，为人诚实，范德姆发现这些品质在埃及仆人里并不多见。

范德姆说："比利起床了吗？"

"是的先生，他马上就下来。"

范德姆点点头。炉子上小平底锅里的水正在冒着气泡。范德姆往水里放了一个鸡蛋，设好定时器。他从一条英式面包上切下两片，烤好后涂上黄油，切成小块，然后把鸡蛋从水里捞出来，敲开。

比利走进厨房，说："早上好，爸爸。"

范德姆对他十岁的儿子微笑着说："早。早餐准备好了。"

男孩开始吃早餐。范德姆拿着一杯茶坐在对面看着他。最近，比利早上常常显得很疲倦。从前他早餐的时候可是精神抖擞的。他睡得不好吗？还是他的新陈代谢变得更接近成年人了？也许他只是借着手电的光躲在床单下看侦探小说、睡得太晚了而已。

人们都说比利像他的父亲，但范德姆看不出有什么相似之处。不过，他能看出比利母亲的影子：灰眼睛，娇嫩的皮肤，还有当别人反对他时他脸上所流露出的些许不屑一顾的神情。

范德姆总是为他的儿子做早饭。当然，仆人完全可以把孩子照顾好，多数时候也的确是仆人在照顾比利，但范德姆喜欢为自己保持这个小小的惯例。通常，这是他一天当中唯一能和比利待在一起的时候。他们不怎么交谈——比利吃早饭，范德姆抽烟——但那并不重要，重要的是他们一起迎来每一天的开始。

吃完早饭后比利去刷牙，贾法尔把范德姆的摩托车取出来。没多会儿，比利头戴校服帽子回来，范德姆也戴上他的军帽。和往日一样，他们互相敬了个礼。比利说："好啦，长官，让我们一起去打胜仗吧。"随后他们就出门了。

范德姆的办公室在"灰柱子"里，这是中东总司令部所在的那几栋被带刺铁丝网围栏围起来的建筑之一。他到办公室时，桌上放了一份事故报告。他坐下来，点了支烟，开始读起来。

报告是从南边三百英里以外的阿斯尤特发来的。一开始范德姆没看出为什么这份报告被标记为送给情报局。一支巡逻队让一个欧洲人搭便车，这人后来却用刀杀害了一位下士。昨晚，下士的失踪一经留意，尸体随即被发现。一个符合搭车人描述的男人在火车站买来一张去开罗的车票，但尸体发现时火车已经抵达开罗，凶手已经混入城中。

看不出动机。

阿斯尤特城的埃及警方和英国军方应该已经展开调查，而他们在开罗的同事将和范德姆一样，于今天早晨获悉相关细节。有什么理由要让情报局参与进来？

范德姆皱着眉头又思考了一番。一个欧洲人在沙漠里上了车。他说自己的车抛锚了。他入住酒店。几分钟之后搭火车离开。他的车没找到。当晚一位士兵的尸体在酒店房间里被发现。

为什么？

范德姆打电话到阿斯尤特。军营总机颇费了一番工夫来确定纽曼上尉的位置，不过最终在军火库里找到了他，让他接电话。

范德姆说："这桩谋杀很像是杀人灭口。"

"我想到了这一点，长官。"纽曼的声音听起来是个年轻人，"所以我才把报告标记成送给情报局。"

"很有头脑。告诉我，你对这个人印象如何？"

"他是个大块头——"

"我手里有你的描述——六英尺高^①，十二英石^②重，黑头发，黑眼睛——但这些不能告诉我这是个什么样的人。"

"我明白了。"纽曼说，"好吧，坦白说，起初我一点儿也没怀疑他。他看起来筋疲力尽，和他车在沙漠里抛锚的说法吻合。除此之外，他看起来像一个正直的人：白人，穿得很体面，英语说得很好，带点口音，他说那是荷兰口音，或者说是南非口音。他的证件无懈可击，我现在还是很确定那是真的。"

"但是——"

"他说他在打点埃及北部的生意。"

"这也说得通。"

"没错，但他给我的感觉不像是那种把时间精力花在投资几家商店、小工厂或者棉花农场的人。他更像是那种信心十足、见多识广的人。如果他要投资，多半会找一位伦敦证券经纪人，或者是瑞士银行。他就不是泛泛之辈……这说法很模糊，长官，但

---

① 1英尺大约为0.3米。

② 1英石大约为6.35公斤。

您明白我的意思吗？"

"明白。"纽曼听起来是个机灵的小伙子，范德姆想。他窝在阿斯尤特做什么？

纽曼继续说道："当时我想，他就这么凭空出现在沙漠里，我对他的来历一无所知……于是我让可怜的老考克斯和他待在一起，假装是帮他，其实是为了确保在我们有机会核实他的说法之前他不要溜走。当然，我当时就应该逮捕那个男人，但是说实话，长官，当时我只有一点点怀疑——"

"我想没人在指责你，上尉。"范德姆说，"你记得他证件上的名字和地址，这就很好了。阿历克斯·沃尔夫，橄榄树别墅，花园城，没错吧？"

"是的，长官。"

"好的，你那边有什么新进展随时通知我，好吗？"

"是，长官。"

范德姆挂上电话。纽曼的怀疑和他自己对这起谋杀的直觉不谋而合。他决定和他的直接上级谈一谈。他拿着那份事故报告离开了办公室。

总参情报处由一位陆军准将主理，头衔是军情处处长。军情处处长有两名副手，一名运营副处长，一名情报副处长。副处长的军衔是上校。范德姆的上司，博格中校，听命于情报副处长。博格负责人事安全，绝大多数时间是在管理审查机构。范德姆的职责是处理信件以外途径的安全漏洞。他和他的手下在开罗和亚历山大城安插了几百个特工；大部分的俱乐部和酒吧里都有从他手里领薪水的服务生；阿拉伯政要的家仆里都混有他的眼线；法鲁克国王的男仆替范德姆工作，开罗最富有的窃贼也听他派遣。

他关心谁说得太多，而谁又在洗耳恭听；在听众之中，阿拉伯民族主义者是他的主要目标。然而，这个来自阿斯尤特的神秘男子似乎可能是另一种类型的危险。

到目前为止，范德姆战时的职业生涯以一次精彩的成功和一次惨烈的失败著称。那次失败发生在土耳其。拉希德·阿里之前从伊拉克逃到了那里。德国人想把他救出来，利用他来宣传造势；英国人想把他摒除在公众视线之外；而土耳其人为了小心地维持中立，不想得罪任何人。范德姆的任务是确保阿里留在伊斯坦布尔，但阿里和一个德国特工交换了装束，在范德姆的眼皮底下溜出了土耳其。几天之后他开始在面向中东的纳粹电台上发表演说。后来，范德姆在开罗多少为自己挽回了声誉。伦敦方面告诉他，他们有理由相信开罗存在一个重大的安全漏洞。经过三个月的辛苦调查之后，范德姆发现一位资深美国外交官在向华盛顿汇报时使用了一种不安全的代码。代码更换之后，泄密随之终止，范德姆被提拔为少校。

如果他是一个文官，或者哪怕是一个和平时期的士兵，他都会为自己的胜利感到骄傲，对失败释怀，而他会说："胜败乃兵家常事。"但在战争中，军官的错误会杀死人。在拉希德·阿里事件的余波中有一名特工遇害，是一个女人。为此范德姆永远无法原谅自己。

他敲了敲博格中校的门，走了进去。瑞吉·博格有五十多岁，身材矮小壮实，一头黑发用发蜡梳理过，制服一尘不染。他不知道说什么的时候，就会发出神经质的、清嗓一样的咳嗽声，而这种情况很常见。他正坐在一张巨大的弧形办公桌后面——比军情处处长的办公桌还要大——浏览他收文盘里的文件。比起工作，他向来更乐意聊天。他示意范德姆在一把椅子上坐下来。他拿起一个鲜红色的板球，把球在两手之间来回扔起来。"你昨天打得很好。"他说。

"您自己也不赖。"范德姆说。这是实话：博格是情报局这一队里唯一像样的投球手，他的慢速弧形球击中了四个门柱，赢得了四十二分。"我们战况如何？"

"恐怕会有更多该死的坏消息。"今天早晨的简报还没送来，但博格总能提前听到些风声。"我们之前认为隆美尔会正面袭击加查拉防线。早该想到的——这位老兄从来不光明正大地打仗。他绕过我们南部的侧翼，拿下了第七装甲师的司令部，俘虏了梅瑟维将军。"

令人沮丧的是，这样的故事并不陌生。范德姆突然感到很疲惫。"真是一片狼藉。"他说。

"幸好他没能突破到海岸线，这样加查拉防线上的各部还不至于被孤立。不过……"

"不过？我们打算什么时候把他拦下来？"

"他不会走得更远了。"这是一条愚蠢的评论：博格就是不愿批评将军们。"你过来是什么事？"

范德姆把事故报告递给他。"我建议由我亲自跟进这件事。"

博格读完报告，面无表情地抬起头来。"我没看出有这个必要。"

"这看起来像是杀人灭口。"

"呃？"

"谋杀没有动机，所以我们只能推测——"范德姆解释道，

"有这种可能性：搭车人的身份并不是他所说的那样，而下士发现了实情，所以搭车人杀死了下士。"

"不是他所说的那样——你意思是他是个间谍？"博格笑起来，"你觉得他怎么到阿斯尤特来的——靠降落伞吗？或者他是走过来的？"

范德姆想，这就是和博格解释事情的麻烦之处：他一定要把你的想法嘲笑一番，来替他自己并没有想到这一点找借口。"一架小飞机偷偷潜入并非不可能。穿越沙漠也一样，不是不可能。"

博格隔着宽阔的书桌把那份报告扔过来。"在我看来不太可能。"他说，"别把时间浪费在这上面。"

"很好，长官。"范德姆从地上捡起那份报告，强压着那股熟悉的、充满挫败感的怒火。和博格的对话总是转为针锋相对的竞赛，明智的做法是退出。"我会让警方把他们的进度发一份给我们，备忘之类的，只是为了存档。"

"好。"博格从来不会反对别人把文件发给他，这样他就可以指手画脚而无须承担责任。

"听着，安排点板球练习怎么样？昨天我留意到他们那边有球网和接球板，我想把我们的球队好好训练一下，多打几场比赛。"

"好主意。"

"你看看能不能组织一下，好吗？"

"好的，长官。"范德姆走了出去。

在回自己办公室的路上，他不禁怀疑英国军队的行政管理到底出了什么问题，能把瑞吉·博格这样没有头脑的人提拔成中校。范德姆的父亲在"一战"时是一名下士，他从前喜欢说英国士兵是"由驴子领导的狮子"。有时范德姆觉得这话放到今天也没错。但博格并不仅仅是愚蠢。有时他做出错误的决定是因为他不够聪明、做不出正确的决定；但更多的时候，在范德姆看来，博格做出错误的决定是因为他还打着自己的小算盘，让自己显得明智、试图表现得高人一等之类的。范德姆不知道他到底图什么。

一个穿着医院白色外袍的女人向他敬了个礼，他心不在焉地回了个礼。女人说："范德姆少校，对吧？"

他停下来看着她。板球比赛时她在一旁当观众。现在他想起她的名字了。"阿巴斯诺特大夫。"他说，"早上好。"她和他年龄差不多，高挑，冷静。他想起来她是个外科医生——即使是在战时，这对一个女人来说也是非常不寻常的——她还享有上尉军衔。

她说："你昨天打球很卖力。"

范德姆微笑着说："我今天可是腰酸背痛。不过我玩得很开心。"

"我也是。"她的声音低沉而清晰，充满了自信，"你星期五会来吧？"

"哪里？"

"联盟的招待会。"

"哦。"盎格鲁-埃及联盟是一个由无聊的欧洲人组成的俱乐部，偶尔会举行招待会，邀请一些埃及客人，以此证明自己名副其实。

"我很乐意去，什么时间？"

"五点，喝下午茶。"

范德姆的兴趣是职业使然。在这种场合，埃及人会打听关于军队的小道消息，而这些小道消息有时包含着对敌人有用的信息。"我会去的。"他说。

"好极了。到时候见。"她转身离开。

"我很期待。"范德姆对她的背影说。他看着她走开，猜想她在医院的袍子下穿了什么。她苗条、优雅，镇静大方。她让他想起他的妻子。

他走进自己的办公室。他并不打算组织板球练习，也不打算把阿斯尤特谋杀案置之脑后。博格可以滚一边去了。范德姆要工作。

首先他又和纽曼上尉通了话，告诉他要确保把阿历克斯·沃尔夫的形貌描述尽可能广地传播开来。

他给埃及警方打了电话，确认了他们今天会检查开罗的酒店和小旅馆。

他打给战地安保，这是战前运河防卫队的一个部门。他要他们这几天增加抽查身份证明的频率。

他通知英国财政部门要特别留意假币。

他建议无线监听部门留意本地新出现的无线电信号。他还飞快地想象了一下，如果那些技术员终于破解了通过监听广播确定发报机位置的难题，那该多么有用啊！

最终他叫来一个手下的中士，派他去拜访下埃及为数不多的那几家无线电商店，要他们汇报所有能用来制造或修理无线发报器的零件或设备的销售情况。

然后他就到橄榄树别墅去了。

这栋房子得名于街对面的一个小公园里的几株橄榄树。眼下正是花季，白色的花瓣像粉尘一样飘落在棕黄的枯草地上。

房子四周围有高墙，墙上嵌了一扇沉重的雕花木门。范德姆踩着突起的装饰部分翻过大门，落在墙内。他发现自己置身于一个大院子里。四周那些刷成白色的墙都已污迹斑斑，墙上的窗户都被斑驳的、闭合的百叶窗挡得死死的。他走到院子中央，看着一座石头砌成的喷泉。一只绿色的蜥蜴飞快地爬过干涸的水盆。

这地方至少一年没人住过了。

范德姆打开一扇百叶窗，打破玻璃，把手从洞口伸进去把窗户打开，翻过窗台爬进了房子。

他走过那些阴暗凉爽的房间，心想这里看起来并不像一个欧洲人的住所。墙上没有挂着打猎的照片，没有成排整齐的、封皮鲜亮的阿加莎·克里斯蒂和丹尼斯·惠特利小说，没有从梅普士家具店或者哈罗德百货进口的三件套家具。相反，这里只有宽大的衬垫、矮桌以及手工编织的地毯和挂毯。

他在楼上找到一扇锁上的门。他花了三四分钟才把门踢开。门背后是一间书房。

房间干净而整洁，有几件相当奢华的家具：一张宽大的天鹅绒矮榻、一张手工雕刻的咖啡桌、三盏与之相配的古董台灯、一块熊皮毯子、一张带着漂亮嵌饰的书桌，还有一把皮质扶手椅。

书桌上有一部电话，一张干净的白色吸墨纸，一支象牙柄的笔，和一个干掉的墨水池。范德姆在书桌的抽屉里找到一些来自瑞士、德国和美国的公司报告。小咖啡桌上放着一套精致的铜制咖啡用具，上面落满了灰尘。书桌后面的书架上放着多种语言的书籍：十九世纪的法文小说，简编牛津词典，一卷在范德姆看来是阿拉伯语诗集的册子，里面有些色情的插图，还有德语的《圣经》。

没有任何个人的文件。

没有信件。

整栋房子里一张照片也没有。

范德姆坐在书桌后面柔软的皮椅子上环视着这个房间。这是个男性化的房间，一个见多识广的聪明人的家，这个男人一方面谨慎、有条理、滴水不漏，另一方面却敏感、重肉欲。

范德姆的好奇心被激起来了。

一个欧洲人的名字，一栋完全是阿拉伯风格的房子，一本关于投资商用机器的小册子，一本阿拉伯诗集，一个古董咖啡壶，还有一部现代的电话机。体现此人特征的信息如此丰富，却没有一条有助于找到这个人的线索。

这个房间被仔细地清理过。

本来应该会有银行账目、商户的账单、出生证明、遗嘱、情书、父母或是孩子的照片。那个男人把这些统统搜集起来带走了，没有留下任何有关他身份的痕迹，就像他知道有一天会有人来找他似的。

范德姆大声地说："阿历克斯·沃尔夫，你到底是谁？"

他从椅子上起身，离开了书房。他穿过整栋房子，经过灼热而满是尘土的院子，翻过那扇门，回到街道上。马路对面，一个穿着绿色条纹加拉比亚的阿拉伯人盘腿坐在橄榄树的树荫下，漠不关心地看着范德姆。范德姆无意解释他闯进房子是为了公事：在这个城市里，一套英国军官的制服就意味着有权力做任何事。他想了想还有什么途径可以找到和屋主有关的信息：市政当局的记录，虽然通常没什么用；本地的商贩，屋子有人住的时候，他们可能曾经送货过来；甚至是邻居们。他打算派两个人去办这件事，再给博格编几句谎话糊弄一下。他骑上摩托车，把它发动起来。引擎发出热烈的轰鸣，范德姆骑车离去。

三

沃尔夫坐在自家外面看着那个英国军官骑车离开，内心充满愤怒和绝望。

他还记得自己孩提时这栋房子的样子，热闹非凡，充斥着欢声笑语，人来人往。那扇雕花大门的旁边总有一个守卫，一个来自南方的黑皮肤巨人，坐在地上，对地面的灼热无动于衷。每天早晨，一个上了年纪、几乎失明了的阿訇，会在院子里背诵《古兰经》的章节。院子三面都有拱廊，家族里的男人们这时会坐在廊下阴凉处的矮榻上，抽着水烟袋，等着仆人男孩们把装在长颈壶里的咖啡端上来。另有一个黑人守卫站在女眷居室的入口，女人们百无聊赖地待在居室里，日益肥胖。白昼漫长而温暖，家族财势雄厚，孩子们都被宠坏了。

那个英国军官，穿着短裤，骑着摩托车，带着一脸倨傲，还有藏在带檐军帽阴影里那双不停窥探的眼睛，闯进了沃尔夫的家，亵渎了他的童年。沃尔夫真希望当时能看清那个男人的脸，因为他总有一天要杀了他。

他在旅途中总是思念着这个地方。在柏林，在的黎波里，在阿尔及拉，在穿越沙漠的痛苦和疲惫中，在逃离阿斯尤特的恐惧和仓促中，这栋别墅代表了一个安全的天堂，一个在旅程的终点可以让他休息放松、洗去风尘、恢复到最佳状态的地方。他一直期盼着躺在浴缸里，在院子里轻啜咖啡，把女人带到家里那张大床上。

现在他只能走得远远的，不能再靠近。

他整个上午都待在外面，要不就在街上走，要不就在橄榄树下坐着，就是防着纽曼上尉记得那个地址、派人来搜查房子。他预先在露天市场买了一件加拉比亚，因为他知道如果有人过来，他们要找的是欧洲人，而非阿拉伯人。

出示真实的证件是个错误。他后知后觉地认识到这一点。问题是他不信任阿勃韦尔伪造的东西。和其他间谍会面和共事时，他听过不少关于德国情报机构伪造的文件带有愚蠢而明显的错误的可怕故事：糟糕的印刷，劣质的纸张，甚至把常见的英文单词拼错。在他被送去学习无线电密码课程的那所间谍学校里，当下流传的说法则是：每一个英国警察都知道如何从限量配给卡上一串特定的序列号判断出持卡人是个德国间谍。

沃尔夫权衡了一下几个备选方案，挑出看起来风险最低的那个。他犯了错，现在他无处可去了。

他站起来，拎起行李箱，开始走起来。

他想到了自己的家人。他的母亲和继父已经去世，但他还有同母异父的三个弟弟和一个妹妹在开罗。他们要把他藏起来是很难的。英国人可能今天之内就会查出别墅的主人，一旦查出来，弟弟妹妹们立刻会被质询；即使他们看他的面子愿意说谎，他们的仆人也肯定会告密。况且，他也无法真正信任他们，因为当继父去世时，尽管阿历克斯是个欧洲人、是继子而非亲生，他作为长子，还是分得了别墅和一部分遗产。分遗产的事在当时闹得很不愉快，出动了律师；阿历克斯不肯让步，而其他人一直没有真正原谅他。

他考虑要不要入住谢菲尔德酒店。不幸的是警察肯定也想到了这一点。现在谢菲尔德那里一定已经收到阿斯尤特谋杀案凶手的外貌描述了。其他的大酒店很快也会收到。这样一来就只剩下那些小旅馆了。这些小旅馆有没有收到警告取决于警方想搜得多彻底。既然牵涉到英国人，警方可能觉得必须谨慎细致一些。不过，那些小旅馆的经理们往往很忙，不会花太多精力应对多管闲事的警察。

他离开花园城，往商业区方向走去：和他离开开罗时比起来，街道更加繁忙和嘈杂了。有无数穿制服的人，不只是英国人，还有澳大利亚人、新西兰人、波兰人、南斯拉夫人、巴勒斯坦人、印度人和希腊人。苗条而时髦的埃及女孩们穿着棉质长裙，戴着沉甸甸的珠宝，她们比起那些红脸庞、无精打采的欧洲同龄人来显然胜出一筹。而那些上了年纪的女人里，在沃尔夫看来，穿着传统黑色长袍和面纱的人比从前要少。男人们之间的问候方式仍和从前一样热情豪放：先把右臂向外一挥，然后两只手合在一起，发出响亮的击掌声，握手至少要持续一到两分钟，同时要用左手抓住对方的肩膀，兴高采烈地交谈。得益于天真的欧洲人的涌入，乞丐和小贩们声势十分浩大。穿着加拉比亚的沃尔夫可以免受其害，而外国人们则被这群人团团围住：瘸子，抱着爬满苍蝇的婴儿的妇女，擦鞋的男孩，什么都卖的小贩，商品包括二手剃刀和号称贮有可用六个月的墨水的钢笔。

交通状况比从前更糟。缓慢而面目可憎的有轨电车比以往任何时候都要拥挤，乘客们有的摇摇欲坠地攀着电车外壳、站在车两侧的脚踏板上，有的挤进了驾驶室，有的盘腿坐在车顶上。公共汽车和出租车也好不到哪里去：这里似乎存在汽车零件短缺问题，因为有太多汽车窗户是破的、轮胎是瘪的、引擎有问题、缺少前灯或是雨刷。沃尔夫看到有两辆出租车——一辆上了年头的莫里斯和一辆更老旧的帕卡德——终于停止了工作，正被驴子拖着走。唯一像样的是富有的帕夏①们拥有的怪兽似的美国豪华轿车和偶尔出现的战前制造的英国奥斯丁汽车。和机动车混在一起拼个你死我活的则是出租马车、农夫的骡车，还有牲口们——骆驼、绵羊和山羊——根据埃及律法中最没有约束力的一条法规，它们被禁止出现在城市中心。

还有噪声。沃尔夫一度遗忘了那些噪声。

电车的铃响个不停。塞车的时候，所有的车会一直按着喇叭；没什么按喇叭的理由时，司机们也习惯性地按喇叭。马车司机和骆驼们不甘落了下风，放开嗓门大呼小叫。很多商店和所有饭馆则以调到最大音量的廉价收音机播放着阿拉伯音乐。街边小贩叫卖声连绵不绝，行人们则不停地叫他们走开。耳边传来狗吠，半空中风筝盘旋发出尖啸。偶尔一架飞机经过，这些声音则统统淹没在飞机的轰鸣中。

这是我的城市，沃尔夫想，他们没法在这儿抓住我。

有十来个众所周知专为外籍游客提供食宿的小旅馆，招待瑞士人、奥地利人、德国人、丹麦人和法国人。他考虑了一下，还是把这几个地方排除了，因为太打眼了。最后他想起来一家由修女经营的廉价客栈，在布拉区，也就是港口区。那里主要接待一

---

① 帕夏，高级官员名称。

些从尼罗河上游来的水手，他们往往在运棉花、煤、纸张和石材的蒸汽拖船和三桅帆船上干活。沃尔夫能确定他在那里不会被抢劫、染上什么病或者被杀掉，而且没人会想到去那里找他。

当他从酒店区出来之后，街上变得没那么拥挤了，但也好不到哪里去。他看不见河本身，但偶尔能从密密麻麻的建筑物之间瞥见帆船那高高的三角帆。

这间客栈是一栋大而破败的建筑，从前是某个帕夏的别墅。如今在入口处的拱门上方有一尊青铜耶稣受难像。一个穿着黑色长袍的修女正在房子前面给一小片花浇水。透过拱门，沃尔夫看见一间幽静的大厅。他今天已经提着沉重的行李步行了好几英里了，他盼望着能休息一下。

两个埃及警察正从客栈里出来。

沃尔夫匆匆一瞥就认出了那宽皮带、警察常戴的墨镜和军人式的发型。他的心沉了下来。

他转身背对着那两个人，用法语对那位花园中的修女说："日安，姐妹。"

她停止浇水直起身来，微笑着看着他。"日安，先生。"她非常年轻，"你要住宿吗？"

"不住宿，只是请你祝福我。"

那两个警察离他们越来越近。沃尔夫神经绷得紧紧的，一面想着万一他们来盘问他该怎么回答，一面想着如果要逃跑，该往哪个方向跑。这时他们讨论着赛马走了过去。

"上帝保佑你。"修女说。

沃尔夫向她道谢后就走了。情势比他想象的更糟。警察一定把所有地方都查遍了。沃尔夫的脚现在很酸，他的胳膊也因为提行李而疼起来。他感到很失望，还有一点儿愤怒，本来这个城市是出了名的杂乱无章，可现在这场针对他开展的行动却显得卓有成效。他沿原路折返，又朝着市中心走去。他又体会到了当初在沙漠里的感觉，一直在无休止地走，却总也到不了目的地。

他看见远处有个熟悉的高个子身影：侯赛因·法赫米，是他以前的同学。沃尔夫立刻怔住了。侯赛因肯定会把他带回家，他也许值得信任，但他有妻子，有三个孩子，他要怎么和孩子们解释阿赫迈德叔叔要来住一段时间，但这是一个秘密，一定不能向他们的朋友提起这个名字……事实上，沃尔夫自己又该如何向侯赛因解释这一切呢？侯赛因朝沃尔夫这个方向看过来，沃尔夫飞快地转身往马路对面走去，借着一辆电车作掩护往前冲。他一踏上对面的人行道就沿着一条小巷头也不回地快步往里走。不，他不能向老同学寻求庇护。

他从巷子里钻出来，来到另一条街上，意识到他离德语学校很近。他不知道学校是否还开着。很多在开罗的德国人都被抓起来了。他正要朝学校走去，就看见一队战地安保巡警在教学楼外面检查证件。他迅速转身，沿着来时的路返回。

他不能在大街上走来走去了。

他觉得自己像一只迷宫里的老鼠，走的每一个方向都被堵住了。他看见一辆出租车，宽敞的旧福特车，蒸汽嘶嘶地从前车盖下冒出来。他招手上了车。他告诉司机一个地址，汽车挂在三挡上猛地窜出去，显然这是唯一能工作的挡位了。半路上他们两次停下来给散热器加满水，这时沃尔夫都窝在后排座位上，尽量把脸挡起来。

出租车把他带到开罗科普特区，这是一处历史悠久的天主教贫民区。

他付过司机车费后就沿着台阶下到入口处。他给了那位拿着一大把木头钥匙的老妇人几个比索，她就让他进去了。

这是一座黑暗的岛屿，在开罗这狂风暴雨肆虐的一片汪洋中显得格外安静。沃尔夫走过狭窄的甬道，隐约听见古老的教堂里传来低沉的圣咏。他走过学校、犹太教堂和传说是圣母马利亚养育耶稣时所住的地下室，最后走进这里五座教堂里最小的那座。

礼拜正要开始。沃尔夫把他的宝贝箱子放在一张长椅旁，朝墙上的圣人画像欠了欠身，就向圣坛走去，跪下来亲吻牧师的手，然后回到长椅那儿坐下来。

唱诗班开始用阿拉伯语吟唱一段经文。沃尔夫安坐在他的位子上。他可以在这里安全地待到天黑。到那时他会试试最后一个地方。

恰恰夜总会是一家大型露天夜总会，在河边的一个花园里。这里和往常一样人满为患。沃尔夫和一群英国军官以及他们的女伴一起排队，等服务生在每一寸空地上加桌子。舞台上有个喜剧演员正在说："等隆美尔住进谢菲尔德酒店来——那就能把他留住啦！"

沃尔夫总算等到桌子，要来了一瓶香槟。夜晚并不凉爽，舞台的灯光则让人备感燥热。观众们闹哄哄的——他们口渴，而这里只提供香槟，所以他们很快就喝醉了。他们开始叫嚷起这里的表演明星的名字，索尼娅·阿拉姆。

起初他们不得不听一个体重超标的希腊女人演唱《我将梦见你》和《谁都不要我》（这把观众逗笑了）。随后报幕员宣布索尼娅即将登台。可是过了好一会儿她还没出现。随着时间一分一秒流逝，观众变得更加吵闹和不耐烦。当他们看起来已经到了爆发边缘的时候，一串鼓点终于响起，舞台灯光熄灭，观众们一下子安静下来。

聚光灯再度打开时，索尼娅静静地站在舞台中央，手臂伸向天空。她穿着一件钉满亮片的系带背心，一条半透明的长裤，身上扑着白色香粉。音乐响起——鼓和管乐齐发——她开始舞动。

沃尔夫啜着香槟观赏表演，面带笑容。她还是最棒的。

她慢慢地摆动着臀部，两脚交替跺地。她的手臂先开始抖动，然后肩膀移动，胸部也晃动起来；然后她那著名的肚皮像给人催眠似的上下翻滚起来。音乐的节奏加快了。她闭上了眼睛。她身体的每一个部分似乎都在独立于其他部分而运动。沃尔夫像从前一样，也像在场的每一个男人一样，感到自己是和她单独在一起，她的表演只为自己一人准备，感觉这不是做戏，不是什么高超演技，而她那魅惑的扭动则是出于情不自禁，欲罢不能，她丰满诱人的身体让她自己也意乱情迷。观众们神经紧绷，一言不发，汗流浃背，神魂颠倒。她动作越来越快，几近狂乱。音乐推向高潮，在一记重音之后戛然而止。索尼娅发出一声尖啸，双膝分开跪在地上仰面倒下，头碰到舞台地板。她保持着这个姿势，片刻之后，灯光熄灭。观众们站起身来，报以热烈的掌声。

灯光亮起来，她已经不见了。

索尼娅从来不返场。

沃尔夫离开座位。他给了服务生一英镑——对大多数埃及人来说，这相当于三个月薪水——让他带自己去后台。服务生把他带到索尼娅的化妆间门口就离开了。

沃尔夫敲了敲门。

"是谁？"

沃尔夫走了进去。

她穿着一件丝质长袍，正坐在一张高脚凳上卸妆。她从镜子里看见了他，立刻转过身来。

沃尔夫说："你好，索尼娅。"

她瞪着他。过了好一会儿，她说："你这个混蛋。"

她一点儿没变。

她是个美丽的女人。一头茂密光亮的黑色长发；浓密的睫毛下是微微凸出的棕色大眼睛；高颧骨让她的脸轮廓分明，显得不那么圆润；优雅而傲慢的鹰钩鼻；还有一口整齐的白牙。她身材曲线曼妙，但因为她比常人高几英寸①，看起来仍然十分窈窕。

她的眼里闪着怒火。"你在这里干什么？你去了哪里？你的脸怎么了？"

沃尔夫放下行李，坐在沙发上，抬头看着她。她两手叉腰站着，下巴扬起来，胸部裹在绿色的丝绸里。"你很美。"他说。

"你给我出去。"

他仔细地看着她。他太了解她了，很难说到底喜欢还是不喜欢她。她是他过去生活的一部分；就像一个老朋友，不管做错了什么，终究占据着一席之地，还能继续做朋友。沃尔夫心想，他离开开罗后这些年不知索尼娅都经历了些什么。她有没有结婚？有没有买房子？有没有恋爱？有没有换经理？有没有要孩子？那

---

① 1英寸大约为2.54厘米。

天下午在阴凉的教堂里，他曾经反复思量，他该如何向她求助；然而他并没有得出结论，因为他不确定她会怎么对待他。现在他仍然不确定。她看起来愤怒而轻蔑，但她是真的生气吗？他应该表现得风趣有魅力，还是强势而跋扈，或者无助地向她恳求？

"我需要帮助。"他平静地说。

她不动声色。

"英国人在找我。"他继续道，"他们监视着我的房子，所有的酒店都有我的外貌描述。我没有地方睡觉。我想住你那里。"

"见鬼去吧！"

"让我告诉你我为什么离开你。"

"过了两年了，什么借口都不管用。"

"给我一分钟解释。看在……过去那一切的分儿上。"

"我不欠你什么。"她对他怒目而视了好一会儿，然后打开了门。他以为她打算把他赶出去。他看着她的脸，她扶着门回望着他。然后她探头对外面喊："给我拿杯喝的。"

沃尔夫放松了一点儿。

索尼娅回房把门关上。"一分钟。"她对他说。

"你打算像个狱卒一样站在我跟前？我又不是危险分子。"他微笑道。

"哦，你可不就是。"她嘴里这么说，却又回到高脚凳上继续卸起妆来。

他迟疑了一下。那个漫长的下午他在科普特教堂里翻来覆去琢磨的另一个难题就是如何向她解释他的不辞而别和杳无音信。若不据实相告，就很难让人信服。尽管他不愿吐露自己的秘密，他还是不得不告诉她，因为他已经走投无路，而她是唯一的希望。

他说："你记得我1938年到贝鲁特去吗？"

"不记得。"

"我给你带回来一个玉镯。"

她在镜中与他目光相接。"那个镯子现在不在我这里了。"

他知道她在说谎。他继续说："我去那里和一个叫海恩兹的德国军官碰面。他要我在之后的战争里为德国工作。我同意了。"

她的目光从镜子移开，直视着他。现在他在她眼里看到一点儿希望。

"他们要我回到开罗等他们通知。两年前他们联系了我。他们要我到柏林去。我去了。我参加了一个培训，然后到巴尔干和黎凡特工作。二月的时候我回到柏林接受一项新任务的指示。他们把我送到这里——"

"你在说什么？"她难以置信地说，"你是个间谍？"

"是的。"

"我不相信你。"

"看，"他拿起一个手提箱打开，"这是无线电，用来给隆美尔发消息。"他把这个箱子合上，又打开另一个，"这是我的资金。"

她目瞪口呆地看着那一摞摞整齐的钞票。"我的上帝，"她说，"这是一大笔钱！"

有人敲门。沃尔夫关上箱子。一个服务生拿着一瓶香槟和一桶冰进来。看到沃尔夫后，他说："要我再拿个杯子来吗？"

"不用。"索尼娅不耐烦地说，"走吧。"

服务生离开了。沃尔夫把酒打开，倒了满满一杯，递给索尼娅，然后直接对着瓶子喝了几大口。

"听着，"他说，"我们的军队将在沙漠里取得胜利。我们能帮他们的忙。他们需要知道英军的兵力——人数、番号、指挥官的名字、武器装备水平，如果可能的话，还要知道他们的作战计划。我们在这里，在开罗，我们能搞到这些信息。然后，等德国人接管了这里，我们就是英雄了。"

"我们？"

"你能帮我。而你首先能做的就是给我个住的地方。你讨厌英国人，不是吗？你想看到他们被赶出去吗？"

"我谁都可以帮，偏偏你不行。"她喝完了香槟，又把杯子重新倒满。

沃尔夫从她手里拿过杯子一饮而尽。"索尼娅，如果我当时从柏林给你寄明信片，英国人早就把你关进监狱了。现在你既然知道原因了，就别生气了。"他放低声音，"我们可以像从前一样快活，我们会享用美味的食物，最好的香槟，买各种新衣服，参加豪华的舞会，再买一辆美国轿车。我们可以到柏林去，你一直想去柏林跳舞，你会成为那里的明星。德国是一个新式的国家——我们将统治世界，而你会成为公主。我们——"他住了口。他说的这些她全都没听进去。是时候使出他的最后一招了。"佛瓦兹怎么样了？"

索尼娅垂下眼来。"她走了，那个婊子。"

沃尔夫放下杯子，双手放在索尼娅的脖子上。她抬起头看着他，一动不动。他用拇指抵着她的下巴让她站起来。"我会为我们再找一个佛瓦兹。"他柔声说。他看到她的双眼突然湿润了。他的手滑过丝袍，沿着她的身体往下，抚摸着她的侧腰。"我是唯一懂得你的需要的人。"他低头吻上她的嘴唇，牙齿咬着她的唇，直到他尝到血的味道。

索尼娅闭上眼睛。

"我恨你。"她悲伤地说。

一个凉爽的傍晚，沃尔夫沿着尼罗河边的纤道往船屋走去。他脸上的伤口已经痊愈，也不再腹泻了。他穿着一套崭新的白西服，提着两大袋他最喜欢的食品。

位于郊区的扎马雷克岛一派宁静祥和。隔着开阔的河面，开罗市中心刺耳的噪声变得几不可闻。平静而饱含泥浆的河水温柔地拍打着岸边成排的船屋。船屋形状大小不一，色彩鲜艳，装修奢华，在夕阳的余晖里显得十分美丽。

和其他船屋相比，索尼娅这条船不大，但更加富丽堂皇。小路和上层甲板之间搭着一块木板。甲板上微风徐徐，另有绿白条纹的顶篷以遮挡阳光。沃尔夫登上船，沿着梯子下到船舱里。这里挤满了家具：椅子、沙发、茶几，还有摆满各种小玩意儿的橱柜。船头方向有个小厨房。暗红天鹅绒帘子从天花板垂到地板，把空间分成两部分，把卧室和其他部分隔开。卧室的后面船尾的部分则是一个浴室。

索尼娅正坐在一个垫子上涂脚趾甲油。她看起来真是邋遢到了极点，沃尔夫想。她穿着一条脏兮兮的棉布裙，面色憔悴，头发也没梳好。而再过半个小时，当她出门到恰恰夜总会去的时候，她会美若天仙。

沃尔夫把袋子放在茶几上，开始往外掏东西。"法国香槟……英国橘子酱……德国香肠……鹌鹑蛋……苏格兰三文鱼……"

索尼娅惊讶地抬起头。"没人能搞到这样的东西，现在在打仗呀。"

沃尔夫笑了。"在库阿里有个开小杂货店的希腊人，他还记得我这个贵客。"

"他可靠吗？"

"他不知道我住哪里——况且，他的店是北非唯一能买到鱼子酱的地方。"

她凑过来把手伸进袋子里。"鱼子酱！"她把罐头盖子掀开，用手指挖着吃起来。"我好久没吃过鱼子酱了，自从——"

"自从我走了之后。"沃尔夫接过话来。他把一瓶香槟放进冰柜。"如果你等几分钟，就能配着冰镇香槟吃了。"

"我等不及了。"

"你从来都等不及。"他从袋子里拿出一份英文报纸开始读起来。这报纸编得极烂，充斥着各类官方新闻通稿；对战争新闻的审查比BBC广播还严，而广播是人人都能听到的；本地新闻则更加糟糕——刊登埃及反对派政治家的演讲是违法的。"这上面还是没有和我有关的消息。"沃尔夫说。他已经把在阿斯尤特发生的事告诉索尼娅了。

"新闻总是会晚一些。"她含着满口鱼子酱说。

"不是这个原因。如果他们报道谋杀案，他们得解释动机是什么——如果不解释，人们就会猜测。英国人不想让人怀疑埃及有德国间谍，那样影响不好。"

她走进卧室换衣服。她隔着帘子说："你意思是说他们不找你啦？"

"不是。我今天在露天市场见到阿卜杜拉了。他说埃及警方没有兴趣，但有个范德姆少校在给他们施加压力。"沃尔夫放下报纸，皱起了眉头。他想知道范德姆是否就是闯进橄榄树别墅的那个军官。他真希望当时能仔细看看那个人，可当时隔着马路，那军官的脸完全被掩盖在帽檐的暗影里。

索尼娅说："阿卜杜拉怎么知道的？"

"我不知道。"沃尔夫耸耸肩，"他是个贼，消息灵通。"他到冰柜那里取出酒瓶。酒还不够冰，但他渴了。他倒了两杯。索尼娅打扮停当走了出来。正如他所料，她像脱胎换骨了一般，发型完美，妆容精致淡雅，穿着一条樱桃红的薄纱裙和与之相配的鞋。

几分钟之后，船外响起一阵脚步声，有人走过用来上下船的踏板，敲了敲船舱的门。索尼娅的出租车到了。她喝完杯子里的酒就出去了。他们没有互相问好或道别。

沃尔夫来到他放无线电的橱柜前。他拿出那本英文小说和那张印着密钥的纸。他把密钥研究了一番。今天是五月二十八日，他应该用42——当前的年份——加上28，得到用来加密信息的小说页码。五月是一年中的第五个月，所以每五个字母就跳过第五个不计。

他打算发的信息是：已到，入住，望知悉。从书的第70页最上面开始，他沿着一行行文字寻找第一个字母H。按每五个字母跳过第五个不计，H是第十个字母。在密电里，则用字母表的第十个字母J来表示。接下来他需要的是A。在书里，H后的第三个字母是A。HAVE这个单词里的A将用字母表的第三个字母C来表示。对比较少见的字母，比如X，则另有特殊方法处理。

这种密码是一次性密码本的变体，这种方法在理论上和实际中都是无法破解的。接收者需要同时有书和密钥才能解码。

他把信息加密好之后看了看表。他准备午夜时发送。从现在到他需要预热无线电还有几个小时。他又倒了一杯香槟，打算把鱼子酱吃完。他找了个勺子，把罐头拿起来。罐头是空的。索尼娅已经把它吃光了。

跑道其实是在沙漠里匆忙清理掉骆驼刺和大石块得到的一块带状区域。隆美尔俯视着逐渐接近的地面。斯托奇是德国指挥官们在战场短途旅行所乘的一种轻量级飞机，它的轮子装在细长的前腿顶端，降落时看起来像一只苍蝇。飞机一停住，隆美尔就跳了下来。

他最先感觉到热量扑面而来，然后是沙尘。在空中时还算凉爽，而现在他觉得自己像是踏进了熔炉。他立刻开始流汗了。他刚吸进一口空气，舌尖和嘴唇上就蒙上了薄薄一层沙。一只苍蝇停在他的大鼻子上，他把它拂掉。

隆美尔的情报头子冯·梅勒辛穿过沙地朝他跑过来，长筒靴踢起团团尘土。他看起来很不安。"凯塞林到了。"他说。

"来得正好！"隆美尔说。

这位总是面带微笑的陆军元帅凯塞林身上汇集了隆美尔对德国军队的所有不满。他是一个总参谋部军官，而隆美尔讨厌总参；他是纳粹空军的创始人之一，这个部门在沙漠战争中频频让隆美尔失望；最糟糕的是，他还是一个势利小人。他那些刻薄言论之一曾经传到隆美尔耳朵里。凯塞林抱怨隆美尔对他手下的军官太粗鲁，说："如果他不是沃腾堡人的话，没准和他谈一谈还有点用。"沃腾堡是隆美尔出生的省份，而他整个职业生涯都在和这句评论所体现的这种偏见作斗争。

他由梅勒辛领着、踩着沙子向指挥车走去。"克鲁威尔将军被俘虏了。"冯·梅勒辛说，"我只好让凯塞林接管。他整个下午都在找您。"

"坏事一桩接一桩。"隆美尔不快地说。

他们进入指挥车后车厢。这是一辆巨大的卡车。车厢的阴凉正合人意。凯塞林正弯腰看着一张地图，右手比画着一条路线，左手赶着苍蝇。他抬头一看，笑了起来。"我亲爱的隆美尔，谢天谢地你回来了。"他柔声细语地说。

隆美尔摘下帽子。"我参加了一场战斗。"他咕哝着说。

"我想也是。发生了什么？"

隆美尔冲地图上一指。"这是加查拉防线。"这是一串由雷区相连的防卫工事，从加查拉南边的海岸一直延伸到沙漠里五十英里外。"我们在防线南端绕了一下，从后面向他们进攻。"

"好主意。出了什么问题？"

"我们的汽油和弹药用完了。"隆美尔一屁股坐下来，突然觉得非常疲惫。"这不是第一次了。"他补充道。凯塞林作为南方战场总指挥官，负责隆美尔部队的补给，但陆军元帅似乎并没有听出这话里的批评。

一个勤务兵用托盘端进来几杯茶。隆美尔啜了他那杯一口。茶里有沙子。

凯塞林用对话的语气说："我今天下午扮演了你的下属指挥官的角色，这段体验很不寻常。"

隆美尔含混地咕哝了一声。这话里带刺，他听得出来。但他现在并不想冒犯凯塞林，他想思考一下战斗的事。

凯塞林继续道："我发现当我缚手缚脚地听命于一个只管发号施令却联系不上的总部时，工作起来相当困难。"

"我在战斗的中心，我是在现场发命令。"

"但你还是应该保持联系畅通。"

"那是英国人打仗的方式。"隆美尔说，"将军们在防线后面几英里之外，联系畅通。但打胜仗的是我。如果我之前拿到补给的话，我现在就在开罗了。"

"你不会去开罗。"凯塞林尖锐地说，"你会去托布鲁克。之后你会待在那儿直到我拿下马耳他。富勒的命令是这么说的。"

"当然。"隆美尔不打算重新挑起争端，至少现在不要。托布鲁克是中间目标。一旦攻下这个港口，欧洲来的军队——尽管人数不足——就能直接到前线，避免耗费大量汽油长途行军穿越沙漠。"而要到托布鲁克，我们得先突破加查拉防线。"

"你下一步做什么？"

"我打算撤退，重组。"隆美尔看见凯塞林的眉毛扬了起来。这位陆军元帅知道隆美尔有多痛恨撤退。

"那敌人会做什么？"凯塞林向梅勒辛发问。身为情报长官，他负责详细评估敌人的动向。

"他们会追击，但不是马上。"冯·梅勒辛说，"幸运的是，他们在争取优势时总是慢一拍。但他们早晚会尝试发动一次突击。"

隆美尔说："问题是，什么时间？什么地点？"

"没错。"冯·梅勒辛说。他看起来迟疑了一下，随后说：

"今天的汇总报告里有一条你会感兴趣，间谍已经潜入开罗。"

"间谍？"隆美尔皱起眉头，"哦，是他！"现在他想起来了。在那个间谍开始马拉松式的徒步之前，他曾经飞到利比亚沙漠腹地的加洛绿洲去给他下最终指示。沃尔夫，这是他的名字。隆美尔对他的勇气印象深刻，但对他的成功概率心存怀疑。"他从哪里发来的消息？"

"开罗。"

"这么说他到那里了。如果他能到开罗，那他就无所不能了。没准他能预测一下突击。"

凯塞林插话道："我的上帝啊，你不是打算指望间谍吧？"

"我谁都不指望！"隆美尔说，"我才是那个被指望的人。"

"很好。"凯塞林和往常一样波澜不惊，"情报一向没什么用，你也知道，间谍送来的情报是最没用的。"

"我同意。"隆美尔平静了一些，说，"但我有感觉这个人会不一样。"

"我很怀疑。"凯塞林说。

四

艾琳·芳塔纳看着镜子里自己的脸，想：我二十三岁了，我的美貌一定开始褪色了。

她向镜子靠得更近些，端详着自己，搜寻着老化的征兆。她的气色无懈可击。她圆圆的棕色眼睛像山泉一样清澈。没有皱纹。这是一张孩子气的脸，脸型精致，带着一副无辜的表情。她像一个艺术品收藏家审视着自己最精美的收藏品一样：她把这张脸当作她拥有的一件物品，而不是她自己的一部分。她笑了笑，镜子里的脸也以笑容回应她。这是一个亲密的微笑，带着一丝淘气，她知道这个微笑能让男人惊出一身冷汗。

她拿起纸条又读了一遍。

亲爱的艾琳：

　　我恐怕我们的关系已经结束了。我太太发现了。我们已经和解了，但我不得不承诺永远不再见你。当然你可以继续住在公寓里，但我不能再支付房租了。事情弄到这个地步，我感到非常抱歉，但我想我们都知道这不会长久的。祝你好运。

你的，

克劳德

就这样，她想。

她把纸条连同那廉价的感情撕得粉碎。克劳德是个胖乎乎的商人，一半法国一半希腊血统，在开罗开了三家饭店，在亚历山大城也有一家。他有教养，友善，总是乐呵呵的，但在关键时刻他压根儿不为艾琳打算。

他是这六年来的第三个了。

最开始是查尔斯，那个股票经纪人。她当时十七岁，身无分文，没有工作，不敢回家。查尔斯把她安置在公寓里，每周二晚上来看她。当他把她当成一盘美味送给他的兄弟时，她把他赶了出去。接下来是强尼，三个人里对她最好的一个。他想和妻子离婚，然后娶艾琳为妻，她拒绝了。现在克劳德也离开了她。

她从一开始就知道不会有未来。

对于恋情终结，她和他们一样有错。表面上的原因——查尔斯的兄弟，强尼的求婚，克劳德的太太——都不过是借口，或者说催化剂。真实的原因一直是同一个：艾琳并不开心。

她盘算着下一段恋情的前景。她知道接下来会是什么样。她会靠她在巴克莱银行那点微薄的积蓄生活一段时间——当她有男伴时，她总是设法存点钱。接下来她会看着余额慢慢下降，然后在舞团找份工作，在某个俱乐部里踢踢腿、扭扭屁股过上几天。然后……她的目光投向镜子深处，想象着她的第四个情人，眼神逐渐失去焦点。也许他会是个意大利人，有闪亮的眼睛和光泽的头发，保养得当的双手。她也许会在大都会酒店的酒吧里遇见他，记者们都在那里喝酒。他会和她交谈，请她喝一杯。她会对他微笑，然后他就迷失了。他们会约定第二天一起吃晚饭。她挽着他的胳膊走进饭馆时，会看起来光彩照人。所有人都会把头转过来，他会觉得很有面子。他们会继续约会。他会送她礼物。他会和她调情，再一次调情，第三次他会成功。她会享受和他做爱的感觉——亲密接触、抚摸、情话——而她会让他感觉自己像个国王。他会在黎明时离开她，但晚上会再回来。他们不会再一起去饭馆了，"太冒险了。"他会这么说，但他在公寓流连的时间会越来越长，然后他会开始付房租和账单。这时艾琳就会得到她想要的一切了：家，金钱和迷恋。她会开始胡思乱想，为何自己如此可悲？如果他晚到了半个小时，她会朝他扔花瓶。如果他提起妻子的次数太多，她会摆出一副冷脸。她会抱怨他不再送她礼物了，而他送上礼物时，她会不带半分喜色接受。男人会被激怒，但还是无法离开她，因为到那时他总是会急切地盼望她激烈的吻，渴求她完美的肉体，而她还是会让他在床上感觉像个国王。她会觉得和他聊天很无趣，她会向他索求超过他所能给予的激情，两人之间会有隔膜。最终危机会到来。他的妻子会起疑，或者孩子会病倒，或者他必须出差半年，或者他手头拮据。而艾琳会回到她现在的境况：漂泊不定，独自一人，声名狼藉，同时老了一岁。

她的眼神重新聚焦在镜子里自己的脸上。她的脸是这一切的根源。正是因为她的脸，她才过着这没有意义的生活。如果她容貌丑陋，她就会一直渴望着过上这样的生活，而永远不会发现它的空洞。你引我入歧途，她想，你欺骗了我，你假装我是另一个人。你不是我的脸，你是张面具。你应该停止主导我的生活了。

我不是美丽的开罗交际花，我是一个亚历山大城来的笨女孩。

我不是一个独立的女人，我离娼妓只有一步之遥。

我不是埃及人，我是犹太人。

我的名字不是艾琳·芳塔纳。我叫阿比盖尔·阿斯纳尼。

我想回家。

开罗的犹太办事处里，坐在办公桌后面的年轻男子戴着一顶圆顶小帽。除了一小片胡茬之外，他的脸颊十分光滑。他询问她的名字和地址。她自称艾琳·芳塔纳，浑然忘记了之前的决心。

这年轻人看起来有些迷惑。她对此习以为常：大多数男人看见她的微笑时都会有些晕头转向。"你能不能——我是说，介意我问一下你为什么想去巴勒斯坦吗？"

"我是犹太人。"她突兀地说。她没法向这个男孩解释她的人生。"我的家里人都死了，我在浪费生命。"前半句是假的，后半句却是实话。

"你打算在巴勒斯坦做什么工作？"

她还没想过这个问题。"什么都做。"

"那里的主要工作是务农。"

"没问题。"

他微微一笑，逐渐恢复了镇静。"我无意冒犯，但你看起来不像是会干农活的。"

"如果我不是想要改变我的生活，我就不会想去巴勒斯坦。"

"好的。"他拨动着他的笔，"你现在做什么工作？"

"我唱歌；没有机会唱歌时，我就跳舞；没有机会跳舞时，我就当服务员。"这多少算是实话。这三种工作她都曾经做过，尽管只有跳舞算是成功的，而且她也没什么舞蹈天分。"我告诉过你了，我在浪费我的生命。为什么这么多问题？巴勒斯坦现在只要大学毕业生了吗？"

"不是这样的，但要进入巴勒斯坦是很难。英国人开始控制进入的人数，所有的名额都被纳粹难民占用了。"

"你之前怎么不告诉我？"她生气地说。

"两个原因。一个是我们可以非法地把人送进去。另一个……另一个需要一点儿时间解释。你能等一下吗？我得打个电话。"

她还在为了他盘问了她之后才告诉她没有名额而生气。"我看不出等一下有什么用。"

"有用的，我保证。这很重要，就一两分钟。"

"好吧。"

他走进里间打电话。艾琳不耐烦地等着。天气热起来了，而这个房间通风很差。她觉得自己有点傻。她没有把移民这件事想清楚，就冲动地跑到这里来。她有太多决定都是这样做出来的。她应该事先想到他们会问她问题，她本该准备好答案的。她本来可以不要打扮得这么花枝招展过来。

年轻人回来了。"天气真热。"他说，"我们到街对面去喝杯冷饮吧？"

原来是这套把戏。她想。她决定拒绝他。她给了他一个赞许的表情，然后说："不，你对我来说太年轻了。"

他非常窘迫。"哦，请别误会，有个人我想让你见一见，仅此而已。"

她不知道该不该相信他。她没什么可损失的，况且她也渴了。"好吧。"

他替她推开门。他们闪避着快散架的小推车和破破烂烂的出租车穿过马路，感受着太阳突如其来的灼人热量。他们钻进一个条纹凉棚下面，走进了一家凉爽的咖啡厅。年轻人点了柠檬汁，艾琳要了金汤力。

她说："你们可以非法地把人送进去。"

"有时候会这么做。"他一口就把他的饮料喝了一半，"我们这么做的其中一种原因是这个人遭受了迫害。所以我才问你问题。"

"我没有被迫害。"

"另一种情况是这个人对我们有巨大贡献，不管以什么方式。"

"你的意思是说我得自己争得去巴勒斯坦的权利？"

"听着，也许有一天所有的犹太人都有权到那里定居，但只要名额有限制，就必须有选拔标准。"

她很想开口问：我需要和谁上床？但她已经误解过他一次了。不过她还是认为他想在某种程度上利用她。她说："我需要怎么做？"

"我不能和你讨价还价。埃及犹太人不能去巴勒斯坦，除非有特殊情况。而你不属于特殊情况。就这样。"

"那你想和我说什么？"

"你不能去巴勒斯坦，但你还是可以为我们的事业而战。"

"明确一点儿，你到底想说什么？"

"我们要做的第一件事就是打败纳粹。"

她笑了起来。"哦，我会尽力而为的！"

他没有理会。"我们不太喜欢英国人，但德国的敌人就是我们的朋友，所以此刻——严格地说这是暂时的——我们和英国情报部门一起工作。我觉得你能帮到我们。"

"我的天哪！怎么帮？"

一道阴影投在桌子上。年轻人抬起头来。"啊！"他说。他的目光回到艾琳身上。"我想让你见一下我的朋友，威廉·范德姆中校。"

这个男人个子很高，也很壮：看他那宽肩长腿，他也许曾经是个运动员，尽管眼下在艾琳看来，他已经接近四十岁了，肌肉开始有一点儿松弛了。他有一张开阔的圆脸，顶着一头浓密的棕发，看起来如果他的头发长得再长一点儿、超出了军队要求的长度，就会开始打卷了。他和她握了握手，坐了下来，跷着二郎腿，点了根烟，要了杯杜松子酒。他面色严峻，似乎他认为人生是一件非常严肃的事，而他不想见到任何人浪费他的时间。

艾琳认为他是个典型的古板英国人。

犹太办事处的年轻人问他："有什么新闻？"

"加查拉防线还在支撑着，但战况非常激烈。"

范德姆的声音让她有些诧异。英国军官通常说一口上流社会英语，在普通埃及人听来是傲慢的标志。范德姆的发音清晰而柔和，元音听起来很圆润，发r的时候带一点儿微微的颤音。艾琳感觉这是某处乡村口音的印迹，虽然她不记得她是怎么知道的。

她决定问问他。"中校，你来自哪里？"

"多赛特。为什么问这个？"

"我在想不知道你的口音是哪里的。"

"英格兰西南部。你观察力很敏锐，我以为我没有口音。"

"只有一点点。"

他又点了一支烟。她看着他的手：他的手长而纤细，和他身体其他部分搭配在一起有些怪异；指甲修剪得很整齐，肤色白皙，只有夹着香烟的地方有些深琥珀色的印子。

年轻人准备离开。"我把一切都交给范德姆中校来为你解释好了。我希望你能和他一起工作。我相信这份工作非常重要。"

范德姆和他握了握手，向他道谢，然后年轻人就出去了。

范德姆对艾琳说："给我说说你的情况。"

"不。"她说，"你给我说说你的情况。"

他抬起一边眉毛看着她，有点吃惊，又有点被逗乐了，突然之间看起来一点儿也不古板了。"行啊。"片刻之后他说，"开罗到处都是知晓秘密的军官和士兵。他们知道我们的兵力，我们的薄弱环节，还有我们的计划。敌人想要知道这些秘密。我们能确定德国方面随时都有人潜伏在埃及，试图获取信息。我的工作就是阻止他们。"

"这很简单。"

他考虑了一会儿。"是很简单，但并不容易。"

她留意到他认真对待她说的每一句话。她认为这是因为他毫无幽默感，但她还是喜欢这种感觉：男人们通常把她说的话当成酒吧里的背景音乐，足够悦耳但基本上毫无意义。

他等着她答复。"现在轮到你了。"他说。

她忽然决定告诉他真相。"我是一个糟糕的歌手，一个水平马马虎虎的舞女，不过有时候我会找一个有钱人来替我付账单。"

他一言不发，但他看起来很震惊。

艾琳说："很吃惊？"

"我不该吃惊吗？"

艾琳看向别处。她知道他在想什么。目前为止他对她彬彬有礼，把她当成一位和他同一阶层的、值得尊重的女性。现在他意识到他搞错了。他的反应不难预料，但她还是感到几分苦涩。她说："这不正是大多数女人结婚的时候所做的吗——找个男人来付账单？"

"没错。"他悲伤地说。

她看着他，淘气劲儿突然上来了。"只不过我迷倒男人的速度比一般的家庭主妇快了一点儿。"

范德姆大笑起来。忽然之间他看起来像换了个人。他头往后仰，胳膊和腿向两边伸展开来，他体内所有的张力都释放了出来。笑声响起来的短暂片刻，他是放松的。他们冲对方坏笑起来。那个片刻一过去，他就又把二郎腿架了起来。他们陷入了沉默。艾琳感觉自己像个在课堂上咯咯笑出声来的女学生。

范德姆又严肃起来。"我的问题在于情报。"他说，"谁都不肯和英国人多说。这正是要你帮忙的地方。因为你是埃及人，所以你能听到那些我永远接触不到的小道消息和街谈巷议。而因为你是犹太人，所以你会把听到的告诉我。我希望是这样。"

"什么类型的小道消息？"

"我对那些对英国军队好奇的人有兴趣。"他停顿了一下，似乎在考虑应该告诉她多少。"具体来说……我目前正在找一个叫阿历克斯·沃尔夫的人。他以前住在开罗，最近又回来了。他可能正在找地方住，他可能带着很多钱。他肯定在打听英国军队的情况。"

艾琳耸耸肩。"铺垫了这么久，我还以为会让我去做点更有戏剧性的工作。"

"比如？"

"我不知道。和隆美尔跳华尔兹，从他的口袋里偷东西。"

范德姆又笑了起来。艾琳想：我会迷上这个笑容的。

范德姆说："好吧，虽然很无趣，你愿意做这份工作吗？"

"我不知道。"但我知道得很清楚，她想。我只是想把面试拖得长一点儿，因为我觉得很愉快。

范德姆俯身向前。"我需要像你这样的人，芳塔纳小姐。"她的名字被他这么文雅地说出来听起来有点傻。"你观察力敏锐，你的身份是完美的掩护，你显然也很聪明。请原谅我如此直截了当——"

"别道歉，我喜欢听。"她说，"继续说。"

"我手下的人大多不太靠得住。他们是为了钱办事，而你有一个更好的动机——"

"等等。"她打断他说，"我也要钱的。这工作报酬怎么样？"

"那取决于你带回来的信息。"

"最低是多少？"

"报酬为零。"

"这可比我想要的少了一点儿。"

"你要多少？"

"你也许能绅士一点儿，把我公寓的房租给付了。"她咬了下嘴唇。这样说听起来太放荡了。

"多少？"

"七十五一个月。"

范德姆的眉毛扬了起来。"你住的是什么地方？宫殿？"

"价格涨了不少。你没听说吗？都怪那些急着找住处的英国军官。"

"胡说。"范德姆皱眉道，"你得非常有用才对得起那七十五一个月。"

艾琳耸耸肩。"我们为什么不试一试呢？"

"你是个谈判高手。"他笑了，"好吧，一个月试用期。"

艾琳试图不要表现出胜利的喜悦。"我怎么联系你？"

"给我留言。"他从衬衫口袋里掏出一支铅笔和一个小本子写了起来。"我把家里和总司令部的地址和电话都给你。我一收到消息就去你的住处找你。"

"好的。"她写下她的地址，心想不知中校会对她的公寓作何感想。"如果你被人看见了怎么办？"

"有关系吗？"

"可能会有人问起你是谁。"

"那么你最好别实话实说。"

她坏笑道："我会说你是我的情人。"

他把目光移开。"好吧。"

"但你最好扮演好你的角色。"她一本正经地说，"你得带着大捧的鲜花和盒装巧克力来。"

"我不知道——"

"难道英国人不给他们的情妇送鲜花和巧克力吗？"

他目不转睛地看着她。她注意到他的眼睛是灰色的。"我不知道。"他平静地说，"我从来没有过情妇。"

艾琳想，我错了，我承认。她说："那你要学的可多了。"

"我想是的。你还要再喝一杯吗？"

现在我准备走人了，她想。你有点太过火了，范德姆中校，你有一种特别的自信，你喜欢掌控局面。你的控制欲是如此之强。我也许会把你抓在手心里，戳一下你的虚荣心，让你吃点苦头。

"不了，谢谢。"她说，"我该走了。"

他站起来。"我会期待着听到你的消息。"

她和他握过手就走了。不知为什么，她觉得他并没有目送她离开。

范德姆为了盎格鲁–埃及联盟的招待会换了一身普通西服。他的妻子还在世时，他绝对不会到联盟去。她说这个俱乐部很俗气。他告诉她应该说"平民化"，这样她听起来不会像个乡下来的势利鬼。她说她就是乡下来的势利鬼，还让他不要继续卖弄他所受的古典教育。

范德姆那时爱着她，现在也仍然如此。

她的父亲相当富有，因为没什么事好做，就成了一名外交官。他对于女儿要嫁给一个邮递员的儿子这件事一直不太满意。即使当他得知范德姆靠奖学金上了一所公立预科学校、之后又上了伦敦大学、被视为同辈青年军官中最有前途的人之一时，他仍然不为所动。但女儿对此相当坚持，正如她对其他事一样，最终父亲不得不大度地接受了这桩婚姻。奇怪的是，当两位父亲在某个场合遇见的时候，他们相处得很愉快。不幸的是，两位母亲讨厌对方，所以家庭聚会再没举行过。

范德姆对这些事并不介怀，他也不介意他的妻子脾气急躁、举止鲁莽、心胸狭窄。安吉拉优雅、自尊心强、美丽动人。对他来说，她是女人中的典范，他觉得自己是个幸运的男人。

她和艾琳·芳塔纳对比起来，反差不能更强烈了。

他骑着摩托车来到联盟。这辆BSA350摩托在开罗非常实用。一年到头都能骑，因为天气基本上都还不错。堵车的时候，汽车和出租车只能原地等待，他可以在车辆中蜿蜒穿行。而它速度相当快，这给了他一种隐秘的快感，一种回到青春期的感觉，因为年少时他很喜欢这样的摩托车，但是买不起。安吉拉嘲笑这辆车，像她嘲笑联盟一样，说它俗气，但范德姆这一次坚决地反对她的意见。

当他在联盟门口停车时，天气已经变得凉爽。穿过俱乐部屋子的时候，他从一扇窗户看出去，看见一场球赛正进行到最激烈的时刻。他抵挡住诱惑继续前进，走到草坪上。

他接过一杯塞浦路斯雪莉酒，加入到人群中，点头、微笑、和认识的人交换趣事。主办方为穆斯林客人准备了茶，但他们的人来得并不多。范德姆尝了尝雪莉酒，心想不知能不能教会酒保做马提尼。

他的目光越过草地投向隔壁的埃及官员俱乐部，希望能偷听到那里的谈话。有人提到了他的名字，他转身看见了女医生。他又一次需要想一想才记起她的名字。"阿巴斯诺特医生。"

"我们在这儿可以不那么正式。"她说，"我的名字叫琼。"

"威廉。你的先生来了吗？"

"我没结婚。"

"请原谅我。"现在他对她有了不一样的看法。她单身，而他是个鳏夫，他们一周之内已经被人见到在公共场合交谈了三次以上：这会儿开罗的英国人们会以为他们实际上已经订婚了。"你是个外科医生吧？"他说。

她笑了。"如今我所做的不过是替人们缝补伤口，不过你没错，我在战前是个外科医生。"

"你怎么办到的？这对一个女人来说不容易。"

"我付出了很多努力。"她还是面带微笑，但范德姆觉察到其中蕴含着一丝愤愤不平。"我听说你自己也不那么传统。"

范德姆认为自己非常传统。"怎么个不传统？"他惊讶地说。

"你自己带孩子。"

"没的选。即使我想把他送回英格兰，我也送不了，除非你有残疾，或者你是个将军，不然弄不到通行证。"

"但你并不想把他送回去。"

"不想。"

"我就是这个意思。"

"他是我儿子。"范德姆说，"我不想把他交给别人抚养，他也不想。"

"我明白。只是有的父亲会觉得这有些……不够有男子气概。"

他扬起眉毛看着她，让他意外的是，她脸红了。他说："我想你说得没错。我从来没这么想过。"

"我觉得很不好意思，我打听得太多了。你想再来一杯吗？"

范德姆看了看自己的杯子。"我想我应该进去找点真正的酒。"

"祝你好运。"她笑了笑就转身走了。

范德姆走过草坪向俱乐部屋子走去。她是个有吸引力的女人，勇敢、聪明，而且她清楚地表现出想多了解他一些。他想：见鬼，我为什么对她一点儿兴趣也提不起来呢？所有人都觉得我们很般配，而且他们是对的。

他走进去对酒保说："杜松子酒，冰块，一颗橄榄，再来几滴高浓度的苦艾酒。"

送上来的马提尼相当不错，他又要了两杯。他又想到了那个叫艾琳的女人。开罗有一千个像她这样的女人——希腊人，犹太人，叙利亚人，巴勒斯坦人，也有埃及人。她们做舞女，直到吸引住某个富有的浪荡子。她们中大多数人也许沉迷于这样的幻想：和他结婚，然后被带回在亚历山大城或者巴黎或者萨里的大宅。她们会失望的。

她们都有着精致的棕色面庞，猫科动物似的身体，细腿，丰胸，但范德姆还是认为艾琳是出类拔萃的。她的笑容实在迷人。乍看之下，她想去巴勒斯坦的农场干活的想法很是荒唐；但她尝试了，失败了之后她也同意为范德姆工作。从另一方面来看，贩卖街头闲话和被包养一样，是轻松的赚钱方式。她也许和其他那些舞女没什么两样。范德姆对那种女人也没有兴趣。

马提尼的酒劲开始上来了。他担心等女士们进来时他会表现得有失礼数，于是付了账后就出去了。

他骑车到总司令部去查看最新情况。当天的战事在双方伤亡惨重后陷入僵局，英国这边伤亡更多一些。这真是让人垂头丧气啊，范德姆想，我们有安全的后方，充足的供给，性能优越的武器，人数也更多；我们计划周详，作战谨慎，可我们从来没怎么赢过。他回家了。

贾法尔做了羊肉和米饭。范德姆吃晚饭时又喝了一杯。他吃饭时比利和他聊天。今天的地理课讲的是加拿大的小麦种植。范德姆更希望学校能教这孩子一些和他生活的这个国家有关的东西。

比利睡觉之后，范德姆一个人坐在客厅里，抽着烟，想着琼·阿伯斯诺特、阿历克斯·沃尔夫和埃尔温·隆美尔。他们以不同的方式都给他造成了威胁。外面夜色已经降临，房间看起来有种密不透风的感觉，让人不快。范德姆把香烟盒装满就出去了。

城市现在和白日里任何时候一样生机勃勃。马路上有很多士兵，其中一些醉得很厉害。这些人都是在沙漠里打过仗的硬汉，在经受了沙尘、炎热、炸弹和炮击的折磨后，他们常常发现埃及人不够感恩戴德。当商店老板少找了钱或者酒保拒绝给醉汉服务时，士兵们就会想起他们的朋友是如何在保卫埃及时被炸飞，然后他们会大打出手、打碎橱窗、把店铺砸个稀烂。范德姆理解为什么埃及人不感激。他们不怎么在乎压迫他们的是英国人还是德国人，但他也并不怎么同情那些大发战争财的开罗商人。

他手里夹着烟慢慢地走着，享受着清凉的夜风，看着那些开着门的小店铺，拒绝买下一件号称量身定做即刻可取的棉质衬衣，一个女士皮质手提包，还有一本叫作《荤段子》的旧杂志。一个街头小贩的夹克左侧印着下流的图案，右侧印着耶稣受难图，这把范德姆逗乐了。他还看见一群士兵对两个埃及警察手拉手巡逻的景象大笑不已。

他走进一间酒吧。在英国俱乐部以外的地方，明智的做法是不要点杜松子酒。所以他要了兹比酒，这种茴香酒加水会变得浑浊。十点的时候，酒吧关门了，这是穆斯林华夫脱党政府和令人扫兴的宪兵司令达成共识的结果。离开的时候，范德姆的视线有一点儿模糊。

他朝老城走去。在经过一个写着"禁止军人入内"的牌子后，他进入了博卡。在狭窄的街道上和巷子里，女人们有的坐在台阶上，有的倚在窗口，抽着烟等待主顾，和军警聊天。其中有几个和范德姆打招呼，用英语、法语和意大利语叫卖她们的身体。他拐进一条小路，穿过荒废的院子，走进一个没有招牌的、敞开的门洞。

他爬上楼梯，敲了敲二楼的一扇门。一个中年埃及妇女打开门，他付了她五英镑，走了进去。

宽敞的内室灯光昏暗，奢华的装饰已经褪色，范德姆坐在一个垫子上，解开衬衫领口。一个穿着灯笼裤的年轻女人把水烟筒递给他。他深深地吸了几口大麻。没多会儿，一种令人愉快的慵懒的感觉笼罩了他。他用手肘支着身子，往后半仰着，四下张望了一番。房间的阴影里还有另外四个男人。两个埃及官员——富有的阿拉伯地主——坐在一张矮榻上漫不经心地低声交谈。第三个人已经在大麻的作用下昏昏欲睡，看着像是英国人，也许和范德姆一样是个军官。第四个人坐在角落里和其中一个女孩说话。范德姆听见了片言只语，判断出这个男人想把女孩带回家，他们在讨论价格。这个男人隐约有些面熟，但范德姆喝醉了，现在又吸得昏昏沉沉，没法调动记忆想起这个人是谁。

一个女孩走过来牵起范德姆的手。她把他领到一间侧室，拉上了帘子。她脱掉她的系带露背上衣。她有着瘦小的棕色胸部。范德姆轻抚着她的脸。她的脸在烛光中变幻不定，一会儿看起来衰老，一会儿看起来非常年轻，忽而凶猛贪婪，忽而脉脉含情。在某一刻她看起来像琼·阿伯斯诺特，但当他最终进入她时，她看起来像艾琳。

五

阿历克斯·沃尔夫穿着一件加拉比亚，戴着一顶土耳其毡帽，站在英国总司令部大门三十码开外，兜售使用两分钟后就会坏掉的纸扇。

风头已经过去了。他已经一周没见到英国人抽查身份证件了。那个范德姆没法无限期地施加压力。

沃尔夫感到足够安全了之后就立刻到总司令部去。进入开罗是一场胜利，但毫无用处，除非他能四处勘探、挖到隆美尔需要的信息，并且要快。他回想起他和隆美尔在加洛那场短暂的面谈。沙漠之狐看起来一点儿也不狡猾。他是个小个子的、不知疲倦的男人，有一张咄咄逼人的农夫的脸：大鼻子，下垂的嘴，下巴上有道沟，左脸上有一条锯齿形的伤疤，头发剪得很短，被帽子完全挡住了。他说："兵力，师的名字，参战和储备各有多少，训练的情况。坦克的数目，参战和储备各有多少，维修状况。弹药、食物和汽油补给。指挥官的性格和态度。战略和战术意图。沃尔夫，他们说你很能干。他们最好没搞错。"

说起来容易做起来难。

沃尔夫只需在城市里四处逛逛就能获得一定的信息。他可以观察休假的士兵制服，听他们聊天，由此可以得知哪支部队驻扎在何处，什么时候返回战场。有时某个中士会提到死伤统计数字，或是德军坦克所装载的防空武器88毫米高射炮毁灭性的效果。他听到一个军队机械师抱怨昨天送达的五十辆新坦克中有三十九辆需要大修才能重新使用。这些都是可以发给柏林的有用信息，那里的情报分析员会把这些信息和其他片段拼在一起形成大的图景。但这不是隆美尔想要的。

在总司令部里某处会有几页纸写着这样的东西："休整之后，拥有100辆坦克和充足补给的A师将于明天离开开罗，与B师在C绿洲会合，为下周六黎明时D地以西的反击战做准备。"

沃尔夫想要的正是这几页纸。

这是他在总司令部外面卖扇子的原因。

英国人在花园城郊区占用了几栋大宅子来作为总司令部，宅子的主人多半是埃及的帕夏们。（沃尔夫很庆幸橄榄树别墅逃过一劫。）带刺的铁丝网包围着被征用的住宅。穿着制服的人们可以快速进出大门，而平民会被拦下盘问，等哨兵打电话验明身份。

城市其他地方的大楼里还设有另外的指挥部，比如赛美拉米斯酒店里设有一个叫英国驻埃军团的部门，但眼前这个是中东总司令部，权力的中心。在阿勃韦尔的间谍学校里时，沃尔夫花了很多时间学习辨认制服、军团标志，还有成百上千个高级英国军官的脸。这几天早晨待在这里，他见到好些大型指挥车开过来，透过车窗窥见了不少上校、将军、海军上将、中队长，还有总指挥官克劳德·奥金莱克爵士本人。他们看起来都有一点儿奇怪，让他迷惑不解，直到他意识到他印在自己脑海里他们的照片都是黑白的，这是他第一次看到他们带着色彩。

总司令部官员乘轿车出行，但他们的副官步行。每天早晨，上尉和少校们带着公文包步行抵达。接近正午的时候——据沃尔夫推测这时例行晨会结束了，他们中的一些人会带着公文包离开。

每天沃尔夫都会跟踪一个副官。

大多数副官在总司令部工作，每天结束时他们会把机密文件锁在办公室里。但这几个人需要来总司令部参加晨会，而自己的办公室在城里其他地方，他们不得不随身带着文件往返于办公室之间。其中一个去赛美拉米斯酒店，有两个去纳斯厄尼那边的军营，第四个是去沙里·苏雷曼帕夏地区一栋没有标志的建筑。

沃尔夫想钻进那些公文包里。

今天他决定搞一次演习。

在烈日下等副官们出来时，他想到前一晚发生的事，新蓄的小胡子下嘴角弯了起来，露出微笑。他曾经承诺索尼娅，他会为她找到另一个佛瓦兹。昨晚他去了博卡区，在法赫米太太的店里挑了一个姑娘。她不是佛瓦兹——那个女孩真是热情如火——但她是个不错的临时替代品。他们先是轮流享用她，然后一起；之后他们玩了索尼娅那套古怪、刺激的游戏……那是个漫长的夜晚。

副官们出来的时候，沃尔夫跟上了那对到军营去的。

一分钟后，阿卜杜拉从一间咖啡馆里冒出来，步调一致地走在他身旁。

"那两个？"阿卜杜拉说，"就是他们了。"

阿卜杜拉是个镶着钢牙的胖子。他是开罗最有钱的人之一，但不同于大多数富有的阿拉伯人，他并不模仿欧洲人。他穿拖鞋，身披一件脏袍子，戴土耳其毡帽。他油腻腻的头发在耳朵旁打着卷儿，手指甲黑乎乎的。他的财富不像帕夏们那样来自土地，也不像希腊人那样来自贸易，而是来自犯罪。

阿卜杜拉是个贼。

沃尔夫喜欢他。他狡猾，谎话连篇，冷酷，慷慨，总是笑眯眯的。对沃尔夫来说，他身上体现了中东地区历史悠久的恶行和美德。他那支由子女、孙子孙女、侄子侄女、表侄们所组成的大军在开罗入室盗窃和街头行窃已经有三十年了。他的触手无孔不入，他是个大麻批发商，他对政客们有影响力，他还拥有博卡半数的房子，包括法赫米太太那栋。他和四个老婆住在老城里一栋破败的大房子里。

他们跟着两个军官来到新城中心。阿卜杜拉问："你要一个公文包，还是两个都要？"

沃尔夫想了想。一个是偶然被盗，两个就像有预谋的了。"一个。"他说。

"哪个？"

"无所谓。"

沃尔夫发现橄榄树别墅不再安全之后就考虑过找阿卜杜拉帮忙，但他当时决定不找他。阿卜杜拉肯定可以找个地方把沃尔夫藏起来——也许藏在一间妓院里——基本上想藏多久就能藏多久。但一旦把沃尔夫藏起来，他就会开始和英国人谈判，把沃尔夫卖给他们。阿卜杜拉把世界分成两半：他的家人和其他人。他对家人非常忠诚，全心全意信任他们；他欺骗所有其他的人，也认为其他人都想骗他。所有的生意都是在互相怀疑的基础上做成的。沃尔夫发现这一套令人惊讶地管用。

他们来到一个繁忙的街角。两个军官闪避着来往车辆，穿过马路。沃尔夫正打算跟上去，阿卜杜拉伸手拉住他的胳膊阻止了他。

"我们在这里下手。"阿卜杜拉说。

沃尔夫举目四望，审视着建筑物、人行道、路口和街头小贩们。他缓缓露出笑容，点点头。"无懈可击。"他说。

他们第二天下手。

阿卜杜拉挑选的抢劫地点的确无懈可击。这是一条繁忙的侧街和主干道的交会处。街角有一家咖啡馆，露天的桌子把人行道宽度减少了一半。咖啡馆外面靠主干道这一侧是一个公交车站。尽管被英国人统治了六十年，排队等公交车的想法在开罗从来没被接纳过，所以那些等车的人只在已经很拥挤的人行道上打转。侧街上要开阔一些，虽然咖啡馆在这一侧也有桌子，却没有公车站。阿卜杜拉留意到了这个小缺陷，于是安排了两个杂技演员在那里表演作为弥补。

沃尔夫坐在街角的一张桌子旁，从那里他可以同时看到主干道和侧街。他担心事情也许会出差错。

军官们也许今天不会回军营。

他们也许会走另一条路。

他们也许没带公文包。

警察也许会到得太快，把所有人现场逮捕。

那男孩也许会被军官们抓住盘问。

沃尔夫也许会被军官们抓住盘问。

阿卜杜拉也许决定不这么大费周章地挣钱，他只需联系范德姆中校，告诉他今天中午12点他可以来纳斯夫咖啡馆逮捕阿历克斯·沃尔夫。

沃尔夫害怕进监狱。他不只是害怕，他吓坏了。这个念头让他在正午的阳光下出了一身冷汗。如果有沙漠的空旷苍凉作为安慰，无需美食醇酒佳人他也能生活；如果有都市的奢华作为安慰，他也可以摒弃沙漠的自由而生活，但他无法承受同时失去二者。他从来没和任何人说过这一点，这是他的秘密梦魇。生活在一间狭小、灰暗的牢房里，与社会渣滓为伍，（而且他们全是男人），吃着糟糕的食物，永远看不见蓝天、无尽的尼罗河、开阔的原野……哪怕只是想想，恐惧也从他心头掠过。他把这个念头赶出脑海。这样的事不会发生的。

十一点四十五分，打扮得臃肿邋遢的阿卜杜拉蹒跚着经过咖啡馆。他看起来无所事事，但黑色的小眼睛却犀利地扫视着四周，检查着他的安排。他穿过马路，从沃尔夫的视野里消失了。

十二点过五分，沃尔夫从成群的脑袋中远远地看见两顶军帽。

他坐在椅子的边缘。

军官们走近了。他们拿着公文包。马路对面一辆停着的车把空转的引擎油门加大。

一辆公车开到车站旁。沃尔夫想：这不可能是阿卜杜拉安排的，这是运气，也算意外之喜。

军官们离沃尔夫只有五码了。

马路对面的汽车突然开动了。这是一辆黑色帕卡德大轿车，引擎动力充沛，车里铺设着柔软的美国弹簧。它像一头横冲直撞的大象一样，对主干道上的车流不管不顾，朝侧街冲过来，挂在低速挡的马达呼啸着，喇叭响个不停。在街角离沃尔夫坐的地方几英尺外，它一头撞在一辆旧菲亚特出租车的车头上。

两个军官站在沃尔夫的桌子旁，目瞪口呆地看着这场车祸。

出租车司机是个年轻的阿拉伯人，穿着一件西式衬衫，戴着土耳其毡帽，从车里冲了出来。

一个穿着马海毛西装的年轻希腊人从帕卡德里跳出来。

阿拉伯人说希腊人是猪崽。

希腊人说阿拉伯人是病骆驼屁股。

阿拉伯人扇了希腊人一耳光，希腊人一拳打在阿拉伯人鼻子上。

人们从公交车上下来，那些本来打算上车的也围了过来。

街角另一边，本来站在同伴头上的那个杂技演员扭头看打架时似乎失去了平衡，摔倒在他的观众身上。

一个小男孩从沃尔夫的桌子旁窜过。沃尔夫站起来，指着男孩用他最大的音量叫道："站住！小偷！"

男孩匆忙跑开。沃尔夫追了过去。四个坐在沃尔夫附近的人跳起来试图抓住男孩。男孩从那两个盯着马路上打架场面的军官中间穿过。沃尔夫和那几个跳起来帮他的人撞在军官们身上，把他们俩都撞倒在地。好些人开始喊起来"站住""小偷"，虽然大多数并不知道所说的小偷是谁。有几个新来的以为小偷一定是两个打架的司机之一。公车站的人群、杂技演员的观众、咖啡馆里的大多数人都涌上前来，开始揍两个司机——一些阿拉伯人认为希腊司机是小偷，其他的人则认定阿拉伯司机才是坏蛋。几个拿着手杖的男人——大部分人都随身带手杖——挤进人群，往人们头上乱敲一气，试图把打架的人们分开，但这完全是火上浇油。有人操起一把咖啡馆的椅子朝人群掷过去，所幸扔过了头，椅子砸进了帕卡德的挡风玻璃。然而这时咖啡店的服务员、厨师和店主冲了出来，开始揍那些把他们的桌椅撞歪碰倒或是坐在上面的人。所有人都在朝其他人大喊大叫，五种语言交织在一起。

路过的汽车也停下来观看这场混战，从三个方向来的车流堵在一起，每一辆停下来的车都在鸣笛。有一条狗挣脱了它的绳子，兴奋得发了狂，开始咬人们的腿。所有人都从公车上下来了。厮打的人群每一秒都在扩张。停下来看热闹的司机们后悔不迭，因为当他们的车被混战吞没时，他们动弹不得（因为其他的人全停了下来），只能锁上车门，关上车窗，任凭男人、女人、孩子们、阿拉伯人、希腊人、叙利亚人、犹太人、澳大利亚人和苏格兰人跳上他们的车顶，在他们的车前盖上大打出手，摔倒在他们的踏板上，鲜血溅在他们的漆面上。有人掉进了咖啡馆隔壁的裁缝店窗口，一头受惊的山羊跑进了和咖啡馆另一侧比邻的纪念品店，撞翻了一张张摆满瓷器、陶器和玻璃制品的茶几。一头狒狒不知从哪里冒了出来——没准它之前正骑着那头山羊，这是常见的街头娱乐节目——身手敏捷地从人群的头上跑过，消失在亚历山大城的方向。一匹马挣脱了笼头，沿着马路从排成长龙的汽车中间脱缰跑掉了。一个女人从咖啡馆楼上的窗口向混战的人群浇了一桶脏水。根本没人注意到。

警察终于来了。

当人们听到口哨声时，忽然之间那些让他们各自动手的推推搡搡、骂骂咧咧看起来都不那么重要了。警察开始抓人之前，人们争先恐后四散而逃。人群迅速地消失了。沃尔夫在混战刚开始时就被绊倒了，这时他爬了起来，溜达到马路对面观看闹剧收场。等到六个人被铐了起来，事情就算了结了。没人留下来继续打，只有一个穿着黑衣服的老妇人和一个一条腿的乞丐在路边的排水沟里有气无力地推着对方。咖啡馆的店主、裁缝和纪念品店的老板绞着手痛骂警察来得太慢，出于向保险公司索赔的目的，他们在心里把自己的损失翻了个两三倍。

公车司机的胳膊断了，但其他伤者都只是划伤和瘀伤。

只有一例死亡：山羊被狗咬了，因此不得不被杀掉。

当警察试图把相撞的汽车移走时，才发现在混乱中，街头的顽童们把两辆车都从后面用千斤顶顶起来、把轮胎偷走了。

公车上所有的灯泡也都不见了。

一并消失的还有一个英国军方的公文包。

阿历克斯·沃尔夫轻快地在开罗老城的巷子里穿行，对自己非常满意。一周之前，从总司令部窃取机密的任务还是几乎不可能的，现在看来他已经胜券在握。让阿卜杜拉策划一场街头大战的主意真是精妙绝伦。

他真想知道公文包里有什么。

阿卜杜拉的房子和那些挤作一团的贫民窟看起来没什么两样。开裂斑驳的建筑正面上没有规律地点缀着几扇奇形怪状的小窗户。入口没有门，是一个低矮的拱形门洞，后面是一条黑乎乎的走廊。沃尔夫闪身进入拱门，沿着走廊往前，登上一道石质旋转楼梯。到了楼梯顶，他掀开一块帘子，走进了阿卜杜拉的起居室。

房间和主人很相像——肮脏，舒适，富裕。三个小孩和一条小狗围着昂贵的沙发和镶花茶几互相追逐。在窗户旁的一间凹室里，一个老妇人正在绣一条挂毯。沃尔夫走进来的时候，另一个女人正要离开房间，在这里并没有沃尔夫幼时家里那种严格的穆斯林男女不得同处的规定。阿卜杜拉盘腿坐在地板中间一个刺绣坐垫上，怀里躺着一个婴儿。他抬起头看着沃尔夫，大笑道："我的朋友，我们大功告成啦！"

沃尔夫在地上和他相对而坐。"棒极了。"他说，"你是个魔术师。"

"好一场乱子！还有那辆公车，来得正是时候——还有那头逃跑的狒狒……"

沃尔夫凑近了看阿卜杜拉在做什么。他身旁的地板上放着一堆钱包、手提包、手袋和手表。他一边说话一边捡起一个做工精湛的真皮钱包，从里面掏出一卷埃及纸币、几张邮票和一小支金色的铅笔，把这些东西都藏在他的长袍下面。然后他放下钱包，拿起一个手提包，开始翻看起来。

沃尔夫意识到了这些东西是从哪里来的。"你这个老狐狸，"他说，"你让你的男孩们在人群里面浑水摸鱼。"

阿卜杜拉咧嘴一笑，露出了他的钢牙："费这么多工夫只偷一个公文包……"

"你拿到公文包了吧？"

"当然。"

沃尔夫放下心来。阿卜杜拉并没有把公文包拿出来的意思。沃尔夫问："你干吗不把它给我？"

"马上。"阿卜杜拉说。他还是没动。过了一会儿，他说："你要再付我五十镑，一手交钱一手交货。"

沃尔夫点出五十镑钞票，它们消失在脏兮兮的长袍下。阿卜杜拉身体前倾，一只手将婴儿抱在胸前，另一只手伸到他坐着的垫子下面把公文包拽出来。

沃尔夫从他手里接过包仔细检查。锁是坏的。他有种被骗的感觉。两面三刀也该有个度。他努力让自己镇定地说："你已经打开过了。"

阿卜杜拉耸耸肩。他说："马力希。"这是一个含义模糊的简略说法，同时有"对不起"和"那又怎么样"的意思。

沃尔夫叹了口气。他在欧洲待得太久了。他已经忘了老家的游戏规则。

他打开公文包的盖子。里面有一扎文件，大概有十到十二页，上面密密麻麻地印着英文。他开始读的时候，有人把一小杯咖啡放在他身边。他瞥见是一个漂亮的年轻女孩。他问阿卜杜拉："你女儿？"

阿卜杜拉大笑起来："我老婆。"

沃尔夫又看了女孩一眼。她看起来大概十四岁。他把注意力放回文件上。

他读完第一页，心中疑窦丛生，快速翻完了后面几页。

他把文件放下。"亲爱的上帝啊。"他轻轻地说。他开始大笑起来。

他偷来了一份完整的军营食堂六月菜单。

范德姆对博格上校说："我已经发通知提醒军官们，除非有特殊情况，否则不能随身携带总司令部文件。"

博格坐在他宽大的弧形办公桌后，用他的手绢擦拭着那个红色的板球。"好主意。"他说，"让小伙子们都动起来。"

范德姆继续道："我有个线人，我给你说过的那个新来的女孩——"

"那个妓女。"

"没错。"范德姆强忍着冲动，没对博格说不该用"妓女"

这个词来指代艾琳。"她听到传闻说这场骚乱是由阿卜杜拉组织的——"

"他是谁？"

"他是个埃及版的费金[①]，他其实也是个线人，尽管卖消息给我是他众多生财门道里面最不起眼的一条。"

"根据传闻，策划这场骚乱是出于什么目的？"

"偷东西。"

"我明白了。"博格看起来半信半疑。

"有很多东西被偷了，但我们必须考虑这种可能：这次行动的主要目标是那个公文包。"

"有阴谋！"博格愉快地说，一脸不相信的样子。"但这个阿卜杜拉拿我们食堂的菜单干什么呢，嗯？"他大笑起来。

"他不知道公文包里有什么。他可能以为会是机密文件。"

"我重复一遍问题。"博格说，这场景就像父亲在耐心地教导孩子，"他拿机密文件干什么？"

"他也许是受人指使。"

"谁指使？"

"阿历克斯·沃尔夫。"

"谁？"

"那个阿斯尤特凶手。"

"哦，不是吧，少校，我以为我们已经把这件事了结了。"

博格的电话响了，他接了起来。范德姆借机冷静了一下。范德姆想，博格的根本问题大概在于他对自己没有信心，不信任他

---

① 费金，《雾都孤儿》中的教唆犯。

自己的判断，而且缺少做出真正决策的信心。他摆出一副高人一等的架子，总是自作聪明地反驳别人，来营造一种自己其实很机灵的幻觉。当然，对于公文包失窃是否关系重大，博格一点儿头绪也没有。他本来可以听听范德姆的说法，然后自己再做判断。但他不敢这么做。他没法和下属进行富有成效的讨论，因为他把自己的全部智能都用来想法子驳倒你、揪出你的错误，或是对你的想法冷嘲热讽。等他耍够了威风，好坏暂且不论，但决定也就在激烈的争吵中误打误撞地定出来了。

博格正说道："当然了，长官，我马上着手办这件事。"范德姆好奇他是怎么把上级应付过去的。上校挂上电话，说："现在，那个，我们说到哪里啦？"

"阿斯尤特的凶手还逍遥法外。"范德姆说，"在他抵达开罗后不久，一名总司令部军官公文包被抢，这件事也许关系重大。"

"装着食堂菜单的公文包。"

又来了，范德姆想。他尽最大努力文雅地说："在情报部门，我们不相信巧合，不是吗？"

"别给我上课，小子。即使你是对的——我确定你不是——除了发布你已经发出去的通知，我们又能做些什么呢？"

"这个嘛，我已经和阿卜杜拉谈过了。他否认认识阿历克斯·沃尔夫，但我认为他在说谎。"

"他要是个小偷，你干吗不向埃及警方举报他？"

这么做有什么意义？范德姆想。他说："他们很了解他的情况。他们没法逮捕他，因为有很多高级官员收了他大笔贿赂。但我们可以把他抓起来审问，稍微逼问他一下。他不是个忠诚的人，会轻易改变立场——"

"总参情报局不能抓人逼供，少校——"

"战地安保可以，甚至军警也行。"

博格笑了。"如果我拿着这个埃及版费金偷食堂菜单的故事去找战地安保，他们会笑掉大牙。"

"但是——"

"我们已经讨论得够久了，少校，事实上是太久了。"

"看在上帝的分儿上——"

博格提高了音量。"我不相信这场骚乱是有组织的。我不相信阿卜杜拉打算偷公文包，我也不相信沃尔夫是个纳粹间谍。清楚了吗？"

"你看，我只想——"

"清楚了吗？"

"是的，长官。"

"很好，解散。"

范德姆出去了。

六

我是一个小男孩。我爸爸告诉过我我几岁，但是我忘了。下次他回家的时候我会再问问他。我的爸爸是个士兵。他去的地方叫作苏丹。苏丹离这里很远。

我上学。我学《古兰经》。我也学读书写字。读书很简单，但写字时一不小心就会弄得一团糟。有时候我摘棉花，或者带牲畜去饮水。

我妈妈和我奶奶照顾我。我的奶奶是个有名的人。事实上全世界的人生病的时候都来见她。她给他们药草做的药。

她给我喝糖浆。我喜欢把它和凝乳混在一起。我躺在厨房里的炉子上面，她给我讲故事。我最喜欢的是丹士威的英雄扎赫兰的故事。她说这个故事的时候，总说丹士威就在附近。她一定是上了年纪记性不好了，因为丹士威离这里很远。我曾经和阿卜杜勒去过一次，我们走了整个上午呢。

丹士威就是英国人开枪打鸽子时，子弹引燃了谷仓的地方。当时全村的男人都跑出来看是谁放的火。有个士兵被村里强壮的男人都朝他跑来的景象吓坏了，于是朝他们开火。士兵和村民们干了一架。谁也没打赢谁，但那个朝谷仓开枪的士兵被杀死了。之后来了更多的士兵，把村里的男人全抓了起来。

士兵们用木头做了个叫作绞刑架的东西。我不知道绞刑架是什么，但它是用来悬挂人的。我不知道人被挂在上面时会怎么样。有的村民被挂了上去，其他人则被鞭打。我知道用鞭子打人是怎么回事。那是世界上最可怕的事，比把人挂起来还要可怕，我觉得是这样的。

扎赫兰是第一个被挂起来的人，因为他和士兵们打架时最勇猛。他走向绞刑架时，头抬得高高的，为他杀死了那个烧谷仓的人而自豪。

我真希望我是扎赫兰。

我从来没见过英国士兵，但我知道我恨他们。

我的名字叫安瓦尔·萨达特，我要当一个英雄。

萨达特用手指拨弄着他的小胡子。他对它很满意。他只有二十二岁，穿着他的上尉军服，他看起来有点像个娃娃兵：小胡子能让他看起来老成一点儿。他需要尽量树立威信，因为他接下来的提议——和他以往的提议一样——有一点儿荒唐。在所有的小型会议上，他都卖力地讲演，好像屋子里这区区几个莽夫现在真能随时把英国人赶出埃及似的。

他开口说话的时候，故意把声音放得低沉一些。"我们一直盼着隆美尔在沙漠里击败英国人，解放我们的国家。"他环视着房间：在大小会议上，这都是个很有用的技巧，因为这让每个人都感觉萨达特是在和自己说话。"现在我们有个坏消息，希特勒已经同意把埃及给意大利人了。"

萨达特有些夸大其词：这并不是确切消息，而是传闻。况且大多数听众都知道这是个传闻。然而戏剧性才是眼下人们想看到的，所以他们对此报以愤怒的低语。

萨达特继续道："我提议自由军官运动与德国方面协商达成以下协议，我们将组织一支力量对抗开罗的英军，德方要确保击败英国人之后埃及的独立和主权。"他说这话时，不免觉得眼下的情形有些可笑。他这个刚告别农场的农民的儿子，在这里和一群缺乏信心的军官讨论和德国人谈判的事。可谁还能代表埃及人民呢？英国人是征服者，国会是傀儡，而国王是个外国人。

提议还有另一个理由，一个不会在这里讨论的理由，一个萨达特只在午夜时分才会向自己承认的理由：阿卜杜勒·纳赛尔和他的部队被派到苏丹去了，他的缺席给了萨达特一个争取成为反对运动首领的机会。

他把这个念头逐出脑海，因为这有些不够高尚。他必须让其他人先认可这个提议，然后再就实施方式达成一致。

先开口的是柯麦尔。"可是德国人会把我们当回事吗？"他问。

萨达特点点头，就像他也认为这需要着重考虑。事实上他和柯麦尔事前就已经商量好由柯麦尔来问这个问题，因为这其实无关痛痒。真正的问题在于是否能相信德国人会遵守和一群反抗分子的约定。萨达特不想在会议上讨论这个。德国人不太可能会老实扮演协议中的角色，但如果埃及人的确站起来反抗英国人，即使他们稍后遭到德国人的背叛，他们也会认识到自由的可贵，也许他们会追随那个策划了这次崛起的领导人。如此残酷的政治现实不适合这样的会议，太世故，太多算计。柯麦尔是唯一一个萨达特可以与之探讨战略的人。他是个警察，一个隶属开罗警察局的探长，一个精明、谨慎的人，也许是警察的工作让他变得愤世嫉俗。

其他人开始讨论这条路是否行得通。萨达特没有参加讨论。让他们说吧，他想。这才是他们真正热衷的。等到行动的时候，他们总是让他失望。

他们讨论时，萨达特回想起去年夏天那场失败的革命。起因是阿扎尔酋长宣称："我们和战争没有关系。"随后埃及国会以罕有的独立姿态采取措施："把埃及从战争的灾难中拯救出来。"在那之前，埃及军队一直在沙漠里和英军并肩作战。而现在，英国人命令埃及人放下武器撤退。埃及人乐意撤退，但并不想解除武装。萨达特看到这是个煽动斗争的天赐良机。他和许多青年军官拒绝交出武器，计划在开罗游行。让萨达特大失所望的是，英方立刻就妥协了，允许他们保留武器。萨达特继续试图把反叛的火星酝酿成革命的火焰，但是英军的退让让他束手无策了。开罗游行则是一场惨败，萨达特的部下抵达了集合点，但其他人都没来。他们洗了洗车，坐下来等了一会儿，就到营地去了。

六个月之后，萨达特再次尝到了失败的滋味。这次是关于埃及那位肥胖的土耳其国王。英国人对法鲁克国王下了最后通牒：他要不就命令首相组建一个新的、亲英的政府，要不就退位。在压力之下国王任命了穆斯塔法·艾尔纳哈斯帕夏，命他组建一个新政府。萨达特并非保皇派，但他是个机会主义者：他宣称此举侵犯了埃及主权，青年军官们游行到皇宫去向国王致敬，以示抗议。萨达特再次试图推进反抗运动。他的计划是以保护国王的名义包围皇宫。他又一次成为唯一一个出现的。

这两次经历都让他深深地感到失望。他想要放弃整个反抗运动了。在最幽深的绝望中，他想：让埃及人民自生自灭吧。但这些时刻总会过去，因为他知道反抗是正确的，他也知道自己有足够的才干把这件事办好。

"但我们没有任何联系德国人的方式。"说话的是飞行员之一的阿玛。萨达特很高兴他们已经开始讨论如何做，而不是要不要做。

柯麦尔知道问题的答案。"我们也许能用飞机送信。"

"没错！"阿玛年轻，性子火暴，"我们中的一个人可以在例行巡逻的时候改变航线，在德军防线后降落。"

一个较年长的飞行员说："等他返航的时候，他就得解释为什么改变航线了。"

"他根本回不来。"阿玛说，他脸上立刻露出悲凉，就像之前变得兴致勃勃一样迅速。

萨达特平静地说："他可以和隆美尔一起回来。"

阿玛的眼睛又亮了。萨达特知道这个年轻的飞行员正看见自己和隆美尔带领着一支解放军进入开罗的景象。萨达特决定应该由阿玛来做这个信使。

"让我们来定一下信的内容。"萨达特表现得很民主。没人留意到对于到底要不要送信这个问题他们还没有得出明确的结论。"我认为我们应该提四点。一、我们是诚实的埃及人，已经在军队内部建立了自己的组织；二、像你方一样，我们在和英国人作战；三、我们能够招募一支革命军，加入你方；四、我们会组织一场抗击开罗英军的起义，如果英国人被击败，你方要保证埃及的独立和主权。"他停顿了一下，皱着眉头补充道，"我想也许我们应该做点什么，来体现我们的诚意。"

一阵沉默。柯麦尔也有这个问题的答案，但如果从其他人嘴里说出来效果会更好。

阿玛及时地充当了这个角色。"我们可以随信送去一些有用的军事情报。"

柯麦尔这时假装反对这个想法。"我们能搞到什么类型的情报？我没法想象——"

"英军部署的航空照片。"

"这怎么可能呢？"

"我们可以在例行巡逻的时候用一个普通相机拍。"

柯麦尔看起来半信半疑。"怎么冲洗胶片？"

"没必要。"阿玛兴奋地说，"我们把胶片送过去就行。"

"就一张胶片？"

"想送几张就几张。"

萨达特说："我想阿玛是对的。"他们又一次讨论起想法的可行性而非风险。眼前只剩下最后一道障碍了。萨达特从苦涩的经历中学到的教训是，这些起义者直到真的需要他们把脖子伸出去那一刻前都是异常勇敢的。他说："那只剩下我们当中谁去驾驶这辆飞机的问题了。"他说话时环视着房间，最后让目光停留在阿玛身上。

犹豫了片刻之后，阿玛站了起来。

萨达特的眼里闪着胜利的光芒。

两天后，柯麦尔从开罗市中心步行了三英里，来到萨达特所居住的市郊。作为一名探长，柯麦尔可以随时动用警车，但为了安全起见，他几乎从来不开车去参加起义会议。虽然他的警察同事们多半会对自由军官运动持同情态度，但他并不急于考验他们。

柯麦尔比萨达特大十五岁，但他对这个比自己年轻的人的态度近乎英雄崇拜。柯麦尔和萨达特一样愤世嫉俗，一样对操控政治力量有着切实的理解，但萨达特还有些别的东西，那是燃烧着的理想主义，给了他无限的能量和无穷的希望。

柯麦尔不知该如何告诉他这个消息。

给隆美尔的信写好之后，除了缺席的纳赛尔，萨达特和所有自由军官首领都在上面签了字，然后把信封在一个大号棕色信封里。英军驻扎分布的航空照片也拍好了。阿玛已经驾驶着斗士战斗机出发，巴格达迪驾驶另一架飞机跟在后面。他们在沙漠中降落，接上了柯麦尔。柯麦尔把那个棕色信封交给阿玛，然后爬上巴格达迪的飞机。阿玛脸上朝气蓬勃，闪耀着理想的光芒。

柯麦尔想：我要怎么把这个消息告诉萨达特？

这是柯麦尔第一次坐飞机。在地面上看来平淡无奇的沙漠，现在像是一片由各种图案和形状组成的无边无际的马赛克装饰：小片小片的沙砾，星星点点的植物，奇形怪状的小火山。巴格达迪说："你一会儿会冷的。"柯麦尔以为他在开玩笑——沙漠像个熔炉——但随着小飞机爬升，温度直线下降，很快他就在他的薄棉布衬衫下发抖了。

过了一会儿，两架飞机都朝东飞去，巴格达迪用无线电对基地说阿玛改变了航线，并且没有回复无线电呼叫。不出所料，基地让巴格达迪跟着阿玛。这点小把戏是有必要的，这样巴格达迪返航后不会被人怀疑。

他们飞过一片军营。柯麦尔看见了坦克、卡车、野战炮和吉普车。有一群士兵朝他们挥手，他们一定是英国人，柯麦尔想。

两架飞机都爬高了。他们看见正前方有战斗的迹象：沙尘滚滚，炮火和爆炸不断。他们转弯避开战场，朝它的南面飞去。

柯麦尔想：我们飞过了英军基地，然后飞过战场——接下来就到德军基地了。

前方阿玛的飞机下降了一点儿。巴格达迪并没有跟着下降，反而升高了一点儿——柯麦尔感觉到几乎已经到斗士的高度极限了——然后朝南飞去。从飞机上往右面看，柯麦尔看见了刚才飞行员们看到的景象：一小片营地，还有一块被标记为跑道的清空的条形地带。

随着柯麦尔走近萨达特的住所，他回想起在沙漠上空时，他意识到他们来到了德军防线后，协议几乎快送到隆美尔手上了，不由得欢欣鼓舞。

他敲了敲门。他仍然不知道和萨达特说什么。

这是一栋普通的民居，比柯麦尔家要寒酸不少。过了一会儿，萨达特穿着一件加拉比亚，抽着一个烟斗来到门口。他看到柯麦尔的脸，立刻就说："出问题了。"

"是的。"柯麦尔走了进去。他们走进萨达特用来做书房的小房间。房间里有一张书桌，一架子书，光秃秃的地上放着几个垫子。书桌上有一把军用手枪，压在一摞文件上。

他们坐了下来。柯麦尔说："我们发现了一个有跑道的德军营地。阿玛开始下降。然后德国人开始对他的飞机开火。那是一架英国飞机，你看，我们从来没想到这一点。"

萨达特说："但他们肯定能看出他没有敌意——他没有开火，没有扔炸弹——"

"他就是继续下降。"柯麦尔继续说，"他的机翼来回摇摆，我猜他试图用无线电和他们联系，但无论如何他们还是继续开火，飞机尾部被击中了。"

"哦，天哪。"

"他迅速下降，德国人停火了。他好像试图靠轮子着陆。飞机似乎在地上反弹了几下。我想阿玛失去了对飞机的控制。当然，他没法减速。他冲出坚硬的地面，撞进一片沙地，左翼撞上了地面，猛地折断了，机头插进沙子，拖出一道犁沟，然后机身砸在折断的机翼上。"

萨达特面无表情，一动不动地盯着柯麦尔，他的烟斗已经在手里变凉了。柯麦尔的脑海里浮现出折翼的飞机陷在沙地里的场景，一辆德军消防车和救护车沿着跑道向它疾驰而去，后面跟着十来个士兵。他永远不会忘记那个场面，红黄交织的火焰从飞机腹部喷薄而出、直冲云霄，像一朵正在怒放的樱花。

"它爆炸了。"他对萨达特说。

"阿玛呢？"

"那样的大火，他不可能生还。"

"我们一定得再试一次。"萨达特说，"我们必须得找出另一条送信的渠道。"

柯麦尔瞪着他，意识到他轻快的语气是装出来的。萨达特试图点燃他的烟斗，但拿着火柴的手颤抖得太厉害了。柯麦尔凑近他，看见萨达特眼里含着泪。

"可怜的孩子。"萨达特低声说。

七

沃尔夫又回到了起点：他知道秘密在哪里，但他拿不到。

他也许可以用偷第一个公文包的方法把另一个也偷来，但在英国人看来，那就像是有预谋的了。他也许能想出另一个偷公文包的方法，但那也会导致对方严加防范。况且，一个公文包也满足不了他的需要，他必须拥有可以不受阻碍地定期接触机密文件的渠道。

那正是他现在为索尼娅剃除毛发的原因。

她的毛发黑而粗重，生长得很快。因为定期用剃刀清理，她才能穿着透明的裤子而不需按惯例叠穿沉甸甸的亮片丁字裤。这份额外的身体自由度——以及那个持久而准确的传闻，即她裤子下面什么都没穿——帮助她成为时下首屈一指的肚皮舞明星。

沃尔夫把刷子在碗里蘸了蘸，开始给她涂肥皂沫。

她躺在床上，用一堆枕头把背部垫高，怀疑地看着他。她对他的这个新爱好不怎么热心。她觉得她不会喜欢。

沃尔夫更精于此道。

他了解她心里怎么想，比她自己更了解她的身体，而且他有求于她。

他用柔软的刷子轻抚着她，说："我想到了另一个搞到那些公文包的办法。"

"什么办法？"

他没有立刻回答她。他放下刷子，拿起剃刀。他在拇指上试了试刀锋，然后看着她。她正意乱情迷地看着他。他俯身向前，把她的腿分开一点儿，让剃刀贴在她皮肤上，小心地往上轻轻一抹。

他说："我打算和一个英国军官交朋友。"

她没有回答，她只有一半心思在听他说话。他把剃刀在毛巾上擦了擦。他用左手的一个指头摸了摸刚剃过的那一片区域，把皮肤往下压平，然后把剃刀靠过去。

"然后我会把那个军官带到这里来。"他说。

索尼娅说："哦，不。"

他用剃刀的边缘抚摸着她，轻柔地向上刮。

她的呼吸开始变得沉重了。

他把剃刀擦了擦，然后一次又一次地抚摸着她。

"我会想办法让那个军官带上他的公文包。"

他把手指放到她最敏感的那一点上，在周围轻轻地刮弄。她闭上了眼睛。

他从水壶里倒了些热水到他身旁地上放着的一个碗里。他把一块毛巾在水里蘸了蘸，然后拧干。

"你和那个军官上床的时候我会翻看那个公文包。"

他把热毛巾捂在她刚被剃刀刮过的皮肤上。

她像一只被逼到绝境的动物一样发出一声尖叫："啊，上帝啊！"

沃尔夫让身上的浴袍滑落，赤裸裸地站着。他拿起一瓶润肤油，倒了一些在右手手心，然后跪在索尼娅身边的床上，涂抹着她的阴部。

"我不干。"她一边说着，一边开始扭动身体。

他又加了些油，按摩着那些褶皱和裂缝。他的左手按在她的咽喉上，把她压在床上。"你会答应的。"

他灵活的手指又抚又捏，变得不那么温柔了。

她说："不干。"

他说："答应我。"

她把头摇来摇去。她的身体无助地扭动着，想要抓牢这种强烈的快感。她开始战栗起来，最终她发出一连串"哦！哦！哦！"的呻吟，然后松弛下来。

沃尔夫并不让她停下来。他继续抚弄她光滑无毛的皮肤。她无力抗拒，又开始扭动身体。

她睁开眼睛，见他也兴奋起来了。她说："你这个混蛋，放到我身体里来。"

他不怀好意地笑了。感官的力量有如毒品。他俯身罩在她上方，却悬空停住不动。

她说："快点！"

"你答应我吗？"

"快！"

他让自己的身体和她接触，然后又停住了。"你答应我吗？"

"好吧！求你了！"

"啊！"沃尔夫吸了口气，放低身体迎向她。

当然，事后她想反悔。

"那种承诺不算数。"她说。

沃尔夫裹着一条大毛巾从浴室出来。他看着她。她仍然裸着身子，正躺在床上吃一盒巧克力。有的时候他几乎可算是宠溺着她。

他说："承诺就是承诺。"

"你承诺会给我们再找一个佛瓦兹。"她闷闷不乐地说。做爱之后她总是这样。

"我从法赫米太太那里带来了那个女孩。"沃尔夫说。

"她不是另一个佛瓦兹。佛瓦兹不会每次张口要十英镑，也不会在早晨回家去。"

"好吧。我还在找。"

"你承诺的不是找，你承诺会找到。"

沃尔夫走进另一个房间，从冰柜里拿出一瓶香槟，又挑了两个杯子，拿着这些东西回到卧室。"要来点吗？"

"不要。"她说，"还是来点吧。"

他倒了一杯给她。她喝了一点儿，又吃了一块巧克力。沃尔夫说："致那位不认识的、即将获得人生中最美妙惊喜的英国军官。"

"我不会和英国人上床的。"索尼娅说，"他们臭烘烘的，皮肤像鼻涕虫，而且我讨厌他们。"

"这正是你要帮我的原因——因为你讨厌他们。想象一下，当他和你上床，以为自己交了好运的时候，我正在读他的机密文件。"

沃尔夫开始穿衣服。他穿上一件在老城的一家小裁缝铺子里定做的衬衫——一件英国军装衬衫，肩上有上尉的标志。

索尼娅问："你穿的是什么？"

"英国军官制服。你知道的，他们不和外国人说话。"

"你要假扮英国人？"

"我想扮南非人。"

"可你万一露馅了怎么办？"

他看着她。"我大概会被当作间谍打死。"

她看向别处。

沃尔夫说："如果我找到可能的人选，我就把他带到恰恰去。"他把手伸进衬衣，把他的小刀从腋下的刀鞘里抽出来。他走到她身边，用刀尖点着她的裸肩说："如果你让我失望，我就把你嘴唇切下来。"

她看着他的脸。她没说话，但眼里流露出恐惧。

沃尔夫出去了。

谢菲尔德酒店人来人往。这里一向如此。沃尔夫付过的士车费，从大群的小贩和导游中间挤过，走进了门厅。这里挤满了人：吵吵嚷嚷谈生意的黎凡特商人，到邮局和银行办事的欧洲人，穿着廉价长裙的埃及女孩，还有英国军官——酒店禁止普通士兵入内。沃尔夫路过两尊比真人还大的青铜擎灯仕女像，来到了休息室。一支小型乐队正演奏着毫无特色的音乐。这里人更多，以欧洲人为主，不停地叫着服务员。沃尔夫从沙发和大理石面茶几中间穿过，来到房间尽头的长吧台前。

这里要安静一些。谢绝女客，喝酒是正题。这正是一个孤独的军官会来的地方。

沃尔夫坐在吧台前。他本来想点香槟，但他这时记起自己的伪装，要了威士忌和水。

他仔细地推敲过他的着装。棕色的皮鞋是军官常穿的样式，擦得亮亮的；卡其色袜子翻折的位置恰到好处；宽松的短裤有着笔挺的裤缝线；带着上尉标志的军装衬衣盖在短裤上而不是塞进去；平顶帽微微有一点儿斜。

他有点担心自己的口音。他有一套准备好的说辞——他在阿斯尤特给纽曼上尉所说的，在南非的荷兰语地区长大的故事——但万一他挑中的军官是个南非人怎么办？沃尔夫没法通过英语口音分辨出南非人。

他更担心的是他对军队的了解。他要找一位来自总司令部的军官，所以他会自称来自英国驻埃军团，这是一支单独的部队。不幸的是，除此之外，他对它所知甚少。他不确定英国驻埃军团做些什么、组织架构如何，而且他连里面一个军官的名字都说不出来。他想象了这么一段对话：

"老巴菲·詹金斯怎么样了？"

"老巴菲？在我们部门不常见到他。"

"不常见到他？他是管事儿的啊！我们说的是同一个驻埃军团吗？"

然后再次穿帮：

"那西蒙·弗罗比歇呢？"

"哦，西蒙还是老样子，你知道的。"

"等等——有人说他回老家去了，没错，我确定他回去了——你怎么会不知道呢？"

然后是指控，叫来军警，打斗，最后是监狱。

监狱是唯一一样真正让沃尔夫害怕的东西。他把这些念头逐出脑海，又要了一杯威士忌。

一个汗流浃背的上校走进来站在沃尔夫的高脚凳旁。他对酒保叫道："埃兹玛！"这个词的意思是"听着"，但英国人都以为是"服务员"。上校看着沃尔夫。

沃尔夫礼貌地点点头，说："长官。"

"在酒吧里不要戴帽子，上尉。"上校说，"你在想什么？"

沃尔夫摘掉帽子，暗骂自己疏忽。上校要了啤酒。沃尔夫转头看着别处。

酒吧里有十五到二十个军官，但他一个也不认识。他在寻找那八个每天中午拿着公文包离开总司令部的副官之一。他记住了他们几个人的脸，一见到立刻能认出来。他已经去过了大都市酒店和特夫俱乐部，但没有收获，在谢菲尔德待半个小时之后，他会再试试军官俱乐部，吉泽拉运动俱乐部，甚至盎格鲁–埃及联盟。如果今晚失败，他明天会再尝试。他确信他早晚会遇见他们其中之一。

然后一切就取决于他的技巧了。

他的计谋是精心设计的。制服让他成为他们中的一员，一个值得信任的同伴。像大多数士兵一样，他们身在异国，多半孤独而对异性十分饥渴。无可否认，索尼娅是个非常迷人的女人——至少看起来是的，普通的英国军官是无法抵御一个东方妖女的诱惑的。

如果他不走运，挑中了一个聪明到能抵御诱惑的副官，他大不了把他撤下再找一个。

他希望这件事不要花太长时间。

事实上他只多花了五分钟。

进来的那个少校是个瘦小的男人，大概比沃尔夫大十岁。他脸颊上布满酗酒之人常见的红血丝。他长着一对凸出的蓝眼睛，稀薄的黄头发贴在脑袋上。

每天中午，他都会离开总司令部，手里拎着公文包，走进沙里·苏雷曼帕夏地区一栋没有标志的建筑。

沃尔夫的心脏漏跳了一拍。

少校来到吧台，摘下帽子，说："埃兹玛！苏格兰威士忌，不要冰。动作利落点。"他转向沃尔夫。"这该死的天气。"他用攀谈的语气说。

"难道不是一直这样吗，长官？"沃尔夫说。

"一点儿没错。我是史密斯，总司令部的。"

"你好，长官，"沃尔夫说。他很清楚，既然史密斯每天从总司令部到另一栋楼去，这位少校不可能真的在总司令部工作。他疑惑了一下为什么这个男人要说谎。他把这个念头暂时放到一边，说："我是史雷温伯格，英国驻埃军团的。"

"好极了，再给你来一杯？"

事实证明和军官搭上话比他预计的要容易。"您人真好，长官。"沃尔夫说。

"省了长官那套吧。酒吧里面无军衔，你说呢？"

"当然。"又一个疏忽。

"要喝点什么？"

"威士忌加水，谢谢。"

"如果我是你就不会加水，据说都是直接从尼罗河里盛的。"

沃尔夫笑了。"我一定是习惯了。"

"不拉肚子？你一定是埃及唯一一个不拉肚子的白人。"

"生在非洲，在埃及待了十年。"沃尔夫说话也带上了史密斯那种简略的风格。我应该去当个演员，他想。

史密斯说："非洲，哈？我之前就觉得你有点口音。"

"荷兰父亲，英国母亲。我们在南非有个牧场。"

史密斯流露出关切的神情。"你父亲一定很不好受，荷兰到处是德国佬。"

沃尔夫没想过这一点。"我还小的时候他就去世了。"他说。

"真不幸。"他喝光了杯子里的酒。

"再来一杯？"沃尔夫提议道。

"谢谢。"

沃尔夫又点了不少酒。史密斯递给他一支烟：他拒绝了。

史密斯抱怨食物很糟糕，酒吧里酒水常常缺货，公寓的房租太贵，阿拉伯服务生粗鲁无礼。沃尔夫很想辩解说食物糟糕是因为史密斯坚持只吃英国菜而不肯吃埃及菜，酒水稀缺是因为欧洲的战事，房租过高是因为成千上万个史密斯这样的外国人涌入城市，而服务员对他无礼则是因为他太懒或是太傲慢、不肯学几句阿拉伯语的礼貌用语。但他只是紧咬牙关一言不发，不时点点头，好像深有同感似的。

在史密斯这番长篇大论的牢骚正发得起劲时，沃尔夫越过他的肩膀看到六个军警走进了酒吧。

史密斯注意到他的表情变化，说："怎么？见鬼了？"

这群人里有一个陆军警察，一个穿着白色紧身裤的海军警察，一个澳大利亚人，一个新西兰人，一个南非人，还有一个包着头巾的廓尔喀人。沃尔夫有种想逃跑的疯狂冲动。他们会问他什么？他该怎么回答？

史密斯扭头看见了军警们，说："就是普通的夜间纠察队嘛，抓喝醉的军官和德国间谍。这是个军官为主的酒吧，他们不会来打扰咱们的。怎么回事，你违反了什么规定吗？"

"不，不是的，"沃尔夫匆忙编了个理由，"那个海军警察和我认识的一个在哈法亚被干掉的小子长得一模一样。"他仍然盯着纠察队员们。他们戴着钢盔，腰间挂着带皮套的手枪，一副公事公办的样子。他们会要求出示证件吗？

史密斯已经把他们抛到脑后了。他这时说："至于仆人嘛，没一个好东西。我很肯定我的仆人往杜松子酒里掺水。不过我会把他逮住的。我把一个空杜松子酒瓶装满了兹比酒，你知道吧，如果掺水，那玩意儿就会变浑浊。接下来就等他往里掺水了。他就得买一整瓶新的，假装什么事都没发生了。哈哈！这是他自找的。"

纠察队领头的那个军官朝之前让沃尔夫脱帽的那个上校走过去。"长官，一切正常吧？"军警说。

"没什么异样。"上校答道。

"你怎么回事？"史密斯对沃尔夫说，"我说，你那几颗星是货真价实的吧？"

"当然。"沃尔夫说。一滴汗水流到他眼睛里，他飞快地挥手把它擦掉。

"无意冒犯，"史密斯说，"但你知道的，谢菲尔德限制普通士兵入内，下层士兵为了进来在衬衣上缝几颗星，这种事也不是没发生过。"

沃尔夫把注意力集中到眼前。"听我说,长官,如果你想检查——"

"不不不。"史密斯急忙说。

"那两个人长得太像,实在让我吓了一跳。"

"当然,我理解。我们再喝一杯吧。埃兹玛!"

那个和上校说话的军警正缓缓地环视着房间。他的袖标表明他是一个宪兵司令助理。他看着沃尔夫。沃尔夫心想,不知他是否记得阿斯尤特凶手的外貌特征。肯定不记得了。不管怎么说,他们也不会在英国军官里寻找符合特征的人。而且沃尔夫蓄了小胡子来混淆视线。他强迫自己和那个军警四目相接,然后再自然地把视线移开。他端起他的酒,那个警察肯定还在盯着他。

然后传来一阵皮靴咔哒声,纠察队走出去了。

沃尔夫好不容易才让自己没因为如释重负而发抖。他笃定而稳健地举起酒杯,说:"干杯。"

他们对饮。史密斯说:"你知道这个地方。除了来谢菲尔德酒吧喝酒,一个大小伙子晚上还能干点什么呢?"

沃尔夫假装思考了一番。"你看过肚皮舞吗?"

史密斯鼻子里厌恶地哼了一声。"看过一次,几个肥埃及婆娘在那扭屁股。"

"啊,那你该去看看真东西。"

"是吗?"

"真正的肚皮舞会是你见过的最色情的东西。"

史密斯的眼里闪过一道奇异的光。"真的吗?"

沃尔夫想:史密斯少校,我需要的就是你。他说:"索尼娅是最棒的，你一定得看看她的表演。"

史密斯点点头。"也许我该看看。"

"事实上，我之前还想着接下来要到恰恰夜总会去。要和我一起吗？"

"让我们再喝一杯就去。"史密斯说。

看着少校痛饮烈酒时，沃尔夫意识到少校是个非常容易被收买的人，至少表面上看起来是这样。他看起来生活很乏味，意志薄弱，贪恋酒精。只要他喜欢的是女人，索尼娅引诱他应该很容易。（该死的，他想，她最好完成她的任务。）然后就得看他的公文包里有没有比菜单更有用的东西了。最终他们会找出一个从他那里搞到机密的方法。时间太紧，而不确定的事太多了。

他只能步步为营，而第一步是让史密斯乖乖跟他走。

他们喝完酒就出发到恰恰去。他们找不到出租车，就乘了一辆"加里"，这是一种敞篷马车。车夫毫不怜惜地鞭打着他的老马。

史密斯说："小子对这头畜生可不怎么地啊。"

"可不是嘛。"沃尔夫说着，心想：你该看看他们是怎么对待骆驼的。

这次俱乐部里仍然拥挤而闷热。沃尔夫不得不贿赂了一个服务员才弄到一张桌子。

他们坐下来没多久，索尼娅的表演就开始了。史密斯盯着索尼娅，沃尔夫则观察着史密斯。没几分钟，史密斯就一副垂涎欲滴的样子了。

沃尔夫说："她不错吧？"

"妙不可言。"史密斯目不转睛地答道。

"事实上，我和她有点交情。"沃尔夫说，"之后要不要我请她过来和我们坐一坐？”

这次史密斯转过头来。“老天啊！”他说，“你可以叫她来吗？”

节拍加快了。索尼娅的目光穿过拥挤的夜总会投向远方。成百上千个男人的眼睛贪婪地享用着她流光溢彩的身体。她闭上了双眼。

直觉占据了主导，身体自发地舞动。在她的想象中，她看见了一片由无数张贪婪的脸组成的海洋，所有的目光都钉在她身上。她感到自己的乳房在颤抖，腰肢在摇摆，臀部在扭动，那感觉就像有人在摆弄她，就像观众席里所有饥渴的男人都在摆弄她的身体。她的动作越来越快。她的舞蹈里没有任何伪饰，不再有了，她是为自己而舞。她甚至不用跟着音乐，是音乐跟随着她的动作。兴奋的感觉像浪潮一样席卷而来。她乘兴尽情舞蹈，直到感觉自己到了恍惚的边缘，似乎只要纵身一跃就能飞起来。她在边缘迟疑着，双臂张开。随着一声巨响，音乐推向高潮。她发出一声失望的尖叫，仰面倒下，小腿压在身下，大腿向观众张开，后脑勺碰到舞台地面。随后灯光熄灭。

每次都是这样结束。

在暴风雨般的掌声中她起身穿过变暗的舞台来到侧室，快步走向她的化妆间，低着头谁也不看。她不想要他们的赞美和笑容，他们不懂。没人懂得她的感受，没人知道她每晚跳舞时经历了些什么。

她脱掉鞋子、薄纱似的裤子和亮片背心，穿上一件丝袍。她坐在镜子前开始卸妆。她总是立刻做这件事，因为化妆品对皮肤有害。她得保养好她的身体。她的脸和脖子又看起来肉乎乎的了，她得戒掉巧克力了。她早就过了女人开始发胖的年纪。她的年龄是另一个必须对观众保守的秘密。她快到她父亲去世时的年龄了。父亲……

他是个傲慢的大块头，从来没取得过他期望的成就。索尼娅和她的父母住在开罗一个大杂院里，全家人只能挤在一张窄窄的硬板床上睡觉。她后来再没感受过那些日子里的安全和温暖。她会蜷在爸爸宽阔的背上。她还记得他那亲切又熟悉的气味。接下来，等她本该睡着的时候，会有另一种气息传来，让她心神不宁。母亲和父亲会开始在黑暗中动作，侧躺着抱在一起，而索尼娅会随着他们一起动作。有几次她母亲意识到发生了什么。然后她父亲会打她。第三次发生这样的事后，他们让她睡到地上去。这样她就只能听见他们的声音而无法分享他们的欢愉。这真残酷。她为此责怪她母亲。她父亲是愿意分享的，她很确定。他一直都知道她在做些什么。她躺在地板上，感觉冷冰冰的，被排挤在外，只能听着他们的响动。她试着在一旁欣赏，但无法投入。从那以后什么法子对她都不管用，直到阿历克斯·沃尔夫出现……

她从来没和沃尔夫提过大杂院里那张窄床，但不知怎么的他就是明白。他有一种直觉，能洞察人们从不言及的内心深处的需求。他和那个叫佛瓦兹的女孩为索尼娅重现了童年的场景，这一招奏效了。

他此举并非出自善意，她明白。他这么做是为了利用别人。现在他想利用她来从英国人身上刺探情报。只要是对英国人不利，她几乎什么都愿意做，除了和他们上床。

有人敲了敲化妆间的门。她喊道："进来。"

一个服务生拿着一张纸条走进来。她点点头把男孩打发走，展开那张叠起来的纸。留言很简单："四十一号桌，阿历克斯。"

她把纸条揉成一团扔在地上。这么说来他找到了一个。真快。他对于弱点的直觉又发挥了作用。

她了解他，因为她和他很像。她也利用人，虽然没他做得那么聪明。她甚至利用了他。他拥有格调、品位、来自上流社会的朋友和金钱，而且有朝一日他会带她去柏林。在埃及成为明星是一码事，在欧洲成为明星则大不一样。她想为那些上了年纪的贵族将领和年轻英俊的骑兵舞蹈，她想要引诱有权势的男人和美丽的白人女孩，她想成为世界上最耽于享乐的城市里的舞厅女王。沃尔夫将成为她的护照。是的，她在利用他。

这一定很不寻常，她想，两个人如此亲密，对彼此的爱却如此吝啬。

他会把她的嘴唇切下来。

她打了个寒战，不愿多想，开始换衣服。她穿上一条宽袖低领的白色长裙，领口充分地展现了她的酥胸，裙摆紧贴着臀部。她穿上一双白色的高跟凉鞋，两边手腕上各系了一条沉重的金手链，又戴上一条金项链，泪滴形的吊坠正好紧贴在她的乳沟上。那个英国佬会喜欢的，他们有着最粗鄙的品位。

她在镜子里快速地检视了一下自己的装扮，然后就到夜总会里去了。

她穿过大厅时，一块沉默的区域随着她移动。她靠近时，人们纷纷安静下来；她经过以后，人们就开始谈论起她来。她感觉自己就像在邀请所有人来侵犯她。在台上时情况是不一样的：一面无形的墙把她和他们隔离开来。而在台下，他们可以碰到她，而他们都渴望这么干。他们从来没这么做过，但这种危险仍然让她战栗。

她来到了四十一号桌，两个男人都站了起来。

沃尔夫说："亲爱的索尼娅，和往常一样，你的表演非常出色。"

她点点头感谢他的恭维。

"让我来介绍一下，史密斯少校。"

索尼娅握了握他的手。这是个瘦削的男人，下巴短小，有着漂亮的小胡子和难看的、骨瘦如柴的手。他看着她的样子就像她是一块刚放到他面前的精致甜点似的。

史密斯说："我完全被迷倒了。"

他们坐了下来。沃尔夫倒着香槟。史密斯说："您的舞蹈很精彩，小姐，非常精彩。非常……有艺术气息。"

"谢谢。"

他把手伸过桌子拍了拍她的手。"您非常可爱。"

而你是个傻瓜，她想。她从沃尔夫那里捕捉到一个警告的眼神：他知道她脑子里在想什么。

"您真是太客气了，少校。"她说。

沃尔夫很紧张，她能看出来。他吃不准她是否会按他的想法行事。说实话她还没想好。

沃尔夫对史密斯说："我认识索尼娅已故的父亲。"

这是谎言，索尼娅知道他为什么这么说。他想提醒她。

她的父亲曾经是个业余小偷。有活计可干的时候他干活，没活干的时候他就去偷。有一天在夏里·埃尔科布里区，他想抢一个欧洲女人的手提包。那个女人的男伴抓住了索尼娅的父亲，在扭打中那个女人被推倒，扭伤了手腕。那个女人很有地位，索尼娅的父亲因为冒犯她而被判鞭笞。他在鞭刑中死掉了。

当然，鞭刑本不该致死。他一定是心脏不好，或者有点什么别的毛病。以执法者自居的英国人并不在乎。这个男人犯了罪，被施以应得的惩罚，而这惩罚要了他的命，不过少了一个埃及人。十二岁的索尼娅心碎了。从那时起她就对英国人恨之入骨。

她相信希特勒的想法没错，目标却错了。用种族劣根性污染世界的并非犹太人，而是英国人。埃及的犹太人和其他人没多大差别：有的富，有的穷，有的好，有的坏。但英国人则无一例外地傲慢、贪婪、恶毒。在她看来，英国人自以为高尚地试图保护波兰免受德国压迫，而自己却继续压迫着埃及，实在是可笑至极。

不管为了什么原因，德国人毕竟是和英国人作对的。这就足以让索尼娅站在德国一边了。

她盼着希特勒击败、羞辱然后毁灭不列颠。

她会尽她所能提供帮助。

她甚至会去引诱一个英国人。

她俯身向前。"史密斯少校，"她说，"您是个非常有吸引力的男人。"

沃尔夫明显地放松下来。

史密斯大吃一惊。他的眼珠子都快从眼眶里掉出来了。"老天啊！"他说，"您真这么觉得吗？"

"是的，少校。"

"我说，我希望你称呼我桑迪。"

沃尔夫站了起来。"恐怕我得走了。索尼娅，要我送你回家吗？"

史密斯说："我想你可以把这个机会留给我，上尉。"

"好的，长官。"

"那么，如果索尼娅……"

索尼娅的睫毛扑闪了几下。"当然没问题，桑迪。"

沃尔夫说："我不愿扫兴，但我明天得早起。"

"没关系。"史密斯对他说，"你走好了。"

沃尔夫离开后，服务生送来了晚餐。这是一顿欧式晚餐——牛排和土豆，史密斯滔滔不绝地和她说话时，索尼娅小口地吃着食物。他和她说起他在校板球队的风光历史。似乎从那之后他就没干过什么引人注意的事了。他是个非常乏味的人。

索尼娅不停地回想起鞭刑的事。

晚饭时他不停地喝着酒。当他们离开时，他走起路来已经有些摇晃了。她虽然把胳膊伸给他，但与其说是他扶她，更像是她搀着他了。他们在凉爽的夜风中朝船屋走去。史密斯抬头看着夜空，说："那些星星……真美。"他的声音有些含混。

他们在船屋前驻足。"看起来很漂亮。"史密斯说。

"这房子挺不错的，"索尼娅说，"你想到里面来看看吗？"

"乐意之至。"

她领他走过踏板，穿过甲板，走下舷梯。

他四下打量，睁大了眼睛。"我得说，这里非常豪华。"

"你想喝一杯吗？"

"非常想。"

索尼娅讨厌他说"非常"这个词的方式。他把"常"这个音发得很含糊，变成了"非昂"。她问："香槟？还是更烈点的？"

"来一点儿威士忌就好。"

"快坐下来吧。"

她把酒递给他，坐在他旁边。他抚摸着她的肩膀，亲吻着她的脸颊，粗鲁地抓住了她的乳房。她颤抖了一下。他把这当成了激情的信号，抓揉得更用力了。

她拉着他躺下来，让他压在自己身上。他的动作十分笨拙，手肘和膝盖不停地戳着她，在她的裙摆下手忙脚乱地摸索。

她说："哦，桑迪，你真强壮。"

她越过他的肩膀，看见了沃尔夫的脸。他跪在甲板上注视着舱室里的情况，无声地笑了起来。

八

威廉·范德姆对于找到阿历克斯·沃尔夫开始绝望了。阿斯尤特谋杀案已经过去三周了，而范德姆和他的猎物之间的距离一点儿没减少。随着时间流逝，可供追踪的痕迹越来越淡。他甚至希望能再发生一起公文包抢劫事件，这样至少他知道沃尔夫在干些什么。

他知道他对这个人有点太执迷了。他会在酒意退去的凌晨三点左右醒来，忧心忡忡直到天明。让他不安的是沃尔夫的行事风格：另辟蹊径进入埃及，突然发难谋杀考克斯下士，轻而易举混入城内。范德姆翻来覆去地琢磨着这几件事，一直没想明白他为什么对这个案子如此在意。

他没有取得实质性的进展，但搜集到不少信息，这些信息滋养了他的执迷。这种滋养并不像是予人食物，让人满足，而像是火上浇油，让火越烧越旺。

橄榄树别墅为一个叫阿赫迈德·拉姆哈的人所拥有。拉姆哈是开罗一个富裕的家族。阿赫迈德从他的父亲、一位叫加麦尔·拉姆哈的律师那里继承了这所房子。范德姆手下的一个中尉找到了一份记录，表明加麦尔·拉姆哈和一个叫作伊娃·沃尔夫的女人结了婚。伊娃是个寡妇，前夫叫作汉斯·沃尔夫，两人都是德国国籍。随后找到的领养文件则表明加麦尔·拉姆哈把伊娃和汉斯的儿子阿历克斯收为了养子。所以阿赫迈德·拉姆哈其实是个德国人，这也解释了他是怎么以阿历克斯·沃尔夫的名字弄到合法的埃及身份证件的。

记录中还有一份遗嘱，根据其内容，阿赫迈德，或是沃尔夫，分得了加麦尔的一部分财产，以及那栋房子。

走访所有在世的拉姆哈家族成员并没有带来什么成果。阿赫迈德已于两年前失踪，再也没人听说过他的消息。负责走访的情报官得到的印象是家族里没什么人挂念这个领养的孩子。

范德姆坚信阿赫迈德失踪时是去了德国。

拉姆哈家族还有另外一支，但他们是游牧民，没人知道哪里能找到他们。毫无疑问，范德姆想，他们以某种方式帮助了沃尔夫重新进入埃及。

范德姆现在明白了。沃尔夫不可能是从亚历山大城入境的。港口的安检很严格，他入境一定会被盯上，他会被调查，他在德国的经历迟早会被发现，而他会因此被拘留。他从南面走是希望入境时不被人察觉，从而恢复到他之前的身份，一个土生土长的埃及人。沃尔夫在阿斯尤特惹了麻烦是英国人的运气。

在范德姆看来，那是他们最后的一点儿运气了。

他坐在办公室里，一根接一根地抽着烟，为沃尔夫而发愁。

这个男人并非那种收集流言和传闻的低端间谍。他不像其他特工那样，把街上看见的士兵数目和汽车零件短缺情况写成报告发出去就满足了。公文包失窃案证明他追求的是顶级机密，而他有能力设计出精巧的计谋来达成目标。如果任由他在城里待足够长的时间，他早晚会得手。

范德姆在房间里踱来踱去，从衣帽架走到书桌旁，绕过书桌看一眼窗外，又从书桌另一侧绕过来，回到衣帽架旁。

间谍也有难题要对付。他得向爱打听的邻居解释自己的来历，把他的无线电藏在某个地方，在城里走动，寻找线人。他可能会缺钱，他的无线电也许会坏，他的线人可能会出卖他，或者可能有人无意中发现了他的秘密。无论以哪种方式，间谍的踪迹总会显现出来。

他越聪明，踪迹显现得越慢。

范德姆确信那个贼阿卜杜拉和沃尔夫有来往。在博格拒绝逮捕阿卜杜拉之后，范德姆提出用一大笔钱来交换沃尔夫的下落。阿卜杜拉仍然声称不认识叫沃尔夫的人，但他的眼里闪着贪婪的光。

阿卜杜拉也许不知道哪里可以找到沃尔夫——沃尔夫非常小心，肯定会提防这个臭名昭著的不可靠的人，但也许阿卜杜拉可以把他找出来。范德姆说得很清楚，这笔钱仍然等着他来拿。但这么一来，一旦阿卜杜拉有了沃尔夫的下落，也许会直接去找他，告诉他范德姆的出价，要他增加筹码。

范德姆继续在房间里踱步。

和风格有关。秘密潜入，用刀杀人，杳无踪迹……有某种别的东西和这一切很一致。某种范德姆知道的东西，某个他在报告里读到或是在简报里听到的东西。沃尔夫像是某个范德姆很久以前认识的人，但怎么也想不起来。风格。

电话响了起来。

他拿起电话。"范德姆少校。"

"哦，你好，我是财政部的卡尔德少校。"

范德姆紧张起来。"什么事？"

"你几个星期前给我们发了个通知，提醒注意伪造的英国货币。喏，我们发现了一些。"

这就是了，这就是踪迹。"太好了。"范德姆说。

"事实上是挺大一笔。"那个声音继续说。

范德姆说："我需要尽快看一看。"

"已经在路上了。我派了个小伙子过去，他应该快到了。"

"你知道是谁支付的吗？"

"事实上不止一笔，我列了几个名字给你。"

"好极了，我见到伪钞后会回电话给你。你说你叫卡尔德是吧？"

"没错，"男人说了他的电话号码，"我们稍后联系。"

范德姆挂上了电话。伪造英镑，这正是他要寻找的迹象，这可能会是个突破。英国货币在埃及已经不是合法货币了。正式地说起来，埃及是一个主权国家。不过英镑一直可以在英国财政总部兑换成埃及货币。所以和外国人有大量生意往来的人往往接受英镑作为支付方式。

范德姆打开门对着大厅高喊："杰克斯！"

"长官！"杰克斯同样地高声回答。

"把伪钞的档案给我带过来。"

范德姆走进隔壁的办公室，对他的秘书说："我正在等从财政部过来的一个包裹，包裹到了之后请你立刻给我送来，好吗？"

"好的，长官。"

范德姆回到自己的办公室。片刻之后，杰克斯带着一份档案出现。杰克斯是范德姆手下最资深的副官，是个热情可靠的年轻人，会一字不差地执行命令，命令不够详尽时，才会加入自己的想法。他比范德姆还要高，瘦瘦的，黑头发，一副略带阴郁的表情。他和范德姆之间并不拘礼：他对于敬礼和长官的称呼非常小心翼翼，但他们讨论工作时是平等的，而且杰克斯常常说脏话。杰克斯人缘很好，几乎可以肯定他在军队里会比范德姆走得更远。

范德姆把桌上的台灯打开，说，"对了，给我看看纳粹风格的伪钞。"

杰克斯把档案放下，轻轻翻看。他抽出一沓照片，把它们铺在桌子上。每张照片上都有钞票正反两面的图像，比实际尺寸稍稍大一点儿。

杰克斯把照片整理好。"一英镑的，五英镑的，十英镑的，二十英镑的。"

照片上的黑色箭头标记出了可作为辨别伪钞依据的瑕疵。信息的来源是在英格兰被捕的德国间谍所携带的伪钞。杰克斯说："你该想到他们现在已经学聪明了，不会给他们的间谍假钞了。"

范德姆盯着那些照片，头也不抬地回答道："间谍活动所耗不菲，而且大部分的钱都会被浪费。如果他们自己就能印英镑，为什么还要到瑞士兑换呢？一个持伪造证件的间谍，多半也会持有假钞。而且，如果假钞流通，对英国经济也有一定危害。这叫通货膨胀，就像政府印钞票来支付债务时一样。"

"但他们现在应该已经意识到我们抓到那些蠢蛋了吧。"

"哈，但我们抓到他们的时候，会确保德国人不知道我们抓到了他们。"

"尽管如此，我希望我们的间谍没有用伪钞。"

"我想应该没有。我们对待情报工作比他们严肃得多，你知道的。我真希望我们在坦克战术上也是一样。"

范德姆的秘书敲敲门，走了进来。他是个二十来岁的下士，戴着一副眼镜。"财政部来的包裹，长官。"

"好戏开演了！"范德姆说。

"请您在纸条上签字，长官。"

范德姆在收据上签字，然后撕开信封。里面装着好几百镑纸钞。

杰克斯说："我的天哪！"

"他们跟我说有一大笔。"范德姆说，"拿个放大镜来，下士，要双倍的。"

"是，长官。"

范德姆把一张信封里拿出来的钞票放到照片旁边，寻找着标志性的错误。

他不需要用到放大镜。

"杰克斯，看。"

杰克斯看了一眼。

那张钞票有着和照片上一样的瑕疵。

"这是假钞，长官。"杰克斯说。

"纳粹的钱。德国制造，"范德姆说，"现在我们找到他的踪迹了。"

陆军中校瑞吉·博格知道范德姆少校是个聪明的小伙子，有着劳工阶级身上常见的那种低级的狡诈，但博格一点儿也不喜欢他。

这天晚上，博格和军情处主任波维准将在吉泽拉运动俱乐部打斯诺克。准将为人精明，而且不太喜欢博格，但博格认为自己能够应付他。

他们打球的规矩是一分算一个先令，准将输得精光。

打球的时候，博格说："希望您不介意在俱乐部里谈工作，长官。"

"一点儿也不介意。"准将说。

"因为白天的时候我一直忙得走不开。"

"你有什么事？"准将用白垩粉擦了擦球杆。

博格把一个红球击入袋，又瞄准了一个粉球。"我很确定有个相当危险的间谍正在开罗活动。"他没打中粉球。

准将俯身靠近球桌。"继续说。"

博格凝视着准将宽阔的背。应对此事需要审慎。当然，一个部门的头应该为这个部门的成功负责，因为众所周知，只有那些运转良好的部门才会获得成功。尽管如此，在邀功时仍然需要小心把握。他开口道："您记得几周前一个下士在阿斯尤特被刺那件事吧？"

"隐约记得。"

"我对那件事有些想法，从那时起我就一直跟进。上周，总司令部的一个副官的公文包在一场街头斗殴中被偷了。当然这件事并没有什么值得注意的，但我把这些事放在一起做了一番推断。"

准将把白球击入袋。"该死的。"他说，"该你了。"

"我通知总财政部留意伪造的英国货币。嘿，没想到他们真找到了一些。我让我手下的人鉴定了一下，结果发现是德国制造的。"

"啊哈！"

博格打进一个红球，一个蓝球，又打进了一个红球，然后他又没打中粉球。

"我想你留给我一个大好局面。"准将眯着眼睛审视着桌面，说，"有可能通过假钞查到那小子吗？"

"有这种可能性，我们已经在尝试了。"

"你能把那个架杆递给我吗？"

"当然。"

准将把架杆放在台面上，瞄准了他的目标。

博格说："有人建议我们指示财政部继续接受假币，以备可能出现的新线索。"这是范德姆的提议，被博格否决了。范德姆和他争辩——这种事已经是司空见惯，真让人厌烦——博格不得不呵斥一番把他压下去。但这种事没人说得准，万一出了岔子，博格希望能说自己是征求过上级意见的。

准将从球桌上直起身来，考虑了一会儿。"其实取决于这牵涉到多少钱，不是吗？"

"目前为止，几百英镑吧。"

"这可不少。"

"我实在不觉得有必要继续接受假钞，长官。"

"很好。"准将把最后一个红球击入袋，开始打彩球。

博格记了下分数。准将得分领先，但博格来此的目的已经达到。

"间谍这件事你是派谁去办的？"准将问。

"那个，基本上我是亲自过问——"

"是的，但你派的是哪个少校？"

"范德姆。"

"啊，范德姆，那小子不错。"

博格不喜欢对话转到这个方向。准将哪里明白和范德姆这种人打交道得多小心：给他少许颜面就蹬鼻子上脸。军队把这些人提拔得超出了他们的阶层。博格的噩梦是自己不得不听命于一个带着多赛特口音的邮递员的儿子。他说："不幸的是，范德姆对埃及人有些心慈手软，不过就像您说的，他干活还是很卖力的。"

"是的。"准将这一轮打得很长，把彩球一个接一个地送入袋中。"他和我上的是同一所学校，当然，是在二十年后。"

博格笑了。"不过他是靠奖学金过活的，不是吗，长官？"

"是的。"准将说，"我也一样。"他把黑球打进袋中。

"看来您赢了，长官。"博格说。

恰恰夜总会的经理说他有半数以上的顾客都是用英镑付账的，他不可能分得清谁是用哪种货币支付的，而且即使他分得清，除了几个常客之外，他也不知道他们的名字。

谢菲尔德的出纳主管说的也差不多。

两个出租车司机、一家士兵酒吧的老板，还有开妓院的法赫米太太也是这么说的。

范德姆料想在他单子上的下一个地方会听到同样的说法，这是一家商店，店主叫米基斯·亚里士多普勒斯。

亚里士多普勒斯兑换了一大笔英镑，绝大部分是伪造的。范德姆以为他的商店规模一定相当可观，但事实并非如此。店里有香料和咖啡的味道，但架子上并没有多少东西。亚里士多普勒斯本人是个矮小的希腊人，二十五岁左右，笑呵呵地露出一口白牙。他穿着白衬衫和棉布裤子，围着条纹围裙。

他说："早上好，长官，我能为您效劳吗？"

"你好像没多少东西好卖。"范德姆说。

亚里士多普勒斯笑了。"您具体要些什么，我的储藏室里也许有。您在这里买过东西吗，长官？"

所以是这么回事，稀缺的精致食物放在储藏室里，只供给常客。这意味着他也许认识他的客户。而且，他兑换的那笔钱也许来自一笔大额订单，他可能会记得。

范德姆说："我不是来买东西的。两天前，你拿着一百四十七英镑到英国总财政部兑换成埃及货币。"

亚里士多普勒斯皱起了眉头，显得很困惑："没错……"

"其中一百二十七英镑是低劣的假钞，伪造的。"

亚里士多普勒斯笑了，张开双臂夸张地耸了耸肩："我很同情财政部，我从英国人那里拿到钱，又还给英国人，我能有什么办法？"

"你会因为传播假钞进监狱。"

亚里士多普勒斯收起了笑容。"拜托，这不公平，我怎么可能会知道呢？"

"那些钱都是一个人付给你的吗？"

"我不知道——"

"想想！"范德姆严厉地说，"有人付给你一百二十七英镑吗？"

"啊——有！有的！"亚里士多普勒斯突然看起来很郁闷，"一位非常可敬的顾客，一百二十六英镑十先令。"

"他的名字？"范德姆屏住了呼吸。

"沃尔夫——"

"哈！"

"我很震惊，这么多年来沃尔夫先生一直是个很好的顾客，付账没有问题，从来没有。"

"听着。"范德姆说，"货是你送去的吗？"

"不。"

"该死。"

"我们是提供送货的，和往常一样，但这次沃尔夫先生——"

"你往常是送到沃尔夫先生家？"

"是的，但这次——"

"地址是哪里？"

"让我想想。橄榄树别墅，花园城。"

范德姆沮丧地把拳头往柜台上一砸。亚里士多普勒斯看起来有点儿被吓到了。范德姆说："但你最近没往那里送过货。"

"自从沃尔夫先生回来后就没有，长官。很抱歉这笔肮脏的钱经过了我无辜的手，也许我能帮点忙……"

"也许。"范德姆若有所思地说。

"让我们一起喝杯咖啡吧。"

范德姆点点头。亚里士多普勒斯把他领进后面的房间。这里的货架上摆满了瓶瓶罐罐，大多数是进口的。范德姆注意到有俄国鱼子酱、美国罐头火腿和英国果酱。亚里士多普勒斯把浓浓的咖啡倒进杯子。他又露出了笑容。

亚里士多普勒斯说："朋友之间这种小问题总是能解决的。"

他们喝起了咖啡。

"为了表示友谊，我的商店也许能给您提供点什么。我存了一些法国葡萄酒——"

"不，不必——"

"开罗城里其他人都没有货的时候，我总能搞到一些苏格兰威士忌——"

"我对这种帮忙没有兴趣。"范德姆不耐烦地说。

"噢！"亚里士多普勒斯说。他一心以为范德姆是来索要贿赂的。

"我想找到沃尔夫，"范德姆继续说，"我要知道他现在住哪里。你说他是常客，他都买些什么？"

"很多香槟，还有些鱼子酱，咖啡买得很多，外国烈酒，腌核桃，蒜味香肠，酒渍杏子……"

"嗯。"范德姆把这意外得来的情报一字不落地记在心里。什么类型的间谍会把资金花在进口食品上？答案：一个不务正业的间谍。但沃尔夫所为并非儿戏。这是风格的问题。范德姆说："不知道他什么时候会再来。"

"他把香槟喝完了就会来。"

"好吧，等他来的时候，我一定要找出他住哪里。"

"可是，长官，如果他还是不让我送货……"

"我就是在想这个问题。我打算给你派个助手。"

亚里士多普勒斯不喜欢这个主意。"我想帮您的忙，长官，但我这是私人生意……"

"你没的选。"范德姆说，"要么帮我，要么进监狱。"

"但让一个英国军官在我这店里干活——"

"哦，不会派个英国军官的。"那样就太突兀了，范德姆想，而且也许会把沃尔夫吓跑的。范德姆露出微笑："我想我知道这个任务的理想人选是谁了。"

那天傍晚，范德姆吃过晚饭后就到艾琳的公寓去。他拿着一大束花，感觉自己很蠢。她住在歌剧院广场附近一栋优美宽敞的旧公寓楼里。一个来自努比亚的门房让范德姆上三楼。他沿着位于大楼正中的大理石旋转楼梯上楼，敲了敲3A房间的门。

她不知道他要来，他突然觉得她也许正在招待一位男性朋友。

他不耐烦地在走廊里等待着，好奇她在自己家里是什么样子。这是他第一次到这里来。也许她出门了。她晚上肯定有很多事可做——

门开了。

她穿着一条黄色的棉布长裙，样式很简单，但薄得透明。这颜色配着她浅棕色的皮肤显得很漂亮。她茫然地盯着他看了一会儿，然后认出他来，露出一个顽皮的笑容。

她说："哦，你好。"

"晚上好。"

她走上前来亲了亲他的脸颊。"进来。"

他走了进去，她关上了门。

"我没料到会有这个吻。"他说。

"完全是表演的一部分。让我来解除你的伪装道具吧。"

他把花递给她。他有种被调戏的感觉。

"进那里去吧，我先把花放进水里。"她说。

他按她手指的方向走进起居室，四下打量起来。这个房间舒适得让人想入非非。房间的基调是粉色和金色，摆放着宽大柔软的椅子和一张浅色橡木桌子。这个房间在拐角上，两侧都有窗户，此刻夕阳正照进来，使房间里的东西散发出柔和的光芒。地上有一块厚厚的棕色皮毛地毯，看起来像是熊皮。范德姆弯腰摸了一下：是真货。他眼前突然浮现出艾琳裸身躺在地毯上扭动的画面。他眨眨眼睛，目光投向别处。他旁边的座椅上有一本书，应该是他敲门的时候她正在读的。他把书拿起来，坐在椅子上。椅子上还留着她的体温。这本书叫作《斯坦布尔列车》，看起来像是关于密谋和间谍的书。他对面的墙上有一幅看起来很现代的画，画的是一场社交舞会，所有的女士都穿着华美的晚装，所有的男人都赤身裸体。范德姆走到画下方的沙发那儿坐下来，这样他就不用看着那幅画了。他觉得这幅画很怪异。

她拿着插上了鲜花的花瓶走了进来，房间里立刻充满了紫藤的香味。"你要喝一杯吗？"

"你会做马提尼吗？"

"会。想吸烟的话尽管吸。"

"谢谢。"她知道如何招待客人，范德姆想。他想她不得不如此，考虑到她的谋生方式。他掏出了他的烟。"我还担心你出去了。"

"今晚没有。"她说这话的时候语调有一点儿奇怪，但范德姆听不出来。他看着她拿着做鸡尾酒的调酒器。他本想把这次会面安排得公事公办一些，但他做不到，因为现在是她主持着局面。他感觉自己像是个秘密情人。

"你喜欢这种东西？"他指着书说。

"我最近在读惊悚小说。"

"为什么？"

"研究一下间谍应该是什么样子。"

"我不觉得你——"他看见她的笑容，意识到自己又被调戏了，"我从来不知道你是不是说真的。"

"这种情况很少。"她递给他一杯饮料，在沙发的另一端坐下来。她从杯子的边缘上方看着他。"敬情报工作。"

他啜了一口他的马提尼。无可挑剔，和她一样。柔和的阳光让她的肌肤闪耀着光泽，她的手臂和腿看起来光滑而柔软。他想她在床上一定和在床下时一样：放松，有趣，什么都愿意试一试。该死。她上次就让他有这种想法，而他罕见地放纵了一番，最后去了一家低劣的妓院。

"你在想什么？"她问。

"情报工作。"

她笑了，仿佛她不知怎么的知道他在说谎。"你一定很喜欢吧。"她说。

范德姆想，她怎么办到的？她的调戏和洞察力，她无辜的脸庞和纤长的棕色肢体，总是让他猝不及防。他说："抓间谍是件让人很有满足感的工作，但我并不喜欢。"

"你抓住他们以后，他们会怎么样？"

"通常是被绞死。"

"噢。"

他设法让她措手不及，以此扭转一下局面。她打了一个寒战。他说："在战争中，失败者通常只有死路一条。"

"这是你不喜欢这个工作的原因吗，要把他们绞死？"

"不，我不喜欢是因为我并非总能抓住他们。"

"你为自己的铁石心肠自豪吗？"

"我不觉得我铁石心肠。我们杀他们是免得他们来杀我们。"他想，我怎么替自己辩解起来了？

她起身去给他再倒一杯酒。他看着她走过房间。她优雅地移动着，像一只猫，他想，不，像只小猫咪。她弯腰拿调酒器时，他盯着她的背，心想不知她黄色裙子下穿的是什么。她倒酒时，他留意到她的手，纤细又有力。她自己没喝第二杯马提尼。

他好奇起她的身世来。他说："你的父母还在世吗？"

"不在了。"她唐突地说。

"我很遗憾。"他说。他知道她在说谎。

"为什么问我这个？"

"一时好奇。请原谅。"

她靠过来轻轻地摸着他的手臂，用指尖摩挲着他的皮肤，那是像微风一样轻柔的抚摸。"你道歉得太多了。"她的目光从他身上移开，迟疑了一下，然后像是向某种冲动屈服了似的，开始讲起她的身世来。

她出身于一个一贫如洗的家庭，是五个孩子中的老大。她的父母慈爱而有教养——"我父亲教我英文，而我母亲教我穿干净衣裳"——她说，不过那位裁缝父亲观念非常古板，在和施行仪式屠宰的屠夫进行了一场有关教义的争论后，就和亚历山大城其他犹太人疏远开来了。艾琳十五岁时，父亲的视力变得越来越差。他没法再干裁缝的活了，但他不愿求助，也不愿接受亚历山大城那些"背道的"犹太人的帮助，艾琳到一个英国人家庭当女佣，把薪水寄回家。范德姆知道，从那以后的故事就是那个几百年来在英国统治阶层家庭里不断上演的情节：她爱上了那户人家的儿子，而他诱奸了她。她还算走运，他们在她怀孕之前发现了这件事。儿子被送去上大学，而艾琳被打发走了。她吓坏了，不敢回家告诉父亲自己因为通奸被解雇，还是和一个非犹太人。她靠她的遣散费过活，每周继续往家里寄同样数目的钱，直到那笔钱用完。后来，她在那户人家时认识的一个好色的商人把她安顿在一间公寓里，她开始从事她这辈子最成功的行当。没多久她父亲听说了她是怎么生活的，他让家里人为她举行"诗瓦"。

"诗瓦是什么？"范德姆问。

"哀悼。"

从那时起，除了一个朋友捎信告诉她她母亲去世了，她就没再听到过家里人的消息。

范德姆说："你恨你父亲吗？"

她耸耸肩。"我觉得最后的结果很好。"她张开手臂，示意着这间公寓。

"可是你快乐吗？"

她凝视着他。有两次她似乎要说些什么，却始终没开口。最后她把目光移开了。范德姆感到她正后悔一时冲动告诉他自己的身世。她换了个话题。"什么风把你今晚吹过来了，少校？"

范德姆整理了一下他的思绪。他一直入迷地看着她，在她说起过去的时候看着她的手和眼睛，以至于他一下子忘了他的来意。"我还在找阿历克斯·沃尔夫。"他说，"我还没找到他，不过我找到了他买食品的地方。"

"你怎么找到的？"

他决定不告诉她。最好在情报部门之外没人知道德国间谍是被他们的假钞出卖的。"那说来话长了。"他说，"重要的是，我想在店里安排一个人，以备他再到店里来。"

"我。"

"我正是这么想的。"

"那么，等他来的时候，我就用一袋糖往他头上一砸，把他打晕，然后守着他直到你过来。"

范德姆大笑起来。"我相信你会这么做的。"他说，"我都能想象出你跳过柜台的样子。"他意识到自己有多么放松，决心要打起精神来免得出丑。

"说真的，我需要做点什么？"她说。

"说真的，你需要找出他住在哪里。"

"怎么找？"

"我不确定。"范德姆迟疑了一下，"我想你也许可以和他交个朋友，你是个非常有吸引力的女人，我想这对你来说很容易。"

"你说交朋友是什么意思？"

"由你决定，只要能搞到他的地址。"

"我明白了。"她的心情突然大变，声音里带上了一丝苦涩。这转变让范德姆很震惊：她变化太快让他跟不上。一个像艾琳这样的女人肯定不会被这个提议冒犯到吧？她说："你为什么不派一个你手下的士兵跟踪他？"

"如果你没法取得他的信任，我也许不得不这么做。问题是，他也许会意识到自己被跟踪了，把盯梢的人甩掉，然后他再也不会到那家食品店去了，我们就丧失优势了。但如果你能说服他，让他邀请你去家里吃晚饭之类的，我们就能获得需要的信息而无须暴露了。当然这方法也许行不通。两条路风险都很高，但我倾向于更温和的方式。"

"这我明白。"

她当然明白，范德姆想，整件事都像在日光下一样清楚直白。见鬼，她是怎么回事？她是个奇怪的女人：他时而为她倾倒，时而被她激怒。这时他第一次想到她可能拒绝按他的要求去做。他焦急地说："你会帮我吗？"

她起身又为他续了一次杯，这一次她自己也添了一杯。她很紧张，但很明显她不打算告诉他原因。这种状态的女人总是让他感到很恼火，如果她现在拒绝合作就太可恶了。

最终，她说："我想这不会比我一直在做的事更糟。"

"我是这么认为的。"范德姆松了一口气。

她阴郁地看了他一眼。

"你从明天开始行动。"他说。他给了她一张写着那家店铺地址的纸条。她看也不看就接过来。"那家店的老板是米基斯·亚里士多普勒斯。"他补充道。

"你觉得这需要多久？"她问。

"我不知道。"他站了起来，"我每隔几天会和你联络，确保一切正常，但你一见到他就要立刻联系我，好吗？"

"好的。"

范德姆记起一桩事。"对了，那个商店老板以为我们是为了造假币的事找沃尔夫，别对他说间谍的事。"

"我不会说的。"

她的心情没有再好转。两人都觉得挺没意思的。范德姆说："我还是让你继续看你的惊悚小说吧。"

她站了起来。"我送你出去。"

他们到门口去。范德姆踏出房门时，隔壁房间的房客正沿着走廊走过来。范德姆整晚都在心里暗暗想着这个情景，而现在他做了他原本决心不去做的事：他抓住艾琳的胳膊，低下头亲吻了她的嘴。

她的嘴唇飞快地动了动作为回应。他退后一步。邻居走过去了。范德姆注视着艾琳。邻居打开门，走进公寓，把门在身后关上。范德姆松开了艾琳的胳膊。

她说："你是个好演员。"

"没错。"他说，"再见。"他转身沿着走廊轻快地迈步走了。他本该对今晚的工作感到满意，但与之相反，他感觉像是做了一件有些叮耻的事。他听见她的房门砰的一声在他身后关上。

艾琳背靠着关上的门，诅咒着范德姆。

他出现在她的生活中，带着十足的英式礼节，邀请她做一项新工作，帮助他们赢得战争，然后他告诉她，她必须再次出卖身体。

她曾经以为他真的会改变她的生活。不会再有富裕的商人，不会再有见不得人的私情，不用再表演舞蹈或者当女招待。她有了一份值得做的工作，一份她认同的工作，一份关系重大的工作。结果现在发现还是那老一套的把戏。

她靠自己的脸蛋和身体生活了七年，现在她想停下来了。

她走进起居室想倒酒喝。他的杯子放在那里，杯里的酒还剩下一半。她把那杯酒送到唇边。酒水温暖而苦涩。

起初她不喜欢范德姆：他看起来像个拘谨、严肃而乏味的人。后来她改变了对他的看法。她是什么时候第一次想到在那副刚硬的外表下可能有一个不一样的男人？她想起来了，是他笑的时候。那笑容勾起了她的好奇心。他今晚又那样笑了，当她说她会用一袋糖砸沃尔夫的脑袋的时候。在他内心很深很深的地方藏着丰富的趣味神经，当这神经被拨动时，笑声像气泡一样冒出来，一时间在他的整个性格中占据了主导。她怀疑他其实是个对生活充满欲望的人，但他把这种欲望控制得紧紧的，太紧了。这让艾琳想要钻到他的身体里，让他做回自己。那正是她调戏他、想逗他再笑一笑的原因。

那也是她吻了他的原因。

说来也怪，她本来很高兴有他在她家里，坐在她的沙发上，抽着烟，聊着天。她甚至想过如果把这个强壮、单纯的男人领到床上去，向他展示那些他做梦都没想到过的东西该有多美妙。她为什么喜欢他？也许是因为他把她当成一个人，而不是一个妓女。她知道他永远不会拍着她的屁股说："别怕呀，瞧你这漂亮的小脑袋……"

而他把这一切都毁了。为什么这桩沃尔夫的事情让她如此烦心？多一次虚情假意的引诱戏码对她没什么害处。范德姆或多或少是那么说的。他这么说，显示了他还是把她当成妓女。这才是让她这么生气的原因。她想获得他的尊重，而当他要她和沃尔夫"交朋友"时，她知道她永远不会得到尊重，不会真正得到。总之，整件事太愚蠢了，一个像她这样的女人和一个英国军官之间的关系注定了会变得和艾琳以前所有感情关系一样，操纵和依赖相依相存，尊重没有容身之地。范德姆会一直把她当成妓女。她一度以为他会和其他人都不一样，但是她错了。

她想：我为什么这么介意？

午夜时分，范德姆坐在他的卧室窗前，抽着烟，看着窗外月光照亮的尼罗河，一段童年记忆跳脱出来，逐渐清晰，占据了他的脑海。

　　他那时十一岁，对性懵懂无知，生理上还是一个孩子。他在那栋他一直居住的有阳台的灰砖屋子里。那栋房子有间浴室，水是由楼下厨房里的煤火加热。他被教导说这对他的家庭来说是件非常幸运的事，他不可以四处吹嘘。事实上，当他进新学校时，在那所伯恩茅斯的上流社会学校里，他必须假装浴室水龙头里流出热水是件非常正常的事。那间浴室还有一个马桶。他当时是到那里撒尿。他母亲正在那里给他七岁的妹妹洗澡，但他们不介意他进来撒尿，他以前也这么干过，而且到另一间厕所去要沿着花园走一段又长又冷的路。他忘记了他的堂妹也在那里洗澡。她八岁了。他走进浴室。他的妹妹坐在浴缸里，他的堂妹站着，正要从浴缸里出来。他的母亲拿着一块毛巾。他看着他的堂妹。

　　她全身赤裸，这是当然的。这是他第一次看见除了妹妹之外的女孩赤身裸体。他堂妹的身材稍稍有些丰满，她的皮肤因为水温变得绯红。她真是他见过的最可爱的景色。他站在浴室门口，带着不加掩饰的兴趣和爱慕看着她。

　　他没看见那个巴掌挥过来。他母亲的手像是凭空冒出来的。它打在他的脸颊上，发出响亮的一声。他的母亲很会打人，而这次她差不多用了全力。那一巴掌疼得要命，但震惊比疼痛还要糟糕。最糟糕的是之前那种把他吞没了的温暖情绪像一块窗户玻璃般被打得粉碎。

　　"滚出去！"他母亲尖叫道。他带着伤痛和被羞辱的感觉离开。

　　范德姆独坐欣赏埃及夜色时想起了这件事，他想起了事情发生时他想过的那个问题："她为什么要那么做？"

九

清晨时分，马赛克地砖对阿历克斯·沃尔夫的赤足来说有些凉。拂晓时来朝拜的人不多，在空旷的圆柱大厅里几乎看不到人。这里宁静，平和，光线灰暗。一束阳光穿透了墙上高处的窄缝。这时宣礼吏开始喊道：

"真主至大！真主至大！真主至大！真主至大！"

沃尔夫转身面朝麦加。

他穿着一件长袍，裹着头巾，他手里的鞋则是简单的阿拉伯式凉鞋。他一直不确定自己为什么要这么做。他只是个理论上的虔诚信徒。他曾经按照伊斯兰礼仪接受过割礼，也曾完成过麦加朝圣之旅，但他喝酒，吃猪肉，从来没有付过天课[①]；他从来没遵守过斋月禁食，也没有每天祷告，更别说一天祷告五次了。但每隔一段时间，他就觉得有必要让自己沉浸在他继父的宗教那熟悉而机械的仪式里，待上几分钟。每到这种时候，就像今天一样，他会天不亮就起床，穿上传统服饰，走过城市清冷安静的街道，来到他父亲过去常去的清真寺，在前院里行净身礼，最后走进大厅开始这新一天的第一次祷告。

---

① 天课，伊斯兰教的一种特有课税。

他先摸一摸自己的耳朵，然后两手在身前合起来，左手包在右手里。然后鞠躬，跪下。他背诵着祷词，并配合祷词不时用额头触碰地面：

> "以仁慈悲悯的主之名。赞美真主，世界之主，仁慈悲悯的主，审判日之王。我们侍奉汝，向汝祷告求助。引领我们行正道，如那些你曾向他们展现仁慈之人，那些心中不怀愤怒之人，那些不曾行歧路之人。"

他望一望他的右边，再望一望左边，向两个写下他的善行和恶行的记录天使致意。

当他朝左边看过去时，他看见了阿卜杜拉。

这个贼没有打断他的祷告，而是咧嘴一笑，露出了他的钢牙。

沃尔夫站起来走了出去。他在外面停下来把凉鞋穿上，阿卜杜拉蹒跚地跟了过来。他们握了握手。

"你是个虔诚的人，和我一样。"阿卜杜拉说，"我知道你早晚会到你父亲的清真寺来的。"

"你在找我？"

"很多人在找你。"

他们一起离开清真寺。阿卜杜拉说："知道你是个虔诚的信徒，即使是为了那么一大笔钱，我也不能把你出卖给英国人，所以我对范德姆少校说，我不认识哪个人叫作阿历克斯·沃尔夫，或者阿赫迈德·拉姆哈。"

沃尔夫猛地停下脚步。这么说来他们还在追捕他。他本来已经开始感觉安全了——太早了。他拉住阿卜杜拉的胳膊，把他领进一家阿拉伯小馆子。他们坐了下来。

沃尔夫说："他知道我的阿拉伯名字。"

"除了到哪里去找你，你的一切他都知道。"

沃尔夫很是担心，同时又产生了强烈的好奇。"这个少校是个什么样的人？"他问。

阿卜杜拉耸耸肩。"一个英国男人，不机灵，没礼貌，卡其短裤，脸和番茄一个颜色。"

"你看到的不止这些。"

阿卜杜拉点点头。"这个男人有耐心，有决心。如果我是你，我会害怕他。"

突然之间，沃尔夫害怕起来。

他问："他做了些什么？"

"他查出了你家里的情况，和你所有兄弟都谈过话，他们说不知道你的事。"

饭馆老板给他们一人送上一盘蚕豆泥和一块粗麦面包。沃尔夫掰开他那块面包，蘸了蘸豆泥。苍蝇开始在碗边聚集。两人都没去理会。

阿卜杜拉嚼着满嘴食物说："范德姆愿意出一百英镑换你的地址。哈！好像我们会为了钱出卖自己人似的。"

沃尔夫吞下食物。"即使你知道我的地址也不会。"

阿卜杜拉耸耸肩。"要查出来只是小事一桩。"

"我知道。"沃尔夫说，"所以我打算把我的地址告诉你，作为我信赖你的友谊的象征。我住在谢菲尔德酒店。"

阿卜杜拉看起来很伤心。"我的朋友，我知道这不是真的，这是英国人第一个会去查的地方……"

"你误会我了。"沃尔夫说,"我不是那里的房客。我在厨房干活,洗锅子,每天晚上我和其他十来个人睡在那里的地板上。"

"真狡猾!"阿卜杜拉狡黠地笑了。他喜欢这个主意,也很高兴得到情报。"你藏在他们眼皮底下!"

"我知道你会保密的。"沃尔夫说,"而且,作为我感激你的友谊的象征,我希望你能收下我的礼物,一百英镑。"

"但这没有必要——"

"我坚持。"

阿卜杜拉叹了口气,不情不愿地让步了。"那好吧。"

"我会让人把钱送到你家的。"

阿卜杜拉用他的最后一片面包擦了擦空碗。"我得走了。"他说,"早餐我来请吧。"

"谢谢。"

"啊!但我没带钱来,非常非常对不起——"

"没关系。"沃尔夫说,"安拉,愿主保佑你。"

阿卜杜拉用传统方式回应:"安拉以撒利马,愿主庇护你。"说完他就出去了。

沃尔夫要了杯咖啡,想着阿卜杜拉的事。显然,这个贼会为了远低于一百英镑的数目背叛沃尔夫。眼下阻止他的是他不知道沃尔夫的地址。他积极地想要找出答案——这正是他来清真寺的原因。现在他会试图去查证住在谢菲尔德酒店厨房的说法。这也许不太容易,因为当然没人愿意承认员工睡在厨房地板上——事实上沃尔夫一点儿也不确定是否真有这样的事——但他估计阿卜杜拉早晚会发现他在说谎。这个说法只不过是拖延战术,收买他的钱也是。然而，当阿卜杜拉终于发现沃尔夫住在索尼娅的船屋里时，他很可能会找沃尔夫要更多的钱，而不是去找范德姆。

目前一切情况还在掌控之中。

沃尔夫在桌子上留了几个米利姆①就出去了。

这座城市已经苏醒过来。马路上交通已经开始堵塞，人行道上挤满了小商贩和乞丐，空气中充满了各种好闻或难闻的气味。沃尔夫到中央邮局去打电话。他打到总司令部找史密斯少校。

"我们这里有十七个姓史密斯的，"接线员告诉他，"你知道名字吗？"

"桑迪。"

"那就是亚历山大·史密斯少校了。他现在不在这里。需要留言吗？"

沃尔夫早就知道少校不会在总司令部。现在太早了。"留言内容是，今天中午十二点，在扎马雷克。落款就写S。你记下来了吗？"

"记下来了，不过如果告诉我你的名字——"

沃尔夫挂上了电话。他离开邮局，朝扎马雷克岛走去。

自从索尼娅让史密斯上钩之后，少校给她送来了一打玫瑰、一盒巧克力、一封情书，还有两次亲自上门请求再和她约会。沃尔夫禁止她回应。到现在少校已经开始怀疑自己还能不能再见到她了。沃尔夫很确定索尼娅是史密斯睡过的第一个漂亮女人。在吊了几天胃口之后，史密斯应该极度渴望见到她，一旦有机会就会扑过来。

---

① 埃及货币单位。

在回家的路上，沃尔夫买了一份报纸，但上面还是和往常一样充斥着垃圾。他到船屋的时候，索尼娅还在睡觉。他把卷起来的报纸扔到她身上把她叫醒。她呻吟一声，翻了个身。

沃尔夫抛下她，穿过帘子回到起居室。在另一头的船首那里，是一个小厨房，里面有个挺大的橱柜，装着扫把和清洁用品，沃尔夫打开橱柜门。如果他蜷起腿、低下头，就能钻进去。柜门的门锁只能从外面打开。他翻遍了厨房的抽屉，找到一把刀刃柔韧的小刀。他觉得他也许能从橱柜里面把门打开，只需把刀插到门缝里把弹簧顶住的门闩撬松。他钻到橱柜里，关上门试了试。这办法行得通。

但是他没法透过门框缝看到外面。

他拿来一根钉子和一个熨斗，在柜门的薄木板上和眼睛一样高的位置用钉子敲出一个小孔。他用一把叉子把孔扩大。他再次钻进橱柜，关上门。他把眼睛凑到小孔前。

他看见帘子分开了。索尼娅走进起居室。她四下张望，见他不在屋里显得很惊讶。她耸耸肩，掀起睡裙抓了抓肚皮。沃尔夫忍住没笑。她走进厨房，拿起水壶，拧开了水龙头。

沃尔夫把小刀滑进门缝，撬开门锁。他打开柜门钻出来，说："早上好。"

索尼娅尖叫起来。

沃尔夫大笑。

她把水壶朝他扔过来。他闪开了。他说："这是个藏身的好地方，不是吗？"

"你把我吓了一跳，你这个混蛋。"她说。

他捡起水壶递给她。"煮点咖啡吧。"他吩咐她。他把小刀放进橱柜，关上门，走进起居室坐下。

索尼娅说："你要藏身的地方干什么？"

"监视你和史密斯少校。很有意思，他看起来像只热情的乌龟。"

"他什么时候来？"

"中午十二点。"

"哦不，为什么这么早？"

"听着，如果他那个公文包里有些有价值的东西，他肯定被禁止带着它们在城里四处游荡。他应该直接到办公室去把文件锁进保险柜。我们不能给他时间这么做。如果他不把公文包带到这里来，整件事就是白忙一场。我们想要他从总司令部直接冲到这里来。事实上，如果他来晚了，没带公文包，我们就把门锁上，假装你出去了，这样下次他就知道要快点过来了。"

"你把一切都计划好了，不是吗？"

沃尔夫笑了。"你最好开始准备了。我希望你看上去让人无法抗拒。"

"我一向是让人无法抗拒的。"她穿过房间到卧室去了。

他在她身后喊："洗洗你的头发。"没有回应。

他看了看表。时间快到了。他在船屋里四处隐藏他住在这里的痕迹，收起他的鞋子、剃刀、牙刷和毡帽。索尼娅穿着一件长袍上到甲板上，让她的头发在阳光下晒干。沃尔夫煮了咖啡，给她拿了一杯。他把自己那杯喝完，把杯子洗好收起来。他拿出一瓶香槟，放在一桶冰块里，和两个玻璃杯一起放在床边。他考虑了下要不要换床单，但还是决定现在不换，等史密斯走了之后再换。索尼娅从甲板上下来。她在大腿内侧和胸脯上抹了些香水。

沃尔夫最后四处审视了一番。一切都准备好了。他坐在舷窗旁的一张沙发上，监视着河边的纤道。

正午过了几分钟后，史密斯少校出现了。他看起来急匆匆的，好像害怕迟到似的。他穿着制服衬衣、卡其短裤、袜子和凉鞋，不过把军帽摘了下来。正午的阳光让他满头大汗。

他拿着他的公文包。

沃尔夫满意地笑了。

"他来了。"沃尔夫喊道，"你准备好了吗？"

"没。"

她是想吓唬吓唬他。她会准备好的。他钻进橱柜，关上门，把眼睛凑到用来偷窥的小孔旁。

他听见史密斯走过踏板，来到甲板上。少校喊道："有人吗？"

索尼娅没回答。

透过小孔，沃尔夫看见史密斯走下舷梯来到船舱里。

"有人在吗？"

史密斯看着分隔出卧室的帘子。他的声音里满是期望落空的失落之情。"索尼娅？"

帘子分开了。索尼娅站在那里，双臂抬起来拉着帘子。她把头发盘成了复杂的金字塔形，像她表演时一样。她穿着朦胧的薄纱做成的灯笼裤，但在这么近的距离下透过布料可以看见她的身体。除了脖子上的宝石项圈，她腰部以上完全是赤裸的。她棕色的胸部饱满而圆润，还抹了一点儿口红。

沃尔夫想，好姑娘！

史密斯少校瞪着她。他已经晕头转向了。他说："哦，天哪，哦，上帝啊，哦，我的心肝啊。"

沃尔夫强忍着笑。

史密斯扔下公文包朝她扑过去。他一抱住她，索尼娅就退后一步，把帘子在他身后合上。

沃尔夫打开柜门，钻了出来。

公文包刚好掉在帘子外边的地板上。沃尔夫提着他的加拉比亚跪下来，把公文包翻过来。他试着打开包扣。包是锁上的。

沃尔夫轻声说："上帝啊。"

他四处张望。他需要一根大头针，或者曲别针，或者缝衣针，一样可以用来撬开锁的东西。他小心地走到厨房，小心地拉开一个抽屉：烤肉签，太粗；钢丝刷的毛，太细；切菜刀，太宽……在水槽旁的一个小盘子里，他发现了索尼娅的一个发卡。

他回到公文包旁，把发夹的一端戳进了其中一个锁的钥匙孔。他试探着转动发卡，感觉到某种有弹性的阻力，然后用力一拧。

发卡断了。

沃尔夫再次轻声咒骂了一声。

他条件反射式地瞥了下腕表。上次史密斯在索尼娅身上五分钟就完事了。我应该告诉她把时间拖长一些的，沃尔夫想。

他捡起那把他用来从里面打开橱柜门的有弹性的小刀。他轻轻地把小刀伸进公文包的其中一个搭扣里。他往下一压，刀弯了。

他只要几秒就能把锁弄坏，但他不想这么做，因为到时候史密斯会知道包被打开过。沃尔夫并不怕史密斯，但他不希望少校发现索尼娅引诱他的真实原因，如果包里装着有价值的材料，沃尔夫想用常规的方式打开它。

但如果他打不开公文包，史密斯就毫无用处。

他如果把锁弄坏了会怎么样？史密斯和索尼娅完事后，穿上裤子，拿起公文包，会发现它被打开过了。他会为难索尼娅，船屋会暴露，除非沃尔夫把史密斯杀了。杀掉史密斯会有什么后果？又一个英国士兵被谋杀，这次发生在开罗。会有一场可怕的搜捕行动。他们会把谋杀和沃尔夫联系起来吗？史密斯有没有和人说起过索尼娅？有没有人在恰恰夜总会见到他们在一起？调查问话会把英国人引到船屋来吗？

太冒险了，但最糟糕的是沃尔夫将会失去情报来源，再次回到起点。

与此同时，他的同胞正在沙漠里战斗，他们需要情报。

沃尔夫静静地站在起居室中间，绞尽脑汁冥思苦想。刚才他想到了什么东西，正是他需要的答案，但现在那个念头溜出了他的脑海。在帘子的另一面，史密斯含混不清地呻吟着。沃尔夫心想不知道他的裤子脱下来了没有——

他的裤子脱下来，就是这个。

他的裤子口袋里应该有公文包的钥匙。

沃尔夫透过帘子缝偷看。史密斯和索尼娅躺在床上。她仰面躺着，闭着眼睛。他用手肘撑着身子躺在她身旁，正在抚摸她。她背部拱起，显得很享受这种抚摸。沃尔夫看着他们的时候，史密斯翻身半压在她身上，把脸凑到她的乳房上。

史密斯还穿着他的短裤。

沃尔夫把头伸进帘子，伸出一只手挥了挥，想吸引索尼娅的注意力。他想：看着我，女人！

史密斯把头从一侧乳房移到另一侧。索尼娅睁开了眼睛。她瞥了眼史密斯的头顶，抚摸着他擦了发蜡的头发，对上了沃尔夫的视线。

他无声地做着口形：把他裤子脱掉。

她没看明白，皱着眉头。

沃尔夫钻进帘子，做着脱裤子的动作。

索尼娅恍然大悟，眉头舒展开来。

沃尔夫退到外面，把帘子合起来，只留下一条可供窥视的细缝。

他看见索尼娅的手伸到史密斯的短裤上，和前裆的扣子奋力纠缠起来。史密斯呻吟起来。索尼娅翻了个白眼，对他容易上当的激情颇为不屑。沃尔夫想，但愿她有这个头脑把短裤往这边扔。

过了一分钟，史密斯对她笨拙的摸索变得不耐烦了，翻身坐起来自己把裤子脱掉了。他把短裤扔过床尾，又转向索尼娅。

床尾离帘子大概有五英尺。

沃尔夫放低身子，趴在地板上。他用手分开帘子，像印度人做瑜伽一样一寸一寸地往前挪。

他听见史密斯说："哦，天哪，你太美了。"

沃尔夫够到了短裤。他用一只手小心地翻动着布料，直到看见一个口袋。他把手伸进口袋，摸索钥匙形状的东西。

口袋是空的。

床上传来阵阵响动。史密斯咕哝着抱怨着什么，索尼娅说："别动，躺下来。"

沃尔夫想，真是个好姑娘。

他翻着短裤，直到看见另一个口袋。他摸了摸。这个也是空的。

也许还有其他口袋。沃尔夫动作鲁莽起来。他摸索着布料，搜寻可能是金属物的硬块。一个也没有。他把短裤拎起来——

裤子下面躺着一串钥匙。

沃尔夫如释重负，无声地呼出一口气。

钥匙一定是在史密斯把短裤扔到地板上的时候从口袋里掉出来了。

沃尔夫拿起钥匙和短裤，开始一寸一寸地朝帘子外面退去。

这时他听见甲板上传来脚步声。

史密斯高声说："老天啊，那是谁？！"

"安静点！"索尼娅说，"邮递员罢了。告诉我你喜不喜欢这样……"

"哦，喜欢。"

沃尔夫退出了帘子，抬头一看，邮递员正把一封信放在舱室旁舷梯的最上面一级。让沃尔夫害怕的是，邮递员看见了他，还喊了一声"早上好"。

沃尔夫不出声，把一个手指放到唇边，然后把脸颊贴在手上做出睡觉的样子，然后指了指卧室。

"打扰了。"邮递员悄声说。

沃尔夫挥挥手让他走。

卧室那边没有动静。

邮递员的问候让史密斯起疑了吗？也许没有，沃尔夫想，既然舱门开着，表明有人在家，邮递员即使看不见人也可能会说早上好的。

隔壁房间又响起了做爱的声响，沃尔夫的呼吸畅快起来。

他从那串钥匙中挑出最小的，插进公文包上的锁试了试。

锁开了。

他打开搭扣，掀开盖子。里面有个硬纸板文件夹，装着一沓文件。沃尔夫想：拜托，可别又是菜单。他打开文件夹，看了看最上面一页。

他读了起来：

阿伯丁行动

1.盟军将在六月五日拂晓发动大规模反击。

2.反击力量分为两路……

沃尔夫抬起头来。"上帝啊！"他低声说，"就是这个！"

他侧耳倾听。现在卧室里的动静更大了。他能听见床里弹簧的响声，他觉得船本身也开始轻轻摇晃了。时间不多了。

史密斯手里的这份报告很详尽。沃尔夫不确定英军的命令具体是怎么层层下达的，但可以推测出，详细的作战计划是由里奇将军在沙漠里的指挥部制订的，然后送到开罗的总司令部，让奥金莱克批准。比较重要的战斗计划会在晨会上拿来讨论，这些会议史密斯少校显然参加了不少。沃尔夫不禁又一次好奇起来，不知史密斯每天下午回去的那栋在沙里·苏雷曼帕夏地区的没有标志的楼里到底是什么部门。随后他把这个念头放到一边，他需要做笔记。

他四处搜寻铅笔和纸，心想，我应该事先找好的。他在抽屉里找到一个记事本和一支红铅笔。他坐在公文包旁继续读文件。

盟军的主要力量被包围在一个他们叫作"大釜"的区域。六月五日的反击是计划用来突破包围的。反击将在五点二十分开始，四个炮兵军团将炮击隆美尔东翼所在的阿斯拉岭。炮兵用来削弱对手，使对手无暇应付第十印度旅的步兵的先锋袭击。等意大利人在阿斯拉岭的防线被突破时，第二十二装甲旅的坦克将冲过缺口，占领西迪·穆夫塔地区，同时第九印度旅将紧随其后，巩固战局。

与此同时，第三十二陆军坦克旅将在步兵的支援下袭击隆美尔北翼所在的西德拉岭。

当他读到报告末尾时，沃尔夫意识到他太过入迷，以至于他虽然听见了史密斯少校逐渐到达高潮的声音，却没往心里去。现在床咯吱一声，一双脚踩到了地面上。

沃尔夫紧张起来。

索尼娅说："亲爱的，倒点香槟吧。"

"等一下——"

"我现在就要。"

"亲爱的，不穿裤子感觉有点蠢——"

沃尔夫想：老天，他要他的裤子。

索尼娅说："我喜欢你不穿衣服的样子。和我喝一杯再穿衣服吧。"

"你开口，我自当从命。"

沃尔夫放松下来。他想，她抱怨归抱怨，还是按我想的做了！

他快速地浏览完剩下的文件，下定决心现在不要被发现。史密斯是个美妙的发现，如果在鹅第一次下金蛋时就把它杀掉，那就成悲剧了。他留意到袭击要动用四百辆坦克，其中三百三十辆都在东路，只有七十辆在北路；梅瑟维将军和布里格斯将军会组建一个联合司令部；奥金莱克有些暴躁地要求进行彻底侦察，步兵和坦克密切合作。

他奋笔疾书时，酒瓶软木塞弹出来的响声传来。他舔舔嘴唇，心想，我可以用这声音提醒自己。他心想不知道史密斯喝一杯香槟要多长时间。他决定不冒任何风险。

他把文件放回文件夹，文件夹放回包里，合上包盖，锁上锁。他把那串钥匙放进短裤的一个口袋里。他站起来透过帘子的缝窥视。

史密斯穿着他军队发的内衣坐在床上，一手拿着酒杯，一手拿着香烟，看起来颇为自得。香烟一定是放在他衬衣口袋里的。如果是放在短裤口袋里就尴尬了。

这时沃尔夫处在史密斯的视野之内。他把脸从帘子的缝隙旁移开，等着。他听见索尼娅说："请再给我倒一点儿吧。"他又从帘子缝隙看过去。史密斯接过她的杯子，转身去拿酒瓶。他现在背对着沃尔夫了。沃尔夫把短裤从帘子当中推过去，放在地板上。索尼娅看见了他，扬起眉毛示警。沃尔夫缩回胳膊。史密斯把酒杯递给索尼娅。

沃尔夫钻进橱柜，关上门，放松地坐下来。他想不知要等多久史密斯才会离开。他不在乎，他满心喜悦。他挖到金子了。

半个小时后，他从小孔看见史密斯走进起居室，他的衣服已经穿回身上了。直到这时沃尔夫才觉得橱柜里狭窄难耐。索尼娅跟在史密斯身后，说："你一定得这么快走吗？"

"恐怕是的。"他说，"这个时间对我来说有些尴尬，你知道吗，"他迟疑了一下，"说老实话，我其实不该把这个公文包带着到处走。正午到这里来对我来说是件很困难的事。你知道吗，我必须直接从总司令部到办公室去。不过我今天没这么干——我实在害怕来晚了错过你。我对办公室的人说我在总司令部吃午饭，对总司令部的人说我在办公室吃午饭。不过，下次我会到办公室放下公文包再到这里来，如果你觉得不要紧的话，我的小乖乖。"

沃尔夫想，看在上帝的分儿上，索尼娅，说句话！

她说："哦，但是，桑迪，我的管家每天下午过来打扫，我们就不能单独在一起了。"

史密斯皱起了眉头。"该死，那么我们只能晚上见面了。"

"但是我得工作——而且表演结束后我还得留在夜总会和客人聊天。我不能天天待在你那一桌，人们会说闲话的。"

橱柜里又闷又热。沃尔夫汗流浃背。

史密斯说："你不能告诉清洁工不要来吗？"

"可是亲爱的，我自己没法打扫这个地方，我不知道从何下手。"

沃尔夫看见她露出笑容，她拉起史密斯的手放在两腿之间。"哦，桑迪，说你会正午过来。"

这大大超出了史密斯可以抵御的程度。"没问题，亲爱的。"他说。

他们接了吻，之后史密斯终于走了。

沃尔夫听着他的脚步声经过甲板，沿着踏板下去，这才从橱柜里钻出来。

他伸展着酸痛的四肢时，索尼娅幸灾乐祸地看着他。"疼吗？"她假装同情地说。

"疼得值得。"沃尔夫说，"你太棒了。"

"你拿到想要的东西了吗？"

"比我想到的还要好。"

索尼娅洗澡时，沃尔夫切了面包和香肠当午饭。吃过午饭之后，他找出那本英文小说和密钥，开始起草给隆美尔的讯息。索尼娅和一群埃及朋友到赛马场去，沃尔夫给了她五十英镑用来下注。

傍晚时，她到恰恰夜总会去，沃尔夫坐在家里喝着威士忌，读着阿拉伯语诗歌。快到午夜时，他打开了无线电。

零点整时，他敲出他的呼号，斯芬克斯。几秒钟之后，隆美尔设在沙漠里的霍希无线电通信车上的监听岗回复了。沃尔夫发送了一串字母V让对方得以准确调频，然后询问对方他的信号强度如何。句子发送到一半时他敲错了一处，于是在重新开始前发了一串字母E表示错误。他们回复说他的信号已经达到最大强度了，发来GA，表示让他继续。他发了个KA，表示这是信息的开头，然后他开始用密码发送：阿伯丁行动……

在最后他加上AR表示信息结束，然后加上K表示完毕。他们发来一串字母R，这是表示"你的信息已被收到并解读"。

沃尔夫把无线电、那本关键的书和密钥收起来，然后给自己又倒了一杯酒。

总的来说，他觉得自己干得出色极了。

十

六月四日早晨七点，间谍发来的信号只是隆美尔的情报官冯·梅勒辛办公桌上那二三十份报告的其中之一。监听部门还送来了其他几份报告:步兵被清楚地监听到和坦克部队联络;战地司令部以低级别的密码发送的指令已被连夜破解;其他一些敌方广播，虽然无法解密，但其位置和频率也能对敌人的意图提供暗示。除了无线电侦察结果，战地情报部门也发来报告。他们主要是通过俘虏的武器、死去敌人的制服、审讯囚犯获得信息，有时也穿过沙漠直接观察对手。航空侦察方面，有一份来自战斗阵形专家的报告，还有一份几乎毫无用处的总结——柏林方面对于盟军动向和实力的评估。

和所有战地情报官员一样，冯·梅勒辛对间谍报告不屑一顾。这些报告通常基于外交传闻、新闻报道，甚至纯粹的猜测，错误和正确的时候一样多，所以没什么用处。

他不得不承认眼前这份看起来不一样。

那些普通水平的秘密特工也许会汇报:"第九印度旅被告知近期将参与一场重大战斗"，或者"盟军计划六月初在'大釜'地区突围"，或者"谣传奥金莱克总指挥官一职将被撤换"，但这份报告里面没有任何不确定的成分。

这个呼号为斯芬克斯的间谍,以"阿伯丁行动"作为信息开头。他给出了袭击的日期、参与的部队及其具体分工、他们将要袭击的地点,还有指挥官的战术思想。

冯·梅勒辛不太相信,但他很感兴趣。

他帐篷里的温度计读数超过100华氏度时,他开始了他例行的晨间讨论。他亲自用战地电话——偶尔也用无线电——和各分部的情报官、负责航空侦察的空军联络官、霍希通信车的联络人,以及几个旅的情报官通话。他对所有人都提到了第九和第十印度旅,第二十二装甲旅,还有第三十二陆军坦克旅。他告诉他们留心这几个旅。对那个间谍提到的会反攻的地区,他也让他们监视战斗准备的情况。他们还将观察敌军的侦察人员:如果间谍是对的,盟军对于他们计划袭击的地方会加强航空侦察,也就是阿斯拉岭、西德拉岭和西迪·穆夫塔地区。为了达到削弱对手的目的,可能增加对这些地区的轰炸。这么做太容易泄露真实意图,所以大多数指挥官都会拒绝这个诱惑。为了制造假象,也可能减少对这些地区的轰炸,这也可能是个信号。

在谈话中,战地情报官们也会对他们前一夜的报告进行更新。谈话结束后,冯·梅勒辛写了一份给隆美尔的报告,然后送到指挥车去。他和总参谋长讨论了一下,后者随后把报告呈送给隆美尔。

上午的讨论很简短,因为隆美尔的重大决定和当天的命令都是前一晚指定或发出的。此外,隆美尔上午也通常不在思考状态。他渴望行动。他在沙漠里四处奔走,乘着他的参谋车或斯托奇飞机从一处前线到另一处前线,发出新命令,和士兵们开玩笑,指挥小规模的战斗。虽然他持续地暴露在敌军的炮火下,但

1914年之后他就没受过伤。冯·梅勒辛今天和他同行，借此机会亲自了解前线的战况，评估那些给他发来一手资料的情报官的表现：有的过于谨慎，略去了所有未获证实的数据；而其他的则夸大其词，借此为他们的部门获得额外的供给和支援。傍晚早些时候，当温度计读数终于开始下降时，有更多的报告被送达，更多的谈话需要进行。冯·梅勒辛从大量的细节中筛选出了和斯芬克斯预测的反击有关的信息。

占领阿斯拉岭的意大利公羊坦克装甲部队汇报敌军航空活动增加。冯·梅勒辛问他们增加的是轰炸还是侦察，他们说是侦察，事实上轰炸有所减少。

空军汇报说无人区内有活动迹象，有可能是先遣部队在划定集合地点。

无线电拦截到一段用低级别密码加密的错乱的信息，印度旅请求紧急确认上午的××（命令？），特别提到了炮击某处的时间安排。冯·梅勒辛知道，在英军战术中，炮击往往在袭击之前进行。

证据一点一点地积累起来了。

冯·梅勒辛查了一下他关于第三十二陆军坦克旅的索引卡片，发现他们最近被观察到在瑞杰岭出现，而如果要进攻西德拉岭，从那里出击是合情合理的。

情报人员的工作是一项几乎不可能完成的任务：基于不充分的信息预测敌人的动向。他们观察征兆，运用直觉，然后赌上一把。

冯·梅勒辛决定把赌注压在斯芬克斯身上。

晚上六点半时，他拿着报告到指挥车去。隆美尔和他的总参谋长拜尔莱因和凯塞林在一起。他们正围着一大张营地桌子看作战地图。一名副官坐在一旁准备记笔记。隆美尔已经把他的帽子摘掉了，他光秃秃的大脑袋对于他的小个子来说显得有些太大了。他看起来疲惫而消瘦。冯·梅勒辛知道，他为反复发作的胃病所苦，经常好几天吃不下饭。他以往胖乎乎的脸颊凹陷了下去，耳朵看起来比平时更凸出了，但那双狭缝似的黑眼睛仍然十分明亮，充满热情和对胜利的渴望。

冯·梅勒辛立正后郑重地呈上报告，然后对着地图解释了他的结论。他说完后，凯塞林说："你是说，这一切都是基于一个间谍的报告？"

"不，元帅。"冯·梅勒辛坚定地说，"有迹象可与之印证。"

"你可以为任何事找到与之印证的迹象。"凯塞林说。

冯·梅勒辛可以从眼角的余光看到隆美尔生气了。

凯塞林说："我们实在无法根据某个不三不四的开罗秘密特工提供的情报策划战斗。"

隆美尔说："我倾向于相信这份报告。"

冯·梅勒辛看着这两个男人。说来也怪，这两个人权力相当，而在军队里往往是等级森严的。凯塞林是南方战区总司令，级别比隆美尔高，但隆美尔并不听令于他，这是希特勒别出心裁的结果。两个人在柏林都有靠山：凯塞林一手创建了纳粹空军，是戈林的爱将；而隆美尔声望甚隆，可以确定戈培尔会支持他。凯塞林很受意大利人欢迎，而隆美尔总是对他们出言不逊。归根结底，凯塞林权力更大，作为空军元帅，他可以直接向希特勒汇报，而隆美尔要通过约德尔，但这张王牌凯塞林也不能用得太频繁。所以两个人常常争吵，虽然在沙漠里最后往往是隆美尔说了算，但冯·梅勒辛知道，凯塞林在欧洲那边一直谋划着要把隆美尔踢走。

隆美尔转向地图。"那让我们准备好对付兵分两路的袭击吧。先考虑比较弱的，北面那路。西德拉岭由配备反坦克炮的第二十一装甲师防守。这里，在英军前进的道路上，有一片雷区。装甲师可以把英军诱入雷区，然后用反坦克武器摧毁他们。如果那个间谍是对的，英国人只派了七十辆坦克来进攻，第二十一装甲师应该能很快把它们了结，然后腾出手来参加当天的另一场行动。"

他伸出粗壮的食指在地图上往下一划。"现在来考虑第二路。攻击的主力，目标是我们的东翼。这里由意大利军队防守。袭击是由一支印度旅牵头。我了解那些印度人，也了解我们这些意大利人，预计袭击会成功。所以我将下令进行有力的还击。"

"第一，意大利人会从西面反击；第二，把袭击西德拉岭的那路敌人击退以后，装甲师会转而从北面进攻印度人；第三，我们的工程兵今晚会在比尔·艾哈迈特的雷区中清理出一道缺口，这样第十五装甲师可以绕到南面，从缺口出来，从英军后方发动攻击。"

冯·梅勒辛一直在观察和聆听，这时赞许地点了点头。这是一个典型的隆美尔风格的计划，结合了迅速转移兵力来使效果最大化，环绕敌人移动，让一支劲旅出人意料地在最不可能出现的地方登场——敌人的后方。如果一切按计划进行，进攻的盟军军队将被包围、孤立，而后消灭。

如果一切按计划进行。

如果那个间谍是对的。

凯塞林对隆美尔说："我觉得你可能会犯下大错。"

"这么想是你的权利。"隆美尔冷静地说。

冯·梅勒辛一点儿也冷静不下来。如果事情发展与预期相违，柏林方面很快会听说隆美尔是如何不恰当地听信于拙劣的情报，而冯·梅勒辛会因为提供情报而被指责。隆美尔对于连累他的下属态度是毫不留情的。

隆美尔看着做记录的副官。"这些就是我明天的命令了。"他挑衅地怒视着凯塞林。

冯·梅勒辛把手放到口袋里，手指交叉祈祷一切顺利。

冯·梅勒辛一直记得十六天后他和隆美尔欣赏托布鲁克日出的那个时刻。

他们一起站在艾尔·阿丹姆东北部的悬崖边上，等待战斗开始。隆美尔戴着从被俘的奥康纳将军身上得来的护目镜，那副护目镜已经成为他的某种标志。他的状态极佳：眼神明亮，生气勃勃，充满自信。当他扫视地形、推算战斗走向时，旁人几乎可以听见他大脑运转的嘀嗒声。

冯·梅勒辛说："那个间谍是对的。"

隆美尔露出笑容。"这正是我在想的事。"

盟军在六月五日的反攻和预期如出一辙，而隆美尔强有力的防卫成了一场针对反攻的反攻。盟军参战的四个旅其中三个被消灭，四个炮兵团被俘虏。隆美尔毫不手软地巩固他的优势。六月十四日，加查拉防线被攻破，而今天，六月二十日，他们将围攻至关重要的海滨要塞托布鲁克。

冯·梅勒辛打了个寒战。清晨五点的沙漠里竟然这么冷,实在让人惊讶。

他看着天空。五点二十分,进攻开始了。

起初那声音像是远处的雷声,之后逐渐增强,成为振聋发聩的轰鸣,这是斯图卡轰炸机靠近的声音。第一纵队飞过,朝英军所在处俯冲,扔下炸弹。一大片硝烟和尘土滚滚升起,隆美尔的全部炮兵随即开火,炮弹齐鸣,发出震耳欲聋的巨响。一波又一波的斯图卡飞了过来。一共有上百架轰炸机。

冯·梅勒辛说:"太棒了。凯塞林真有两下子。"

他说错话了。隆美尔声色俱厉地说:"没有凯塞林的功劳。今天我们是自己指挥的飞机。"

即便如此,空军还是上演了一出好戏,冯·梅勒辛想。不过他没说出来。

托布鲁克是一座同心圆环状的堡垒。要塞本身是在一座城里,这座城则位于一片英军占领区域的中心,这片区域被长达三十五英里的铁丝网所环绕,沿线散布着若干炮台。德军必须穿过铁丝网,突破城市,再攻下要塞。

战场中间升起一团橙色的烟雾。冯·梅勒辛说:"那是参与攻击的工程兵发出的信号,告诉炮兵加大他们的射程。"

隆美尔点点头。"很好,我们在向前推进。"

冯·梅勒辛突然充满了乐观的想法。托布鲁克有战利品,汽油、炸药、帐篷、卡车——隆美尔的机动运输已经有大半是由俘获的英军汽车完成的了——还有食物。冯·梅勒辛微笑着说:"晚饭吃新鲜的鱼?"

隆美尔理解他的思路。"肝脏,"他说,"炸土豆,新鲜面包。”

“一张真正的床，带一个羽毛枕头。”

“在一栋能挡住酷热和虫子的石墙房子里。”

一个跑腿的士兵送来一条消息。冯·梅勒辛接过来读了读。他努力克制着声音里的激动说：“他们已经剪断了六十九号炮台附近的铁丝网，蒙尼将军的部队正和非洲军团的步兵并肩作战。”

“太好了。”隆美尔说，“我们打开了一个缺口。走吧。”

上午十点半，陆军中校瑞吉·博格从范德姆办公室门口探出头来，说：“托布鲁克被包围了。”

眼下似乎没有工作的必要。范德姆机械地继续干活，阅读线人的报告；考虑如何处理一个懒惰的副官，此人按例应该获得提拔，但实际并不够格；试图想出一条解决阿历克斯·沃尔夫案件的新思路；但所有这些事都显得完全无关紧要。随着白天慢慢过去，传来的消息越来越让人消沉。德军突破了包围的铁丝网；他们在反坦克壕沟上架好了桥；他们穿过了内层的雷区；他们到达了战略上至关重要的被称为国王十字的路口。

范德姆七点时回家和比利吃晚饭。他没法对孩子说托布鲁克的事，消息现在还不能公布。他们吃羊排时，比利说到了他的英语老师，这个因为肺病而不能参军的年轻人总是不停地谈论他有多么想到沙漠里痛击德国佬。“不过我不相信他。”比利说，“你信吗？”

“我希望他是真心的，”范德姆说，“他只是心怀愧疚。”

比利正处在好争辩的年纪。“愧疚？他不可能觉得愧疚，这又不是他的错。”

"潜意识里会愧疚。"

"这有什么区别？"

我给自己下了个套，范德姆想。他考虑了一会儿，说："当你做了错事，你知道这样做不对，你感到难过，而且你知道你为什么难过，这就是有意识的愧疚。辛克森先生没做错事，但他还是感到难过，而且他不知道他为什么难过，这就是潜意识的愧疚。谈论他有多想打仗会让他感觉好一些。"

"哦。"比利说。

范德姆不知道男孩明白了没有。

比利上床睡觉时拿了一本新书。他说那是一本"探子"，意思是说那是本侦探小说。那本书叫作《尼罗河上的惨案》。

范德姆回到总司令部。前方传来的还是坏消息。第二十一装甲师已经进入了托布鲁克城，并且从码头向几艘英国轮船开火，这几艘船正试图逃往公海，但似乎为时已晚。有一部分船已经被击沉。范德姆想到那些造船的人，那些用来造船的成吨的宝贵钢材，对水手的训练，以及把船员们打造成一支队伍所花费的时间精力。现在人已亡，船已沉，努力都付诸东流。

他整晚都待在军官食堂，等待消息。他一直在喝酒，烟也抽了不少，以至于让自己头疼了起来。行动指挥室每隔一段时间就会发布公告。这天夜里，第八集团军的指挥官里奇决定放弃前线，撤退到马特鲁港。据说当总指挥官奥金莱克听说这个消息时，怒气冲冲地走出房间，脸色阴沉得可怕。

快到拂晓时，范德姆发现自己想起了父母。英格兰南部海岸的一些港口和伦敦一样饱受轰炸之苦，但他的父母是住在多赛特乡下的一个小山村里，比较靠近内陆。他的父亲是一个小型分拣处的邮政局长。范德姆看了看手表：现在应该是英格兰早上四点，老头子现在应该正套上环形夹，跨上自行车，摸黑骑车去上班。在六十岁的年纪，他还保持着十多岁的农场少年的体格。范德姆那爱上教堂的母亲反对吸烟、喝酒以及各种"放纵的行为"，她用这个词囊括了从标枪比赛到听无线电等一切活动。这样的生活方式似乎很适合她的丈夫，但她自己却病痛不断。

最终，酒精、疲惫和乏味让范德姆打起了瞌睡。他梦见自己和比利、艾琳，还有母亲待在托布鲁克要塞里。他正四处奔走关上窗户。外面，化身为消防员的德国人正把梯子靠在墙上往上爬。突然之间，范德姆的母亲停止清点假钞，打开一扇窗户，指着艾琳尖叫："荡妇！"隆美尔戴着消防员的头盔从窗户进来，把水管对准了比利。水流的压力冲得男孩越过护墙掉进大海。范德姆知道这是他的错，但他想不明白自己做错了什么。他伤心地哭起来。他醒了。

发现自己并没有真的在哭，他松了一口气。这个梦让他有种被绝望淹没的感觉。他点燃一支烟。烟的味道糟透了。

太阳升了起来。范德姆在食堂里走了一圈把灯关上，只是为了找点事做。一个早餐厨子拿着一壶咖啡进来。范德姆正喝着咖啡时，一个上尉拿着一张新的公告进来。他站在食堂中间，等周围安静下来。

他说："今天清晨，克洛普将军向隆美尔投降，让出了托布鲁克要塞。"

范德姆离开食堂，穿过城里的街道朝他尼罗河边的房子走去。他觉得自己软弱又无用，整天坐在开罗监视间谍，而在沙漠里，他的国家正在输掉这场战争。他突然觉得阿历克斯·沃尔夫也许和隆美尔最近一连串的胜利有点关系，但他很快又放弃了这个念头，觉得有些太牵强了。他心想，不知情况还有没有可能更糟，随后他无比沮丧地意识到，这当然是可能的。

他回到家后就上床睡觉了。

Part 2

梅尔萨·马特鲁

十一

那个希腊人是个毛手毛脚的人。

艾琳不喜欢这样的人。她不介意直白的欲望，事实上，她喜欢直来直去。她反对的是鬼鬼祟祟、不怀好意、不请自来的试探。

在商店里待了两个小时以后，她就已经不喜欢米基斯·亚里士多普勒斯了。待了两个星期之后，她简直想勒死他。

商店本身没什么问题。她喜欢香料的味道，以及后面房间里架子上成排的颜色鲜艳的盒子和罐头。工作本身简单而重复，不过时间过得还算快。她能快速心算出账目，让顾客们大为吃惊。她不时会买些进口的美味带回家品尝：一罐肝泥、一块好时巧克力、一瓶肉汁、一罐烤豆子。对她来说，每天八小时做一项普通乏味的工作也是一件新奇的事。

但老板实在让人讨厌。他一有机会就会摸一把她的胳膊、肩膀和腰。每次从她旁边经过，不管是在柜台后还是在后面的房间里，他总会蹭一蹭她的胸部和屁股。起初她以为是不小心碰到的，因为他看起来不像那种人：他二十多岁，样貌英俊，总是挂着一个大大的笑容，露出一口白牙。他一定是把她的沉默当成了默许。她一定得给他点颜色看看了。

她不需要这样。她的感情已经够混乱了。她对威廉·范德姆又爱又恨，他平等地和她交谈，却又把她当成妓女对待。她应该去引诱阿历克斯·沃尔夫，但这个人她从没见过。她被米基斯·亚里士多普勒斯骚扰，她对他只有蔑视。

他们都利用我，她想，这就是我生活的主题。

她好奇沃尔夫是什么样子的人。范德姆让她和他交朋友，说起来倒容易，好像她只要按个按钮，自己就能立刻变得让人无法抗拒似的。事实上，很多事都取决于那个男人。有的男人一见她就喜欢，要让另一些男人喜欢她却很难。她内心有一半希望阿历克斯不可能喜欢上她，而另一半则记得他是个德国间谍，而隆美尔每天都在逼近，如果纳粹进入了开罗……

亚里士多普勒斯把一盒意大利面从后面房间拿出来。艾琳看了看表，差不多到回家的时候了。亚里士多普勒斯把盒子放下，打开。他往回走时从艾琳旁边挤过，把手伸到她胳膊底下摸了摸她的胸部。她让开了。她听见有人走进店来。她想：我要给那希腊人一点儿教训。他走进后面房间后，她在他身后用阿拉伯语喊道："如果你再碰我，我就把你那玩意儿切下来！"

那个顾客爆发出一阵大笑。她转头看着他。他是个欧洲人，但一定懂阿拉伯语，她想。她说："下午好。"

他朝后面房间看过去，喊道："亚里士多普勒斯，你在做什么，你这个小山羊？"

亚里士多普勒斯从门口探出头来。"日安，先生，这是我的侄女，艾琳。"他脸露尴尬，神情里还有些艾琳看不明白的东西。他缩回储藏室去了。

"侄女！"那个顾客看着艾琳说，"说瞎话的吧。"

他三十多岁，身材高大，黑头发，深色皮肤，黑眼睛。他长了一个大大的鹰钩鼻，像是典型的阿拉伯人，也像是典型的欧洲贵族。他笑起来时嘴唇薄薄的，露出整齐细小的牙齿——像只猫，艾琳想。她熟知富有的标志，现在她看见了它们：丝绸衬衫，金色腕表，量身定做的棉布裤子配上鳄鱼皮腰带，手工制作的皮鞋和若有似无的男用古龙水味道。

艾琳说："请问您需要什么？"

他注视着她，就像心里正盘算着好几个答案似的，接着他说："先来点英国橘子酱吧。"

"好的。"橘子酱在后面房间里。她走进去准备拿一罐。

"就是他。"亚里士多普勒斯悄声说。

"你说什么呢？"她用正常音量说。她还在生他的气。

"用假钞的人——沃尔夫先生——就是他！"

"哦天哪！"一时间她几乎忘了自己在这里做什么。亚里士多普勒斯的慌张感染了她，她脑子里一片空白。"我该和他说点什么？我该怎么办？"

"我不知道——把橘子酱给他——我不知道……"

"对，橘子酱，没错……"她从架子上拿了一罐库柏牌的牛津橘子酱，回到商店里。她强迫自己露出一个明亮的笑容，把果酱瓶子放在柜台上。"还要什么？"

"两磅黑咖啡，精细研磨的。"

她给咖啡豆称重，把豆子倒进研磨器时，他一直注视着她。她突然有些怕他。他和查尔斯、强尼、克劳德那些包养过她的男人不一样。他们软弱、好相处、内疚、温顺。沃尔夫看起来沉着又自信。她觉得要欺骗他会很难，要挫败他则不可能。

"还要什么？""一听火腿。"

她在店里走来走去，寻找他要的东西，把货物放在柜台上。他的目光跟着她转来转去。她想：我得和他交谈，我不能一直说"还要什么"，我应该要和他交朋友。"还要什么？"她说。"半箱香槟。"

装着满满六瓶香槟的纸箱很沉。她把箱子从后面的房间拖出来。"我想你会要求我们送货吧。"她说。她努力让这话听起来随意一些。因为弯腰拖箱子，她稍稍有些喘不过气来，她希望这能掩盖她的紧张。

他那双黑眼睛似乎看穿了她。"送货？"他说，"不用，谢谢。"

她看着沉重的纸箱："但愿你住在附近。"

"足够近了。"

"你一定很强壮。"

"足够强壮了。"

"我们有一个非常可靠的送货员——"

"不用送。"他坚决地说。

她点点头。"如你所愿。"她并非真的盼望他上当，但她还是感到失望。"还要什么吗？"

"我想就这些了。"

她开始算账。沃尔夫说："亚里士多普勒斯的生意一定很不错，还请了个助手。"

"五英镑十二先令六便士，你要知道他付我多少钱就不会这么说了，五英镑十三先令六便士，六英镑……"

"你不喜欢这个工作？"

她直视着他。"只要能离开这里，我做什么都愿意。"

"你想做什么？"他反应很快。

她耸耸肩，继续做她的加法。最后她说："十三英镑十四先令四便士。"

"你怎么知道我用英镑付款？"

他反应真快。她害怕她已经暴露身份了。她感到自己开始脸红了。她有灵感了，说："你是个英国军官，不是吗？"

他对此报以大笑。他拿出一卷一英镑的钞票，给了她十四张。她用埃及硬币给他找零。她想：我还能做些什么？我还能说些什么？她开始把他买的东西装进一个牛皮纸购物袋。

她说："你要开派对吗？我喜欢派对。"

"为什么这么问？"

"那些香槟。"

"哦，怎么说呢，生活是一场漫长的派对。"

她想：我失败了。他现在要走了，也许几个星期都不会再来，也许永远不再来。我看到了他，和他说了话，现在我不得不让他离开，消失在城市里。

本该感到如释重负，但她却有种凄凉的挫败感。

他把那箱香槟扛到左肩上，用右手拎起购物袋。"再见。"他说。

"再见。"她说。

他在门口转过身来。"星期三晚上七点半在绿洲餐厅等我。"

"好的。"她欢快地说。不过他已经走了。

他们花了大半个上午才来到耶稣之丘。杰克斯坐在前排驾驶员身边，范德姆和博格坐在后面。范德姆欣喜若狂。一个澳大利亚旅夜里攻下了小丘，几乎原封不动地俘虏了一整个德军无线电监听岗。这是几个月来范德姆听到的第一个好消息。

杰克斯转过头来，用盖过发动机噪声的声音吼道："显然那些澳大利亚人为了让他们大吃一惊，是穿着袜子冲进去的，"他说，"大多数意大利人还穿着睡衣就成了俘虏。"

范德姆已经听过这个说法了。"不过德国人可没在睡觉，"他说，"这是场恶战。"

他们取道通往亚历山大城的主路，然后是通往阿拉曼的海滨公路。他们从那里拐上一条酒桶路——用酒桶标记出来的穿过沙漠的路。路上几乎所有的车都是从反方向开过来的撤退车辆。没人知道发生了什么。他们在一个补给站停下来加油，博格不得不摆出官架子来命令那个负责的军官才拿到一张收据。

他们的司机询问去小丘的路。"瓶子路。"那军官突兀地说。沙漠里的路由陆军开拓和使用，以瓶子、靴子、月亮和星星命名，这些符号被镂刻在路边的空酒桶和汽油桶上。在夜里，酒桶里会放上小灯，用来照亮上面的符号。

博格问那个军官："这边发生了什么？所有人好像都在往东撤退。"

"没人告诉我。"军官说。

他们在三军合作社的卡车里喝到了茶，吃了味道一流的牛肉三明治。他们继续前进时经过了一个最近打过仗的战场，四处散落着毁坏和烧焦的坦克，一队坟场工作人员正漫不经心地收集着尸体。路旁的酒桶不见了，不过司机在穿过这片砾石地后又找到了酒桶标记的路。

他们找到小丘时已经是中午了。不远处有一场战斗正在进行：他们能听见枪炮声，看见西面升起阵阵硝烟。范德姆意识到他从未如此靠近过战场。总体的印象是尘土、恐慌和混乱。他们向指挥车报告后，被领到了俘虏的德军无线电卡车旁。

战地情报人员已经在工作了。俘虏们被轮流送到一个小帐篷里审问，一次只放一个人进去，其他人则在灼人的烈日下等候。敌军军械专家正在检查武器和车辆，标记制造商的编号。无线拦截部门的人正在查找德军所用的波长和代码，而博格这支小分队的任务是调查德军对于盟军的行动预先掌握了多少。

他们一人负责一辆卡车。像大多数情报人员一样，范德姆略通德语。他认识几百个单词，大部分是军事术语，所以尽管他不能区分一封情书和一张洗衣单，却能读懂军事命令和报告。

有很多材料需要检查：被俘虏的监听站是给情报部门的一份大礼。大多数东西需要装箱送往开罗，交由一大群人详尽研读。今天的任务是做一个初步概览。

范德姆的这辆卡车上一片混乱。意识到战斗要输了的时候，德国人开始销毁文件。他们清空了装文件的箱子，点燃了一场小火，但销毁行动很快就被制止了。一个硬纸板文件夹上染着血：有人为了捍卫机密而送了命。

范德姆开始工作。他们应该会试图先销毁重要的文件，所以他从烧了一半的那堆开始。有不少被截获的盟军通信内容，有一部分已经被破解了。绝大部分是常规通信——所有事的绝大部分都是常规——但随着工作进行，范德姆意识到德军情报部门的无线拦截获得了大量的有用情报。他们比范德姆想象的要出色，而盟军的无线电安全则相当糟糕。

在那堆烧了一半的文件下面有一本书，一本英文小说。范德姆皱起了眉头。他翻开书读了第一行："昨晚，我梦见自己又回到了曼陀丽庄园。"这本书叫作《蝴蝶梦》，作者是达芙妮·杜穆里埃。书名隐约有些眼熟。范德姆想，他的妻子也许读过这本书。它似乎是关于一个住在英国乡间别墅里的年轻女人。

范德姆抓了抓头。这本书作为非洲军团的读物，至少可以称得上古怪。

还有，为什么是英文版的？

它可能是从一个被俘虏的英国士兵身上得来的，但范德姆觉得那不太可能：按他的经验，士兵们会读色情小说、硬汉派侦探小说和《圣经》。他实在无法想象沙漠之鼠们会对曼陀丽庄园女主人的烦恼感兴趣。

不，这本书在这里一定是有用处的。什么用处呢？范德姆只能想到一种可能：它是某种密码的基础。

用书作密码本是一次性密码本的变种。一次性密码本上以五个字一组印着随机的字母和数字。每个密码本只会印两份：一份给发信方，一份给接收方。密码本里的一页用来传递一条信息，用过就撕下来销毁。因为每页只使用一次，密码无法被破解。用印刷的书作密码本，则书里的每一页被当成密码本使用，不过使用后书页不需要销毁。

和一次性密码本相比，用书有一个巨大的优势。密码本的用途只可能是加密信息，而书看起来则相当清白。这一点在战场上不重要，但对于深入敌后的特工则关系重大。

这也许能解释为什么书是英文的。德国士兵互相发信时如果用书加密，会使用德语书，但身处英军势力范围的间谍则需要携带英文书。

范德姆更加仔细地检查这本书。最后一页上本来用铅笔写着价格，后来又被人用橡皮擦掉了。这也许意味着这是本二手书。范德姆把书举起来对着灯，试图读出上面铅笔在纸上留下的痕迹。他认出了数字五十，后面跟着几个字母。是eic吗？可能是erc，或者esc。是esc，他明白了，五十埃斯库多①。这本书是在葡萄牙买的。葡萄牙是中立国，英国和德国都在那里设有大使馆，那里是低级别间谍的巢穴。

他一回到开罗就会给里斯本的秘密情报服务站发信。他们可以检查葡萄牙的英文书店——数量不会太多——试着找出这本书是在哪里买的，如果可能的话，再查出是谁买的。

这个人至少买了两本，书店老板也许会记得这么一桩买卖。让人感兴趣的是，另一本在哪里？范德姆确信它就在开罗，他想，自己知道谁在用这本书。

他决定最好向博格中校展示一下自己的发现。他拿起书走出卡车。

博格正过来找他。

范德姆盯着他。他脸色煞白，看起来快要气炸了。他手里抓着一张纸，踏着重重的步子穿过沙地走来。

范德姆想：他这是撞了什么鬼？

博格大叫："你整天到底都在干些什么？"

范德姆什么都没说。博格把那张纸递给他。范德姆看了看。

---

① 埃斯库多，葡萄牙在加入欧元区之前的官方货币。

这是一条加密的无线电讯息，解密后的内容被写在密码行之间。时间是六月三日的子夜。发信人用的代号是斯芬克斯。在那些信号强度之类的常规开头之后，这条信息的标题是：阿伯丁行动。

范德姆如五雷轰顶。阿伯丁行动是六月五日进行的，而德国人六月三日就收到了相关的信息。

范德姆说："全能的耶稣基督啊，这是一场灾难。"

"这当然是一场该死的灾难！"博格吼道，"这意味着在我们袭击开始之前，隆美尔就搞到了全部细节！"

范德姆把信息的其余部分读完。"全部的细节"这话说得没错。信息中指出了参战旅的名字，袭击各个阶段的时间点，还有整体的战略。

"难怪隆美尔会赢。"范德姆喃喃自语。

"别他妈开玩笑了！"博格尖叫道。

杰克斯出现在范德姆身边，和他一起的还有一位来自攻下小丘的那个澳大利亚旅的上校。杰克斯对范德姆说："打扰了，长官——"

范德姆粗鲁地说："别打岔，杰克斯。"

"留下来，杰克斯，"博格转而命令道，"这和你也有关系。"

范德姆把那张纸递给杰克斯。范德姆感觉像是有人给了他狠狠一击似的。这情报是如此的高质量，只可能是从总司令部传出来的。

杰克斯轻声说："真见鬼了。"

博格说："他们一定是从一个英国军官手里搞到这个的，你知道了吧，对吗？"

"是的。"范德姆说。

"你说'是的'是什么意思？你的工作是人事安全，该死的，这是你的责任！"

"我知道。"

"那你知不知道这个级别的泄密是需要上报总指挥官的？"

那位澳大利亚军官并不理解这场灾难的级别，他见到一位军官在公共场合被严厉斥责，感到很尴尬。他说："博格，我们先不要互相指责了。我觉得这件事不只是某一个人的错。你的首要任务是调查损失的程度，然后向你的上级做个初步汇报。"

显然博格还没闹够，但对方级别更高。他明显是努力克制住怒火，说："好吧，范德姆，去干活吧。"说完他就踏着重重的步子走了，那位上校往另一个方向也离开了。

范德姆坐在卡车的踏板上，用颤抖的手点燃了一支烟。这件事他越往深处想越觉得严重。沃尔夫不仅潜入开罗，避开了范德姆的搜捕，还找到了获取高级别机密的途径。

范德姆想：这个男人到底是谁？

在数日之内，他选中了目标，做好了铺垫，然后对其进行贿赂、敲诈或是腐化，让他犯下叛国之罪。

谁是这个目标？谁给了沃尔夫情报？掌握情报的有几百人：将军们，他们的副手，打印信件的秘书，加密无线电信息的人，负责送口信的军官，所有的情报人员，所有的联络人员……

范德姆假定，沃尔夫不知用了什么方法，在那几百个人中找到了一个会背叛自己国家的人，要么是为了钱，要么是缺乏政治信念，要么是迫于被敲诈的压力。当然，也有可能沃尔夫和此事没有关系——但范德姆觉得那不太可能，因为叛国者需要一个和敌军沟通的渠道，而沃尔夫正拥有这么一个渠道，很难相信开罗会有两个像沃尔夫这样的人。

杰克斯失魂落魄地站在范德姆旁边。范德姆说："这份情报不只泄露了，还被隆美尔用上了。如果你记得六月五日的战斗……"

"我记得。"杰克斯说，"那是一场大屠杀。"

而那是我的错，范德姆想。博格这一点没说错：范德姆的工作是防止机密泄露；如果机密泄露了，范德姆需要对此负责。

一个人无法赢得战争，却能输掉战争。范德姆不想成为那个人。

他站了起来。"好吧，杰克斯，你听到博格说的话了。我们去干活吧。"

杰克斯打了个响指："我忘了，我过来是要告诉你，有电话找你。是总司令部打来的。有个埃及女人在你办公室，她要找你，拒绝离开。她说她有要事告诉你，不找到你她就不走。"

范德姆想：艾琳！

也许她和沃尔夫碰面了。她一定见到他了，不然她为什么急着找他？范德姆冲向指挥车，杰克斯紧跟在后面。

负责通信的那位少校把电话递给他。"动作快点，范德姆，电话我们还要用呢。"

范德姆今天忍受的恶言恶语已经够多了。他夺过电话，猛地把脸凑到少校跟前，大声地说："我想用多久就用多久。"他转身背朝少校，对着电话说："喂？"

"威廉？"

"艾琳！"他想告诉她听到她的声音有多开心，但他只是说，"发生了什么事？"

"他到店里来了。"

"你看见他了！你拿到他的地址了吗？"

"没有，但我和他订下了一个约会。"

"干得好！"范德姆欣喜若狂，这下他要抓到这个混蛋了。"时间地点？"

"明晚，七点半，绿洲餐厅。"

范德姆抓起一支铅笔和一张废纸。"绿洲餐厅，七点半。"他重复道，"我会去的。"

"好的。"

"艾琳……"

"嗯？"

"我没法告诉你我有多高兴，谢谢你。"

"你明天可以告诉我。"

"再见。"范德姆挂上了电话。

博格和那个负责通信的少校站在他身后。博格说："你搞什么鬼，居然敢用战地电话和你的女朋友订约会？"

范德姆给了他一个灿烂的笑容。"那不是女朋友，是我的线人。"他说，"她和那个间谍取得了联系，我准备明晚逮捕他。"

十二

　　沃尔夫看着索尼娅吃东西。肝脏是半熟的，粉红，柔软，正是她喜欢的口感。他想，他们两人是多么相似啊。在工作上，他们都能干、专业，而且非常成功。他们都生活在童年创伤的阴影中：她父亲去世，他母亲改嫁到一个阿拉伯家庭。他们都从来没有考虑过婚姻，因为他们都太爱自己，很难再去爱上另一个人。让他们走到一起的不是爱，甚至不是喜欢，而是共同的欲望。对他们两人来说，生活中最重要的事是尽情享受自己的嗜好。他们都清楚沃尔夫到饭店用餐是冒了不大但毫无必要的风险，但他们都觉得这风险是值得的，因为没有美食的人生实在没什么滋味。

　　她吃完了肝脏，服务生送上冰淇淋甜点。在恰恰夜总会表演完了之后，她总是饥肠辘辘。这不奇怪：她的表演需要消耗大量的能量。但当她最终不再跳舞之后，她会发胖。沃尔夫想象着二十年后的她：三层下巴和宽大的胸部，头发变得花白而细弱，拖着脚步走路，爬楼梯时会上气不接下气。

　　"你在笑什么？"

　　"我在想象你变成一个老女人，穿着没有腰身的黑裙子，戴着面纱的样子。"

　　"我才不会那样呢。我会非常富有，住在一座宫殿里，身旁环绕着赤裸的年轻男女，渴望着满足我哪怕最微不足道的兴致。你呢？"

沃尔夫笑了。"我想我会成为希特勒指派的驻埃及大使，穿着党卫队制服去清真寺。"

"那你得把你的长筒靴脱掉。"

"我可以去你的宫殿拜访吗？"

"来吧，穿着你的制服。"

"我在你面前需要脱掉长筒靴吗？"

"不用，别的都脱掉，靴子留下。"

沃尔夫大笑起来。索尼娅的心情少有地非常愉快。他叫来服务生，要了咖啡和白兰地，又让他把账单拿来。他对索尼娅说："有好消息。我一直忍着没说。我想我找到了另一个佛瓦兹。"

她突然停下所有动作，目不转睛地盯着他。"她是谁？"她轻轻地说。

"我昨天去了食品店，亚里士多普勒斯的侄女在替他工作。"

"一个售货员！"

"她是个真正的美人。她有一张天真可爱的脸和略微有些淘气的笑容。"

"多大了？"

"说不好。二十左右吧，我想。她的身材如同少女一般。"

索尼娅舔了舔嘴唇。"你觉得她会……"

"我觉得会。她恨不得马上离亚里士多普勒斯远远的，而且她事实上在对我投怀送抱。"

"什么时候？"

“我明天晚上带她去吃晚饭。”

“你会把她带回家来吗？”

“也许，我得摸清她的想法。她太完美了，我不想催得太急把事情搞砸了。”

“你的意思是你要先得到她。”

“如果有必要的话。”

“你觉得她是处女吗？”

“有可能。”

“如果她是……”

“那我就把她留给你。你把史密斯少校招待得很好，应该犒劳你一下。”沃尔夫往后一靠，观察着索尼娅。她的脸庞犹如面具，掩盖着因为预见到一个美好单纯的人的堕落而生出的贪婪情欲。沃尔夫啜了一口白兰地。一股暖流在他的胃里扩散开来。他感觉好极了：酒足饭饱，任务完成得相当顺利，还有一场全新的性冒险在眼前。

账单来了，他用英镑纸币付了账。

这家饭馆不大，但很成功。易卜拉欣负责经营，他的兄弟是厨子。他们是在老家突尼斯的一家法国饭馆里学的手艺。他们的父亲去世后，他们卖掉了绵羊，来到开罗寻找机遇。易卜拉欣的经营哲学很简单，他们只会做半法式半阿拉伯式的菜肴，所以他们只提供这种菜色。如果他们橱窗里的菜单上有波隆那肉酱面、烤牛肉或者约克郡布丁，也许能吸引更多的客人，但那些客人不会再回来，况且易卜拉欣也有他的自尊。

这套准则很管用。他们挣了不少钱，他们的父亲一辈子也没见过那么多钱。战争给他们带来了更多的生意。但财富并没有让易卜拉欣变得粗心。

两天前他和一个朋友喝咖啡，那朋友是大都会酒店的收银员。那位朋友告诉他英国财政部是如何拒绝兑换从酒店酒吧交上来的四张一英镑纸钞。据英国人说，那些钞票是伪造的。最让人不平的是，他们把钞票没收了。

这种事不会发生在易卜拉欣身上。

他的顾客大概有一半是英国人，大部分都用英镑付账。自从他听说这件事后，对每一张英镑钞票他都要仔细检查一番才放进钱箱。他那个在大都会酒店工作的朋友告诉了他如何识别假钞。

这是典型的英国人作风。他们不发布公告帮助开罗的商人们避免受骗。他们袖手旁观，只管没收假钞。开罗的商人们已经习惯了这种待遇，所以团结一致。小道消息很有用。

当易卜拉欣从那个和著名肚皮舞演员一起用餐的大个子欧洲人手里收到假钞时，他不确定该怎么办。钞票崭新而平整，全都有同样的错误。为了保险起见，易卜拉欣把它们和钱箱里的真钞对比了一下：毫无疑问是伪造的。他也许应该私下和那位顾客解释一下？那个男人也许会觉得被冒犯了，或者假装被冒犯了，而他也许会不付账就走。他的账单数目不小，他点的都是最贵的菜，还要了进口葡萄酒，易卜拉欣不愿冒这个险。

他决定通知警察。他们会防止顾客逃走，也许会帮忙让他付款，或者至少打个欠条。

不过，通知哪方警察呢？埃及警察也许会争辩说这不是他们的责任，花上一个小时才到场，然后索要好处。这位顾客应该是个英国人——不然他怎么会有英镑——可能还是个军官，而且被伪造的又是英国货币。易卜拉欣决定通知军警。

他拿着白兰地瓶子走到他们的桌子旁，给了他们一个笑容。"先生，小姐，希望你们今晚用餐还愉快。"

"很棒。"他说话像个英国军官。

易卜拉欣转向那个女人。"为世界一流的舞蹈家服务是我的荣幸。"

她很有王者风范地点了点头。

易卜拉欣说："请享用一杯本店免费送上的白兰地。"

"多谢。"男人说。

易卜拉欣给他们倒上白兰地，鞠了个躬就走了。这应该能让他们再坐上一会儿，他想。他从后门离开，到一个有电话的邻居家里去。

沃尔夫想，如果我有一家饭店，我也会做这样的事。和沃尔夫的账单相比，两杯白兰地对店主来说花费很少，但这个举动却能有效地让顾客感到受重视。沃尔夫常常有开个饭馆的念头，不过只是想着玩儿而已，他知道开饭店是很辛苦的。

索尼娅对这特殊的待遇也很受用。在赞美和烈酒的共同影响下，她显得容光焕发。今晚在床上她会像头猪一样打鼾。

饭店老板消失了几分钟后又出现了。沃尔夫眼角的余光看到他正和一个服务生窃窃私语。他猜想他们在谈论索尼娅。沃尔夫突然觉得有点嫉妒。在开罗城里有些地方，因为他时常光顾，付小费又格外慷慨，人们知道他的名字，把他当成王室成员一样招待。但他之前觉得，英国人还在搜捕他，还是不要去会被认出来的地方比较明智。现在他想不知能否稍微放松一下警惕。

索尼娅打了个呵欠。是时候让她睡觉了。沃尔夫朝一个服务生挥挥手，说："请把这位女士的披风拿来。"服务生走开了，中途停下来对饭店老板轻声说了点什么，然后继续朝衣帽架走去。

在沃尔夫内心深处，响起了一声遥远而微弱的警铃。

等索尼娅的披风时，他摆弄着一把勺子。索尼娅又吃了一块小蛋糕。饭店老板穿过大堂，从前门出去，然后又走回来。他走近他们的桌子，问："要我给您叫一辆出租车吗？"

沃尔夫看着索尼娅。她说："我无所谓。"

沃尔夫说："我想呼吸一下新鲜空气。让我们走一小段再拦车吧。"

"好的。"

沃尔夫看着饭店老板。"不用叫车。"

"好的，先生。"

服务生拿来了索尼娅的披风。饭店老板一直看着门口。沃尔夫的心里又响起了一声警铃，比上次要大声。他对饭店老板说："有什么问题吗？"

男人看起来非常苦恼。"有个非常棘手的问题，恐怕我不得不提，先生。"

沃尔夫开始有些生气了。"说吧，什么问题？我们要回家了。"

这时传来了汽车在饭店门口停下的声音。

沃尔夫抓住饭店老板的领子，说："这是怎么回事？"

"先生，你用来付账的钱有些问题。"

"你不收英镑？那你怎么不——"

"不是的，先生，那钱是伪造的。"

饭店的门猛地被推开，三个军警踏了进来。

沃尔夫张着嘴瞪着他们。这一切发生得太快了。他快无法呼吸了。军警。伪钞。他突然害怕起来。他也许会坐牢。柏林那些傻瓜给了他假钞。太蠢了。他想抓住卡纳瑞斯的脖子用力掐——

他摇了摇头。现在没时间生气了。他得保持镇静，从这一团乱麻中脱身——

军警们走到了桌子旁。两个英国人，一个澳大利亚人。他们穿着沉重的靴子，戴着钢盔。每个人腰上都别着一把小手枪。其中一个英国人说："是这个人吗？"

"稍等片刻。"沃尔夫说，惊讶于自己的声音听起来如此温和冷静，"老板刚刚才告诉我，我的钱有问题。我不相信这是真的，但我决定顺着他的意思。我相信我们能商量出一个让他满意的结果。"他给了饭店老板一个责备的眼神。"叫警察来实在是多此一举。"

级别较高的那个军警说："使用伪钞是违法行为。"

"故意，"沃尔夫说，"故意使用伪钞是违法行为。"他听着自己平静而有力的声音，又有了信心。"现在，我提议这么办。我带着我的支票簿和一些埃及货币。我会写一张支票来付账，用埃及货币来付小费。明天我会带着被认为是伪钞的纸币到英国财政部检查，如果真的是伪钞，我会把它们上交。"他对围着他的人群微笑道，"我想这样大家都满意了吧。"

饭店老板说："我觉得您还是全部用现金付账比较好，先生。"

沃尔夫想冲他脸上来一拳。

索尼娅说："我也许有足够的埃及货币。"

沃尔夫想：谢天谢地。

索尼娅打开了包。

级别较高的军警说："尽管如此，先生，我还是要请你和我走一趟。"

沃尔夫的心又沉了下来。"为什么？"

"我们得问你一些问题。"

"好吧。明天来找我怎么样？我住在——"

"你得和我们一起走。我接到的命令就是这样。"

"谁的命令？"

"宪兵司令助理。"

"那好吧。"沃尔夫说着，站了起来。他感觉到恐惧给他的手臂注入了孤注一掷的力量。"不过明天早上，要么是你要么是那位宪兵司令助理就有大麻烦了。"然后他抓起桌子朝那位军警扔过去。

他在几秒之内计划了接下来的动作。那是一张实木做的小圆桌。它的边缘砸在军警的鼻梁上。他往后摔倒，桌子压在了他的身上。

桌子和军警在沃尔夫的左边。右边是饭店老板。索尼娅在他对面，仍然坐着。另外两个军警分别在她左右，稍稍靠后一点儿。

沃尔夫抓住饭店老板，把他朝一个军警推过去。然后他扑向另一个军警，那个澳大利亚人，一拳打在他脸上。他希望能从这两人中间冲过去跑掉。没成功。军警的人选都是特地挑选出来的，个个都体形魁梧、好斗而野蛮，而且他们习惯于对付那些在沙漠里摸爬滚打惯了的、醉酒闹事的士兵。那个澳大利亚人挨了一拳，踉跄着往后退了一步，但他没有摔倒。沃尔夫朝他膝盖踢了一脚，然后又给了他脸上一拳。另外那个军警，另一个英国人，把饭店老板推开，一脚把沃尔夫踢倒。

沃尔夫重重地倒下，胸口和脸颊撞到了拼砖地面。他的脸剧痛，一时间觉得呼吸困难，眼冒金星。他身上又被踢了几下。疼痛让他猛地抽搐起来，翻滚着躲避攻击。一个军警跳到他身上打他的头。他挣扎着想把他推开。另外有人坐到了沃尔夫的脚上。这时，沃尔夫在压着他胸口那个英国军警身后看见了索尼娅因为愤怒而扭曲的脸。一个念头闪过他的脑海，她也许记起了另一场由英国士兵实施的暴行。随后，他看见索尼娅把她之前坐的那把椅子高高举起。压着沃尔夫胸口那个军警瞥见了她的动作，转身抬头举起胳膊避开这一击。她用尽全力把那把沉重的椅子砸下来。椅子的一个角撞到了军警的嘴巴，血从他嘴唇上冒出来，他疼得愤怒地叫了一声。

澳大利亚军警从沃尔夫的脚上站起来，从索尼娅身后抓住她，把她两侧手臂扣在一起。沃尔夫身子一弓，把受伤的英国人甩开，迅速地爬了起来。

他手伸进衬衣，掏出了他的刀。

澳大利亚军警把索尼娅拽到一边，往前跨了一步，看到刀子就停了下来。他和沃尔夫四目相对对峙了一会儿。沃尔夫见他的眼睛左瞄瞄，右看看，见到自己的两个同伴都倒在地上。澳大利亚军警的手摸向他的枪套。

沃尔夫转身朝门口冲去。他有一只眼肿起来了，所以看不太清楚。门是关着的。他伸手去抓把手，却抓了个空。他简直想尖叫。他摸到了把手，猛地把门打开。门撞到墙上发出一声巨响。

这时，响起了一声枪声。

范德姆骑着摩托车以危险的速度沿路飞驰。他把车头灯上用于灯火管制的罩子扯掉了——反正在开罗也没人把灯火管制当回事——拇指一直按在喇叭上。街道上仍然车水马龙：有出租车、马车、军队卡车、驴和骆驼。人行道上拥挤不堪，店铺被电灯、油灯和蜡烛照得十分亮堂。范德姆无所顾忌地在车流中穿行，无视愤怒的汽车喇叭声、马车司机们挥舞的拳头，和一个埃及警察吹响的哨子。

宪兵司令助理打电话到他家找他。"啊，范德姆，是你提醒各处注意伪钞的吧？因为我们刚接到一家饭店打来的电话，说有个欧洲人试图使用——"

"哪里？"

宪兵司令助理给了他地址，范德姆冲出家门。

他在街道转角打着滑拐弯，鞋跟拖在满是尘土的地上来增大摩擦力。他突然想到，有如此大量的假钞流通，有一部分可能会落入其他欧洲人手中，饭店里的男人很有可能是一个无辜的受害者。他希望不要是这样。他急不可待地想要抓住阿历克斯·沃尔夫。沃尔夫靠智谋取胜，让他颜面扫地，现在又掌握了机密，还能直接联系上隆美尔，他极有可能一手造成埃及的陷落。但事情不止如此。对沃尔夫的好奇让范德姆饱受折磨。他想见到这个男人，和他打交道，研究他是如何行动和谈话。他是聪明过人，还是只是幸运？胆色过人，还是有勇无谋？是坚定，还是固执？他是有着英俊的脸和温暖的笑容，还是双目如豆、笑容谄媚？他会奋力还击还是乖乖就范？范德姆渴望知道这一切。而他最想做的是卡住他的脖子，把他拖进大牢，用铁链锁在墙上，再锁上门，把钥匙扔掉。

他急转弯避开地上的一个坑，然后开足马力，轰鸣着沿着一条安静的路往前冲。这家饭店不在市中心，更靠近老城：范德姆对这边的街道很熟悉，但不知道这家饭店。他又拐过两个路口，差点撞上一个骑着驴、领着他老婆的老头。他找到了他要找的那条街。

这条街又窄又黑，两侧全是高楼。一楼有一些店面和住宅入口。范德姆在两个在路边排水沟里玩的男孩身边停下来，说了饭店的名字。他们沿着街含糊地指了指。

范德姆沿着街巡视，不时停下来看哪里有亮着灯的窗户。他走了大概有半条街，突然听见一声有些沉闷的枪响，还有玻璃被打碎的声音。他的头猛地朝声音的来源处扭过去。跌落一地的玻璃碎片在被打破的窗户里透出的灯光下闪闪发光。这时他看见一个高个子男人从一扇门里跑出来，来到了街上。

那一定是沃尔夫。

他往相反方向跑了。

范德姆心头涌起一阵野蛮的冲动。他转动着摩托车的油门把手，呼啸着朝逃跑的男人追过去。他经过饭店时，一个军警跑出来，连开了三枪。逃跑之人的步伐没有摇摆。

范德姆车灯的光照到了他。他跑得稳健有力，胳膊和腿有节奏地摆动。光照到他身上时，他并没有停下脚步，只是扭头看了一眼，而范德姆瞥见他长着鹰钩鼻和有力的下颏，张着喘气的嘴上方留着小胡子。

范德姆本可以朝他开枪，但总司令部的军官们没有佩枪。

摩托车加快了速度。等他们差不多在一条线上的时候，沃尔夫突然往街角一拐。范德姆踩住刹车，后轮打起滑来，他把摩托车朝打滑的相反方向倾斜来保持平衡。他停住之后，把车头猛地往上一抬，又向前冲去。

他看见沃尔夫的背影消失在一条小巷里。范德姆一点儿没减速，拐过街角冲进小巷。摩托车猛地冲进空荡荡的小巷。范德姆觉得胃里一阵恶心。他车头灯发出的白色锥形光束里什么都没有。他觉得自己掉进了一个陷阱。他不由自主地发出一声恐惧的大喊。后轮撞到了什么东西。前轮一直往下掉，然后撞到了地。车灯照出一段台阶。摩托车反弹起来，又落到地面上。范德姆拼命保持前轮直行不变。摩托车伴随着一系列震得人头晕眼花的撞击沿着台阶往下冲，每次撞击的时候范德姆都确信他要失去控制撞车了。他看见沃尔夫在楼梯的最下面，还在继续跑着。

范德姆终于抵达了台阶尽头，觉得自己幸运得不可思议。他看见沃尔夫又拐了个弯，赶紧跟了上去。他们置身于小巷组成的迷宫中。沃尔夫沿着一小段台阶往上跑。

范德姆想：天啊，不要。

他别无选择。他加速径直朝台阶冲过去，在快要撞上第一级台阶的刹那，他用尽全力把车把手猛地往上一提，前轮抬了起来。摩托车撞到了台阶上，猛烈地震荡着，像匹野马一样试图把他甩下来。他牢牢地挂在车上。摩托车疯狂地弹起来。他努力控制着车子。他爬上了台阶顶。

他发现自己开进了一条长长的过道，两旁是高耸的白墙。沃尔夫还在他前面跑着。范德姆想他应该能在沃尔夫跑到过道尽头前赶上他。他向前冲过去。

沃尔夫回头看了看，跑了几步，又回头看了一下。范德姆看得出来，他已经体力不支了。他的步伐不再稳定有节奏，胳膊朝两侧挥舞，筋疲力尽地跑着。范德姆瞥见了沃尔夫的脸，能看得出他面色紧绷，非常紧张。

沃尔夫加快了速度，但无济于事。范德姆赶上了他，轻松地超过了他，然后猛地刹车，转动着车把。后轮开始打滑，前轮撞到了墙上。范德姆趁着摩托车倒在地上时跳了下来。范德姆面朝沃尔夫落到地上。摔碎的车头灯把一束光投向了黑暗的过道。沃尔夫转身往另一个方向逃跑是没有用的，因为范德姆体力充沛，能轻松地抓住他。沃尔夫没有半点迟疑地跳过了摩托车，他的身体像一把刀划过火焰一样穿过车头灯发出的光柱向范德姆扑过去。范德姆还没站稳，绊了一下，向后摔倒。沃尔夫蹒跚着又向前迈了一步。范德姆在黑暗中胡乱伸手一挥，摸到了沃尔夫的脚踝，于是抓紧猛地一拉。沃尔夫摔在地上。

摔碎的车头灯把巷子里其他地方稍微照亮了一点儿。发动机已经熄火了，范德姆在一片寂静中能听见沃尔夫不均匀的、嘶哑的喘气声。他还能闻到他的味道：一股混合了酒精、汗水和恐惧的味道。但他看不见他的脸。

有那么一刻，两个人都躺在地上，一个筋疲力尽，一个晕头转向。然后他们都迅速地爬了起来，范德姆扑到沃尔夫身上，两人打斗起来。

沃尔夫很强壮。范德姆想把他的胳膊扭到一起，但他抓不住他。他突然放开手，出了一拳。他打在某个柔软的东西上，沃尔夫说了声"哎哟"。范德姆又打了一拳，这次是朝着脸的方向。但沃尔夫闪开了，拳头打空了。突然，沃尔夫手里有个东西闪过一道微光。

范德姆想：是刀！

刀锋冲着他的喉咙一闪而过。他本能地往后一仰。他的整个脸颊有种被灼伤的痛。手往脸上一摸，他感觉到一股热血涌出来。突然之间疼痛变得难以忍受，他压住伤口，手指摸到一个硬邦邦的东西。他意识到他摸到的是自己的牙齿，那把刀直接切开了他的脸颊。接着他意识到自己倒在地上，听见沃尔夫跑掉，一切归于黑暗。

十三

　　沃尔夫从裤子口袋里掏出一块手绢，把刀刃上的血擦掉。他在昏暗的灯光下端详着刀刃，然后又擦了起来。他一面走，一面用力地擦拭着那片薄薄的钢刃。他停下来，想：我在做什么？已经很干净了。他把手绢扔掉，把刀收回腋下的刀鞘里。他从巷子里钻出来回到街上，恢复了仪态，朝老城走去。

　　他想象着牢房的样子。六英尺长，四英尺宽，一半被床所占据。床下面是一只夜壶。墙是光滑的灰色石头砌成的。天花板上垂下一条电线，吊着一个小灯泡。牢房的一头是一扇门，另一头大约在眼睛的高度有一个小小的方形窗口，从窗口可以看到蓝天。他想象着自己早晨醒来，看到这一切，记起自己已经在这里待了一年，还要再待上九年。他用了夜壶，然后在墙角的一个锡盆里洗手。没有肥皂。有人把一碗冷稀饭从门上的小窗口推进来。他拿起勺子，吃了一大口，但无法下咽，因为他在哭泣。

　　他摇摇头把这噩梦般的景象驱出脑海。他想：我逃脱了，不是吗？我逃脱了。他意识到街上有些人在经过时盯着他看。他在一家商店橱窗里看见一面镜子，于是对着镜子审视了一下自己。他的头发乱糟糟的，一侧脸上又青又肿，袖子被撕破了，领子上有血迹。他还在因为之前奔跑打斗的体力消耗而喘气。他想：我看起来像个危险人物。他继续向前，在下一个路口拐到一条迂回一些的路上来避开主干道。

柏林那些蠢货给他的是假钞！难怪他们对钱那么大方，是他们自己印的！这种行为实在太愚蠢了，以至于沃尔夫怀疑这种愚蠢背后别有深意。阿勃韦尔是由军队而非纳粹党管理，它的负责人卡纳瑞斯并非希特勒忠诚的支持者。

等我回到柏林，会有那么一场大清洗……

他们是怎么在开罗找到他的？他的钱用得太快了。伪钞进入了流通。银行发现了伪钞——不，不是银行，是财政部。总之，有人开始拒收伪钞，谣言在开罗流传开来。饭店老板注意到了沃尔夫用的是假钞，通知了军队。他想起自己对饭店老板赠送的白兰地还感到受宠若惊，不禁懊恼地冲自己苦笑起来——那不过是用来留住他等军警到场的小伎俩。

他想到那个骑摩托车的男人。这个混蛋一定是铁了心要抓他，才会骑着摩托车绕进那种小巷子里，在台阶上爬上爬下。沃尔夫猜他没有枪：如果他有，他肯定会用的。他也没戴钢盔，所以他应该不是军警。也许是情报部门的人？甚至就是范德姆少校本人？

沃尔夫希望那是他。

我给了那个男人一刀，他想。也许挺严重的。不知道是哪里？脸上？

我希望那是范德姆。

他把思绪转到眼前的麻烦上来。索尼娅在他们手里。她会告诉他们她不能算是认识沃尔夫，她会编些两人在恰恰夜总会快速勾搭上的故事。他们没法把她扣留太长时间，因为她很有名，是个明星，埃及人心目中的偶像，把她关起来会引出一大堆麻烦。所以他们很快就会让她走。但她不得不告诉他们她的地址，这意味着沃尔夫不能再回船屋去，现在还不行。但他现在筋疲力尽，鼻青脸肿，衣冠不整，他得找个地方清理一下，再休息几个小时。

他想，我不是第一次像现在这样了——在城市里游荡，疲惫不堪，身后还有追兵，没地方可去。

这次他不得不向阿卜杜拉求助了。

他一直在朝老城走，因为在潜意识里，他知道阿卜杜拉是自己仅有的希望了。现在他离这个老贼的家只有几步之遥。他低头闪进一道拱门，走过一条漆黑的短过道，爬上一道石质旋梯来到阿卜杜拉的家。

阿卜杜拉正和另一个男人坐在地上。他们中间立着一个水烟筒，空气里弥漫着大麻的味道。阿卜杜拉抬头看着沃尔夫，缓缓地露出一个睡意蒙眬的微笑。他用阿拉伯语说："这是我的朋友阿赫迈德，也叫阿历克斯。欢迎，阿赫迈德-阿历克斯。"

沃尔夫和他们一起坐在地上，用阿拉伯语问候他们。

阿卜杜拉说："我这位亚瑟夫兄弟想问你一个谜语，这个谜已经困扰了我和他好几个小时了，从我们开始抽水烟的时候开始，说到这个嘛——"他把烟筒递过来，沃尔夫深深地吸了一大口。

亚瑟夫说："阿赫迈德-阿历克斯，我兄弟的朋友，欢迎你。告诉我，为什么英国人叫我们鬼佬[①]？"

亚瑟夫和阿卜杜拉情不自禁地咯咯笑起来。沃尔夫意识到他们正深深沉浸在大麻的药效中，他们一定整晚都在抽烟。他对

[①] 原文是"wogs"。

着烟筒又吸了一口，然后推回给亚瑟夫。劲道很强。阿卜杜拉总能搞到最好的。沃尔夫说："我碰巧知道答案。在苏伊士运河上干活的埃及男人穿着统一发的衣服，表明他们有权在英国领地上工作。他们是为政府服务部门干活（Working for Government Service），所以他们的衬衣背后印着WOGS这几个字母。"

亚瑟夫和阿卜杜拉又咯咯地笑起来。阿卜杜拉说："我的朋友阿赫迈德–阿历克斯很聪明，几乎像个阿拉伯人一样聪明，因为他几乎就是一个阿拉伯人。他是唯一一个比我还厉害的欧洲人。"

"我相信事实并非如此。"沃尔夫说。他不知不觉也换上了他们那种吸了大麻后飘飘然的语气："我永远也不会试图胜过我那能把魔鬼骗倒的朋友阿卜杜拉。"

亚瑟夫笑了，点头对他的机智表示赞许。

阿卜杜拉说："听着，我的兄弟，让我来告诉你。"他皱起了眉头，试图把他昏昏沉沉的脑袋里的念头拼凑起来，"阿赫迈德–阿历克斯要我帮他偷个东西，这么一来，我承担风险，他获得回报。当然，他不是这么简简单单就胜过我的。我偷了那个东西，是个包，当然我本来打算把里面的东西据为己有。因为根据真主的规定，赃物是属于贼的。这样我不就胜过他了吗？"

"的确如此。"亚瑟夫说，"虽然我想不起来《圣经》里哪一段提到了赃物是属于贼的，不过……"

"也许没有吧。"阿卜杜拉说，"我说到哪里啦？"

沃尔夫的神志还算清醒，对他说："你本该胜过我的，你自己把包打开了。"

"没错！不过等等，包里什么有价值的东西都没有。所以阿赫迈德–阿历克斯还是胜过了我。不过等等，我让他付钱补偿我的辛苦，所以我得到一百英镑，他什么都没得到。"

亚瑟夫皱起眉头："你，胜过了他。"

"不。"阿卜杜拉悲伤地摇摇头，"他付给我的是伪造的钞票。"

亚瑟夫瞪着阿卜杜拉，阿卜杜拉也瞪着他。两人一起大笑起来。他们拍着对方的肩膀，在地板上跺脚，在垫子上滚来滚去，笑得眼泪都流出来了。

沃尔夫勉强挤出一个笑容。这一连串的互相出卖，正是阿拉伯商人最爱听的那种笑话。阿卜杜拉一定会把这事说上好多年。但这却让沃尔夫心里一寒。所以阿卜杜拉也知道伪钞的事情了。还有多少人知道了？沃尔夫感觉追捕他的人已经在他身边围成了一圈，所以无论他往哪个方向跑都会遇上抓他的人，而这个圈每天都在越收越紧。

这时，阿卜杜拉像是第一次注意到沃尔夫的外形。他立刻流露出关切之情。"你出了什么事？你被抢劫了吗？"他拿起一个小小的银铃摇了摇。一个睡眼惺忪的女人几乎是立刻就从旁边的房间进来了。"打点热水来，"阿卜杜拉吩咐她，"给我的朋友擦洗伤口，把我的欧式衬衣给他，拿把梳子，再来点咖啡。要快！"

要是在一户欧洲人家里，沃尔夫会抗议在午夜之后把女人吵醒来照顾他。但在这里，这种抗议是非常不礼貌的。女人们的存在就是为了给男人们服务，而且对于阿卜杜拉专横的命令，她们不会惊讶也不会不快。

沃尔夫解释说："英国人要逮捕我，我不得不和他们打了一架才脱身。不幸的是，我想他们也许现在已经知道我住在哪里了，这是个问题。"

"啊。"阿卜杜拉吸了一口水烟，又把烟筒递过来。沃尔夫开始感觉到大麻的效力了，他很放松，思维迟缓，还有一点儿困。时间变慢了。阿卜杜拉的两个妻子在他身边前忙后，给他洗脸梳头。他发现她们的服侍的确让人非常受用。

阿卜杜拉似乎打了个盹，随后他睁开眼睛说："你一定要留在这里。我家就是你家。我不会让英国人找到你的。"

"你是个真正的朋友。"沃尔夫说。真奇怪，他想。他原本计划给阿卜杜拉钱来让他帮忙藏身。然后阿卜杜拉表明他知道钱有问题，沃尔夫一直在想他还能怎么办。现在阿卜杜拉打算无偿地把他藏起来。一个真正的朋友。奇怪的是，阿卜杜拉不是个真正的朋友。在阿卜杜拉的世界里没有朋友：他的世界分为家人和其余的人两部分，他愿意为了家人做任何事，却不愿意为其他人付出哪怕一丁点。我怎么会得到这个特殊待遇？沃尔夫睡意蒙眬地想。

他心里的警铃又拉响了。他强迫自己思考：在吸了大麻后这着实不易。一步一步来，他对自己说。阿卜杜拉让我留在这里。为什么？因为我惹了麻烦。因为我是他的朋友。因为我胜过了他。

因为我胜过了他。这个故事还没完。阿卜杜拉想在这根出卖链条上再加一环。怎么加？把沃尔夫出卖给英国人。就是这样。等沃尔夫一睡着，阿卜杜拉就会送信给范德姆少校。沃尔夫会被抓起来。英国人会付给阿卜杜拉情报费，而这个故事说到底还是阿卜杜拉更胜一筹。

该死。

一个妻子拿来了一件白色的欧式衬衣。沃尔夫站起来，脱掉他被扯破的染血的衬衣。那位妻子把视线移开，不去看他赤裸的胸膛。

阿卜杜拉说："他现在不需要。早上再给他。"

沃尔夫从女人手里接过衬衣穿上。

阿卜杜拉说："我的朋友阿赫迈德，让你睡在一个阿拉伯人的家里也许不够体面？"

沃尔夫说："英国人有句话，和魔鬼吃饭的人一定用的是长柄勺。"

阿卜杜拉咧嘴一笑，露出了牙齿。他知道沃尔夫一定猜到了他的计划。"几乎就是个阿拉伯人。"他说。

"再见了，我的朋友。"沃尔夫说。

"再会。"阿卜杜拉回道。

沃尔夫出门走进冰冷的夜，不知现在能去哪里。

在医院里，一个护士用一种本地的麻药麻醉了范德姆的半张脸，然后阿巴斯诺特医生用她纤长灵巧而冷静的手为他缝合了脸颊。她为他敷上一层有保护作用的药膏，然后用一条长长的绷带绕在他头上把伤口包起来。

"我看起来一定像个犯了牙疼的卡通人物。"他说。

她面色很凝重。她不太有幽默感。她说："等麻药劲过了你就不会这么快活了。你的脸会很疼。我会给你开点止痛药。"

"不用了，谢谢。"范德姆说。

"别嘴硬，少校，"她说，"你会后悔的。"

他注视着穿着白大褂和朴素平跟鞋的她，不明白为什么自己对她从来一点儿欲望都没有。她足够友好，甚至算得上漂亮，但她让人感觉冷冰冰的、高高在上、一尘不染，不像——

不像艾琳。

"止痛药会让我睡着的。"他对她说。

"这是好事啊，"她说，"如果你睡着了，就能保证缝合的地方好几个小时都不会被碰到了。"

"我乐意如此，但我有重要的工作等着。"

"你不能工作。你不该四处走动。你应该尽量不要说话。失血让你很虚弱，而且这样的伤口对精神和肉体都是伤害很大的。接下来几个小时内你会感觉到它的余波，你会头晕、恶心、乏力、犯迷糊。"

"如果德国人占领了开罗，我感觉会更糟。"他说着，站了起来。

阿巴斯诺特医生看起来很生气。范德姆想，她真适合做那种吩咐人做这做那的工作。她不知道怎么对付完全不听吩咐的人。"你这个傻孩子。"她说。

"毫无疑问。我能吃东西吗？"

"不行。用温水兑点葡萄糖喝吧。"

我也许会拿温的杜松子酒试试，他想。他和她握了握手。她的手干燥而冰凉。

杰克斯在医院外的一辆车里等他。"我知道他们留不了你太久，长官，"他说，"要我送你回家吗？"

"不用。"范德姆的手表停了，"现在几点了？"

"两点过五分。"

"我想沃尔夫不是一个人吃的晚饭吧。"

"没错，长官，他的同伴被带到了总司令部。"

"送我去那里。"

"你确定……"

"确定。"

汽车开动了。范德姆说："你通知上头了吗？"

"今晚的事？没有，长官。"

"好。明天再报告就行了。"范德姆没把他们两人都心知肚明的事说出来：这个部门已经因为让沃尔夫搜集到情报而饱受责难，让沃尔夫从指缝里溜走会让他们颜面无存。

范德姆说："我想沃尔夫的晚餐同伴是个女人吧。"

"太对了，长官。要我说，真是个尤物。名字叫索尼娅。"

"那个舞蹈演员？"

"正是。"

车继续行驶，他们没再说话。范德姆想，沃尔夫在窃取英军机密之余，还能和埃及最有名的肚皮舞演员约会，真沉得住气。不过，他现在一定不太冷静。这在某种程度上是件坏事：这起事故提醒了他英国人在找他，他从今往后就会更加小心了。不该吓唬他们，直接把他们抓住就好。

总司令部到了，他们下了车。范德姆说："把她带来了之后怎么处理的？"

"没有处理的处理。"杰克斯说，"一个空房间，没吃的，没喝的，没人问话。"

"很好。"尽管如此，她得到了整理思绪的时间，这很可惜。范德姆从审问战俘中学到，俘虏对方后马上审问是最有收获的，这时俘虏还惊魂未定，害怕被杀掉。之后，等他和一大群人一起被赶来赶去，领取食物和饮料，他会开始把自己当成一个囚犯而非士兵，记起自己的新权利和责任，嘴就闭得更牢了。范德姆应该在饭店的打斗之后立刻和索尼娅谈话。但那是不可能的，剩下的最好方式是把她隔离起来，一切消息都不对她透露，直到范德姆过来。

杰克斯领着他穿过一条走廊来到一间审讯室。范德姆透过门上的单向孔往里看。这是个方形的房间。没有窗户，但被电灯照得很亮。有一张桌子，两把靠背椅，一个烟灰缸。一侧有个没有门的小隔间，里面有个马桶。

索尼娅坐在其中一把椅子上，面朝着门。杰克斯说得没错，范德姆想，她很迷人。但是她绝对称不上漂亮。她比例骄人，身材成熟而丰满，像个亚马逊女战士。埃及的年轻女孩通常四肢纤长，苗条优雅，像是毛茸茸的小鹿；索尼娅则更像……范德姆皱起眉头，想，一头母虎。她穿着一条亮黄色的长裙，在范德姆看来有些艳俗，但在恰恰夜总会里则相当合适。范德姆观察了她几分钟。她静静地坐着，没有坐立不安，没有紧张地扫视光秃秃的房间，没有抽烟，也没有啃指甲。他想：她会是个很难敲开的硬核桃。接着她漂亮的脸上表情有了变化，她站起身来回踱着步子。范德姆想：没那么硬。

他打开门走了进去。

他一言不发坐在桌旁。这样一来就剩她站着了，这会让女人感觉心理上处在劣势。第一轮我得分，他想。他听见杰克斯跟了进来，关上了门。他抬头看着索尼娅。"坐下。"

她站在那里打量着他，脸上缓缓露出微笑。她指着他的绷带。"是他干的？"她问。

第二轮她得分。

"坐下。"

"谢谢。"她坐了下来。

"他是谁？"

"阿历克斯·沃尔夫，你今晚想痛打一顿的人。"

"阿历克斯·沃尔夫又是谁？"

"恰恰夜总会一个有钱的常客。"

"你认识他多久了？"

她看了看手表。"五个小时。"

"你和他什么关系？"

她耸耸肩。"就是个约会对象。"

"你们怎么认识的？"

"老一套。我表演完之后，服务员送信来，请我去沃尔夫先生的桌子坐一坐。"

"哪个？"

"哪张桌子？"

"哪个服务员？"

"我不记得了。"

"继续说。"

"沃尔夫先生给了我一杯香槟，请我和他一起吃晚饭。我答应了，我们去了饭店，剩下的你都知道了。"

"你表演之后通常都会和观众小坐吗？"

"对，这是惯例。"

"你通常都会和他们吃晚饭吗？"

"偶尔。"

"你这次为什么答应？"

"沃尔夫先生看起来像个不一般的男人。"她又看了看范德姆的绷带，坏笑起来，"他是个不一般的男人。"

"你全名是什么？"

"索尼娅·阿拉姆。"

"地址？"

"吉翰，扎马雷克岛。是间船屋。"

"年龄？"

"真没礼貌。"

"年龄？"

"我拒绝回答。"

"你现在处境很危险……"

"不，你现在的处境才很危险。"她的情绪突然爆发出来，吓了范德姆一跳，他意识到她这段时间一直压抑着怒火。她伸出一根手指冲着他的脸晃动着。"至少有十个人看到你们这些穿着制服的暴徒在饭店把我抓走。到明天中午，半个开罗都会知道英国人把索尼娅关进了监狱。如果我明晚不出现在恰恰夜总会，将会引发一场骚乱。我们的人民会放火烧城，你们将不得不把军队从沙漠里调回来处理这件事。而且如果我离开的时候身上有哪怕半点伤痕，我明天晚上都会在舞台上展示给所有人看，结果还是一样。不，先生，处境危险的不是我。"

在她发表这番长篇大论时，范德姆一直面无表情地看着她，然后若无其事地继续提问，好像她并没有说什么过分的话一样。他不得不忽略她说的话，因为她说得没错，而他也无法否认。

"我们再来核对一遍。"他温和地说，"你说你是在恰恰夜总会认识沃尔夫的——"

"不。"她打断了他，"我不会再回答了。我会和你合作，回答问题，但我不是来被审讯的。"她站起来，把椅子转了半个圈，然后背朝范德姆坐下来。

范德姆盯着她的后脑勺看了一会儿。她已经彻底而漂亮地从策略上把他击败了。他气自己让事情发展成这样，但他的愤怒里还混杂着对她处理这件事方式的暗暗欣赏。他突然站起来离开了房间。杰克斯跟在他后面。

在走廊里，杰克斯问："你怎么想？"

"我们只能把她放了。"

杰克斯去传达命令了。在等杰克斯时，范德姆想到了索尼娅。他好奇她是从哪里获得了和他对抗的力量。不管她的说法是真是假，她都应该感到害怕、迷惑、受到威胁，从而完全顺从。诚然她的名气能给她某种保护，但她竟然用名气来威胁他，那应该就是在虚张声势了，心里没有把握而有些孤注一掷，因为隔离室通常能把人吓倒，尤其是名人们，因为突如其来地被逐出那个熟悉的、金光闪闪的世界会让他们比平时更加怀疑，那个熟悉的、金光闪闪的世界究竟有没有可能是真的。

是什么给了她力量？他在心里回想着他们的对话。她拒绝回答的问题是关于她的年龄的。显然，她的天赋使得她在过了普通舞蹈演员退休的年龄后还能继续表演，所以她也许生活在对年华流逝的恐惧中。其他时候她都表现得很镇定，面无表情，只在看到他的伤口时笑了笑。后来，她最终让自己爆发出来，即使在那时，她也是在利用自己的怒火，而不是被愤怒冲昏头脑。他回想着她冲他发火时的脸。他在那张脸上看到了什么？不只是愤怒。

不是恐惧。

然后他想到了答案。那是仇恨。

她恨他。但他对她而言什么都不是，只不过是个英国军官。那她就是恨英国人了。而她的仇恨给了她力量。

范德姆突然觉得很疲惫。他重重地坐在走廊里一张长椅上。他又该从哪里获得力量呢？疯狂的人很容易变得强大，而在索尼娅的仇恨里就有一丝疯狂的痕迹。他没有疯狂可以慰藉。他冷静地、理智地思考着眼下生死攸关的局势。他想象着纳粹军队进入开罗，盖世太保出现在街头，埃及的犹太人被赶进集中营，无线电波中回荡着法西斯的宣传内容……

像索尼娅这样的人看到埃及处在英国人的统治下，以为这就是纳粹主义了。事实并非如此。但如果试着通过索尼娅的视角来看待英国人，这样的说法有一定合理性：纳粹分子说犹太人是下等人种，而英国人说黑人犹如儿童；在德国没有出版自由，而在埃及也没有；而英国人和德国人一样，有自己的秘密警察。在战前，范德姆有时会在军官食堂里听到希特勒的政治理论得到热烈拥护：他们不喜欢他，不是因为他是个法西斯主义者，而是因为他曾经是一个陆军下士，未参军前是个粉刷匠。残暴的人到处都有，而有时他们成为当权者，你就必须和他们作斗争。

这是比索尼娅更理智的看法，只是不够鼓舞人心。

他脸上的麻醉药开始退效了。他能感觉到清晰而锐利的疼痛横穿脸颊，像刚被火烧过一样。他意识到他的头也很疼。他希望杰克斯安排释放索尼娅花的时间能长一点儿，这样他就能在长椅上多坐一会儿。

他想到了比利。他不想孩子早饭时见不到他。也许我能熬到早上，然后送他去学校，然后再回家睡觉，他想。在纳粹统治下比利的生活会变成什么样？他们会教他歧视阿拉伯人。他现在的老师并非非洲文化的拥戴者，但至少范德姆能做点什么来让他的儿子明白，和自己不一样的人并不一定是愚蠢的。如果他在纳粹的教室里举起手来说"老师，我爸爸说一个愚蠢的英国人并不比一个愚蠢的阿拉伯人聪明"，会有什么后果？

他想到了艾琳。现在她虽然是个被包养的女人，但她至少能选择她的情人，而且如果她不喜欢他们在床上所要求的，她可以把他们踢出去。在集中营的妓院里，她不会有那样的选择……他打了个寒战。

是的，我们并不太令人敬佩，尤其在我们的殖民地。但不管埃及人明白与否，纳粹却是更加可怕的。这值得为之而战。在英格兰，公平和正义在缓慢进步；在德国，则是大踏步后退。想想你爱的人们，事情就变得清晰起来。

从这里汲取力量吧。再多保持一会儿清醒。站起来。

他站了起来。

杰克斯回来了。

他说："她有恐英症。"

"长官，您说什么？"

"索尼娅，她痛恨英国人。我不相信沃尔夫是她偶然遇上的。我们走。"

他们一起走出大楼。外面天还黑着。杰克斯说："长官，你很累了——"

"是，我是很累了，但我头脑还清醒，杰克斯，送我去警察局总部。"

"是的，长官。"

他们开动了汽车。范德姆把香烟盒和打火机递给杰克斯，后者一只手开着车，用另一只手替范德姆点烟。范德姆没法吸气：他能把香烟夹在唇间吸进烟气，但不能用力吸气把它点燃。杰克斯把点燃的烟递给他。范德姆想，我想要杯马提尼来搭配香烟。

杰克斯把车停在警察局总部门外。范德姆说："我们要找探长的上司，不管他们把这职位叫什么。"

"我想这个时间他应该不在吧——"

"是不在。去要他的地址。我们去把他叫醒。"

杰克斯走进大楼。范德姆透过挡风玻璃凝视着前方。黎明快来了。星星闪烁着逐渐消失，天空此时已经不那么黑，更像是灰色。已经有人在街上走动。他看见一个男人领着两头驮着蔬菜的驴，应该是到集市去的。宣礼员还没通知开始早上的第一次祷告。

杰克斯回来了。

"杰济拉。①"他一边说一边给车挂上挡，松开离合器。

范德姆想着杰克斯。很多人都和范德姆说杰克斯很有幽默感。范德姆一直都觉得他性格很让人愉快，但他从没看出他有什么确实幽默的地方。我是个专横的人吗，范德姆想，以至于我的下属在我面前连个笑话都吓得说不出来？没人让我笑，他想。

除了艾琳。

"你从来不和我说笑话，杰克斯。"

"长官？"

---

① 地名，位于开罗中部地区。

"他们说你很有幽默感，但你从来不和我说笑话。"

"我是没说，长官。"

"你介意坦白地告诉我这是为什么吗？"

过了一会儿，杰克斯说："您让人感觉很难亲近，长官。"

范德姆点点头。他们怎么会知道他有多么想仰头哈哈大笑？他说："杰克斯，你说得很有技巧。这个话题到此为止。"

沃尔夫的案子把我害惨了，他想。我开始怀疑也许我从来都不擅长这份工作，接下来我开始怀疑我压根儿就没有擅长的事。而且我的脸很疼。

他们穿过一座桥，来到岛上。天空已经从铁灰变为珍珠白。杰克斯说："我得说，长官，那个，请原谅我，你比我之前遇到过最好的上司都要好出一大截。"

"噢。"范德姆很是吃了一惊，"天哪，那个，谢谢你，杰克斯。谢谢。"

"不客气，长官。我们到了。"

他在一栋漂亮的单层小房子外面停下了车，房子外有一个照料得很好的花园。范德姆猜想这位总探长靠着贿赂过得还不错，不过算不上富贵。也许是个谨慎的人，这是个好兆头。

他们走过小径，伸出拳头砸起门来。几分钟后，有人从窗户里探出头来，用阿拉伯语说了什么。

杰克斯换上了他军士长的口气："军情处——把这该死的门打开！"

一分钟后，一个小个子的英俊阿拉伯人一边系着裤子腰带一边打开了门。他用英语问："发生了什么事？"

范德姆接过话来："紧急情况，让我们进去，行吗？"

"当然。"探长站到一旁，他们走了进去。他把他们领到一间小小的起居室。"发生了什么？"他看起来吓坏了。范德姆想，谁不会被吓到呢？半夜有人来敲门……

范德姆说："没什么好慌张的，我们需要你安排监控一个人，现在就要。"

"没问题，请坐。"探长找来一个笔记本和一支铅笔。"目标是谁？"

"索尼娅·阿拉姆。"

"那个舞蹈演员？"

"没错。我要你派人二十四小时监视她家，是扎马雷克那边一栋叫吉翰的船屋。"

探长记录细节时，范德姆心想要是他不需要用到埃及警察就好了，但他别无选择。在一个非洲国家，派惹眼的、白皮肤、说英语的人去做监视工作是不可能的。

探长说："犯罪性质是什么？"

我才不会告诉你，范德姆想。他说："我们认为她可能是在开罗散播伪造英镑之人的同伙。"

"所以你想知道有什么人去，什么人出来，有没有人拿着东西，有没有在船上召开集会……"

"对，而且有一个人是我们特别关注的。他叫阿历克斯·沃尔夫，阿斯尤特谋杀案的嫌疑人，你应该已经有他的外貌描述了。"

"当然。每天向您汇报？"

"是的，不过如果你们看到沃尔夫，我希望立刻知道。白天你可以在总司令部找到我或者杰克斯上尉。杰克斯，把我们家里的电话号码给他。"

"我知道那些船屋。"探长说，"我想晚上很多人喜欢去纤道散步，尤其是小情侣们。"

杰克斯说："没错。"

范德姆扬起眉毛看着杰克斯。

探长继续说："让一个乞丐坐在那里大概很适合，没人会留意到乞丐。晚上嘛……那里有灌木丛，也很受情侣们欢迎。"

范德姆说："杰克斯，是这样吗？"

"我不知道，长官。"他意识到范德姆在逗他，笑了起来。他给了探长一张写着电话号码的纸条。

一个穿着睡衣的小男孩揉着眼睛走进起居室。他大概五六岁。他睡眼蒙眬地扫视了一下房间，然后朝探长走去。

"我儿子。"探长自豪地说。

"我想我们可以走了，"范德姆说，"或者你想让我们把你捎到城里？"

"不用了，谢谢，我有车，而且我想穿上外套打上领带，再梳梳头发。"

"好的，不过动作要快。"范德姆站起来。突然之间他觉得视线模糊，好像他的眼皮正不由自主地耷拉下来一样，但他知道自己的眼睛是睁开的。他感觉自己失去了平衡。杰克斯来到他身边，扶住了他的胳膊。

"没事吧，长官？"

他的视力缓慢地恢复了。"现在没事了。"他说。

"您伤得真重。"探长同情地说。

他们来到门口。探长说："先生们，请放心，我会亲自处理监控的事。他们哪怕把一只耗子送进那间船屋您都会知道得清清楚楚。"他还牵着那个小男孩。这时他把孩子揽到左侧，伸出了右手。

"再见。"范德姆说。他们握了握手。"对了，我是范德姆少校。"

探长微微弯了一下腰。"柯麦尔探长，为您效劳，长官。"

十四

索尼娅闷闷不乐。她心里本来有一半期盼着黎明时回到家里时沃尔夫在船屋里，但家里空荡荡的，十分冷清。她不知道该作何感想。起初，当他们逮捕她时，她对于沃尔夫逃之夭夭而把她留给那些英国恶棍处置非常愤怒。一个女人，孤身一人，身为沃尔夫间谍活动的同党，她吓坏了，不知他们会把她怎么样。她本以为沃尔夫会留下来保护她。后来她意识到这么做并不理智。把她扔下不管帮她撇清了嫌疑。这么做很难接受，却是最好的选择。独自坐在总司令部那个光秃秃的小房间里时，她把自己对沃尔夫的怒火转移到了英国人身上。

她公然反抗他们，而他们退让了。

当时她不确定审问他的人是不是范德姆少校，不过后来释放她时，书记员说漏了嘴。确认这一点让她很开心。想到范德姆脸上那奇形怪状的绷带时，她又笑了起来。沃尔夫一定是用那把刀划伤了他。他本该把他杀了的。尽管如此，这真是个难忘的夜晚，一个辉煌的夜晚！

她心想，不知沃尔夫现在在哪里。他一定在城里某个地方藏起来了。等他认为没有危险了才会现身。她帮不上什么忙，不过她很希望他能在这里和她分享胜利的滋味。

她换上睡裙。她知道自己该上床睡觉，不过她不觉得困。也许喝一杯会有帮助。她找到一瓶苏格兰威士忌，倒了点在杯子里，加上水。她正尝着酒时，听到踏板上传来脚步声。她想也没想就喊道："阿赫迈德？"接着她意识到这不是他的脚步，步子太轻也太快了。她穿着睡裙站在舷梯底下，手里拿着酒杯。舱门被拉开，一张阿拉伯脸孔探了进来。

"索尼娅？"

"我是——"

"我想你在等别人吧。"男人沿着舷梯下来。索尼娅注视着他，想：现在又是怎么回事？他走下舷梯，站在索尼娅面前。这是个小个子的英俊男人，动作敏捷利落。他穿着欧式服装：深色长裤，擦得亮亮的黑皮鞋，一件白色短袖衬衫。"我是柯麦尔总探长，很荣幸见到你。"他伸出了手。

索尼娅转身走到沙发旁坐下来。她还以为她已经把警察打发掉了。现在埃及警察也想来插一脚。

她告诉自己，这次最后大概会以贿赂告终。她啜了一口酒，凝视着柯麦尔。最后她说："你想要什么？"

柯麦尔不等她邀请就坐下来。"我对您的朋友阿历克斯·沃尔夫很感兴趣。"

"他不是我的朋友。"

柯麦尔不予理会。"英国人告诉了我关于沃尔夫先生的两桩事：一、他在阿斯尤特用刀杀了一个士兵；二、他试图在开罗一家饭店使用伪造的英镑。这个说法本身已经有点耐人寻味了。他为什么会在阿斯尤特？他为什么要杀那个士兵？他从哪里拿到的伪钞？"

"对这个男人我一无所知。"索尼娅说着，心想但愿他不要这个时候回家来。

"我知道。"柯麦尔说，"我掌握着其他一些英国人可能知道也可能不知道的情报。我知道阿历克斯·沃尔夫是谁。他的继父是个律师，开罗的律师。他母亲是德国人。我还知道沃尔夫是个民族主义者。我知道他曾经是你的情人。而且我知道你也是一个民族主义者。"

索尼娅全身发冷。她一动不动地坐着，一口酒没喝，看着那个狡猾的侦探把不利于她的证据一点一点摆出来。她一言不发。

柯麦尔继续道："他从哪里拿到的伪钞？不是在埃及。我认为埃及没有能做这个的印刷机；即使有，我想他也会印埃及货币。所以钱是从欧洲来的。现在的阿历克斯，还有个名字叫阿赫迈德·拉姆哈，几年前无声无息地消失了。他去了哪里？欧洲吗？他回来了，取道阿斯尤特。为什么？他是不是想不为人知地悄悄溜进埃及？也许他组织了一个伪造英镑的团伙，而现在带着他分得的利润回来了，但我不这么认为，因为他不是一个穷人，也不是一个罪犯。所以，这是一个谜。"

他知道了，索尼娅想，上帝啊，他知道了。

"现在英国人要我监视这间船屋，任何人在此进出都要向他们报告。他们希望沃尔夫会到这里来，然后他们会逮捕他，然后他们就知道答案了。除非我先把这个谜解开。"

监视船屋！他永远都不能再回来了。可是，她想，柯麦尔为什么要对我说这个？

"我想，答案就在沃尔夫的本质中：他既是德国人，又是埃及人。"柯麦尔站起来，穿过房间，来到索尼娅旁边坐下来，看着她的脸。"我认为他参与了这场战争。我认为他在为德国和埃及而战。我认为伪钞是从德国来的。我认为沃尔夫是个间谍。"

索尼娅想：但你不知道上哪里去找他。这正是你在这里的原因。柯麦尔凝视着她。她把脸转开，害怕他从她脸上读出了她的想法。

柯麦尔说："如果他是个间谍，我可以抓住他。或者，我可以救他。"

索尼娅猛地扭过头来看着他。"这是什么意思？"

"我想私下见他一面。"

"可是为什么？"

柯麦尔露出那个狡猾的、无所不知的笑容。"索尼娅，你不是唯一一个希望埃及自由的人。有很多我们这样的人。我们想看到英国人被击败，而我们不挑剔谁来打败他们。我们想和德国人合作。我们想和他们联系。我们想和隆美尔对话。"

"而你认为阿赫迈德能帮到你？"

"如果他是个间谍，他一定有办法送信给德国人。"

索尼娅心乱如麻。柯麦尔从指控她的人变成了同谋，除非这是个陷阱。她不知道该不该相信他。她没有足够的时间来考虑这个问题。她不知道该说什么，所以她只字未发。

柯麦尔温和地坚持道："你能安排一次会面吗？"

她没法靠一时冲动做出这样的决定。"不。"她说。

"别忘了船屋是被监视的。"他说，"监视报告在送给范德姆少校前会先经过我。如果有可能，只是可能，你能安排一次会面的话，作为回报，我会确保送给范德姆少校的报告都被仔细编辑过，不会有任何不该有的东西。"

索尼娅已经忘记了监视的事。等沃尔夫回来的时候——他早晚会回来的，探子会报告这件事，而范德姆会知道，除非柯麦尔做了手脚。这么一来情势就不同了。她别无选择。"我会安排碰面的。"她说。

"很好，"他站起来，"打电话到警察局总部，留言说瑟罕要见我。我收到信息后会联系你确定时间地点。"

"好的。"

他朝舷梯走过去，又倒回来。"对了。"他从裤子口袋里掏出钱包，抽出一张照片，递给索尼娅，那是一张她的照片。"你能帮我签个名吗？我太太是你的忠实崇拜者。"他递给她一支钢笔，"她的名字是海思瑟。"

索尼娅写道："致海思瑟，祝你一切都好，索尼娅。"她把照片递给他，想：真是不可思议。

"非常感谢，她一定高兴坏了。"

不可思议。

索尼娅说："我会尽快和你联系。"

"谢谢。"他伸出手。这次她和他握了手。他爬上舷梯钻出去，把舱门关上。

索尼娅放下心来。不管怎么样，她应对得不错。她还是不太相信柯麦尔的诚意，但如果说有陷阱，她也没看出来。

她感觉很疲惫。她喝完了杯子里的威士忌，穿过帘子到卧室去。她还穿着她的睡裙，感觉冷极了。她爬上床，盖上被子。她听见敲击声。她的心漏跳了一拍。她转身望向船另一头，面朝着河那侧的舷窗。玻璃后露出一个人的头。

她尖叫起来。

那张脸消失了。

她意识到那是沃尔夫。

她跑上舷梯，冲到甲板上。她从船侧面探出头，看见他在水里。他像是裸着身子。他手抓着舷窗吃力地往小船上爬，她够到了他的胳膊，把他拉到甲板上。他伏在那里，四肢着地，来回扫视着河岸，像一只机警的河鼠，片刻之后才飞奔进船舱。索尼娅跟在他后面。

他站在地上，浑身往下滴着水，瑟瑟发抖。他是裸着身子的。她说："发生了什么？"

"让我洗个澡。"他说。

她穿过卧室到浴室去。那里有个带电热水器的小浴盆。她拧开水龙头，往浴盆里撒了一把芳香浴盐。沃尔夫钻进浴盆，让水没过身子。

"发生了什么？"索尼娅重复道。

他控制住自己不再发抖了。"我不想冒险从纤道过来，所以我在对岸脱掉衣服游过来。我往里看，见到那个男人和你在一起。我猜那又是个警察。"

"没错。"

"所以我只好待在水里等他离开。"

她笑起来。"你这个可怜的家伙。"

"不好笑。我的上帝，我好冷。该死的阿勃韦尔给我的是假钞。下次等我回到德国，有人要为此被勒死。"

"他们为什么这么干？"

"我不知道是因为无能还是不忠。卡纳瑞斯对希特勒一向不冷不热。把水关掉，好吗？"他开始洗去他腿上的淤泥。

"你得用你自己的钱了。"她说。

"我拿不到钱。你可以确信银行都接到了命令，我一露脸他们就会通知警察。我可以偶尔用支票付账，但即使那样也会让他们获得关于我的线索。我本可以卖掉一些股票和债券，甚至那栋别墅，但钱还是要通过银行……"

所以你将不得不用我的钱了，索尼娅想。不过你不会开口要，你会直接拿。她决定以后再考虑这个问题。"那个探长会派人监视这条船，根据范德姆的指示。"

沃尔夫咧嘴一笑。"所以昨晚那是范德姆。"

"你给了他一刀？"

"嗯，不过我不知道伤在哪里，当时很黑。"

"是脸上。他裹着一条巨大的绷带。"

沃尔夫大笑起来。"我真想看看他。"他回过神来，问："他盘问你了？"

"是的。"

"你对他说什么了？"

"我不怎么认识你。"

"做得好！"他赞赏地看着她，她知道他很高兴，对于她能保持镇静还有一点儿惊讶。他说："他相信你吗？"

"应该不相信吧，所以他才安排人监视。"

沃尔夫皱着眉头。"这就糟糕了，我不能每次回家都游泳吧……"

"别担心。"索尼娅说，"我已经把问题解决了。"

"你解决了？"

索尼娅明白事实并不完全如此，但这听起来很棒。"那个探长是自己人。"她解释说。

"一个民族主义者？"

"没错，他想用你的无线电。"

"他怎么知道我有？"沃尔夫的声音里带着一丝威胁。

"他不知道。"索尼娅镇定地说，"他从英国人告诉他的情况推断出你是个间谍，他推测间谍会有联系德国人的手段。民族主义者们想送信给隆美尔。"

沃尔夫摇摇头。"我不想卷进这种事里去。"

她不会让他背弃她达成的交易。"你不得不卷进去。"她尖锐地说。

"我想是吧。"他带着倦意说。

她有种手握权力的古怪感觉。像是她控制了局面。她发现这很让人兴奋。

沃尔夫说："他们越逼越近了。我不想再有昨晚那样的惊喜了。我想离开这艘船，但我不知道去哪里。阿卜杜拉知道我的钱有问题，他想把我出卖给英国人。该死。"

"你在这里很安全，你只要哄一哄那个探长就好了。"

"我没的选。"

她坐在浴盆边上，看着他赤裸的身体。他看起来……不算是被击败，但是至少被逼到了绝境。他的脸上写满了紧张，他的声音里有一丝轻微的慌张。她猜想他第一次开始怀疑他是否能撑到隆美尔到来。而且，他第一次依赖于她。他需要她的钱，需要她的家。昨夜他依赖于她面对审问时的沉默，而现在，他相信她和民族主义者探长的交易救了他一命。他不知不觉滑进了她的手掌心。这个想法激起了她的兴趣。她觉得有一点儿情欲难抑。

沃尔夫说："我不知道是否应该遵守和那个叫艾琳的女孩的约会，就在今晚。"

"为什么不？她和英国人没半点关系。你是在商店里遇上的她！"

"也许。我只是觉得现在躲起来安全些。我不知道。"

"不。"索尼娅坚决地说，"我想要她。"

他抬起头眯着眼睛看着她。她不知他是在考虑这件事还是思考她刚生长出的决心有多坚决。"好吧。"最后他说，"我只能多加小心了。"

他让步了。她和他较量了一番，而她赢了。这让她兴奋起来。她战栗起来。

"我还是很冷。"沃尔夫说，"再加点热水吧。"

"不。"索尼娅睡裙也没脱就跳进了浴盆。她面朝着他跨坐在他身上，膝盖挤在狭窄的浴盆两侧。她把湿漉漉的睡裙掀起来直到腰际。她说："吃我。"

他照办了。

范德姆精神抖擞地坐在绿洲餐厅里喝着一杯冰马提尼，杰克斯在他旁边。他睡了一整天，醒来时感觉被痛揍了一顿，但已经准备好回击。他已经去过医院，阿巴斯诺特医生说，他整晚不睡跑来跑去，实在是个傻子，但他是个幸运的傻子，因为他的伤口正在好转。她给他换了一块小一些的敷料，这样就不需要在他头上缠上一码长的绷带来固定了。现在是七点过一刻，几分钟后他就能看到阿历克斯·沃尔夫了。

范德姆和杰克斯坐在饭店里侧一个能看到整个店面的地方。

距离出口最近的桌子被两个强壮的中士占领，他们正大嚼着由情报部门请客的炸鸡。门外，一辆没有标志的车停在马路对面，车里是两个穿着便衣的军警，他们的外套口袋里藏着手枪。陷阱已经设好，就差诱饵了。艾琳随时可能出现。

今天早饭时，比利被他的绷带吓了一跳。范德姆让男孩发誓保密，然后告诉了他真相。"我和一个德国间谍打了一架。他带了把刀。他逃走了，不过我觉得我今晚也许能抓到他。"这违背了保密规定，不过去他的，孩子需要知道他父亲为什么受伤。听完故事后比利不再担心了，倒是兴奋起来。贾法尔一脸敬畏，开始轻手轻脚地走路，用耳语般的声音说话，就像家里有人去世了一样。

至于和杰克斯，他发现昨晚冲动的亲昵交流并没有留下明显的痕迹。他们的关系又恢复了一板一眼的状态：杰克斯接受命令，称呼他为长官，不被问到绝不发表意见。这样也好，范德姆想：他们本来就配合得好好的，为什么要改变呢？

他看了眼他的腕表。七点半了。他又点了一支烟。阿历克斯·沃尔夫现在随时可能走进门来。范德姆确信他能认出沃尔夫——一个高个子、鹰钩鼻的欧洲人，棕色头发，棕色眼睛，一个强壮俊美的男人——但他不会妄动，会等艾琳进来和沃尔夫坐下来。然后他和杰克斯会靠过去。如果沃尔夫逃跑，那两个中士会把门堵住。虽然不太可能，但是万一他绕过了他们，外面的军警也会对他开枪。

七点三十五。范德姆期待着审问沃尔夫。那将是一场多么激烈的意志之战啊。但范德姆会获得胜利，因为他占据了全部优势。他会摸清沃尔夫的底细，找出他的弱点，施以压力，直到他的俘虏崩溃。

七点三十九。沃尔夫来晚了。当然，有可能他根本就不会来。天哪，千万不要。范德姆想起他对博格说"我准备明晚逮捕他"时有多么傲慢，不禁打了个寒战。范德姆的部门眼下正是臭名远扬，只有迅速地逮捕沃尔夫能让他们散发出玫瑰的香味。但假如经过昨晚的惊吓，沃尔夫决定潜伏一段时间，他会藏在哪里呢？不知怎么的，范德姆觉得，潜伏不是沃尔夫的风格。他希望不是。

七点四十的时候，饭店的门开了，艾琳走了进来。范德姆听见杰克斯轻轻地吹了一声口哨。她看起来明艳动人。她穿了一条乳白色的丝裙。裙子简洁的线条让人把注意力集中在她苗条的身段上，而它的颜色和质地则衬托出她光滑的古铜色肌肤。范德姆突然感觉到一阵抚摸她的冲动。

她环视着饭店，明显是在找着沃尔夫，但没有找到他。她的视线和范德姆对上，然后毫不迟疑地移开。领班走过去，她对他说了些什么。他领她到门口附近一张双人桌旁坐下。

范德姆让视线和其中一个中士交汇，然后朝艾琳的方向偏了一下头。中士微微点了下头，表示知道了，然后看了看表。

沃尔夫在哪里？

范德姆点燃一支烟，开始担心起来。他本来断定沃尔夫作为一位绅士，会提前抵达；而艾琳会晚到一点儿。根据这一场景，逮捕行动将在她坐下那一刻进行。出问题了，他想，该死的出问题了。

一个服务生给艾琳送上一杯饮料。七点四十五了。她朝范德姆的方向看了一眼，娇俏地轻轻耸了一下她纤弱的肩膀。

饭店的门开了。范德姆的烟还没送到唇边就僵在了那里，随后又松弛下来，失望不已：只不过是个小男孩。那个男孩递给服务生一张纸条就又出去了。

范德姆决定再要一杯酒。

他看见服务生走到艾琳桌旁，把那张纸递给她。

范德姆皱起眉头。这是什么？来自沃尔夫的道歉，说他不能守约？艾琳的脸上露出微微迷惑的表情。她看着范德姆，又轻轻地耸了下肩。

范德姆考虑要不要过去问她是怎么回事，但那会破坏整个埋伏，万一范德姆和艾琳说话时沃尔夫走进来怎么办？沃尔夫可以在门口掉头就跑，那他就只需要摆脱军警，对付两个人而不是六个。

范德姆低声对杰克斯说："再等等。"

艾琳从身旁的椅子上拿起手包站了起来。她又看了范德姆一眼，然后转过头。范德姆以为她要去洗手间。相反她走向门口，推开了门。

范德姆和杰克斯一起站了起来。一个中士要站起来，看着范德姆，范德姆挥手让他坐下。没必要逮捕艾琳。范德姆和杰克斯快速穿过饭店冲向门口。

他们经过中士们时，范德姆说："跟着我。"

他们出门来到街上。范德姆四下张望。有个盲眼的乞丐靠墙坐着，端着一个破盘子，里面有几个比索。三个穿着制服的士兵跌跌撞撞地沿着人行道走着，已经喝得醉醺醺了，勾肩搭背地唱着一首粗俗的歌。一群埃及人正在饭店外碰面，正在用力地握手。一个街头小贩向范德姆推销剃须刀片。几码开外，艾琳正要坐上一辆出租车。

范德姆狂奔起来。

出租车的门砰地关上了，车开走了。

马路对面，军警们的车咆哮着向前冲去，撞上了一辆巴士。

范德姆赶上了那辆出租车，跳到了踏板上。出租车猛地拐了个弯。范德姆被甩脱了手，掉到马路上摔倒在地。

他爬了起来。他的脸剧烈地疼起来，他的伤口又流血了，他能感觉到敷料下黏糊糊的暖流。杰克斯和那两个中士围到他身旁。马路对面那两个军警正在和巴士司机吵架。

出租车已经消失了。

十五

艾琳吓坏了。全乱套了。沃尔夫本该在饭店被逮捕的，可他现在却和她在一辆出租车里，露出野兽般的微笑。她一动不动地坐着，脑子里一片空白。

"他是谁？"沃尔夫说，脸上仍然带着微笑。

艾琳无法思考。她看看沃尔夫，又把头转开，说："什么？"

"那个追我们的男人。他跳到了踏板上。我没看清楚，但我想他是个欧洲人。他是谁？"

艾琳克制住她的恐惧。他是威廉·范德姆，他本该逮捕你。她得编一个故事。为什么会有人跟着她从饭店出来，还试图爬进她的出租车？"他……我不认识他。他之前在饭店里。"她突然有了灵感，"他在纠缠我。我孤身一个人。这是你的错，你来晚了。"

"对不起。"他立刻说。

见他轻而易举地就相信了她的说法，艾琳有了信心。"我们为什么要坐出租车？"她问道，"这是怎么回事？我们不吃晚饭了吗？"她听出自己的声音里带着怨气，心里很讨厌自己这样。

"我有个好主意。"他又露出了笑容，艾琳强忍着没有发抖。"我们来野餐吧，后备箱里有个篮子。"

她不知道该不该相信他。他为什么要在餐馆演那么一出？派小男孩送进来一张写着"出来。A.W."的纸条。难道他料到有陷阱？他现在要做什么？把她带到沙漠里，用刀杀了她？她突然有种从飞奔的汽车上一跃而下的冲动。她闭上眼睛，强迫自己镇静地思考。如果他怀疑有陷阱，他为什么还要来？不，情况一定比这更复杂。他似乎相信了她关于踏板上的男人的说法，可她吃不准他的笑容背后藏着什么。

她说："我们这是要去哪儿？"

"出了城再走几英里，到河边的一个地方，我们可以在那里看日落。这将是个美好的傍晚。"

"我不想去。"

"有什么问题？"

"我对你并不太了解。"

"别傻了，司机会一直和我们在一起，而且我是个绅士。"

"我该下车了。"

"请不要这样。"他轻轻地按住她的胳膊，"我带了点烟熏三文鱼，一只鸡，一瓶香槟。我对餐馆太厌倦了。"

艾琳想了想。她可以现在离开，她会安然无恙，但再也见不到他了。那正是她想要的，远离这个男人。她想：但我是范德姆唯一的希望。我为什么要在乎范德姆？我会很高兴再也不用见到他，回到从前宁静的生活——

从前的生活。

她意识到她的确在乎范德姆。至少足以让她不想让他失望。她必须留在沃尔夫身边，和他培养感情，争取和他再订一次约会，试着找出他住在哪里。

她脑子一热，说："我们去你家吧。"

他扬起了眉毛。"你的心意转变得真快。"

她意识到她犯了个错误。"我都糊涂了。"她说，"你太让我意外了。你为什么不先问问我？"

"我一个小时前才想到这个主意的。我没想到会吓到你。"

艾琳意识到她无意之中扮演了一个晕头转向的女孩。她决定不要高估自己的演技。"好吧。"她说。她试着放松下来。

沃尔夫端详着她。他说："你不像你看起来那么脆弱，对吗？"

"我不知道。"

"我记得你对亚里士多普勒斯说的话，我第一次在店里见到你那天。"

艾琳记起来了，她威胁说如果米基斯再碰她就把他那玩意儿切下来。她本该脸红的，但她实际上并不觉得难为情。"我太生气了。"她说。

沃尔夫轻声笑起来。"你听起来是很生气。"他说，"记着，我不是亚里士多普勒斯。"

她淡淡一笑："好的。"

他把注意力转向司机。他们已经出了城，沃尔夫开始指路。艾琳心想不知他从哪里找来这辆出租车，以埃及标准，这车算得上豪华了。这是辆美国车，座椅宽阔柔软，车内空间很大，而且看起来车龄只有几年。

他们经过一连串村庄，拐到一条没修好的路上。汽车沿着一条蜿蜒的小径爬上一座小丘，来到悬崖边一小块平台上。尼罗河正在他们脚下。在河的对岸，艾琳可以看见一片片整齐的农田延伸到远方，与沙漠相接处呈现出一条清晰的黄褐色边界线。

沃尔夫说："这个地方很美吧？"

艾琳不得不同意。一群雨燕从河对岸起飞，牵引着她的视线往上，她看见傍晚的云都已经镶上了粉色的边。一个年轻女孩正头顶着一个巨大的水罐从河边往回走。一艘孤零零的小帆船在微风的推送下逆流而上。

司机从车里出来，走出大约五十码。他故意背朝着他们坐下来，点燃一支香烟，展开一份报纸。

沃尔夫从后备箱里取出一个大野餐篮，放在他们之前的地上。他开始拆食品包装时，艾琳问："你怎么找到这个地方的？"

"小时候，我母亲带我到这里来。"他递给她一杯葡萄酒，"我父亲去世后，我母亲嫁给了一个埃及人。她时不时会觉得穆斯林家庭的氛围非常压抑，所以她就带着我坐马车到这里来，给我说关于……欧洲的事之类的。"

"你喜欢吗？"

他迟疑了一下。"我母亲总是把事情弄糟。她总是让人扫兴。她过去常说：'你真自私，就像你父亲一样。'在那个年纪，我更喜欢我的阿拉伯亲戚。我的继兄们都很顽劣，没人管得了他们。我们曾经从别人的花园里偷橘子，用石头扔马吓得它们脱缰，把别人的自行车胎扎破……只有我母亲介意，她只能警告说我们最终会受到惩罚。她总是那么说，'阿历克斯，他们早晚有一天会抓住你的！'"

那位母亲说得没错，艾琳想：他们早晚有一天会抓住沃尔夫的。

她放松下来了。她好奇沃尔夫有没有带着他在阿斯尤特用的那把刀，这又让她紧张起来。眼前的场景很寻常，一位有魅力的男士带着一个女孩在河边野餐，她有一刻几乎忘记了她还要在他身上得到点什么。

她说："你现在住在哪里？"

"我的房子被英国人……征用了，我现在和朋友住。"他把一片烟熏三文鱼用瓷盘盛着递给她，又把一个柠檬用小刀切成两半。艾琳注视着他灵巧的手。她不禁好奇他想从她身上得到什么，以至于大费周章讨好她。

范德姆感觉十分低落。他的脸受伤了，自尊亦然。大张旗鼓的逮捕成了一场惨败。他技不如人，败给了阿历克斯·沃尔夫，还把艾琳送入险境。

他的脸已经重新包扎过，现在正坐在家里喝着杜松子酒缓解疼痛。该死的沃尔夫轻而易举就躲开了他。范德姆确信间谍并不知道有陷阱——否则他根本就不会出现。不，他只是采取预防措施。而他的预防措施非常行之有效。

他们对那辆出租车的特征掌握得很充分。那是一辆容易辨认的车，很新，杰克斯还记下了车牌号。城里的所有警察和军警都在找这辆车，他们接到命令，见到该车立刻拦下，逮捕全部乘客。他们早晚会找到这辆车，而范德姆确信找到时会太迟了。尽管如此，他还是坐在电话旁。

艾琳现在在做什么？也许她正坐在烛光摇曳的饭店里，喝着葡萄酒，被沃尔夫的笑话逗得哈哈笑。范德姆想象着她穿着乳白色裙子，拿着酒杯，露出她独有的顽皮的笑容，那个笑容仿佛是在许诺把你想要的一切全给你。范德姆看了看手表。也许他们现在已经吃完晚饭了。他们接下来会做什么？传统活动是去观赏月光下的金字塔：黑色的天空，星星，无尽的平坦沙漠，还有法老坟墓那整齐的三角形表面。那片地方十分空旷，最多有另外一对情侣。他们也许会爬几级台阶，他率先跃上，然后伸手把她拉上来，但她很快就会累了，她的头发和裙子会有一点儿凌乱，她会说这双鞋子不是为了登山设计的。这样他们就会在那些还留有阳光温度的大石头上坐下来，呼吸着夜晚清新的空气，观赏星空。走回出租车时，她会在她的无袖晚装里瑟瑟发抖，他也许会伸手环住她的肩膀让她取暖。他会在出租车里吻她吗？不，他已经不是小伙子了。当他向她发动进攻时，他的手段会更加成熟和圆滑。他会提议去他家还是她家？范德姆不知道该期待哪一个。如果他们去了他家，艾琳早上会来汇报，范德姆就能在沃尔夫家把他连同他的无线电和密码本一网打尽，甚至还可能缴获德国方面给他发来的信息。从职业角度看，这样比较好，但这也意味着艾琳要和沃尔夫共度一夜，这个念头让范德姆异常地愤怒。另一种情况下，如果他们去了她家，杰克斯正带着十个人和三辆车等在那里，沃尔夫会立刻被抓住，在他有机可乘之前——

范德姆起身在房间里踱步。他漫不经心地拿起那本叫《蝴蝶梦》的书，他认为沃尔夫用这本书作为他密码的基础。他读了第一行："昨晚，我梦见自己又回到了曼陀丽庄园。"他把书放下，又翻开，继续读了起来。这个关于备受欺凌的弱女子的故事有效地把他的注意力从眼前的烦恼上转移开来。当他读到这个女子将要嫁给一个富有而年长的鳏夫，而这桩婚姻将在男人从前的妻子幽灵般的阴影之下枯萎时，他又把书合上放下了。他和艾琳之间的年龄差距有多大？他还要在安琪拉的阴影下生活多久？她和丽贝卡一样，也曾经是无情而完美的；而艾琳，也是年纪尚轻，需要从她当前的生活中被拯救出来。这个想法让他有些不快，因为他没有打算要娶艾琳。他点燃了一支烟。时间为什么过得这么慢？电话为什么不响？他怎么能让沃尔夫两天之内从他指缝里溜走两次？艾琳在哪里？

艾琳在哪里？

他曾有一次让一个女人置身险境。那发生在他另一次重大的挫败之后，拉希德·阿里在范德姆眼皮底下溜出了土耳其。范德姆派了一个女特工去勾引一个德国特工，他和阿里交换了衣服，好让他逃出去。他原本希望查出那个男人的相关信息，让自己从一败涂地中找回点颜面，但第二天那个女特工被发现死在旅馆的床上。过去和现在的相似之处让人心里发凉。

没有理由待在家里。他睡不着，也没有别的事可做。他决定无视阿巴斯诺特医生的嘱咐，前去加入杰克斯和其他人。他穿上外套，戴上军帽，走出家门，把摩托车从车库里推了出来。

艾琳和沃尔夫一起站在靠近悬崖边缘的地方，看着远方开罗的灯光和近处漆黑的村庄里闪烁的农舍灯火。艾琳想象出一个农民的形象，勤勉劳作，一贫如洗，迷信，在泥地上放一张稻草垫当作床，用一块粗糙的毯子盖在身上，在他妻子的怀里寻求安慰。艾琳已告别了贫穷的生活，她希望是永远地告别了，但她有时觉得她把另外一些东西也抛下了，一些她无法割舍的东西。当她年幼时，在亚历山大城，人们会用手比画出一个驱邪的手势，在红墙上印上蓝色的手掌印。艾琳不相信这些掌印的效力，但除了老鼠，除了夜里放债的人打他的两个老婆时传来的尖叫，除了那些每个人都会染上的跳蚤，除了很多早夭的婴儿，她相信那里有着什么东西驱散着邪恶。当她把男人领回家，带上床，接受他们的礼物、爱抚和金钱时，她一直在寻找着那样东西，但她从来也没找到过。

她不想再那么做了。她花费了太多时间在错误的地方寻找爱。她尤其不想和沃尔夫那么做。有几次她对自己说："为什么不能再做一次呢？"这是范德姆无情却合理的观点。但每当她考虑和沃尔夫做爱的事，浮现在眼前的却是这几周以来折磨着她的幻想，关于引诱威廉·范德姆的幻想。她深知范德姆会是什么样子。他会以无辜的好奇目光注视着她，抚摸她时的愉悦会让他睁大了眼睛。一念及此，她立刻会觉得欲望难以自制。她也知道沃尔夫会是什么样子。他会是老练而自私的，技巧娴熟，没有什么会让他惊讶。

她从风景上收回目光，一言不发地转身朝车子走去。他是时候向她发动进攻了。晚餐已经吃完了，他们喝光了瓶里的香槟和壶里的咖啡，剔净了鸡肉，吃完了一串葡萄。现在他准备接受应得的回报了。她从车后座上看着他。他在悬崖边上多停留了一会儿才一边叫着司机，一边朝她走过来。他有着高个子男人常有的那种自信和优雅。他是个有吸引力的男人，比艾琳之前的情人们有魅力得多，但她害怕他，而且她的恐惧不只是源于她所知道的他的过去、秘密，以及他的刀子，还源于对他本性的一种直觉认识。不知怎么的，她知道他的魅力不是自然散发的，而是精心操控的结果，如果他对她好，那是因为他想要利用她。

她已经被利用得太多了。

沃尔夫钻进车坐在她身旁。"你喜欢今天的野餐吗？"

她努力让自己看起来欢快一些。"是的，感觉很好，谢谢你。"

汽车发动了。他要么会把她带回他的住处，要么会送她去她的公寓，要求上楼喝一杯。她必须想出一种积极的方式来拒绝他。她突然觉得荒唐，她表现得像个吓坏了的处女。她想，我在做什么？把自己留给真命天子吗？

她太久没说话了。她应该表现得诙谐而迷人的。她应该和他聊天。"你听说战争的消息了吗？"她刚问出口，就意识到这可不是个轻松愉快的话题。

"德国人仍然占据着上风。"他说，"这是当然的。"

"为什么是当然的？"

他高傲地对她笑了笑。"世界上的人分为两种，主人和奴隶，艾琳。"他像是在给一个女学生解释简单的常识，"英国人当主人当得太久了，他们已经变得软弱了，现在轮到别的人来做主了。"

"那埃及人呢？他们是主人，还是奴隶？"她知道她应该闭嘴，她这是在冰面上行走，但他的自鸣得意激怒了她。

"贝都因人是主人。"他说，"但普通的埃及人是天生的奴隶。"

她想，他是真心这么认为的。她打了个寒战。

他们来到城市近郊。此时已过了午夜，虽然市区还仍然嘈杂，郊区却十分宁静。沃尔夫问："你住在哪里？"

她告诉了他。那么是在她家了。

沃尔夫说："我们一定要再来一次。"

"我很乐意。"

他们来到了夏里阿巴斯区，他让司机停车。艾琳心想不知接下来会发生什么。沃尔夫转向她说："谢谢你陪我度过了一个美好的夜晚。改天再见。"他下了车。

她震惊地瞪着他。他在司机车窗旁弯下腰，给了司机一些钱，告诉他艾琳的地址。司机点点头。沃尔夫拍了拍车顶，汽车开动了。艾琳扭头看见沃尔夫正挥着手。车在路口拐弯时，沃尔夫开始朝河边走去。

她想：这该怎么理解？

没有进一步的举动，没有邀请她去他家，没有睡前喝一杯，甚至没有晚安吻。他在玩什么把戏？欲擒故纵？

出租车送她回家的路上，她一直对整件事困惑不已。也许这是沃尔夫激发女人兴趣的技巧。也许他只是有点古怪。无论什么原因，她都感激涕零。她往后靠着，松弛下来。她没有被迫在拒绝他和同他睡觉之间做出选择。感谢上帝。

出租车停在她的公寓楼外。突然之间，三辆车不知从哪里轰鸣着冲过来。一辆停在出租车正前方，一辆紧紧贴在后面，一辆停在侧面。一群男人从阴影里冒出来。出租车的四扇门都被猛地拉开，四杆枪指了进来。艾琳尖叫起来。

一个头探进车来，艾琳认出那是范德姆。

"跑了？"范德姆说。

艾琳明白过来怎么回事了。"我还以为你要枪毙我呢。"她说。

"你在哪里和他分手的？"

"夏里阿巴斯。"

"多久之前？"

"五到十分钟吧。我能下车吗？"

他朝她伸出手，她踩在人行道上下了车。他说："抱歉我们吓到你了。"

"这叫亡羊补牢。"

"说得很对。"他看起来彻底被击败了。

她心里对他涌起一片柔情。她抚摸着他的手臂，说："你不知道我见到你的脸有多高兴。"

他给了她一个奇怪的表情，好像他不知道该不该相信她似的。

她说："你要不要让你的手下回家，然后进来说话？"

他犹豫了一下。"好吧。"他转向其中一个手下，一个上尉。"杰克斯，我要你审问出租车司机，看看能问出些什么来。让其他人走吧。我大概一个小时之后到总司令部找你。"

"好的，长官。"

艾琳领着他往里走。走进她自己的公寓，让自己陷在沙发里，把鞋子踢掉，这感觉好极了。磨炼已经结束，沃尔夫已经走了，而范德姆在这里。她说："你自己倒杯酒喝吧。"

"不了，谢谢。"

"到底出了什么问题？"

范德姆坐在她对面，掏出香烟。"我们以为他会毫无防备走进陷阱，但他很多疑，或者至少很谨慎，我们没抓住他。后来发生了什么？"

她把头靠在沙发背上，闭上眼睛，用三言两语告诉了他野餐的情况。她省略了她对于和沃尔夫上床的想法，也没告诉范德姆这一晚上沃尔夫几乎没碰她。她说得很生硬，她想忘记这件事，不愿去回想。她说完了之后，对范德姆说："即使你自己不要，也帮我倒一杯酒吧。"

他朝橱柜走去。艾琳能看出他很生气。她看着他脸上的绷带。她在餐厅时就看到了,几分钟前又一次看到,但她现在才有时间好奇到底是怎么回事。她说:"你的脸怎么了?"

"我们昨晚差点抓住沃尔夫。"

"哦,天哪。"所以他在二十四小时内失败了两次,难怪他看起来那么沮丧。她想安慰他,用胳膊搂着他,让他把头枕在自己的腿上,抚摸他的头发。渴望犹如一种痛。她冲动地决定——她大部分决定都是这样冲动地做出的——今晚要把他带到自己的床上。

他给了她一杯酒。他最终还是给自己也倒了一杯。他弯腰把杯子递给她时,她起身用指尖轻抚着他的下巴,把他的头转过来,让她能看到他的脸颊。他只让她看了一秒,就把头扭开了。

她从没见过他绷得这么紧。他穿过房间,坐到她对面,笔直地坐在椅子的边上。他身上充满了一种被压抑的情绪,像是愤怒,但当她望着他的眼睛时,她看到的不是愤怒而是痛苦。

他说:"沃尔夫给你的印象如何?"

她不确定他是什么意思。"有魅力,聪明,危险。"

"他的外表?"

"干净的手,穿一件丝绸衬衣,留着胡子,那胡子不太适合他。你想问什么?"

他不高兴地摇摇头。"不问什么。所有信息我都要。"他又点燃了一支烟。

他这个状态她没法和他沟通。她想让他过来,坐在她身边,告诉她,她美丽而又勇敢,她做得很好,但她知道请求他这么做是没用的。尽管如此，她还是说："我做得怎么样？"

"我不知道。"他说，"你做了什么？"

"你知道我是做什么的。"

"对，我很感激。"

他露出微笑，她知道这个笑容不是真心实意的。他到底怎么回事？他的怒气里有种熟悉的东西，有种只要她指头一碰就能明白的东西。不只是他觉得自己失败了。是他对她的态度，他对她说话的方式，他坐在她对面的样子，尤其是他看她的方式。他的表情是某种……几乎算是某种反感了。

"他说他还会再找你？"范德姆问。

"是的。"

"我希望如此。"他用手托着下巴，他的脸绷得紧紧的。缕缕烟雾从他的香烟上升起来。"老天，我希望他再找你。"

"他还说了'我们一定要再来一次'之类的。"艾琳告诉他。

"我明白了，'我们一定要再来一次'，是么？"

"差不多那个意思。"

"你觉得他到底指的是什么？"

她耸耸肩。"再来次野餐，再来个约会——该死的，范德姆，你想到哪里去了？"

"我只是好奇。"他说。他的脸上挂着一个扭曲的坏笑，她从没在他脸上看到过这种表情。"我想知道你们两个除了吃吃喝喝还干了什么，在那辆宽大的出租车后座上，在河边，你知道的，一直待在一起，在暗处，一个男人和一个女人——"

"闭嘴。"她闭上了眼睛。现在她明白了，现在她知道了。她眼也不睁地说："我要睡了。你自己出去吧。"

几秒钟后大门被砰的一声关上。

　　她走到窗口往马路上看。她看见他走出大楼，骑上摩托车。他发动引擎，以危险的速度咆哮着一路向前冲，在路尽头拐了个弯，那样子像是在参加比赛。艾琳非常疲惫，还有一点儿伤感，她到底还是要独自度过这个夜晚。但她并没有不高兴，因为她理解了他的愤怒，明白了其中的原因，而这给了她希望。当他消失在视野里时，她露出一丝微笑，轻轻地说：威廉·范德姆，我知道你是嫉妒了。

十六

当史密斯少校第三次在午饭时造访船屋时，沃尔夫和索尼娅的套路已经很娴熟了。少校靠近时沃尔夫藏在橱柜里。索尼娅会拿着一杯给他准备好的酒在起居室里见他。她会让他坐在那里，确保在他们进卧室前他的公文包被放下来。一两分钟后，她会开始吻她。这时她可以对他为所欲为，因为欲火已经让他瘫软如泥。她会设法把他的短裤脱下来，随后把他领到卧室去。

沃尔夫很清楚，这位少校从来没经历过这样的事。只要索尼娅让他和她上床，他就成了她的奴隶。沃尔夫对此很是感激，如果是个意志更坚定点的人，事情绝不会这么容易。

沃尔夫一听到床开始咯吱作响就会从橱柜里出来。他从短裤口袋里摸出钥匙，打开公文包。他的笔记本和铅笔已经备好，就在他手边。

史密斯的第二次来访非常让人失望，让沃尔夫不禁怀疑史密斯也许只是偶尔能看到作战计划。不过这一次，他又挖到了金子。

克劳德·奥金莱克将军，中东战场的总指挥官，已从尼尔·里奇将军手里接过了第八军的直接控制权。作为盟军恐慌的信号，单这一点就足以让隆美尔感兴趣了。这对沃尔夫也可能有帮助，因为这意味着作战计划将更多地在开罗而非沙漠里被制订，这样一来史密斯也更有可能拿到计划的副本。

盟军已撤退到梅尔萨·马特鲁附近的一条新防线，史密斯的公文包里最重要的一份文件是关于最新部署的摘要。

新防线自海滨村庄马特拉起，向南延伸到沙漠里一处叫西迪·哈姆扎的断崖。第十集团军驻扎在马特拉，沿防线往南是一片十五英里长的重雷区，然后是十英里长的稀疏一些的雷区，然后是断崖，断崖南面是第十三集团军。

沃尔夫一面听着卧室里的动静，一面思考着盟军的部署。形势是一目了然的：盟军的防线两头强，中间弱。

根据盟军的推测，隆美尔最有可能的动作是绕过防线南段发动突击，这是隆美尔经典的侧翼包围策略，考虑到他在托布鲁克缴获的五百吨汽油，突击是切实可行的。这次进攻将被第十三集团军击退，该集团军由兵力雄厚的第一装甲师和第二新西兰师组成，摘要里还注明了后者是最近刚从叙利亚调过来的，这一点很有用处。

然而，有了沃尔夫的情报，隆美尔可以改为攻击防线中段薄弱处，将他的兵力倾入缺口，像一股激流从大坝最薄弱的地方喷薄而出。

沃尔夫对自己笑了笑。他感觉自己在德国争夺北非控制权的过程中扮演了一个重要的角色，这给了他巨大的满足感。

卧室里传来软木塞弹出来的声音。

史密斯做爱之迅速总是让沃尔夫惊讶。软木塞弹出来的声音标志着他完事了，而在史密斯出来找短裤前，沃尔夫还有几分钟用来收拾现场。

他把文件放回公文包，把包锁上，把钥匙放回短裤口袋。他看完文件就不再回到橱柜里去了——经历一次就够了。他把鞋子放在裤子口袋里，穿着袜子，踮着脚爬上舱梯，穿过甲板，走过踏板来到纤道上。然后他穿上鞋子去吃午饭。

柯麦尔礼貌地和他握握手，说："我希望您的伤势正快速痊愈，少校。"

"坐吧。"范德姆说，"这绷带比伤口本身还讨厌。你有什么事？"

柯麦尔坐下来，跷着腿，整理了一下他黑色棉布裤子上的皱褶。"我想我应该亲自把监视报告送过来，不过恐怕里面没有什么有趣的内容。"

范德姆接过他递来的信封打开，里面装着一页打印的文件。他开始读起来。

索尼娅前一晚十一点回家，应该是从恰恰夜总会回来的。她是一个人回来的。第二天早上，她十点左右露面，穿着一件袍子上到甲板上。邮递员来了一次。索尼娅四点左右出门，六点回来，拿着一个袋子，袋子上印着一家服装店的名字，那是开罗最贵的几家店之一。这时监视员和负责夜班的人换岗。

昨天范德姆收到过信使送来的一份内容类似的报告，汇报了监视前十二个小时的情况。这两天来，索尼娅的活动规律而且清白，无论是沃尔夫还是其他人都没有造访过船屋。

范德姆备感失望。

柯麦尔说："我用的人都非常可靠，而且他们是直接向我汇报。"

范德姆咕哝着抱怨了一声，然后惊觉自己该客气些。"当然，我确信如此。"他说，"谢谢你过来。"

柯麦尔站起来。"不客气。"他说，"再会。"他出去了。

范德姆坐着陷入沉思。他又读了一遍柯麦尔的报告，仿佛字里行间也许会藏着线索似的。如果索尼娅和沃尔夫有联系——范德姆仍然相信事实如此——显然这种联系并不密切。如果她见了什么人，他们一定是在船屋以外的地方碰头的。

范德姆到门口喊道："杰克斯！"

"长官！"

范德姆又坐了下来，杰克斯走进来。范德姆说："从现在起，我要你晚上待在恰恰夜总会。监视索尼娅，观察她表演之后和谁坐一起。另外，买通一个服务生，让他告诉你有谁去过她的化妆间。"

"好的，长官。"

范德姆点点头示意他可以走了，又补上一个微笑说："我允许你自己也放松一下。"

微笑是个错误。他的脸很疼。至少他已经不再试图以温水稀释的葡萄糖为生：贾法尔给他做了肉汁土豆泥，他可以用勺子吃，不用咀嚼就能吞下去。他就靠这个和杜松子酒撑着。阿巴斯诺特医生告诉他，他酒喝得太多，烟也抽得太多，而他承诺要减量——等到战争结束后。私下里，他想：等到我抓住阿历克斯·沃尔夫再说吧。

如果索尼娅不能让他找到沃尔夫，就只有艾琳可以了。范德姆对他在艾琳公寓里发的那顿脾气很是惭愧。他本就为自己的失败而生气，而想到她和沃尔夫在一起，他更是气得发狂。他的举动只能归结为坏脾气。艾琳是个可爱的女孩，还冒着生命危险来帮助他，他至少应该对她礼貌一些。

沃尔夫说他还会再找艾琳。范德姆希望他快点联系她。想到他们俩在一起，范德姆还是没来由地觉得愤怒，但现在船屋那条路看来走不通，艾琳就成了他唯一的希望。他坐在书桌旁，等着电话铃声响起，盼望着沃尔夫联系她，却又害怕这件事真的发生。

下午晚些时候，艾琳出门去购物。她花了大半天的时间在房间里踱来踱去，完全无法集中注意力，一会儿伤心一会儿高兴，在这之后她的公寓看起来有种让人压抑得喘不过气来的感觉。于是她换上一条让人心情愉快的条纹裙子，出门晒晒太阳。

她喜欢蔬果集市。这是个生机勃勃的地方，尤其是一天快结束的这个时候，小贩们都在试图把最后一点儿货物脱手。她停下来买番茄。那个招呼她的男人挑出一个稍微有些碰伤的番茄，夸张地把它扔掉，然后开始往纸袋里放完好无损的番茄。艾琳笑起来，因为她知道一旦她走了之后，那个碰伤的番茄就会被找回来放到摊位上，以便这出哑剧可以在下个顾客面前再上演一遍。她简短地还了一下价，但小贩看出来她有些心不在焉，她最终付的钱和他最初要的价差不了多少。

她又买了些鸡蛋，决定做蛋卷当晚饭。拿着一篮子食物的感觉很好，她一餐吃不了这么多，但这让她感觉安心。她还记得没有晚饭的日子。

她离开集市，准备再去服装店随便转转。她的大部分衣服都是一时兴起买下的，她的喜好很明确，如果她专程想买某件特别的衣服，她从来都找不到自己想要的。她希望有朝一日她能有自己的裁缝。

她想：不知道威廉·范德姆能否负担得起为他妻子找个裁缝？

她一想到范德姆就觉得愉快，再一想到沃尔夫，心情就低落下来。

她知道如果她愿意，她可以逃掉，只要拒绝和沃尔夫见面，拒绝和他约会，拒绝给他回信。面对一个杀人凶手，她没有义务去做陷阱里的诱饵。她不断地萌生出这个想法，这个想法像一颗松动的牙齿一样让她苦恼，我没有必要这么做。

她突然失去了对衣服的兴趣，开始往家里走。她希望自己能做双人份的蛋卷，但只要有一人份的蛋卷可吃就该心存感激了。当你没吃晚饭就上床睡觉，早晨醒来时又没有早饭可吃时，胃里会有种特殊的、让人无法忘却的疼痛。十岁的艾琳曾偷偷地想，不知道人挨饿多久会死。她确信范德姆童年时不曾被这样的担忧所困扰。

当她拐进她公寓那个街区的入口时，她听到有个声音说："阿比盖尔。"

她震惊地僵在原地。那是鬼魂的声音。她不敢转头看。声音又响起来了。

"阿比盖尔。"

她强迫自己转身。一个人从阴影里走出来：一个上了年纪的犹太人，衣衫褴褛，胡子拉碴，脚上青筋突起，穿着轮胎做的凉鞋……

艾琳说："爸爸。"

他站在她面前，像是害怕碰她一样，只是看着她。他说："还是这么漂亮，而且不穷……"

她冲动地凑上前亲了亲他的脸颊，然后又退回来。她不知道该说些什么。

他说："你的祖父，我的父亲，去世了。"

她挽着他的胳膊，领他上楼。这一切显得那么不真实，不合情理，像做梦一样。

来到公寓里，她说了声"你该吃点东西"，就把他带进厨房。她把一个平底锅放在炉子上，开始打鸡蛋。她背朝着她的父亲，说："你怎么找到我的？"

"我一直知道你在哪里。"他说，"你的朋友埃斯梅会给她的父亲写信，有时我会见到他。"

艾琳和埃斯梅只是认识，算不上朋友，不过她隔几个月会碰到她一次。她从来没提过她会往家里写信。艾琳说："我不想听你叫我回去。"

"我会怎么说？'回家来，你有责任和你的家人一起挨饿。'我不会这么做，但我知道你在哪里。"

她把番茄切片，加到蛋卷里。"你会说挨饿也胜过不道德地活着。"

"是的，我是会那么说。我错了吗？"

她转头看着他。青光眼几年前夺走了他左眼的视力，现在又蔓延到了右眼。他五十五岁，她算了算，但他看起来有七十了。"是的，你那么说是错的。"她说，"活着总比死了强。"

"也许吧。"

她的诧异一定写在脸上了，因为他解释道："我不像以前对这些事那么肯定了。我老了。"

艾琳把蛋卷切成两半，盛到两个盘子里，又把面包放到桌子上。她父亲洗过手，对着面包开始祷告。"赞美你啊，我的主，宇宙之主宰……"这祷告意外地没让艾琳生气。在她孤独的生活中最黑暗的时刻，她曾经迁怒于父亲和他的宗教，因为他们曾经给她带来太多痛苦。她试着培养出冷漠或者略带轻蔑的态度来对待他，但并不太成功。现在她看着他祷告，想：这个我恨的人出现在我的门口，我做了什么？我亲了他的脸颊，我把他领进来，我给他吃晚餐。

他们开始吃饭。她父亲饿坏了，狼吞虎咽起来。艾琳心想不知他来做什么。只是来告诉她祖父的死讯吗？不，那也许是其中一部分，但肯定还有别的原因。

她问起了她的姐妹们。在母亲死后，她的四个姐妹以不同方式和父亲决裂。两个去了美国，一个嫁给了父亲的死对头的儿子，最小的那个，娜奥米，下定决心从家里逃出来，后来死了。艾琳逐渐明白过来，父亲已经垮了。

他问她现在在做些什么。她决定告诉他真相。"英国人在抓一个人，一个德国人，他们认为他是个间谍。我的工作是和他交朋友……我是陷阱里的诱饵，不过……我想我也许不会再帮他们了。"

他停下刀叉。"你害怕了？"

她点点头。"他很危险，他用刀杀了一个士兵。昨晚我本来应该在一家餐厅和他见面，而英国人准备在那里逮捕他。但出了点岔子，我和他在一起待了整晚，我害怕极了，最后结束时，那个英国人……"她停下来，深深地吸了一口气，"总之，我也许不会再帮他们了。"

他父亲继续吃起来。"你爱这个英国男人吗？"

"他不是犹太人。"她挑衅地说。

"我已经放弃对别人评头论足了。"他说。

艾琳难以理解这一切。这个老人身上还有没有一点儿从前的影子？

他们吃完了晚饭。艾琳起身给他泡了一杯茶。他说："德国人来了，犹太人的日子会很难过。我要走。"

她皱起眉头。"你要到哪里去？"

"耶路撒冷。"

"你怎么去？火车全满了，对犹太人有限额——"

"我打算走着去。"

她瞪着他，既不相信他是认真的，也不相信他会拿这样的事开玩笑。"走？"

他笑了。"有人做过这样的事。"

她看出他是认真的，生起他的气来。"据我所知，摩西并没有成功。"

"也许我能搭个顺风车。"

"这太疯狂了！"

"我不是一向都有些疯狂吗？"

"没错！"她吼道。她的怒火突然间土崩瓦解。"没错，你一向都有些疯狂，我早该知道的，不该试着改变你的想法。"

"我会向上帝祷告请他保全你。你在这里会有机会——你年轻，美丽，也许他们不会发现你是犹太人。而我，一个一无是处的老头，成天念叨着希伯来祷词……他们肯定会把我送进集中营，而我肯定会死在那里。活着总比死了强，你说的。"

她试图说服他住在她这里，哪怕一晚也行，但他不愿意。她给了他一件毛衣，一条围巾，和屋子里所有的现金，对他说如果他多等一天，她能从银行里拿到更多现金，给他买件像样的外套。

但他急着要走。她哭了，把眼睛擦干，然后又哭起来。他离开时，她从窗户往外看，看着他沿着街道走远，一个老人跟随雅各的子孙的足迹走出埃及，走进荒野。老人身上还保留了一些东西，他的观念已变得温和，但他的意志还犹如钢铁。他消失在人群中，她从窗户旁走开。当她想到他的勇气，她知道自己不能抛下范德姆不管。

"她是个有意思的女孩。"沃尔夫说，"我不太能看透她。"他正坐在床上，看着索尼娅穿衣打扮。"她有点神经过敏。我给她说我们准备去野餐时，她表现得被吓坏了，说她和我还不熟悉，好像她需要一个监护人似的。"

"和你在一起，她确实需要。"索尼娅说。

"但她有时也十分粗俗和直接。"

"把她带回来给我就行了。我会把她看明白的。"

"这让我有点不安。"沃尔夫皱着眉头，一边思考一边把心里的想法说出来，"有个人试图跳到我们的出租车上。"

"一个乞丐。"

"不，那是个欧洲人。"

"一个欧洲乞丐。"索尼娅停下梳头的动作，从镜子里看着沃尔夫，"这城里到处是疯子，你知道的。听着，如果你有别的想法，就想象一下她在那张床上扭动的样子，而我和你分别在她两侧。"

沃尔夫咧嘴一笑。那是一幅引人入胜的画面，但并非不可抗拒，憧憬这个的是索尼娅，不是他。他的直觉告诉他现在要潜伏起来，不要和任何人约会。但索尼娅会坚持要他这么做，而他现在还离不开她。

索尼娅说："还有，我该什么时候联系柯麦尔？他现在肯定知道你住在这里了。"

沃尔夫叹了口气。又一个约会，又一项对他的要求，又一桩危险，还有，又一个他需要向其寻求保护的人。"今晚从俱乐部给他打电话吧，我不想急着和他碰面，但我们得给他点甜头。"

"好的。"她打扮停当，出租车在等着她，"和艾琳约个时间吧。"她出去了。

沃尔夫意识到，她不像从前那样在他掌控之中了。你筑来保护自己的墙也困住了你自己。他能和她对着干吗？如果有清楚而迫在眉睫的危险，他会的。但他现在只是有种模糊的不安，直觉上倾向于保持低调。而如果索尼娅真生气了，她也许会疯狂到出卖他。他不得不选择危险较少的那条路。

他从床上起来，找了一张纸和一支笔，开始给艾琳写信。

十七

信是在艾琳父亲前往耶路撒冷的第二天寄到的。一个小男孩拿着一个信封来到门口。艾琳给了他一点儿小费，然后把信读了读。信很短。

"我亲爱的艾琳，让我们周四晚上八点在绿洲餐厅见面。我急切地盼望着与你相会。爱你的，阿历克斯·沃尔夫。"和他说话不同，他写的信有种德语似的僵硬感觉——但也许这只是她的想象。周四——那就是后天了。她不知道该高兴还是害怕。她的第一个念头是给范德姆打电话，接着她又犹豫了。

她对范德姆越来越好奇了。她对他了解得太少了。他没在抓间谍的时候都做些什么呢？他听音乐，还是集邮，或者打鸭子？他喜欢诗歌、建筑，还是古董地毯？他家是什么样子？他和谁住在一起？他的睡衣是什么颜色？

她想要平息他们的争吵，而且她想看看他住的地方。她现在有了一个联系他的借口，不过她不准备给他打电话，她要到他家去。

她决定要换条裙子，接着她又决定先洗个澡，后来她决定把头发也洗一洗。她坐在浴缸里考虑穿哪条裙子。她回想着之前见到范德姆的场合，想要记起当时她穿的什么衣服。他从没见过那条淡粉色、有着泡泡袖、胸前一溜扣子的裙子，那裙子很漂亮。

她擦了一点儿香水，然后穿上强尼送她的真丝内衣，这套内衣总让她觉得自己充满了女人味。她的短发已经干了，她坐在镜子前梳着头。乌黑精致的卷发在洗过之后闪着光泽。我看起来迷人极了，她这么想着，冲着自己露出一个妖媚的笑容。

她把沃尔夫的信带在身上离开了公寓。范德姆会想看看他的笔迹。他对和沃尔夫有关的每个细节都很感兴趣，也许是因为他们遇见时不是在黑暗中就是隔得远远的，还没有真正地面对面相处过。笔迹很工整，容易阅读，字体富有艺术气息，范德姆会从中得出一些推论的。

她朝花园城走去。现在是七点，而范德姆会工作到很晚，所以她时间很充裕。阳光还是很强烈，她很享受走路时胳膊和腿上暖洋洋的感觉。有一群士兵朝她吹口哨，她心情正灿烂，于是冲他们一笑，结果他们跟着她走了几个街区才拐进一间酒吧。

她感觉满心欢喜又胆大妄为。到他家去真是个好主意——比一个人坐在家里好多了。她一个人待着的时间太多了。对她的男人们来说，她只有在他们有空来看她时才是存在的。而她自己也接纳了他们的看法，所以当他们不在时，她感到无事可做，没有角色可扮演，自己什么人也不是。现在她已经和那一切决裂了。通过做这件事，不经邀请去看他，她觉得她终于做回了自己，而不是一个只出现在别人的梦里的人。这让她有些飘飘然了。

她很容易就找到了那栋房子。那是一栋小型的法国殖民地风格的别墅，有着立柱和高窗，白色的石墙在夕阳下折射出刺眼的光芒。她走过那条短短的车道，按响了门铃，在门廊的阴影里等待着。

一个上了年纪、秃顶的埃及人来应门。"晚上好，女士。"他说话时像个英式管家。

艾琳说："我想见一见范德姆少校。我的名字是艾琳·芳塔纳。"

"少校还没回家，女士。"仆人有些迟疑。

"也许我可以等一等。"艾琳说。

"当然，女士。"他往侧面让开，让她进来。

她跨过门槛。她紧张而又迫不及待地四下张望。她置身于一间凉爽的拼砖装饰的大厅里，大厅的天花板很高。她还没看够，那仆人就说："这边请，女士。"他把她领进一间客厅。"我的名字叫贾法尔，您有什么需要的就叫我。"

"谢谢你，贾法尔。"

仆人出去了。艾琳一个人待在范德姆的房子里，可以四处打量，让她高兴坏了。这间客厅设有一处宽大的大理石壁炉，还有许多典型的英式家具。不知怎么的，她觉得这里不是他自己布置的。所有东西都干净而整洁，不像有人经常居住的样子。这说明他性格是怎么样的呢？也许什么都说明不了。

门开了，一个小男孩走进来。他长得很好看，有着棕色的卷发和青春期前光滑的皮肤。他看起来大概十岁，隐约有些眼熟。

他说："你好，我是比利·范德姆。"

艾琳惊恐地看着他。儿子——范德姆有个儿子！她现在知道他为什么看起来眼熟了，他长得像父亲。为什么她从来没想过范德姆可能结婚了？那样的男人——有魅力，善良，英俊，聪明——不太可能到了快四十岁还没被拴住。她竟然以为自己会是第一个想和他在一起的女人，真是个傻瓜！她感觉自己很蠢，不由得脸红了。

她握了握比利的手。"你好吗？"她说，"我是艾琳·芳塔纳。"

"我们从来不知道爸爸什么时候回家。"比利说，"希望你不用等太久。"

她还没有恢复镇定。"别担心，我不介意——完全没关系……"

"你想喝点什么吗？或者来点别的？"

他非常有礼貌，像他父亲一样，那套礼节不知怎么的能让人消除戒备。艾琳说："不用了，谢谢你。"

"那我得去吃晚饭了。抱歉把你一个人留在这里。"

"不，没关系……"

"如果你需要什么，叫贾法尔就好了。"

"谢谢。"

男孩出去了，艾琳心情沉重地坐下来。她茫然了，那感觉就像在自己家里发现了一扇门，通往一个她从来不知道的房间。她注意到大理石壁炉台上放着一幅照片。照片里是个二十出头的美丽女人，她有着冷感而富有贵族气质的外表，和略微有些高傲的笑容。艾琳很喜欢她穿着的裙子，由某种丝滑流畅的布料制成，一道道优雅的褶子衬托着她纤细的身材。女人的发型和妆容完美无瑕。那双眼睛惊人地似曾相识，清澈而富有洞察力，颜色很浅：艾琳意识到比利也有双这样的眼睛。那么，这就是比利的妈妈了——范德姆的妻子。她无疑正是会成为他妻子的那种女人，典型的英国美人，有种高不可攀的气质。

艾琳觉得自己是个傻瓜。这样的女人排着队想嫁给范德姆那样的男人，好像他真会忽视她们所有人偏偏爱上一个埃及妓女似的！她复习了一遍她和他之间的差异：他受人尊敬，她声名狼藉；他是英国人，她是埃及人；他应该是个基督徒，而她是犹太人；他有良好的教养，而她来自亚历山大城的贫民窟；他快四十岁了，而她只有二十三……这份清单太长了。

那幅照片的相框背后塞着杂志里撕下来的一页。那张纸已经老旧泛黄了，上面印着同一幅照片。艾琳看出它是来自一本叫《上流社会生活》的杂志。她听说过这份杂志，开罗很多殖民者的妻子都读它，里面事无巨细地报道着伦敦的各种活动——派对，舞会，慈善午宴，画廊开业，以及英国王室的动向。范德姆夫人的照片占了大半页，照片下面的一段文字介绍说彼特·贝里斯福特爵士及夫人的女儿安琪拉已经订婚，将要嫁给来自多赛特郡盖特利的约翰·范德姆夫妇之子，威廉·范德姆中尉。艾琳把这页纸重新折起来放了回去。

这个家庭的面貌完整地呈现在艾琳眼前：有吸引力的军官，孤傲自信的英国妻子，聪明可爱的儿子，美丽的家，金钱，品位，幸福。其他的一切都只是她的梦罢了。

她在房间里四处溜达，心想不知这里还藏着多少让她吃惊的东西。这房间一定是范德姆夫人装饰的，她有着完美而没有人情味的品位。窗帘上庄重的印花和室内装潢克制的色调以及条纹墙纸非常协调。艾琳好奇他们的卧室是什么样子。她猜想那里也一定是雅致而冷冰冰的。也许主色调会是蓝绿色，那种叫"尼罗河之水"的颜色，虽然它和尼罗河浑浊的河水一点儿也不像。他们会放两张单人床吗？她希望如此。她永远不会知道了。

靠墙放着一台小小的立式钢琴。她好奇这琴是谁在弹。也许范德姆夫人有时晚上会坐在这里，让房间里回荡着肖邦的乐曲，而范德姆坐在那边的扶手椅上，充满爱意地望着她。也许范德姆会为自己伴奏，用雄壮的男高音对她唱起浪漫的歌谣。也许比利有个音乐老师，每天下午放学后他会在这里弹着磕磕巴巴的音阶。她把琴凳里那一摞乐谱浏览了一遍，在肖邦这一点上她猜得没错：他们有一本乐谱，囊括了肖邦所有的圆舞曲。

她从钢琴顶上拿起一本小说翻开。她读了第一行："昨晚，我梦见自己又回到了曼陀丽庄园。"这个开头吸引了她，她心想不知范德姆是不是在读这本书。也许她可以向他借这本书，能有一件他的东西也是好的。另一方面，她感觉他不是个爱看小说的人。她不想向他妻子借书。

比利进来了。艾琳把书放下。她突然没来由地觉得有些内疚，好像她窥见了什么不该看的东西似的。比利看到了她的动作。"那本书不好看。"他说，"是关于一个蠢女孩害怕她丈夫的管家的故事。没有什么刺激的情节。"

艾琳坐了下来。比利坐在她对面。显然他打算来陪陪她。除了那双清澈的灰眼睛，他就是他父亲的缩小版。她说："这么说，你看过了？"

"《蝴蝶梦》？是的，我不太喜欢。不过我总是会把书看完。"

"你喜欢读什么？"

"我最喜欢探子小说。"

"探子？"

"侦探小说。我读过全套的阿加莎·克里斯蒂和桃乐丝·榭尔丝，不过我最喜欢的是美国作家的作品——范·达因和雷蒙德·钱德勒。"

"真的?"艾琳笑起来，"我也喜欢侦探小说，我一直在看。"

"噢！谁是你最喜欢的侦探?"

艾琳想了想："梅格雷。"

"我从来没听说过他。作家叫什么名字?"

"乔治·西默农。他用法语写作，不过现在有的作品翻译成了英文。大部分故事的背景在巴黎。那些故事非常……复杂。"

"你能借我一本吗? 要弄到新书太难了。我已经把这栋房子里的书都读遍了，学校图书馆里的也读完了。我也和朋友们换书，不过，你知道的，他们喜欢那种小孩假期历险记之类的故事。"

"好啊。"艾琳说，"我们来交换吧。你有什么可以借我的? 我想我还一本美国侦探小说都没看过呢。"

"我借一本钱德勒给你。美国小说贴近生活多了。我受够了那些关于英国乡村别墅和连只苍蝇都谋杀不了的人们的故事了。"

真奇怪，艾琳想，对这个男孩来说，英国乡村别墅本该是日常生活的一部分，他却觉得美国侦探小说更加"贴近生活"。她踌躇了一下，问："你妈妈也看侦探小说吗?"

比利轻快地说："我妈妈去年在克里特去世了。"

"噢！"艾琳伸手捂住了嘴。她感觉自己的脸一下子没了血色。这么说范德姆没有妻子！

片刻之后，她很惭愧这是她的第一反应，第二反应才是同情这个孩子。她说："比利，这对你来说太不幸了。我很遗憾。"真实的死亡突然侵入了他们关于谋杀故事的轻松愉快的聊天，她觉得很尴尬。

"没关系，"比利说，"打仗嘛，是这样的。"

现在他又像是他的父亲了。在谈论小说时，有那么一刻，他充满了孩子气的热情，但现在面具又回到他的脸上，这是他父亲所用的那副面具的较小版本：礼貌、拘谨、周到的地主之谊。打仗嘛，是这样的。他听见别人这么说，然后把这句话当成自己的说辞。她心想，比起不合情理的乡村别墅谋杀，他更偏好"贴近生活"的故事，不知这是不是从他母亲去世开始的。现在他四处张望，搜寻什么东西，也许是灵感。过一会儿他会用香烟、威士忌和茶来招待她。要知道，和一个刚失去亲人的成年人说些什么就已经很难了：面对比利她觉得手足无措。她决定谈点别的。

她笨拙地说："我猜，你父亲在总司令部工作，关于战争的消息，你比我们其他人知道得要多吧。"

"我想是的，但我一向都不太明白。如果他回家时心情很糟，我就知道我们又输了一场战斗。"他开始啃指甲，然后又把手塞进短裤口袋里。"要是我大一些就好了。"

"你想打仗？"

他愤怒地看着她，似乎以为她在嘲笑他。"有的孩子以为打仗像牛仔电影一样是好玩的事，我可不是其中之一。"

她低声说："我相信你不是。"

"我只是担心德国人会获胜。"

她想，哦，比利，如果你年长十岁，我也会爱上你的。"也许不会那么糟糕，"她说，"他们不是怪物。"

他怀疑地看了她一眼。她早该知道没法糊弄他的。"他们只会像过去五十年来我们对待埃及人那样对待我们。"

这一条又是他父亲的言论，艾琳很肯定。

比利说："但那么一来这就没有意义了。"他又开始啃指甲，这一次他没有制止自己。艾琳想知道什么就没有意义了：他母亲的死？他自己想要变得勇敢的努力？长达两年的沙漠拉锯战？欧洲文明？

"不过，还没发生嘛。"她底气不足地说。

比利看了看壁炉台上的钟。"我该在九点上床睡觉。"突然之间他又变回了孩子。

"那么我想你最好去吧。"

"是的。"他站了起来。

"过几分钟后，我能去给你道晚安吗？"

"如果你愿意的话。"他出去了。

他们在这栋房子里过着怎样的生活？艾琳真想知道。男人、男孩、老仆人生活在一起，每个人都有自己所关心的事。这里有没有欢笑、善意和爱？他们有没有时间玩游戏、唱歌、去野餐？和她自己的童年相比，比利童年的生活条件优越得多。但她仍然担心这个家庭作为一个男孩的成长环境太过成人化了。他那些少年老成的言谈很可爱，但他看起来像个郁郁寡欢的孩子。想到这个孩子失去了母亲，身在被敌军包围的异国他乡，她心里不禁涌起对他的怜悯。

她离开客厅，走上楼梯。二楼看起来有三四间卧室，一条窄窄的楼梯通往三楼，那应该是贾法尔住的地方。其中一个卧室的门开着，她走了进去。

这看起来不像是个小男孩的卧室。艾琳不太了解小男孩的生活，她只有四个妹妹，但她以为自己会看见飞机模型、拼图、小火车、运动装备，也许还有一只被扔到角落的旧泰迪熊。她如果看见衣服扔在地上、积木放在床上、脏足球鞋摆在光洁的书桌上，也不会太惊讶。但这地方几乎像是个大人的房间。衣服被仔细地叠放在一把椅子上，斗柜上面空荡荡的，课本整齐地堆在书桌上，唯一能见到的玩具是一个纸板做的坦克模型。比利坐在床上，条纹睡衣一直扣到领口，身边的毯子上有一本书。

"我喜欢你的房间。"艾琳违心地说。

比利说："还行吧。"

"你在读什么？"

"《希腊棺材之谜》。"

她坐在床沿上。"好吧，别睡得太晚了。"

"我必须九点半熄灯。"

她突然俯身向前亲了亲他的脸颊。

这时门开了，范德姆走了进来。

这场景如此熟悉，让他心神震荡：男孩拿着书坐在床上，床边台灯的光倾泻下来，女人俯身向前，给男孩一个晚安吻。范德姆站在那里凝视着他们，感觉自己像一个知道自己在梦里却无法醒来的人。

艾琳站起来，说："你好，范德姆。"

"你好，艾琳。"

"晚安，比利。"

"晚安，芳塔纳小姐。"

她从范德姆身边走过离开了房间。范德姆在床沿上坐下来，正好坐在她离去后床罩上留下的凹陷里。他说："招待好我们的客人了吗？"

"嗯。"

"好孩子。"

"我喜欢她——她读侦探小说。我们打算换书读。"

"那真是太好了。你的作业做了吗？"

"做了，背法语单词。"

"要我考考你吗？"

"不用担心，贾法尔考过我了。我说，她真漂亮，不是吗？"

"是的。她在替我办事，这件事需要保密，所以……"

"我守口如瓶。"

范德姆笑了。"好样的。"

比利放低了声音："她是不是秘密特工？"

范德姆伸出一根手指放到唇边："隔墙有耳。"

男孩看起来不太相信。"你糊弄我吧。"

范德姆无声地摇摇头。

比利说："天哪！"

范德姆站起来："九点半熄灯。"

"好啦。晚安。"

"晚安，比利。"范德姆出去了。他关门时冒出来一个想法，比起他这个父亲和儿子进行的男人之间的谈话，艾琳的晚安吻也许对比利要有益得多。

他在客厅里找到艾琳时，她正在调马提尼。他觉得他本该反感她把他家当成自己家，但他太累了，没精力摆架子了。他如释重负地坐进一把扶手椅，接过一杯酒。

艾琳说："今天很忙？"

范德姆的整个部门都在忙着执行新的无线电安全流程，这是在德军监听部门在耶稣之丘被俘虏之后新引入的，但范德姆并不打算告诉艾琳这些。而且，他觉得她在扮演女主人的角色，她没有权力这么做。他说："你来这里做什么？"

"我和沃尔夫有个约会。"

"太好了！"范德姆立刻忘记了无关紧要的顾虑，"什么时候？"

"星期四。"她递给他一页纸。

他研究着这封信。这是以清晰优雅的字迹所写就的专横傲慢的传唤。"这信是从哪里来的？"

"一个男孩送到我家门口。"

"你盘问那个男孩了吗？他从哪里拿到的信、谁给他的之类的问题。"

她沮丧极了："我完全没想到这么做。"

"没关系。"反正沃尔夫肯定有防备，那个男孩不会知道什么有价值的东西。

"我们怎么办？"艾琳问。

"和上次一样，但要做得更好。"范德姆试图让自己听起来更自信一点儿。这事应该不难。男人和女孩订下约会，所以你到会面地点，等男人出现就把他抓起来。但沃尔夫行事出人意料。他不能再靠出租车的把戏脱身了：范德姆会把餐厅包围起来，二三十个人加上几辆车，准备好路障之类的。但他也许会尝试另外的把戏。范德姆想象不出来他会玩什么把戏——这正是问题所在。

艾琳像是能看出他在想什么,说:"我不想再和他待上整晚了。"

"为什么?"

"他让我害怕。"

范德姆觉得有些内疚,提醒自己不要忘了伊斯坦布尔发生的事,随后又抑制住自己的怜惜。"但上次他也没把你怎么样。"

"他没有引诱我,我也不需要拒绝。但他会这么做的,而且恐怕他不会容我拒绝。"

"我们已经吸取了教训。"范德姆假装很有信心地说,"这次不会出岔子了。"他暗地里对她决心不和沃尔夫上床感到很惊讶。他本以为这事对她来说无论如何关系不大。这么看来,他对她判断有误。对她的新看法让他欢欣鼓舞,他决心要诚恳地待她。"我该换个说法。"他说,"我会竭尽全力来确保这一次不出岔子。"

贾法尔走进来,说:"晚饭准备好了,先生。"范德姆笑了:为了向在场的女士表示欢迎,贾法尔做足了英式管家的架势。

范德姆对艾琳说:"你吃过了吗?"

"没有。"

"有些什么吃的,贾法尔?"

"先生,给你准备了清汤、炒蛋和酸奶。不过我自作主张给芳塔纳小姐烤了一块肉排。"

艾琳对范德姆说:"你一向都是吃这些吗?"

"不是,是因为我的脸颊。我没法咀嚼。"他站了起来。

他们走进饭厅时,艾琳问:"还疼吗?"

"只有大笑的时候才疼。真的,我没法牵动那一侧的肌肉。

我已经习惯笑的时候只用一半脸了。"

他们坐下来，贾法尔送上了汤。

艾琳说："我很喜欢你儿子。"

"我也很喜欢他。"范德姆说。

"他比他的实际年龄要成熟。"

"你觉得这是坏事吗？"

她耸耸肩。"谁知道呢？"

"他经历了一些本该成年后才面对的事。"

"是的。"艾琳犹豫了一下，"你妻子是什么时候去世的？"

"一九四一年，五月二十八日晚上。"

"比利告诉我那是在克里特。"

"是的。她在空军的密码分析部门工作。德军入侵克里特岛时，她被临时委派到那里。五月二十八日那天，英军意识到他们输掉了战斗，决定撤退。显然她是被流弹击中，当场就死了。当然，我们是尽量让活着的人而不是尸体撤离，所以……你看，没有坟墓，没有纪念品，什么都没留下。"

艾琳轻轻地说："你还爱着她吗？"

"我想我会永远爱着她。我相信对于你真正爱的人是这样的，他们离开或者去世，你对他们的爱不会有任何差别。如果我以后再结婚，我也还是会爱着安琪拉。"

"你们从前很幸福？"

"我们……"他迟疑了，不愿意回答，随后他意识到迟疑本身就是回答，"我们的婚姻没有什么浪漫色彩。我是那个全心投入的人……而安琪拉只是喜欢我。"

"你觉得你还会再结婚吗？"

"这个嘛，开罗的英国人不停地把和安琪拉相似的女人推到我面前。"他耸耸肩。他不知道这个问题的答案。艾琳似乎也明白这一点，因为她陷入了沉默，开始吃甜品。

之后他们来到客厅，贾法尔端来了咖啡。通常每天这个时候，范德姆都会喝得酩酊大醉，但今晚他不想喝酒。他让贾法尔去睡觉，然后他们喝起了咖啡。范德姆抽了一支烟。

他心里涌起对音乐的渴望。他一度很喜欢音乐，不过最近音乐已经完全从他的生活中消失了。眼下，随着温柔的夜风从敞开的窗户吹进来，烟雾从他的香烟上缭绕着升起，他想听到清澈悦耳的音符、甜美的和弦、柔和的韵律。他走到钢琴旁，看着乐谱。艾琳沉默地看着他。他开始弹奏《致爱丽丝》。头几个音符异乎寻常的简单，这是贝多芬的特色，然后是暂停，然后是起伏的曲调。演奏的本领几乎是立刻就恢复了，就像他从没中断过练习。他的手像是无师自通，他一向都觉得这不可思议。

一曲终了，他朝艾琳走去，坐在她身边，吻了吻她的脸颊。她的脸上湿漉漉的，全是眼泪。她说："威廉，我全心全意地爱着你。"

他们低语。

她说："我喜欢你的耳朵。"

他说："从来没人舔过它们。"

她咯咯地笑起来。"你喜欢吗？"

"喜欢，喜欢。"他舒了一口气，"我能不能……"

"把扣子解开——这里，对了——啊……"

"我把灯关上。"

"不,我想看着你。"

"有月亮。"咔哒一声。"那里,看见了吗?有月光就足够了。"

"快回到这里来——"

"我来了。"

"再吻吻我,威廉。"

他们有一阵子没说话。

"我能把这个脱掉吗?"他说。

"我帮你……这里。"

"哦!哦,它们真好看。"

"我真高兴你喜欢它们……你能用力一点儿吗?吮一下……啊,天啊!"

过了一会儿,她说:

"让我感受一下你的胸膛。该死的纽扣——我把你的衬衣扯开了——"

"管他的。"

"啊,我知道会是这样,看。"

"什么?"

"月光下我们的皮肤,你这么苍白,而我几乎是黑色,看——"

"没错。"

"抚摸我。挤压,揉捏,探索,我想要你的手抚遍我的身体……"

"好——"

"全身，你的手，这里，没错，尤其是这里，噢！你知道，你知道在哪里，哦！"

"你里面真柔软。"

"我这是在梦里。"

"不，这是真的。"

"我永远都不要醒来。"

"真软……"

"而你这么坚硬……我能亲亲它吗？"

"当然……哦，上帝啊，这感觉太美妙了……上帝啊！"

"威廉？"

"嗯？"

"现在吗，威廉？"

"哦，好的。"

"把它们脱掉。"

"丝绸的。"

"是的，快点。"

"好的。"

"我渴望这一刻太久了……"

她喘着气，他发出一种类似抽泣的声音，接着好几分钟只有他们的呼吸声，直到他最终大叫起来，而她用吻封住他的叫喊。然后她也感觉到了，她把脸埋进靠枕，张嘴对着靠枕尖叫起来。他不常见到这样的情形，以为出了什么问题，说：

"没事的，没事的，没事的——"

最终她瘫软下来，喘着气，闭着眼睛躺了一会儿，直到呼吸恢复正常。然后她抬头看着他，说："就应该是这样的！"

他大笑起来。她疑惑地看着他，于是他解释道："我也是这么想的！"

他们都笑了起来。他说："我做过各种事……在那之后，你知道吗，但我想我从来没笑过。"

"我真高兴，"她说，"哦，威廉，我真高兴。"

十八

隆美尔能闻到大海的味道。在托布鲁克，酷热、尘土和苍蝇与沙漠里一样肆虐，但微风里偶尔带着咸味的潮湿气息让这一切变得可以容忍了。

冯·梅勒辛拿着情报报告钻进指挥车。"晚上好，元帅。"

隆美尔露出微笑。他在托布鲁克大捷后获得提拔，他还不太习惯这个新头衔。"有什么新消息？"

"开罗的间谍发来信号，他说梅尔萨·马特鲁防线中间较薄弱。"

隆美尔接过报告，开始浏览。当读到盟军预测他会急行军绕过防线南端时，他笑了起来：看起来他们开始明白他的思路了。他说："这么说雷区在这里变得稀疏……但这里有两个纵队防守。纵队是指什么？"

"根据一个战俘的说法，这是他们用的一个新名词，一个纵队由若干个旅组成，配备有双倍数目的坦克。"

"那么兵力不强。"

"是的。"

隆美尔用食指叩击着报告。"如果这是正确的，那我们一到那里就可以突破梅尔萨·马特鲁防线。"

"接下来一两天，我会尽力查证这份报告，"冯·梅勒辛说，"不过他上次是对的。"

车门被拉开，凯塞林进来了。

隆美尔大吃一惊。"元帅！"他说，"我以为你在西西里。"

"我之前是在那里，"凯塞林说，他跺跺脚，把他手工靴子上的尘土抖掉。"我就是飞过来见你。该死的，隆美尔，不能再这样下去了。给你的命令很明确：你应该进入托布鲁克后就不再前进。"

隆美尔向后靠在他的帆布椅子里。他本来不希望和凯塞林争论这件事。"情况已经变化了。"他说。

"但当初的命令是经过意大利最高指挥部确认的。"凯塞林说，"但你的反应是什么？你拒绝了他们的'建议'，还邀请巴斯蒂科到开罗和你共进午餐！"

没有什么比来自意大利人的命令更能激怒隆美尔了。"在这场战争里，意大利人什么都没做！"他愤怒地说。

"那与此无关。目前进攻马耳他的行动需要你从空中和海上支援。在我们拿下马耳他之后，你在埃及的通信和交通就有保障了。"

"你们这些人一点儿教训都没学到！"隆美尔说。他努力压低自己的声音："当我们在挖壕沟防守时，敌人也不会闲着。我不是靠着老一套的进攻、巩固、再进攻的策略走到今天这个局面的。他们进攻时，我闪避；他们在某处防守时，我绕过那里进攻；而当他们撤退时，我就追击。现在他们在逃跑，现在正是拿下埃及的时机！"

凯塞林还是很镇静。"我这里有一份你发给墨索里尼的电报。"他从口袋里掏出一张纸，读了起来，"军队的状态和士气，俘获物资后的补给状况，以及敌军目前的弱势，使得我们在埃及地区深入追击敌人成为可能。"他把那张纸叠起来，转向冯·梅勒辛，"我们德军有多少坦克？多少个人？"

隆美尔压抑着告诉冯·梅勒辛不要回答的冲动：他知道这是一个漏洞。

"六十辆坦克，元帅，两千五百人。"

"意大利方面呢？"

"六千人，十四辆坦克。"

凯塞林又转向隆美尔。"你打算用七十四辆坦克拿下埃及？冯·梅勒辛，我们估计的敌军兵力如何？"

"盟军兵力大概是我们的三倍，但——"

"我就说嘛。"

冯·梅勒辛继续说："但我们食物、服装、卡车和装甲车的补给都非常充足，士兵的斗志也很高昂。"

隆美尔说："冯·梅勒辛，去通信车那里看看有什么消息。"

冯·梅勒辛皱起眉头，但隆美尔没解释，于是他出去了。

隆美尔说："盟军正在梅尔萨·马特鲁重新集结。他们认为我们会绕过他们的防线南端。相反，我们将进攻中段，他们防线最薄弱的部分——"

"你怎么会知道这些？"凯塞林打断他说。

"我们的情报评估——"

"基于什么的评估？"

"主要是一个间谍的报告——"

"我的老天！"凯塞林第一次提高了音量，"你没有坦克，但你有间谍！"

"他上次的情报是正确的。"

冯·梅勒辛又回来了。

凯塞林说："说这些都没有用，我来这里是明确一下元首的命令，你不能再前进了。"

隆美尔笑了。"我派了一个私人使节去见元首。"

"你？"

"我现在是元帅了，我可以直接向希特勒汇报。"

"当然。"

"我想冯·梅勒辛已经拿到了元首的回复。"

"是的。"冯·梅勒辛说。他照着一张纸读起来："一生中只会有一次见到胜利女神的微笑，向开罗前进。阿道夫·希特勒。"

车内一片沉寂。

凯塞林出去了。

十九

范德姆来到办公室时，得知前一晚隆美尔已经前进到距亚历山大城不到六十英里处。

隆美尔看起来势不可挡。梅尔萨·马特鲁防线像一根火柴一样断成了两截。在南面，第十三集团军已经慌乱撤退。北面，梅尔萨·马特鲁要塞的守军已经投降。盟军再次分崩离析，不过这将是最后一次了。新防线横穿了大海和无法穿越的卡塔拉盆地之间三十九英里宽的间隔地带。如果这条线失守，盟军将无处可守，埃及将落入隆美尔手中。

这个消息还不足以让兴高采烈的范德姆变得沮丧。从他清晨时怀抱着艾琳在客厅沙发上醒过来已经过了二十四个小时了。从那时起，他心里一直充盈着一种少年般的喜悦。他不停地回想起各种小细节：她小巧的褐色乳头，她皮肤的味道，她尖锐的指甲抠着他的大腿。在办公室里，他知道自己表现得像是变了个人。他把一封信退回给打字员，灿烂地笑着对她说："里面有七处错误，你最好重新打一遍。"她差点从椅子上掉下来。他想到艾琳，想：为什么不呢？该死的，为什么不呢？他没有答案。

之前有个特别联络部门的军官来找他。总司令部任何一个注意新闻动向的人都知道特别联络部门有一个非常特殊、高度机密的情报来源。对于情报的质量众人看法不一，要评估也很困难，因为他们从不透露消息的来源。布朗有上尉军衔，但看起来却没一点儿军人的样子。他倚在桌子边沿，嘴里叼着烟斗说："范德姆，你在准备撤离吗？"

这些小子活在自己的世界里，跟他们说上尉要称呼少校为"长官"是没有意义的。范德姆说："什么？撤离？为什么？"

"我们这批人准备去耶路撒冷，所有知情的人都准备走了。你明白的，不要落入敌人手里。"

"这么说，高层开始紧张了。"这很合理，隆美尔能在一天内前进六十英里。

"车站会发生暴乱，等着瞧吧，开罗一半的人都在试着逃出城去，另一半在梳妆打扮庆祝解放。哈！"

"你不会告诉太多人你准备……"

"不不不。那个，我有个小道消息要告诉你。我们都知道隆美尔在开罗有个间谍。"

"你怎么会知道？"范德姆说。

"伦敦来的消息，老小子。那个小子被认出来了，原话是这么说的：'拉希德·阿里事件的英雄。'你有印象吗？"

范德姆如遭雷击："有！"

"喏，那就是了。"布朗从桌子上起来。

"等等，"范德姆说，"就这么多？"

"恐怕是的。"

"情报是怎么来的？破解的密电还是特工报告？"

"你只要知道来源是可靠的就够了。"

"你总是这么说。"

"没错。好吧，我大概有一阵子不会见到你了。祝你好运。"

"谢谢。"范德姆心不在焉地咕哝着说。

"再见啦！"布朗吐着烟圈出去了。

拉希德·阿里事件的英雄。沃尔夫应该就是在伊斯坦布尔凭智谋击败范德姆的那个人，真是不可思议。但这事说得通，范德姆回想起他对于沃尔夫风格的奇怪感觉，那种风格似乎很熟悉。范德姆派去勾引那个神秘男人的女孩被割断了喉咙。

而现在，范德姆派艾琳去对付同一个男人。

一个下士走进来传令。范德姆读完命令，心里疑虑丛生。所有部门将把落入敌手后会造成威胁的那部分文件找出来并烧掉。对于情报部门，所有的文件落入敌手都十分危险。我们也许得把所有的文件都烧掉，范德姆想。部门之后怎么工作呢？显然高层认为这些部门工作不了多长时间了。当然这只是预防措施，但也太激进了。他们若不是认为德国人确实很有可能占领埃及，是不会毁掉多年来积累的工作成果的。

全垮了，他想，全都四分五裂了。

真是不堪设想。范德姆付出了三年时间守卫埃及。成千上万的人死在了沙漠里。在付出了这么多之后，我们就这么输了？就这么放弃，转身逃走吗？这事经不起细想。

他把杰克斯叫进来，看着他读完了命令。杰克斯只是点点头，好像早料到了似的。范德姆说："有点激进了，不是吗？"

"这和沙漠里面的情况一样，长官。"杰克斯答道，"我们耗费巨资建起大型补给仓储，撤退时把它们一把火烧掉，以免落入敌人手里。"

范德姆点点头。"好吧，你最好开始去办这件事吧，尽量做得低调一点儿，免得影响士气。你知道的，高层搞得这么焦虑没有必要。"

"是，长官。我们在后面的院子里生火吧，行吗？"

"好的，找个旧垃圾箱，在底部戳几个洞，确保文件都烧干净。"

"你自己的文件怎么处理？"

"我现在就检查一遍。"

"好的，长官。"杰克斯出去了。

范德姆打开文件柜，开始整理文件。在过去三年里，他无数次有过这个念头：我不需要记住，我只要能查到资料就行了。这里有名字、地址、个人安全报告、密码的细节、关于命令通信系统的资料、办案笔记，还有一些关于阿历克斯·沃尔夫的简单记录。杰克斯拿来一个侧面印着"立顿茶包"的大纸板箱，范德姆开始往里面扔文件，心想：这就是失败者的滋味了。

箱子填了一半时，范德姆的下士打开门走进来，说："史密斯少校来见您。"

"让他进来。"范德姆不认识什么史密斯少校。

少校是个矮小瘦削的男子，四十多岁，有着凸出的蓝眼睛和一股得意扬扬的劲头。他和范德姆握了握手，说："桑迪·史密斯，来自秘密情报署。"

范德姆说："我能为秘密情报署做点什么？"

"我算是秘密情报署和总司令部之间的联络员。"史密斯解释道，"你要求调查一本叫《蝴蝶梦》的书……"

"是的。"

"我们查到答案了。"史密斯拿出一张纸挥舞了一下。

范德姆读了读那张纸。秘密情报署的葡萄牙分部的负责人跟进了对《蝴蝶梦》的调查，他派人拜访了国内所有的英文书店。在埃斯托里尔度假区，他找到了一个书商。这个书商记得他把所有库存——六本《蝴蝶梦》——卖给了一个女人。通过进一步调查，发现这个女人原来是德国驻里斯本的一名武官的夫人。

范德姆说："这证实了我的猜测。谢谢你送过来，给你添麻烦了。"

"不麻烦。"史密斯说，"反正我每天上午都要过来。很高兴能帮上忙。"他出去了。

范德姆一边继续手头的工作，一边回想着这个消息。这本书从埃斯托里尔到了撒哈拉，只能有一种合理的解释。毫无疑问它是一种密码的基础——而且，除非开罗有两个成功的德国间谍，阿历克斯·沃尔夫就是用这种密码的人。

这条信息早晚会派上用场。可惜没能把密钥和书以及译文一并缴获。这个念头提醒了他务必把机密文件烧掉，他决定在毁掉机密时要狠心一点儿。

最后，他考虑如何处理关于下级薪酬和提拔的文件，随后决定把它们也烧掉，因为它们可能会帮助敌人的审讯组确定审问的优先级。纸箱已经装满了。他把它扛到肩上，走到门外。

杰克斯把一个生锈的铁水箱夹在砖块上，在里面点上火。一个下士正在往火里放文件。范德姆放下箱子，盯着火焰看了一会儿。这让他想起了英格兰的盖伊·福克斯之夜，烟火、烤土豆、燃烧的十七世纪叛国者人像。烧焦的纸片沿着柱状的热气流飘浮上升。范德姆转身离开。

他想静心思考，于是他决定走路。他离开总司令部，朝市中心走去。他的脸很疼。他想他应该欢迎这种痛，因为这应该是愈合的象征。他正在留胡子来遮住伤口，这样在敷的药脱落时不会太有碍观瞻。他也很享受每天早晨不用剃须。

他想到了艾琳，想起了她背部拱起，裸露的胸脯上闪着汗珠的样子。在他吻她之后发生的事让他感到震惊。震惊，但是狂喜。对他来说，这是个充满第一次的夜晚：第一次在床以外的地方做爱，第一次看见一个女人像男人一样高潮，第一次享受互相沉醉的性，而不是把他的意愿强加在一个多少有些不情愿的女人身上。当然，他和艾琳如此快乐地坠入爱河是一场灾难。他的父母、朋友和军队都会反对他娶一个埃及人。他母亲会觉得有必要解释为什么犹太人弃绝耶稣是错的。范德姆决定不要为了这些事烦恼。他和艾琳也许几天之后就会死去。只要太阳照常升起，我们就要尽情享受阳光的温暖，他想，让未来的事见鬼去吧。

他的思绪不停地回到伊斯坦布尔那个显然是被沃尔夫割断了喉咙的女孩身上。他害怕周四晚上会出岔子，而艾琳会孤身一人和沃尔夫待在一起。

他环顾四周，意识到空气中有种节日的氛围。他路过一家美发沙龙，里面人满为患，全是站着等候的女人。服装店看起来生意也十分兴隆。一个女人拿着满满一篮罐头食品从杂货店出来，范德姆看到一条长队从店铺里延伸出来，排到了人行道上。下一家商店的橱窗里有个潦草写就的招牌，写着"抱歉，没有化妆品"。范德姆意识到埃及人正在满怀期待地迎接解放。

他无法摆脱厄运将至的感觉。连天空也似乎变得阴沉了。他抬起头，天空确实很暗。城市上空似乎盘旋着一股灰色的雾气，其中点缀着黑色的小点。他意识到那是混合着烧焦纸屑的烟雾。整个开罗的英国人都在烧文件，黑烟遮蔽了太阳。

范德姆突然对自己和盟军其余的人如此心平气和地准备接受失败感到愤怒。不列颠战役的精神到哪里去了？那著名的集顽强、智慧、勇气为一体，本该是这个国家象征的精神到哪里去了？

范德姆扪心自问，你打算怎么做？

他转身往回朝花园城走去，总司令部在那里征募了不少别墅用作军官住所。他脑海中浮现出阿拉曼防线的地图，盟军将在那里做最后的抵抗。这是一条隆美尔无法绕过的防线，因为防线南端是广阔的、无法穿越的卡塔拉盆地。所以隆美尔将不得不突破防线。

他会在哪里尝试突破呢？如果他从北端突破，他将不得不从这两种策略中做出选择：要么直取亚历山大城，要么掉头从后方攻击盟军。如果他从南端突破，他要么直取开罗，要么仍是掉头摧毁盟军的剩余力量。

在防线后紧挨着的是阿拉姆·哈尔法岭，范德姆知道那里防卫森严。显然，如果隆美尔突破防线后掉头，对盟军来说更加有利，因为他也许会耗费不少力量来攻击阿拉姆·哈尔法。

还有另外一个因素。从南面接近阿拉姆·哈尔法需要穿越变幻莫测的软沙地。隆美尔不太可能了解流沙，因为他之前从来没深入到这么靠东的地方，而只有盟军才有沙漠的准确地图。

范德姆想，这么说，我有责任阻止阿历克斯·沃尔夫告诉隆美尔阿拉姆·哈尔法防卫森严，无法从南面进攻。

这是个令人沮丧的消极的计划。

范德姆并没有刻意打算，却无意中走到了沃尔夫的房子，橄榄树别墅前。他坐在房子对面小花园里的橄榄树下，凝视着这栋建筑，好像它也许能告诉他沃尔夫在哪里似的。他漫不经心地想：要是沃尔夫犯了个错误，鼓励隆美尔从南面进攻阿拉姆·哈尔法就好了。

他突然有了主意。

假设我抓住了沃尔夫，假设我也拿到了他的无线电，假设我甚至找到了他密码的密钥。

这样我就能冒充沃尔夫，用无线电和隆美尔联系，让他从南面攻击阿拉姆·哈尔法。

这个想法在他的脑海里迅速地绽放开，他开始兴奋起来。现在隆美尔已经对沃尔夫的情报深信不疑。假设他收到来自沃尔夫的消息，说阿拉曼防线的弱点在南端，从南面进攻阿拉姆·哈尔法很容易，而阿拉姆·哈尔法本身防守很薄弱。

隆美尔一定没法抗拒这样的诱惑。

他会从南端突破防线，然后转向北方前进，打算不费吹灰之力拿下阿拉姆·哈尔法。然后他会遇上流沙。等他挣扎着穿过沙漠，我们的炮兵会重创他的部队。当他抵达阿拉姆·哈尔法，他会发现此地防守森严。到那时，我们会从前线调来更多兵力，像胡桃夹子一样把敌人捏碎。

如果这次伏击成功，也许不但能拯救埃及，还能消灭非洲军团。

他想：我一定得把这个想法报告给高层。

这不是件容易的事。现在他声名并不响亮，事实上，拜阿历克斯·沃尔夫所赐，他的职业声誉已经严重受损。但他们一定能看出这个想法的价值。

他从长椅上起来，朝办公室走去。突然之间未来变得不同了。也许长筒靴不会在清真寺的拼砖地板上响起，也许埃及博物馆里的珍宝不会被运到柏林，也许比利不会被迫加入希特勒青年团，也许艾琳不会被送到达豪集中营。

我们都会得救，他想。

如果我抓住沃尔夫。

Part 3

阿拉姆·哈尔法

二十

范德姆想，总有一天，我要给博格鼻子上来一拳。

今天的博格中校尤其难对付：犹豫不决，冷嘲热讽，敏感易怒。当他害怕开口说话时，就会用一种神经质的咳嗽来遮掩，他现在咳个不停。他还非常坐立不安，整理着桌上成堆的文件，时而把腿跷起来，时而放下，给他那个该死的板球抛光。

范德姆沉默地坐着，一动不动，等着他把自己搅晕。

"听着，范德姆，战略是奥金莱克的工作。你的工作是人事安全，而你干得并不怎么样。"

"奥金莱克也干得不怎么样。"范德姆说。

博格假装没有听见。他拿起范德姆的备忘录。范德姆把他的欺骗计划写了下来，正式提交给了博格，抄送了准将。"首先，这里面充满了漏洞。"博格说。

范德姆没说话。

"充满了漏洞。"博格咳了一下，"其次，它需要让老隆美尔突破防线，对吧？"

范德姆说："也许这个计划可以视他是否突破防线而定。"

"是的。现在你明白了吧？这就是我所说的。现在你在这里的名声正处在该死的最低点，如果你再提出一个像这样充满漏洞的计划，那可好，你会被耻笑得连开罗都待不下去。现在——"
他又咳了一声，"你想怂恿隆美尔攻击防线的薄弱点，这让他突
破防线的可能性大大增加了！你明白了吗？"

"是的。防线的某些部分是比较弱，既然隆美尔有航空侦察
部门，他有可能会知道哪里比较弱。"

"而你想把这种可能变成确定的事实。"

"是的，为了之后的伏击。"

"现在，在我看来我们应该让老隆美尔攻击防线最强的部
分，这样他根本没法突破。"

"但如果我们把他击退，他只会重整旗鼓再次攻击我们。而
如果我们用陷阱困住了他，我们就能把他最终消灭了。"

"不，不，不。太冒险了，太冒险了。这是我们最后一道防
线，老弟。"博格笑起来，"经过这道防线之后，在他和开罗之
间就只剩下一条小小的运河啦。你似乎没有想到——"

"我想得很明白，长官。让我这么说吧。第一，如果隆美尔
突破了防线，一定要让他错误地预见到自己会轻易得胜，从而把
注意力转移到阿拉姆·哈尔法上。第二，因为流沙的缘故，我们
更愿意见到他从南面进攻阿拉姆·哈尔法。第三，要不我们等着
看他到底攻击哪里，风险是他可能会进攻北端；要不我们就怂恿
他攻击南端，风险是他一开始就突破防线的可能性增大了。"

"好吧。"博格说，"现在重新描述一遍后，这个计划听起
来有点道理了。听着，你得先把这个计划留在我这里。等我有空
的时候，我会把它仔细梳理一遍，看看能不能整理得像样些。然
后我们再把它送给高层。"

我明白了，范德姆想，这一番口舌的目的是把它变成博格的

计划。好吧，那又怎么样？这个节骨眼上博格还有心思玩弄手段，那就祝他好运吧。获胜才是最关键的，功劳归谁不重要。

范德姆说："好的，长官。我只想强调一下时间因素……如果要实行这个计划，那得快点动手了。"

"我想我才是最能评判这件事的紧急程度的，少校，你不觉得吗？"

"是的，长官。"

"还有，毕竟这一切都取决于抓住那个该死的间谍，这件事到目前为止你办得可不太成功，我说得对吗？"

"是的，长官。"

"我会亲自负责今晚的行动，确保不会再把事情搞砸。下午把你的方案给我，然后我们一起过一遍——"

一阵敲门声传来，准将走了进来。范德姆和博格站了起来。

博格说："早上好，长官。"

"放轻松，先生们，"准将说，"我在找你，范德姆。"

博格说："我们刚才正在讨论一个想法，有一个欺骗计划……"

"我知道，我看过备忘录了……"

"啊，范德姆抄送您了。"博格说。范德姆没去看博格，但他知道中校对他很生气。

"是的，没错。"准将说。他转向范德姆："你该去抓间谍，少校，而不是给将军们提供战略上的建议。也许如果你少花点时间告诉我们怎么赢得战争，你会是个更好的情报官。"

范德姆的心沉了下去。

博格说："我正在说——"

准将打断了他。"不过，既然你已经这么做了，而且这个计划还这么精彩，我想你和我一起去和奥金莱克汇报。你能让他离开一会儿吧，博格？"

"当然，长官。"博格咬牙切齿地说。

"好吧，范德姆，会议马上就要开始了，我们走。"

范德姆跟着准将走了出去，轻轻地关上了博格的门。

在沃尔夫打算再次和艾琳见面的那天，史密斯少校在午饭时间来到船屋。

这次他带着的情报是目前为止最有价值的。

沃尔夫和索尼娅把他们那套已经很娴熟的把戏又上演了一番。沃尔夫觉得自己像个法国滑稽剧演员，每晚都不得不藏身于舞台上的同一个衣橱里。索尼娅和史密斯依照剧本，在沙发上开始，然后到卧室去。当沃尔夫从橱柜出来时，帘子已经拉上，地板上是史密斯的公文包、鞋子和短裤，钥匙环从口袋里露出来。

沃尔夫打开公文包，开始读起来。

史密斯这次又是在总司令部开完晨会后直接过来的，在晨会上奥金莱克和他的下属会讨论盟军的策略，决定下一步怎么做。

读了几分钟之后，沃尔夫意识到他手里拿着的是一份关于盟军在阿拉曼防线上所做的最后抵抗的完整纲要。

这条防线由山岭上的炮兵部队、地面上的坦克和沿线的雷区组成。位于防线中部后五英里处的阿拉姆·哈尔法岭也有重兵把守。沃尔夫注意到防线的南端无论是军队还是雷区都要弱一些。

史密斯的公文包里还装着一份敌军位置报告。盟军情报部门认为隆美尔可能试图从防线南端突破，但也有可能从北端攻击。

报告下面是一张铅笔写的纸条，应该是史密斯的手迹，沃尔夫发现这张纸条比其他东西加在一起还让他兴奋。上面写着：范德姆少校提出欺骗计划。怂恿隆美尔从南端突破，诱他到阿拉姆·哈尔法，用流沙困住他，然后胡桃夹子。奥克接受计划。

毫无疑问，"奥克"就是奥金莱克。这真是个大发现！沃尔夫不仅掌握了盟军防线的细节，他还知道他们想让隆美尔怎么做，他还知道了他们的欺骗计划。

而且这个计划是范德姆提出来的！

这将成为本世纪最伟大的间谍成就而被铭记。沃尔夫本人将负责确保隆美尔在北非获得胜利。

为了这个，他们应该让我当埃及的国王，他这么想着，露出了微笑。

他抬起头，看见史密斯站在帘子中间，向下瞪着他。

史密斯怒吼道："你是什么人？"

沃尔夫恼怒地意识到他没留心卧室里的动静。出岔子了，没按照剧本来，没听到香槟软木瓶塞弹出来的警告声。他一直入迷地读着战略评估。无穷无尽的师和旅的名字，士兵和坦克的数目，汽油和补给的数量，山岭、盆地和流沙，这些东西垄断了他的注意力，把身边的声音摒除在外。他突然很害怕他会在他即将胜利的关头摔个大跟头。

史密斯说："那是我那该死的公文包！"

他往前踏了一步。

沃尔夫伸出手，抓住史密斯的脚，往旁边一拖。史密斯摔了一跤，砰的一声重重倒在地板上。

索尼娅尖叫起来。

沃尔夫和史密斯都爬了起来。

史密斯是个瘦小的男人，比沃尔夫年长十岁，身体状况不佳。他向后退去，脸上露出恐惧。他撞上一个架子，往侧面一瞟，看见架子上放着一个雕花玻璃果盆，于是抓起来朝沃尔夫猛地掷过去。

果盆砸偏了，掉进了厨房的水池，摔得粉碎，发出巨大的响声。

声音，沃尔夫想，如果他再弄出什么动静，会有人过来查看。他朝史密斯冲过去。

史密斯背靠着墙高喊："救命！"

沃尔夫冲他的下巴上打了一下他就倒了，靠着墙滑下来坐在地上，失去了意识。

索尼娅走了出来，瞪着他。

沃尔夫揉着自己的指节。"这是我第一次这么干。"他说。

"什么？"

"打在别人的下巴上，把他打晕。我以为只有拳击手才能办到。"

"别管了，我们拿他怎么办？"

"我不知道。"沃尔夫考虑起各种可能性。杀掉史密斯很危险，因为军官的死——以及他的公文包失踪——会在城里引发轩然大波。如何处理尸体也是个麻烦。而且这样史密斯就不能再把机密送上门来了。

史密斯呻吟一声，苏醒过来。

沃尔夫不知道有没有可能放他走。毕竟，如果史密斯要揭露船屋里发生的事，他会把自己也牵涉进去。这不只会毁掉他的前途，他还可能被关进监狱。他不像是那种为了更高尚的目的牺牲自己的人。

放他走吗？不，这样做太冒险了。想想城里有个掌握了沃尔夫全部秘密的英国军官……不可能。

史密斯睁开了眼睛。"你……"他说，"你是史雷温伯格……"他看着索尼娅，又看看沃尔夫，"是你介绍的……在恰恰……都是设计好的……"

"闭嘴。"沃尔夫温和地说。杀了他还是放了他，还有什么其他选项？只有一个：把他留在这里，捆起来，塞住嘴，直到隆美尔抵达开罗。

"你们是该死的间谍。"史密斯说。他面色惨白。

索尼娅恶狠狠地说："你还以为我会为了你可悲的身体而疯狂。"

"没错。"史密斯逐渐恢复过来，"我早该知道不该相信一个埃及婊子的。"

索尼娅走上前去，赤足踢了他的脸一脚。

"住手！"沃尔夫说，"我们得想想拿他怎么办。有没有可以把他捆起来的绳子？"

索尼娅想了一会儿。"在甲板上，船头那个带锁柜子里。"

沃尔夫从厨房抽屉里拿出一块沉甸甸的钢块，那是他用来磨利那把雕花刀子的。他把钢块递给索尼娅，说："如果他动一动，就用这个打他。"他不觉得史密斯会动。

他正要爬上梯子到甲板上去，就听见跳板上传来脚步声。

索尼娅说："邮递员！"

沃尔夫跪在史密斯面前，掏出刀子。"张开嘴。"

史密斯正要说点什么，沃尔夫就把刀子塞进他的牙齿之间。

沃尔夫说："听着，如果你敢出声，或者动一动，我就把你的舌头切下来。"

史密斯一动不动地僵坐着，用惊恐的眼神盯着沃尔夫。

沃尔夫意识到索尼娅还一丝不挂。"穿点什么，快点！"

她从床上拽下一条床单，一边往身上裹一边往梯子下面走去。舱门开着。沃尔夫知道从门口能看见他和史密斯。邮递员伸出一只手，手里拿着信，索尼娅把手举高去接时，让床单滑下来了一点点。

"早上好。"邮递员说。他的眼睛被牢牢地钉在索尼娅半裸的酥胸上。

她又往梯子上走了一点儿，这样一来他就不得不退后了。她又让床单滑下来了一点儿。"谢谢你。"她假惺惺地笑着说。她伸手够到了舱门，然后把它拉过来关上了。

沃尔夫一直屏住呼吸，这时才松了口气。

邮递员的脚步声传来，他走过甲板，又沿着跳板下去了。

沃尔夫对索尼娅说："把那条床单给我。"

她解下床单，又赤裸着站在那里。

沃尔夫把刀子从史密斯嘴里拿出来，用它割下床单一角。他把棉布揉成一个球，塞进史密斯的嘴里。史密斯没有反抗。沃尔夫把刀子滑进腋下的刀鞘。史密斯闭上了眼睛。他看起来了无生气，像是被击垮了。

索尼娅拿起那块磨刀钢，站在那里准备随时给史密斯来一下，沃尔夫则爬上梯子来到甲板上。索尼娅提到的柜子就在船头的一个平台下方。沃尔夫把柜子打开，里面有一卷细绳子。也许是这艘船被用作船屋之前用来系住船的。沃尔夫把绳子拿出来。绳子很结实，也不会太粗，用来捆住人的手脚很理想。

他听见索尼娅的声音从下面传来，声音提高变成了尖叫。舷梯上传来一阵嗒嗒的脚步声。

沃尔夫扔下绳子，迅速转过身来。

史密斯只穿着内裤，从船舱里跑出来。

他看起来不像之前那么垂头丧气了，索尼娅一定没用钢块打中他。

沃尔夫冲过甲板跑到跳板上，堵在他前面。

史密斯转身往船的另一侧跑去，跳到了水里。

沃尔夫说："见鬼！"

他迅速地四下张望。其他船屋的甲板上没有人——现在是午睡时间。纤道上也没有人，除了那个"乞丐"——柯麦尔得把这事处理一下——以及远处一个正在走开的人。河面上有几艘三桅小帆船，至少在四分之一英里之外，更远处还有一艘缓慢移动的蒸汽驳船。

沃尔夫跑到船边。史密斯浮在水面喘着气。他抹了把眼睛，四处张望着确定方位。他在水里很笨拙，溅起不少水花。他开始不熟练地从船屋旁边游走。

沃尔夫往后退了几步，然后小跑着跳进了河里。

他脚朝下入水，踩到了史密斯的头上。

有好几秒的时间情况十分混乱。胳膊和腿——他自己的和史密斯的——纠缠在一起，沃尔夫先是沉到了水下，然后又挣扎着往上游，同时把史密斯往下压。当他憋不住气时，他就挣脱史密斯浮上水面。

他大口吸着气，擦了擦眼睛。史密斯的头在他前方浮出水面，不停地咳着。沃尔夫向前伸出双手，抓住史密斯的头，把他朝自己拉来。史密斯像条鱼一样扭动。沃尔夫卡住他的脖子往下压。沃尔夫自己也沉到水下，过了一会儿又浮上来。史密斯仍然在水下挣扎。

沃尔夫想：要多长时间才能淹死一个人？

史密斯痉挛似的猛一抽搐，挣脱了出来。他的头冒出水面，吸了一大口空气。沃尔夫试着打他。

拳头打中了，但没有力道。史密斯瑟瑟发抖地喘着气，中间还夹杂着咳嗽和干呕。沃尔夫自己也喝了不少水。沃尔夫又伸手去抓史密斯。这次他来到少校身后，用一侧胳膊钩住他的脖子，另一只手把他的头往下压。

他想：天啊，希望没人看见。

史密斯又被按到水下。这次他脸朝下，沃尔夫的膝盖顶在他背上，头被紧紧摁住。他继续在水里扑腾、扭动、抽搐，挥舞着胳膊，踢着腿，想把身子拧过来。沃尔夫把他摁得更紧，让他留在水下。

淹死吧，你这混蛋，淹死吧！

他感觉到史密斯的下颌张开，这个男人终于开始呛水了。抽搐变得更加疯狂了。沃尔夫感觉自己快抓不住他了。史密斯的挣扎把沃尔夫也拉到了水下。沃尔夫用力闭上眼睛，屏住呼吸。史密斯似乎变得虚弱了。这时他的肺里应该一半都是水了，沃尔夫想。几秒钟后，沃尔夫自己也需要空气了。

史密斯的动作变得无力起来。沃尔夫把少校松开了一点儿，自己浮起来吸气。整整一分钟他就只顾着呼吸了。史密斯不再动弹了。沃尔夫拉着史密斯，用腿划水，朝船屋游去。史密斯的头露出了水面，但已经没有了生命的迹象。

沃尔夫游到船的侧面。索尼娅穿着一件袍子站在甲板上，正从侧面往下看。

沃尔夫说："有人看见了吗？"

"我想没有。他死了吗？"

"死了。"

沃尔夫想：该死的，我在做什么？

他让史密斯靠在船侧面。如果我放手不管，他会浮在水上，他想。尸体会在附近被发现，会有人一间一间地搜查船屋。但我不能带着一具尸体横穿半个开罗再扔掉。

突然史密斯抽搐了一下，吐出一些水。

"老天啊，他还活着！"沃尔夫说。

他又把史密斯按到水下。这法子不好，花的时间太长了。他放开史密斯，抽出刀子，刺了他一刀。史密斯在水下无力地挣扎着。沃尔夫没法控制刀子的方向，溅起了巨大的水花。水阻碍了他的动作。史密斯的手脚猛烈地拍打着。漂浮着泡沫的河水变成了粉红色。沃尔夫最终揪住了史密斯的头发，把他的头固定住，割开了他的喉咙。

现在他终于死了。

沃尔夫把史密斯放开，把刀收回鞘里。他周围的河水变成了浑浊的红色。我在血里游泳，他想。他突然觉得很恶心。

尸体开始漂走。沃尔夫把他拉回来。他意识到一个淹死的少校也许只是掉进了河里，但一个喉咙被割开的少校毫无疑问是被谋杀的，但是已经太晚了。现在他得把尸体藏起来。

他抬起头。"索尼娅！"

"我觉得想吐。"

"不要紧的。我们得让尸体沉到河底。"

"哦，天啊，水里全是血。"

"听我说！"他想朝她大吼，让她振作起来，但他得压低音量。"去……去把绳子拿来。去啊！"

她在他视线里消失了一会儿，然后带着绳子回来。她看起来手足无措，沃尔夫决定清楚地吩咐她怎么做。

"现在，去把史密斯的公文包拿来，在里面放上重物。"

"重物……放什么呢？"

"老天……我们有什么重的东西？什么东西重？呃……书，书很重，不，那可能不够……我知道了，酒瓶。装满的酒瓶，香槟瓶子。往他的公文包里装上满瓶的香槟。"

"为什么？"

"我的上帝，别慌慌张张了，按我说的做！"

她又离开了。透过舷窗，他可以看见她走下舷梯走进起居室。她行动得很慢，像是在梦游。

快点啊，你这个胖婊子，快点啊！

她恍惚地四处张望。她从地上捡起公文包，动作仍然很迟缓。她把它带进厨房，打开了冰柜。她往里看了看，就像在考虑晚饭吃什么似的。

快点啊。

她拿出一瓶香槟。她一手拿着酒瓶，一手拿着公文包，皱着眉头站在那里，像是忘了要拿它们怎么办。最终她的眉头舒展开来，把酒瓶装进公文包，放平。她又拿出一瓶酒。

沃尔夫想：把瓶子首尾交错着放，这样能放进去更多。

她把第二瓶放进去，看了看，又拿出来换了个方向。

聪明，沃尔夫想。

她设法放进去四瓶。她关上冰柜，四处张望着还有什么别的东西可以增加重量。她拿起那块磨刀铁和一个玻璃镇纸，放进公文包，把包合上。然后她回到甲板上。

"现在呢？"

"把绳子一头系在公文包把手上。"

她已经回过神来了，手指的动作快多了。

"要系得非常紧。"沃尔夫说。

"好的。"

"附近有人吗？"

她左右瞥了瞥。"没。"

"快点。"

她打完了结。

"把绳子扔给我。"沃尔夫说。

她把绳子的另一端扔下来，他接住了。在抓住尸体的同时努力保持浮在水面上让他感觉很疲惫。他不得不放开史密斯一会儿，因为他需要双手来接住绳子，这意味着他需要拼命踩水来保持直立。他把绳子从死者的腋下穿过，在他的躯干上绕了两圈，然后系了一个结。在动手的过程中，他有好几次感觉自己在下沉，还喝了一大口令人作呕的血水。

他终于把绳子系好了。

"试试你的绳结。"他吩咐索尼娅。

"很紧。"

"把公文包扔到水里——尽量扔得远一点儿。"

她把公文包往外侧一抛。它在离船屋几码远的地方溅起水花——这个包对她来说太重了，没法扔到远处——然后沉了下去。绳子缓缓地随着包下沉。公文包和史密斯之间的那段绳子绷紧了，尸体也开始下沉。沃尔夫注视着水面。绳结没有散开。他用脚踢了踢尸体下沉处的水，没有碰到任何东西，尸体已经沉到深处了。

沃尔夫喃喃地说："老天啊，真是一团糟。"

他爬上甲板，回头往下看，见到水里的粉红色正迅速消散。

一个声音说："早上好。"

沃尔夫和索尼娅转身面朝纤道那边。

"早上好。"索尼娅回道。她低声对沃尔夫说："一个邻居。"

这位邻居是个混血中年女人，手里拿着一个购物篮。她说："刚才我听见不少水声，出什么事了吗？"

"呃，没事，"索尼娅说，"我的小狗掉进水里了，这位罗宾森先生不得不下水救它。"

"真勇敢啊！"女人说，"我不知道你还有条狗。"

"是条小狗，一个礼物。"

"什么品种？"

沃尔夫想大叫：滚开，你这个蠢女人。

"是贵宾犬。"索尼娅回答。

"我想看看它。"

"还是明天再看吧——它现在被锁起来了，作为惩罚。"

"可怜的小东西。"

沃尔夫说："我最好换掉我的湿衣服。"

索尼娅对邻居说："它明天才会被放出来。"

"很高兴见到你，罗宾森先生。"邻居说。

沃尔夫和索尼娅走下甲板。

索尼娅跌坐在沙发里，闭上眼睛。沃尔夫剥掉他的湿衣服。

索尼娅说："这是我遇到过的最可怕的事。"

"你会挺过去的。"沃尔夫说。

"至少那是个英国人。"

"是的，你应该高兴得跳起来。"

"等我不反胃了我会的。"

沃尔夫走进浴室，打开浴缸水龙头。他回到房间时，索尼娅说："这么做值得吗？"

"值得，"沃尔夫指着那些还散落在地上的军方文件，那是他被史密斯吓了一跳时扔在地上的，"这些是最新的，还烫手呢，他给我们带来过的最有价值的东西。有了这个，隆美尔就能赢得战争。"

"你什么时候发出去？"

"今晚。午夜。"

"今晚你要把艾琳带到这里来。"

他瞪着她。"我们刚杀了一个男人，把他的尸体沉进河里，你怎么还能想着这事？"

她肆无忌惮地瞪着他。"我不知道，我只知道这让我觉得很有性致。"

"我的老天。"

"你今晚要把她带到这里来。你欠我的。"

沃尔夫迟疑了。"那我得在她在这里时发情报了。"

"你用无线电时我不会让她闲着的。"

"我不知道……"

"该死的，沃尔夫，你欠我的！"

"好吧。"

"谢谢。"

沃尔夫走进浴室。索尼娅真让人难以置信，他想。她的堕落又上了一个新台阶，变得更加精明老练了。

她从卧室喊道："但是史密斯不会再给你送机密来了。"

"在下一场战斗后，我想我们就不需要那些了。"沃尔夫说，"利用他的目的已经达到了。"

他拿起肥皂，开始洗去身上的血水。

二十一

范德姆敲了敲艾琳的公寓门。她应该在一个小时后去和沃尔夫碰面。

她来应门。她穿着一条黑色的小礼服裙，黑色的高跟鞋和真丝长筒袜，脖子上绕着一条纤细的金链。她脸上化着妆，头发闪着光泽。她正等着范德姆来。

他对她露出微笑，眼前的人如此熟悉同时又美得如此惊人。"你好。"

"进来。"她把他领进起居室，"坐吧。"

他本想吻她，但她没给他机会。他坐在沙发上。"我想和你说说今晚的细节。"

"好的。"她坐在他对面的扶手椅上，"你想喝一杯吗？"

"当然。"

"自己动手吧。"

他瞪着她。"出什么问题了吗？"

"没问题。给你自己倒一杯，然后给我交代工作。"

范德姆皱起眉头。"这什么意思？"

"没什么。我们有工作要做，那就让我们开始吧。"

他站起来，朝她走过去，跪在她的椅子前。"艾琳，你在做什么？"

她对他怒目而视。她看起来快哭了。她大声说："你过去两天在哪里？"

他转过头想了想。"我在工作。"

"那你觉得我在哪里？"

"我想就在这里。"

"一点儿没错！"

他不明白这是什么意思。他突然闪过这样的念头，他爱上了一个他并不太了解的女人。他说："我在工作，而你在这里，所以你生我的气？"

她喊道："没错！"

范德姆说："冷静点，我不明白你为什么这么生气，我想要你给我解释一下。"

"不！"

"那我就不知道该说什么了。"范德姆背朝着她坐在地板上，点燃一支烟。他是真的不明白她为什么不高兴，但他的态度里还有一丝故意的成分。不管他做了什么，他打算虚心道歉，做出补偿，但他不愿意玩猜谜游戏。

他们沉默地坐了一会儿，谁也没看谁。

艾琳鼻子吸了一下气。范德姆没看她，但他知道那种吸气声是因为哭泣。她说："你可以给我送一封信，或者一束该死的花。"

"一封信？写什么？你知道我们今晚要碰面。"

"哦，我的天哪。"

"花？你要花来做什么？我们不需要再玩这种游戏了。"

"哦，真的吗？"

"你想让我说什么？"

"听着，以防万一你忘了，我们前天晚上做爱了——"

"别傻了。"

"然后你送我回家，和我吻别，然后什么都没有！"

他吸了一口烟。"以防万一你忘了，有个叫埃尔温·隆美尔的人正带着一群纳粹敲着开罗的大门，而我是那群试图把他挡在门外的人之一。"

"五分钟，给我写封信只需要这么一点儿时间。"

"写信做什么？"

"好，问得好，写信做什么？我是个放荡的女人，是吗？我把自己给了一个男人，就像喝了一杯水一样，过了一个小时就忘了，你是这么想的吗？因为在我看来就是这样的！你这个该死的家伙，威廉·范德姆，你让我觉得自己下贱！"

这番话一开始听起来还是没什么道理，但现在范德姆能听出她声音里的痛楚。他转身面对着她。"你是我很长一段时间以来、也许是这辈子遇到过的最美好的事，请原谅我是个傻瓜。"他牵起她的手。

她望着窗户的方向，咬着嘴唇，努力忍住眼泪。"是的，你就是。"她说。她低头看着他，抚摸着他的头发。"你这个大傻瓜。"她摸着他的头低声说，眼里溢出泪水。

"关于你我有太多要学习的了。"他说。

"关于你我也是。"

他看向别处，一边思考一边把想法说出来。"人们讨厌我的平静——他们总是这样。那些为我工作的人不会，他们喜欢这样。他们知道当他们惊慌失措时，当他们不知道如何应对时，他们可以来找我，告诉我他们的困境。而如果我看不到出路，我也会告诉他们怎么做最好，坏处小一些；而且因为我说这些时声音很平静，我能看明白他们的两难处境，我不慌张，他们可以定下心来去做他们该做的事。我所做的不过是澄清困难，拒绝被困难吓倒，但那就是他们所需要的。不过……同样的态度往往会激怒另一些人——我的上级，我的朋友，安琪拉，你……我从来不明白为什么。"

"因为有的时候你应该慌张，傻瓜。"她温柔地说，"有的时候你应该表现出你被吓坏了，或者被迷倒，或者为了某个东西而疯狂。这是人性，这是你在乎的象征。你一直都这么平静，我们以为那是因为你根本不在乎。"

范德姆说："好吧，人们应该理解的。情人们应该理解，朋友也是，如果是好老板也应该理解。"他说这些话是真心实意的，但在他内心深处，他意识到在他的平静里确实有一丝冷漠无情。

"那如果他们不理解呢……"她已经停止哭泣了。

"我应该改变？不。"他现在想和她实话实说。他本可以对她撒谎，让她高兴：是的，你是对的，我应该试着改变。但有什么意义呢？如果他和她在一起时不能做自己，这一切就不值得，他就会像其他男人控制她那样控制着她，像他控制那些他不爱的人那样。所以他告诉她真相："你看，这是我赢的方式。我的意思是，赢得一切——人生的游戏，可以这么说，"他自嘲地咧嘴一笑，"我是超然的。我看所有东西都隔着一段距离。我的确在乎，但我不愿做没有意义的事情，象征性的举止，无缘无故发脾气之类的。我们要么相爱，要么不，世界上所有的花也不会改变什么。但我今天所做的工作会影响到我们的生死。我的确思念你，整天都思念你；但每次想过你之后，我就把心思转到更紧急的工作上。我工作很有效率，我设置好优先级，我知道你安然无恙时不会担心你。你觉得你能习惯这种方式吗？”

她给了他一个含泪的微笑。“我试试。”

而在他内心深处，他一直在想：多久呢？我会永远想要这个女人吗？如果我不想要了呢？

他把这些想法压下来。现在这件事是低优先级。“说完刚才这些，我还想说的是，忘记今晚的事，不要去，我们会想办法在没有你的情况下行动。但我做不到。我们需要你，而这件事非常重要。”

“没关系，我明白。”

“不过，我能先吻你一下作为问候吗？”

“当然。”

他跪在她的椅子扶手旁，用他的大手捧起她的脸，吻了吻她的嘴唇。她的嘴唇非常柔软，微微有些湿润。他反复品味着这触感和她的味道。他从来没有过这样的感觉，仿佛他可以一直像这样吻下去，吻上一整夜而永不厌倦。

她最终抽身退后，做了一个深呼吸，说：“天啊，天啊，我相信你说的是真心的了。”

“这你可以放心。”

她笑起来。“你这么说的时候，你又成了从前那个范德姆少校——那个在我了解你之前的所认识的范德姆。”

“你用挑衅的声音说的那句‘天啊，天啊’也像是从前的艾琳。”

"给我交代工作吧。"

"我得退出到亲吻距离之外。"

"坐到那里去，把腿跷起来。你今天到底做了些什么？"

范德姆穿过房间，走到酒柜那里，找到了杜松子酒。"一个情报部门的少校失踪了，他那个装满机密的公文包也丢了。"

"沃尔夫干的？"

"有可能。结果那个少校一周之内好几次午餐时间都不在，而且没人知道他去哪里了。我有预感他可能一直在和沃尔夫碰面。"

"那他为什么会失踪呢？"

范德姆耸耸肩："出了岔子。"

"他的公文包里今天有什么？"

范德姆不知该告诉她多少。"关于我们防卫情况的一份纲要，因为非常完整，所以我们认为它能改变下一场战斗的结果。"史密斯手头也有范德姆提出的欺骗计划，但范德姆没告诉艾琳这个：他一直很信任她，但他直觉认为要保密。他最后说："所以我们要在今晚抓住沃尔夫。"

"但这可能已经太晚了！"

"不会。前段时间，我们发现了一份破译后的沃尔夫发的信号，发信时间是午夜。间谍们有预设的发报时间，通常是每天的同一时间。其他时候主人那边不会监听——至少不会在正确波段上监听——所以即使他们发了信号也没人会接收到。所以，我认为沃尔夫会在今晚午夜发情报，除非我先抓住他。"他犹豫了一下，决定改变他对于保密的决定，认为她需要完整地了解她所做的事的重要性。"还有一点。他使用的是一种基于小说《蝴蝶梦》的密码。这小说我有一本。如果我能拿到密码的密钥——"

"那是什么？"

"就是一张纸，告诉他如何用那本书来加密信号。"

"继续说。"

"如果我拿到《蝴蝶梦》密码的密钥，我就可以冒充沃尔夫用无线电给隆美尔发假情报。这能彻底扭转形势——这能拯救埃及。但我一定要拿到密钥。"

"好的。今晚的计划是什么？"

"和之前一样，只是更多防范措施。我和杰克斯会在餐厅里，我们两人都会带上手枪。"

她睁大了眼睛。"你有一把枪？"

"我还没拿到。杰克斯会把枪带到餐厅。总之，餐厅还会有另外两个人，外面人行道上还会有六个人，尽量不要惹人注目。另外，一吹口哨，就会有普通汽车开过来堵住那条街的所有出口。不管沃尔夫今晚做什么，如果他想见到你，他就会被抓住。"

公寓门口传来敲门声。

范德姆说："这是什么？"

"是门……"

"是，我知道，你在等人吗？或者什么东西？"

"不，当然没有，差不多是我该出发的时间了。"

范德姆皱起眉头。他内心的警铃响了起来。"我觉得不妙。别去应门。"

"好的。"艾琳说。接着她又改变了主意。"我必须去，可能是我父亲，或者是他的消息。"

"好吧，去应门吧。"

艾琳走出起居室。范德姆坐在那里听着。敲门声又响起来了。她打开了门。

范德姆听见她说："阿历克斯！"

范德姆低声道："上帝啊！"

他听见沃尔夫说："你都准备好了。真让人高兴！"那是一种低沉、自信的嗓音，说着拖慢腔调的英语，只有一点点微弱的口音，分辨不出来自哪里。

艾琳说："应该的……"

"我知道。我能进来吗？"

范德姆跳到沙发背后，躺在后面的地板上。

艾琳说："当然……"

沃尔夫的声音更近了。"我亲爱的，你今晚看起来真精致。"

范德姆想：油嘴滑舌的混蛋。

大门被砰地关上。

沃尔夫说："这边？"

"呃，是的……"

范德姆听见他们俩进了房间。沃尔夫说："真是间可爱的公寓！米基斯·亚里士多普勒斯付你的薪水一定很不少。"

"哦，我不是一直在那里工作。他是个远亲，家里人嘛，我来帮忙。"

"叔父。他一定是你叔父。"

"噢……叔祖父，远房表亲之类的。他图简单就叫我侄女。"

"对了，这是给你的。"

"哦，鲜花，谢谢你。"

范德姆想：去他的。

沃尔夫说："我能坐下吗？"

"当然。"

沃尔夫降低重心坐下来时，范德姆感觉沙发移动了一下。沃尔夫是个大块头。范德姆想起和他在巷子里搏斗的情景。他还想起了那把刀，伸手摸了摸脸上的伤口。他想：我能做点什么？

他可以现在对沃尔夫发动突袭。间谍就在这里，几乎可以算是在他手心里。他们个头差不多，势均力敌——除了那把刀。沃尔夫那晚和索尼娅吃饭时带着那把刀，所以他应该去哪里都会带着刀，现在也带着。

如果他们打斗，沃尔夫有刀子的优势，沃尔夫会获胜。这在巷子里已经发生过一次了。他又摸了摸自己的脸。

他想：我怎么没把枪带上？

如果他们打斗，沃尔夫获胜了，会发生什么？在艾琳的公寓里看见范德姆，沃尔夫会明白她一直是在给他设陷阱。他会对她做什么？在伊斯坦布尔，相似的情况下，他割断了那个女孩的喉咙。

范德姆眨眨眼，想摆脱那令人不快的画面。

沃尔夫说："我看在我来之前你在喝酒。我能和你一起喝吗？"

"当然。"艾琳又一次说，"你想喝什么？"

"这是什么？"沃尔夫抽了抽鼻子，"哦，一点儿杜松子酒就很好了。"

范德姆想：那是我的酒。谢天谢地，艾琳没喝酒，两个杯子就会让这场戏露馅了。他听见冰块碰撞的声音。

"干杯！"沃尔夫说。

"干杯。"

"你看起来不太喜欢这酒啊。"

"冰块已经化了。"

范德姆知道她为什么喝他的酒时做了个苦脸：那是纯的杜松子酒。这场面她应付得很好，范德姆想。她觉得他范德姆会计划怎么做呢？她现在一定已经猜到他藏在哪里了。她一定努力试着不往这个方向看。可怜的艾琳！她又一次得完成比商量好的更多的任务。

范德姆希望她能顺从一些，尽量不要抵抗，信任他。

沃尔夫还打算去绿洲餐厅吗？也许他还打算去。如果我能确定这一点，范德姆想，我就能把这事留给杰克斯了。

沃尔夫说："你看起来很紧张，艾琳。我到这里来是不是把你的计划打乱了？如果你想去继续准备——并不是说你现在看起来不够完美——尽管把我和酒瓶留在这里好了。"

"不是，不是……那个，我们确实说过在餐厅碰面……"

"而我现在来了，又在最后时刻把一切计划全改了。说真的，餐厅让我烦透了，但这些地方呢，这么说吧，又是传统的碰面地点；所以我和别人约在餐厅，结果到时候我又不愿意去了，就想出些别的事来做。"

所以他们不会去绿洲餐厅了，范德姆想。该死。

艾琳说："你想做什么？"

"我能再给你一个惊喜吗？"

范德姆想：让他说给你听！

艾琳说："好吧。"

范德姆内心叹了口气。如果沃尔夫说出他们要去的地方，范德姆就能联系杰克斯，让他把整个埋伏移到新地点。艾琳没想到这一点。这可以理解，她听起来很害怕。

沃尔夫说："我们走吧？"

"好的。"

沃尔夫起身时沙发咯吱响了一下。范德姆想：我可以现在抓住他！

太冒险了。

他听见他们离开了房间。他在原地待了一会儿。他听见沃尔夫在走廊里说："女士优先。"然后大门被关上了。

范德姆站起来。他得跟着他们，一有机会就打电话到总司令部联系杰克斯。艾琳没有电话，开罗很多人都没有。即使她有，现在也没有时间了。他走到门口侧耳倾听，什么都没听到。他把门打开了一点儿。他们已经走了。他走出去，关上门，匆忙地穿过走廊走下楼梯。

他一踏出大楼就看见他们在路的另一侧。沃尔夫正拉着一扇车门等艾琳上车。那不是出租车：沃尔夫一定是为了今晚租借或是偷来了一辆车。沃尔夫关上艾琳这边的车门，绕过车走到司机那侧。艾琳从车窗往外看，对上了范德姆的视线。她瞪着他。他扭头不看她，害怕做出任何动作被沃尔夫看到。

范德姆走到他的摩托车旁，骑上车发动了引擎。

沃尔夫的车发动了，范德姆跟在后面。

城里的交通仍然很拥挤。范德姆可以和沃尔夫之间保持着五六辆车的距离而没有跟丢的危险。现在已经是黄昏，但没几辆车打开车灯。

范德姆心想不知道沃尔夫要到哪里去。他们肯定会在某处停下来，除非他打算开整夜的车。要是他们在某个有电话的地方停下来就好了……

他们朝城外吉萨金字塔的方向开去。暮色降临，沃尔夫打开了车灯。范德姆还是没打开摩托车的车灯，这样沃尔夫就不会发现他被跟踪了。

这是一段噩梦般的路程。即使在白天，在城里骑摩托车也有一点儿让人心惊肉跳。路上遍布着凸起、坑洼、一片片危险的油渍，范德姆发现他在留心车流的同时还要留心路面。沙漠里的路就更糟了，而他还得关着车灯骑车，同时留意前面的汽车。有三四次他差点从摩托车上摔下来。

他很冷。没料到要骑车跟踪，他只穿了一件短袖制服衬衣，高速前进时风穿透了他的衣服。沃尔夫打算要走多远？

金字塔隐约出现在前方。

范德姆想：那里没有电话。

沃尔夫的车慢了下来。他们要到金字塔旁野餐。范德姆关上摩托车引擎，滑行一段后停了下来。赶在沃尔夫下车之前，范德姆把摩托车推下公路来到沙地上。沙漠只有从远处看时才是平坦的，实际并非如此。他找到一个石头形成的土包，把摩托车放倒藏在后面。他趴在土包旁边的沙地上盯着那辆车。

什么都没有发生。

车子静静地停在那里，引擎已经熄掉了，车内一片漆黑。他们在那里面做什么？范德姆被嫉妒攫住了。他告诉自己别犯傻——他们在吃东西，就这么多。艾琳和他说过上次野餐的情况：烟熏三文鱼，冷鸡肉，香槟。你不可能吃了满口的鱼还去吻女孩。不过，他把酒递给她时，他们的手指还是会碰到——

闭嘴。

他决定冒险点支烟。他到土包后把烟点燃，然后回到他那个有利观察的位置。他手握成杯子形状挡住火光，这是军队里常见的做法。

五支烟后，车门开了。

云已经散开，月亮出来了。眼前的风景由深蓝和银色组成，深蓝是金字塔们重叠在一起形成的阴影，银色是闪烁的沙地。两个深色的人影从车里钻出来，朝那些古老的坟墓中最近的一座走去。范德姆能看见艾琳走路时双臂交叠抱在胸前，像是她很冷，也可能是她不想牵沃尔夫的手。沃尔夫伸出一侧胳膊轻轻绕过她的肩膀，她没有阻止他。

他们在金字塔底座前停下来说了几句话。沃尔夫朝上指了指，艾琳似乎摇了摇头：范德姆猜她不想往上爬。他们绕着底座走起来，消失在金字塔后面。

范德姆等着他们从另一侧出现。他们似乎花了很长时间。他们在后面做什么？他差点无法抗拒过去看一看的冲动。

他现在可以到汽车那里去。他畅想着把车弄坏，然后冲回城里，再带着他的人马过来。但等范德姆回来时，沃尔夫一定不会在这里。在夜里搜查沙漠是不可能的，等到早上沃尔夫就会在几英里之外了。

看着、等着却什么都不能做实在让人无法忍受，但范德姆知道这是最好的策略。

沃尔夫和艾琳终于回到了他的视野里。他的胳膊还是环着她。他们回到车那里，站在门边。沃尔夫把手放在艾琳的肩膀上，说了些什么，然后俯身向前吻她。

范德姆站了起来。

艾琳让沃尔夫吻了她的脸颊，然后扭过头，绕开他的手，钻进了车里。

范德姆又再次趴到沙地上。

沙漠里的寂静被沃尔夫车子的轰鸣打破了。范德姆看着那辆车拐了一个大弯，开回到公路上。车头灯打开了，范德姆不由自主地低下了头，虽然他隐藏得很好。汽车从他身边经过，向开罗开去。

范德姆跳起来，把摩托车推到路上，踢了踢发动器。引擎没有点燃。范德姆咒骂起来，他可能把沙子弄到汽化器里了。他又试了试，这一次发动起来了。他骑上车跟着那辆汽车。

月光让他更容易看清路面上的坑洼和凸起，但也让他变得更显眼。他远远地跟在沃尔夫的车后面，知道他们除了开罗没有别处可去。他好奇沃尔夫下一步的计划是什么。他会把艾琳送回家吗？如果是这样，他之后会到哪里去？他也许会把范德姆带到他的老巢去。

范德姆想：我要是拿着枪就好了。

沃尔夫会把艾琳带回自己家吗？这个男人一定得有个住处，得在这城市里的某栋楼的某个房间里有张床。范德姆确信沃尔夫打算引诱艾琳。沃尔夫对她一直很有耐心、很绅士，但范德姆知道他事实上是个喜欢速战速决的人。引诱也许是艾琳将要面对的事中危险最少的一项。范德姆想：让我用任何东西换一个电话都可以啊！

他们来到城市外围，范德姆被迫跟得更近一些。不过幸运的是周围有不少其他的车。他盘算着要不要停下来让某个警察捎个口信，或者找一个军官，但沃尔夫开得很快，而且口信又能说些什么呢？范德姆还是不知道沃尔夫要去哪里。

当他们穿过通往扎马雷克的桥时，他开始有了答案。这是那个舞女索尼娅的船屋所在的地方。沃尔夫肯定不可能住在那里，范德姆想，因为那个地方已经被监视好几天了。但他也许不愿意把艾琳带到他真正的住处，所以他借来了船屋。

沃尔夫在一条街上停下车，走了下来。范德姆把摩托车靠墙立着，飞快地把轮子用链条锁上以防被偷——他今晚也许还会再用到摩托车。

他跟着沃尔夫和艾琳从那条街走到纤道上。他在一处灌木丛后看着他们沿着纤道走了一小段。他心想不知艾琳在想什么。她在期待着被救出来吗？她是否相信范德姆还在看着她？她现在会不会失去了希望？

他们在其中一条船旁边停了下来——范德姆仔细地留意了是哪一条——然后沃尔夫扶着艾琳走上跳板。范德姆想：沃尔夫难道没想到船屋会被监视吗？显然没有。沃尔夫跟着艾琳走到甲板上，然后打开了舱门。他们走进了船舱。

范德姆想：现在怎么办？这肯定是他找帮手的最好时机。沃尔夫肯定打算在船上消磨好一会儿。但如果事情不是这样怎么办？如果，在范德姆朝电话奔去的时候，出了岔子——艾琳坚持要回家，沃尔夫改变了计划，或者他们打算到夜总会去？

我还是有可能跟丢这个混蛋，范德姆想。

一定有个警察在附近。

"嗨！"他压低声音说，"有人吗？警察？我是范德姆少校。嗨，你在——"

一个黑色的人影从一棵树后面冒出来。一个阿拉伯口音的声音说："怎么了？"

"你好，我是范德姆少校。你是监视船屋的警察？"

"是的，长官。"

"好的，听着，我们在追踪的男人就在船上，你有枪吗？"

"没有，长官。"

该死。范德姆考虑他和阿拉伯人能不能对船屋来个突然袭击，结论是他们不能：不能相信阿拉伯人会奋力搏斗，而在有限的空间里沃尔夫的刀子破坏力会很强。"好吧，我要你到最近的电话那里去，打给总司令部，捎话给杰克斯上尉或者博格中校，这事绝对是最高优先级，让他们立刻带人手到这里来袭击船屋。清楚了吗？"

"杰克斯上尉或者博格中校，总司令部，他们立刻来袭击船屋。清楚了，长官。"

"好的，要快！"

阿拉伯人小跑着离开了。

范德姆找到了一个位置，在这里他既可以藏起来，又可以从这里监视纤道和船屋。几分钟后，一个女人的身影从纤道上走来。范德姆觉得她看起来很眼熟。她登上了船屋，范德姆意识到那是索尼娅。

他松了一口气。还有另一个女人在船上，至少沃尔夫不会对艾琳动手动脚了。

他安静地坐下来开始等待。

二十二

阿拉伯人很发愁。"去最近的电话那里"，那个英国人这么说。好吧，附近有几栋房子里有电话，但那些有电话的房子都住着欧洲人，他们不会对一个夜里十一点敲着他们的门要求用电话的埃及人有多友好——即使是一个警官。他们肯定会拒绝他，还会恶言相加，那将是非常羞辱人的。

他没穿制服，甚至也没穿他平时那套白衬衣黑裤子便装，而是打扮得像个农夫。他们甚至不会相信他是个警察。

据他所知扎马雷克地区没有公用电话。这样他就只有一个选择了，从警察局打电话。他小跑着往那个方向前进。

给总司令部打电话也让他为难。对于开罗的埃及官员，有一条不成文的规定，没人会主动联系英国人。那往往意味着麻烦。总司令部的总台会拒绝转接电话，或者他们会把留言留到早上——然后否认他们曾经收到留言——或者他们会告诉他晚点再打来。而且如果出了差错，他会受到严厉惩罚。毕竟，他怎么知道纤道上那个男人身份是真实的呢？他不认识什么范德姆少校，也不认识任何一个少校。如果是骗局呢？有的年轻英国军官就是喜欢捉弄好心的埃及人。

对于这样的情况，他有一套标准处理方案：踢皮球。毕竟，他被要求把和这个案子相关的情况报告给他的上级，不需要报告其他人。他决定先到警察局去，然后从那里打电话到总探长柯麦尔家。

柯麦尔会知道该怎么做。

艾琳走下舷梯，紧张地打量着船屋内部。她本以为这里的装修是简单的海军风格，事实上船屋装饰得非常豪华，甚至有些豪华过头了。厚厚的地毯，矮榻，几张优雅的休闲茶几，华美的丝绒帘子从天花板一直垂到地板，把这片区域和船的另一半隔开，帘子后面应该是卧室。在帘子对面船体收窄的地方，原本是船艏，现在是一个小厨房，地方不大，但设施很现代。

"这地方是你的？"她问沃尔夫。

"是一个朋友的。"沃尔夫答，"坐下来吧。"

艾琳感觉自己踏入了圈套。威廉·范德姆在哪里？今晚她有好几次觉得汽车后面跟着一辆摩托车，但她不能仔细看，害怕引起沃尔夫的警觉。每一秒她都盼着士兵们来包围汽车，逮捕沃尔夫，让她获得自由。随着时间流逝，好几个小时过去，她开始怀疑这一切是否只是一个梦，威廉·范德姆是否根本不在那里。

这时沃尔夫走向冰柜，拿出一瓶香槟，找出两个杯子，撕掉瓶口的银色金属箔，解开瓶子上系着的绳子，拔出软木塞，发出响亮的嘭的一声，把香槟倒进杯子里。该死的威廉又在哪里？

她害怕沃尔夫。她曾经和很多男人发生过关系，有一些只是露水情缘，但她一向信任对方，知道他会很友善，即使不友善，至少会体贴。她担心的是自己的身体。如果她让沃尔夫玩弄自己的身体，他会发明什么类型的花样？她的皮肤很敏感，私处很柔软，太容易受伤，太脆弱，如果让她仰面躺着两腿分开……如果是和喜欢她的人在一起，这个人会像她自己一样温柔地对待她的身体，那会是件快乐的事——但和沃尔夫一起，他只是想使用她的身体——她打了个寒战。

"你冷吗？"沃尔夫一面说一面递给她一个杯子。

"不，我不是在发抖……"

他举起了杯子。"祝你健康。"

她口干舌燥。她轻啜了一口冰凉的酒，然后喝了一大口。酒让她感觉好了一点儿。

他坐在她身旁的沙发上，扭头看着她。"多么美好的夜晚。"他说，"有你陪伴我很开心，你真是个迷人的小妖精。"

来了，她想。

他把手放在她的膝盖上。

她僵住了。

"你很神秘。"他说，"性感，冷漠，非常美丽，有时很天真，有时又很老练……你能告诉我一件事吗？"

"我会的。"

他用指尖描摹着她脸庞的轮廓：额头，鼻子，嘴唇，下巴。他说："你为什么和我出去？"

他什么意思？有没有可能他在怀疑她的真实目的？或者这只是他把戏的下一步？

她看着他说："你是个非常有吸引力的男人。"

"我很高兴你这么想。"他又把手放在她膝盖上，俯身过来吻她。她像今晚之前一样，让他吻了她的脸颊。他的嘴唇拂过她的皮肤，接着他低声说："你为什么害怕我？"

甲板上有动静，是快而轻的脚步声，随后舱门被打开了。

艾琳想：威廉！

一只穿着高跟鞋的女人的脚伸了进来。女人走进船舱，关上身后的舱门，然后走下舷梯。艾琳看见了她的脸，认出她是索尼娅，那个肚皮舞演员。

她想：这究竟怎么回事？

"好了，警官。"柯麦尔说，"你联系我做得很对，所有事情我会亲自处理。事实上，你现在可以下班了。"

"谢谢你，长官。"警官说，"晚安。"

"晚安。"柯麦尔挂上了电话。这是一场灾难。英国人跟踪沃尔夫到了船屋，而范德姆试图组织一场突袭。后果是双重的。首先，自由军官运动使用那个德国人的无线电的期望将化为泡影，这样在隆美尔征服埃及之前就没有机会和帝国谈判了。其次，一旦英国人发现船屋是间谍的巢穴，他们很快会明白柯麦尔在隐瞒事实，保护特工们。柯麦尔后悔他没给索尼娅施加更多压力，迫使她在几个小时内安排会面，而不是等上好几天。但现在后悔也晚了。他现在要怎么办？

他回到卧室，迅速穿上衣服。他的妻子在床上柔声说："怎么回事？"

"工作。"他低声回答。

"哦，不。"她翻了个身。

他从写字台那个上锁的抽屉里取出手枪，放进外套口袋里，然后吻了吻他的妻子，静静地离开了家。他钻进车子，发动引擎，然后坐着思考了一分钟。他必须征求萨达特的意见，但这需要时间。与此同时，范德姆可能在船屋那里等得不耐烦了然后草率行事。得先把范德姆迅速处理掉，然后他才能去萨达特家。

柯麦尔开动车子向扎马雷克开去。他需要时间慢慢仔细思考，但他现在所缺少的就是时间。他应该把范德姆杀了吗？他从来没有杀过人，也不知道能不能杀得了。他好多年都没有动手打过人了。而且他要如何掩盖他和这件事的关联呢？德国人可能还要好几天才能抵达开罗——即使到了这个阶段，他们确实还有可能被击退。这样一来，会有人调查今晚纤道发生的事，早晚会怪罪到柯麦尔头上。他可能会被枪决。

"勇气。"他大声说，想起了阿玛的飞机坠毁在沙漠里时迸发出烈焰的样子。

他在纤道附近停下车，从后备箱里拿了一段绳子。他把绳子塞进外套口袋，用右手拿着枪。

他反握着枪，把枪当成棍子使。他有多久没用过枪了？六年吧，他想，如果不算偶尔的打靶练习的话。

他来到了河岸上。他看着银色的尼罗河，黑色的船屋，昏暗的纤道和漆黑的灌木丛。范德姆一定在灌木丛里。柯麦尔轻手轻脚地往前走。

范德姆借着香烟的火光看了看他的腕表。十一点半了。显然有地方出了问题。要么那个阿拉伯警察留下了错误的讯息，要么总司令部找不到杰克斯，要么博格不知怎么的又把事情搞砸了。考虑到沃尔夫手头的情报，范德姆不能冒险让他使用无线电。看来别无选择，只有他自己到船屋去放手一搏了。

他刚把烟熄掉，就听见灌木丛里传来脚步声。"是谁？"他轻声说，"杰克斯？"

一个黑色的人影闪了出来，低语道："是我。"

范德姆没认出这个声音，也看不见对方的脸。"谁？"

人影走近一步，举起胳膊。范德姆刚说了个"谁"就意识到那胳膊正猛挥下来。他往旁边一闪，有东西打到了他头的侧面，然后又弹到了他的肩膀上。范德姆痛得大叫一声，他的右臂已经麻木了。那人的胳膊又举了起来。范德姆向前一步，笨拙地用左手去抓这个攻击他的人。那人影往后一退，又给了他一击，这次正好打在范德姆头顶。剧痛之后，范德姆失去了意识。

柯麦尔把枪装进口袋，跪在仰面躺着的范德姆身旁。他首先摸了摸范德姆的胸口，感觉到有力的心跳，松了一口气。他迅速地把范德姆的凉鞋除下来，袜子脱掉，揉成一团塞进昏迷不醒的男人嘴里。这应该能防止他呼救。接着他把范德姆翻了个身，把他的手腕在身后交叉，用绳子捆起来。他用绳子的另一头捆住范德姆的脚踝。最后他把绳子拴在树上。

范德姆几分钟后会醒来，但他会发现自己无法动弹，也叫不出声音。他会一直留在那儿，直到有人无意中撞见他。他多久之后会被人发现呢？通常灌木丛里会有一些人，年轻小伙子和他们的情人，士兵们和他们的女孩，但今晚那里进进出出的人太多，肯定足以把他们都吓跑。有可能一对来得比较晚的情侣会见到范德姆，或者听见他呻吟……柯麦尔必须冒这个险，站在一旁发愁没有意义。

他决定迅速去船屋看一眼。他蹑手蹑脚地沿着纤道走到吉翰前面。里面亮着灯，但舷窗都拉着小帘子。他想登船看看，但他想先咨询萨达特，因为他不知道该怎么做。

他转身朝他的车走去。

索尼娅说："艾琳，沃尔夫把你的事都告诉我了。"她露出微笑。

艾琳也冲她笑了笑。这就是沃尔夫那个拥有船屋的朋友吗？沃尔夫和她住在一起吗？他是不是没想到她会这么早回来？他们两个人为什么都没有生气、迷惑，或者尴尬？只是为了找点话说，艾琳问："你是刚从恰恰夜总会回来吗？"

"是的。"

"演出怎么样？"

"和往常一样——让人筋疲力尽，激动人心，非常成功。"

显然索尼娅不是一个谦虚的人。

沃尔夫递给索尼娅一杯香槟。她看也没看他就接过来，对艾琳说："你在米基斯的店里工作？"

"不，不是的。"艾琳说着，心想：你真对这个感兴趣？"我帮了他几天忙，仅此而已。我们是亲戚。"

"这么说你是希腊人。"

"没错。"这番闲聊给了艾琳信心。她的恐惧减弱了。无论怎样，沃尔夫不太可能在埃及最有名的女人之一面前用刀子指着她强暴她。索尼娅至少给了她一点儿喘息的空间。威廉决心在午夜前抓住沃尔夫——

午夜！

她差点把这个给忘了。沃尔夫要在午夜零点用无线电联络敌军，汇报防线的细节。但无线电在哪里？在这条船上吗？如果它在别处，沃尔夫很快就得离开了。如果它就在这里，沃尔夫会在索尼娅和艾琳面前发情报吗？他心里在想什么？

他在艾琳身边坐下来。这两个人一左一右地挨着她，她隐约有种被胁迫的感觉。沃尔夫说："我真是一个幸运的男人，能和开罗最美丽的两个女人坐在一起。"

艾琳直直地盯着前方，不知道该说什么。

沃尔夫说："她是不是很美，索尼娅？"

"哦，是的。"索尼娅抚摸着艾琳的脸，托着她的下巴把她的头转过来，"你觉得我美吗，艾琳？"

"当然。"艾琳皱起了眉头。气氛变得有些奇怪，就好像……

"我太高兴了。"索尼娅一面说，一面把手放在艾琳的膝盖上。

这时艾琳明白过来了。

一切都有了解释：沃尔夫的耐心，他虚伪的礼貌，船屋，索尼娅的不期而至……艾琳意识到她一点儿也不安全。她对沃尔夫的恐惧又回来了，而且更甚以往。这两个人想玩弄她，而她别无选择，她只能躺下来，沉默而顺从，让他们为所欲为，沃尔夫手里拿着刀子……

停下来！

我不要害怕。我能够经受得住这一对堕落的老笨蛋的摆布。眼下还有更危急的事。忘记你那娇贵的小身子，想想无线电，想想怎么阻止沃尔夫发情报。

这场三人行也许反而对她有利。

她偷偷看了看表，离午夜还有一刻钟。太晚了，现在指望不了威廉了。她，艾琳，是唯一一个能阻止沃尔夫的人。

而且她认为自己知道怎么做。

索尼娅和沃尔夫交换了一个眼神作为信号。他们各放了一只手在艾琳的大腿上，俯身向前，在艾琳的眼前接起吻来。

她看着他们。这是一个漫长而充满情欲味道的吻。她想：他们想要我怎么做？

他们分开了。

沃尔夫用同样的方式吻着艾琳。艾琳没有拒绝。然后她感觉索尼娅的手摸着她的下巴。索尼娅把艾琳的脸转向她，吻了她的嘴唇。

艾琳闭上眼睛，想：这不会伤害到我，这不会疼的。

这感觉并不疼，但很奇怪，被另一个女人的嘴温柔地亲吻。

艾琳想：不管以什么方式，我得掌握控制权。

索尼娅把她自己的衬衣拉开。她有着棕色的大胸脯。沃尔夫低头含住一个乳头。艾琳感觉索尼娅在把她的头往下压。她意识到她应该跟着沃尔夫做。她照办了。索尼娅呻吟起来。

这一切都是为了让索尼娅享受。这显然是她的幻想，她的情结。那个正在喘气和呻吟的人是她，而不是沃尔夫。艾琳担心沃尔夫会随时中断离开去操作无线电。她一面机械地动作着和索尼娅做爱，一面在脑海里搜肠刮肚地想着让沃尔夫被情欲冲昏头脑的方法。

但眼前的场景实在太愚蠢，太荒谬，以至于她能想到的事情都显得滑稽可笑。

我得让沃尔夫远离那台无线电。

这一切的关键是什么？他们到底想要什么？

她把脸从索尼娅身上移开，开始吻起了沃尔夫。他也扭头和她热吻起来。她摸到他的手，把他的手按在自己两腿中间。他深吸了一口气，艾琳想，他总算提起兴趣来了。

索尼娅试图把他们分开。

沃尔夫看了一眼索尼娅，用力地给了她一个耳光。

艾琳惊得倒抽了一口气。这就是关键吗？这一定是他们玩的游戏，一定是的。

沃尔夫把注意力放回艾琳身上。索尼娅试图挤进他们中间。

这次艾琳给了她一个耳光。

索尼娅从喉咙深处发出呻吟。

艾琳想：我成功了，我猜到了这个游戏，现在我说了算。

她看见沃尔夫看了看他的手表。

她突然站了起来。他们俩瞪着她。她抬起胳膊，然后缓缓地把裙子提起来，拉过头顶，扔到一旁，只穿着黑色内衣和长筒袜站在那里。她轻轻地抚摸着自己，双手在两腿间和胸脯上游走。她见到沃尔夫的表情改变了：他的镇定自如不见了，他睁大了眼睛凝视着她，眼里写满了欲望。他神情炽热，如痴如醉。他舔了舔嘴唇。艾琳抬起腿，一只穿着高跟鞋的脚踏在索尼娅胸口，把她往后一蹬。然后她抓住沃尔夫的头，按在自己的肚子上。

索尼娅开始亲吻艾琳的脚。

沃尔夫发出一种介于呻吟和叹息之间的声音，把他的脸埋在艾琳的两腿之间。

艾琳看了看手表。

零点到了。

二十三

艾琳赤裸着躺在床上。她一动不动，浑身僵硬，肌肉紧绷，直直地盯着空白的天花板。索尼娅在她右边，脸朝下，四肢在床单上大咧咧地伸展开来，睡得正熟，打着呼噜。索尼娅的右手软软地搭在艾琳的腰上。沃尔夫在艾琳左边，面朝她侧躺着，迷迷糊糊地抚摸着她的身体。

艾琳想：好吧，这事没要了我的命。

这场游戏的主题是拒绝和接纳索尼娅。艾琳和沃尔夫越是拒绝她、虐待她，她就越有激情，直到最后关头沃尔夫抛下艾琳，和索尼娅做爱。这是一出沃尔夫和索尼娅显然烂熟于心的剧本，他们以前就这么干过。

艾琳从中并没有享受到什么快感，但她也没觉得恶心或是受辱。她只是感觉自己被背叛了，被自己背叛了。这就像去典当情人赠予的珠宝，或是剪掉长发来还钱，或是送一个小孩去磨坊干活。她虐待了自己。最糟糕的是，她所做的事从逻辑上看，是她过去生活的顶点，离家出走八年以来，她一直在一个光滑的斜坡上慢慢下滑，斜坡的终点是成为妓女，而现在她感觉自己来到了坡底。

抚摸停止了。她往侧面瞥了瞥沃尔夫的脸。他的眼睛合上了。他睡着了。

她心想，不知道范德姆出了什么事。

有地方出了问题。也许范德姆在开罗跟丢了沃尔夫的车。也许他出了交通事故。不管什么原因，现在没有范德姆照拂她了。她只能靠自己了。

她成功地让沃尔夫忘记了在午夜时给隆美尔发消息——但现在要怎么阻止他在另一天夜里发消息呢？艾琳必须去总司令部告诉杰克斯到哪里去抓沃尔夫。她得溜走，现在就走，找到杰克斯，让他把手下的人从床上叫起来……

那需要的时间太长了。沃尔夫可能醒过来，发现她不见了，于是再度消失。

他的无线电在船屋里吗？还是在别处？这也许会让一切情况变得不同。

她记得范德姆昨晚提到了某个东西——那真的是几个小时前的事吗？"如果我能拿到《蝴蝶梦》密码的密钥，我就能冒充他发无线电……这能彻底扭转形势……"

艾琳想：也许我能找到密钥。

他说过那是一页纸，写着如何用书来加密信息。

艾琳意识到她现在有了一个找到无线电和密钥的机会。

她必须搜查船屋。

她没动。她又害怕了。万一沃尔夫发现她在找东西……她还记得他关于人的本质的理论：世界上的人分为主人和奴隶。奴隶的生命一文不值。

不，她想，我可以在这里留到早上，然后我告诉英国人去哪里找沃尔夫，他们会搜查船屋，然后——

万一到那时沃尔夫已经走了怎么办？万一无线电不在这里呢？

那样一切都白费了。

沃尔夫的呼吸现在缓慢而平稳：他睡熟了。艾琳手往下伸，轻轻地拿起索尼娅的那只手，把它从她的大腿上移到床单上。索尼娅没有反应。

现在他们两人都没有碰着她了。这让她放心了不少。

她慢慢地坐直身子。

床垫上的重心移动惊扰到了另外两个人。索尼娅咕哝了一声，抬起头，转了个方向，又开始打起了呼。沃尔夫翻了个身，但没有睁开眼睛。

艾琳缓缓移动着，警惕着床垫的每一点儿变化，让自己翻了个身，这样她可以面朝床头，用手和膝盖支撑身体。她开始辛苦地往后爬：右膝，左手，左膝，右手。她盯着那两张熟睡的脸。床尾似乎有几英里那么远。再细微的声音在她听来也犹如雷鸣。一辆驳船经过，水波带得船屋轻轻摇晃，艾琳在这阵扰动的掩护下迅速爬下了床。她扎了根似的站在原地，盯着另外两个人，直到船屋停止移动。他们仍然熟睡着。

该从哪里搜起？艾琳决定要有条不紊地从前往后搜。船首是浴室。她突然意识到她本来也需要去浴室。她踮着脚穿过卧室，走进了浴室。

她坐在马桶上四下打量。无线电可能藏在哪里？她其实不太清楚这东西有多大：手提箱那么大？公文包那么大？手提包那么大？这里有一个洗手池，一个小浴缸，墙上有一个橱柜。她站起来打开了橱柜。里面有剃须用具、药丸、一小卷绷带。

无线电不在浴室里。

她没有勇气在他们睡觉时搜查卧室，现在还没有。她经过卧室穿过帘子走进起居室。她迅速四下张望了一番。她觉得有必要抓紧时间，强迫自己要冷静和仔细。她从右舷开始。这里有一张矮榻。她敲了敲它的底座：是空的，无线电也许藏在下面。她试着把它抬起来，抬不动。她围着矮榻边缘看了一圈，发现它是被螺丝固定在地板上的。螺丝很紧。无线电不会在下面。接下来是一个高橱柜。她轻轻地打开柜门。门发出轻微的咯吱声，她立刻僵住不动。她听见卧室里传来咕哝声。她等着沃尔夫分开帘子跳出来，把她逮个正着。什么都没有发生。

她朝橱柜里看去。里面有一把扫帚、几块抹布、一些清洁剂、一个电筒。没有无线电。她关上门，又发出咯吱一声。

她转移到厨房区域。她得打开六个小一点儿的橱柜。里面装着陶器、听装食物、平底炖锅、玻璃杯、咖啡、大米、茶叶、毛巾。在水池下方有一个垃圾桶。艾琳看了看冰柜，里面装着一瓶香槟。还有几个抽屉。无线电会小到能放进抽屉吗？她打开了一个。刀叉哗啦作响，仿佛在撕着她的神经。没有无线电。另一个抽屉：数目可观的瓶装香料和调味品，从香草精到咖喱粉——看来有人热爱烹饪。再一个抽屉：厨房刀具。

挨着厨房的是一个带着可折叠台面的写字台，写字台下放着一个小手提箱。艾琳拎起手提箱。很沉。她把它打开。无线电就在里面。

她的心跳漏了一拍。

这是一个普通而不起眼的箱子，有两个扣、一个皮质提手，还有加固的箱角。无线电装在里面尺寸刚好，就像是专为它设计的一样。箱盖的凹陷处在无线电上方留下一点点空间，那里有一本书。书的硬封面已经被撕掉了，好让它能放进盖子下的空间里。艾琳拿起书翻开读起来："昨晚，我梦见自己又回到了曼陀丽庄园。"这是《蝴蝶梦》。

她翻看着书页。书中间夹着什么东西。她把书翻开倒过来抖了抖，一页纸掉到了地上。她弯腰把它捡起来。那是一串数字和日期，还有一些德语单词。这一定就是密钥。

她手里拿着范德姆想要用来扭转战争形势的东西。

突然之间，责任感让她觉得心里沉甸甸的。

没有了这个，她想，沃尔夫就不能给隆美尔发消息了。或者即使他用明文发了消息，德国人也会怀疑其真实性，并且担心盟军监听到了这些消息……没有了这个，沃尔夫就没有用武之地了。有了这个，范德姆就能赢得战争。

她得逃走，现在就走，带着密钥。

她想起自己还赤身裸体。

她从幻想中清醒过来。她的连衣裙在沙发上，揉得皱巴巴的。她穿过船屋，把书和密钥放下，拿起裙子从头上套下来。

床咯吱地响了一声。

从帘子后传来的声音毫无疑问是有人起床了，一个身躯沉重的人，那一定是他。艾琳一动不动地站着，全身瘫软。她听见沃尔夫朝帘子这边走过来，然后又走开。她听见了浴室门打开的声音。

没有时间穿内裤了。她拿起她的包和鞋，还有夹着密钥的那本书。她听见沃尔夫从浴室出来了。她走向舷梯开始往上跑，赤足踩在狭窄的木梯边缘很疼，但她也只能忍受了。她往下匆匆一瞥，看见沃尔夫出现在帘子中间，震惊地看着她。他的目光移到了地板上打开的手提箱上。艾琳转头看着舱门。舱门是用两根插销固定住的，她把插销拉开。她用眼角的余光看到沃尔夫正朝舷梯冲过来。她推开舱门，手忙脚乱地爬出去。她刚站到甲板上就看见沃尔夫爬上了舷梯。她迅速弯下腰，抬起沉重的木质舱门。等沃尔夫的右手刚抓住开口边缘时，艾琳用尽全力把舱门往下一摔，砸在他的手指上。他疼得大吼一声。艾琳冲过甲板，又跑下跳板。

就是这个：跳板，连接了甲板和河岸。她一跺脚，拎起跳板的一头，把它扔进了河里。

沃尔夫从船舱里爬出来，脸上写满痛苦和怒火。

艾琳看见他跑过甲板顿时慌张起来。她想：他光着身子，他没法来追我！他奋力一跃，跳过船的护栏。

他跳不过来的。

他刚好落到河岸边上，挥舞着胳膊试图保持平衡。艾琳突然冒出一股勇气，朝他冲过去，趁他还没站稳时，把他往后一把推进了河里。

她转身沿着纤道跑起来。

当她跑到纤道地势较低处、快要到街道那头时，她停下来回头看了看。她本来已经心脏怦怦直跳，大口大口地喘着气，发着抖，但当她看见沃尔夫滴着水裸着身子从水里爬到满是淤泥的河岸上时，她感觉自己又有了力气。天渐渐亮了，他这个样子追她追不了多远的。她转身朝街道上冲过去，刚跑起来就撞到了一个人身上。

强壮的胳膊紧紧地抓住了她。她绝望地挣扎着，刚挣脱就又被抓住了。她无比挫败地瘫软下来。在做了这么多努力之后，她想，在做了这么多努力之后。

那人把她胳膊抓住，让她转过身，押着她朝船屋走去。她看见沃尔夫朝她走来。她又挣扎起来，抓住她的男人伸出一只手臂卡住她的喉咙。她张嘴想喊救命，但她还没叫出声来，那个男人就用手指往她喉咙里猛地一捅，让她干呕起来。

沃尔夫走上前来，说："你是谁？"

"我是柯麦尔，你一定是沃尔夫。"

"谢天谢地你在这里。"

"你有麻烦了，沃尔夫。"那个叫柯麦尔的男人说。

"你最好到船上来——哦，该死，她把那块跳板扔掉了。"沃尔夫沿河张望了一下，看见跳板漂浮在船屋旁边。"反正我已经湿漉漉的了。"他说完就滑下河岸，跳进水里，抓住木板，把它随手扔到岸上，然后再爬上来。他又捡起木板，把它架在船屋和河岸之间。

"这边走。"他说。

柯麦尔押着艾琳走过跳板，走上甲板，又走下舱梯。

"把她放在那边。"沃尔夫指着沙发说。

柯麦尔粗鲁地把艾琳推到沙发旁让她坐下。

沃尔夫走进帘子，片刻之后带着一块大毛巾回来，接着用毛巾把自己擦干。他看起来一点儿也不为自己赤身裸体感到难堪。

艾琳惊讶地发现柯麦尔的个头这么小。之前从他抓住她的方式，她还以为他和沃尔夫身材差不多。他是个英俊的黑皮肤阿拉伯人。他不太自在地扭过头，不去看沃尔夫。

沃尔夫把毛巾裹在腰间坐下来。他检查着自己的手，说："她差点把我手指头砸断了。"他又好气又好笑地看着艾琳。

柯麦尔说："索尼娅在哪里？"

"床上。"沃尔夫头朝帘子方向一甩，"发生地震她都不会醒，尤其是在激情一夜之后。"

艾琳注意到柯麦尔对这样的对话感到很不自在，也许是对沃尔夫的轻浮感到不耐烦。"你有麻烦了。"他又说了一遍。

"我知道。"沃尔夫说，"我想她是为范德姆工作的。"

"这我不知道。我半夜接到电话，是我安排在纤道上的人打来的。范德姆过来了，派我的手下去找帮手。"

沃尔夫很震惊。"好险！"他说。他看起来很担心。"范德姆现在在哪里？"

"还在外面。我往他头上砸了一记，把他捆起来了。"

艾琳的心沉了下去。范德姆在外面的灌木丛里，受伤了，动弹不得——没有别人知道她在哪里了。所有的努力到底还是白费了。

沃尔夫点点头。"范德姆跟着她到这里来的。这么说有两个人知道这个地方。如果我继续住在这里，就得把这两个人都杀了。"

艾琳打了个寒战：他把杀人说得这么轻巧。主人和奴隶，她想起来了。

"还是不行。"柯麦尔说，"如果你杀了范德姆，谋杀案最终会怪罪到我头上。你可以逃走，但我还要在这座城市生活下去。"他停顿了一下，眯起眼睛看着沃尔夫，"而且如果你打算把我杀了，还有昨晚给我打电话的男人知道这件事。"

"这样……"沃尔夫皱着眉头，生气地哼了一声，"没的选了，我得离开，该死的。"

柯麦尔点点头。"如果你消失，我想我能把这事遮掩过去。

但我要找你要一样东西。还记得我们一直帮你的原因吧。"

"你想和隆美尔交谈。"

"是的。"

"我明晚会发消息——我是说今晚，该死，我几乎没睡觉。告诉我你想说什么，我会——"

"还是不行。"柯麦尔打断了他，"我们想自己来发信。我们要你的无线电。"

沃尔夫皱着眉。艾琳意识到柯麦尔是个民族主义反政府分子，他试图和德国人合作。

柯麦尔补充道："我们可以替你发信……"

"不必了。"沃尔夫说，他似乎做出了决定，"我还有另一台无线电。"

"那就这么说定了。"

"无线电在那里。"沃尔夫指着地上那个敞开的箱子，那箱子还躺在艾琳放下它的地方，"已经调到正确的波段了，你们只需要在任意一晚午夜时发报就可以了。"

柯麦尔走到无线电旁边检查起来。艾琳心想不知沃尔夫为什么没提《蝴蝶梦》密码。她想，沃尔夫不在乎柯麦尔能否联系上隆美尔；如果给他密码，他有可能把密码再给别人，这样太冒险了。沃尔夫又开始谨慎行事了。

沃尔夫说："范德姆住哪里？"

柯麦尔把地址告诉了他。

艾琳想：现在他在打什么主意？

沃尔夫说："我想他结婚了吧。"

"不是的。"

"单身汉，该死。"

"不是单身汉。"柯麦尔还在看着那台无线电，"鳏夫。他的妻子去年死在了克里特。"

"有孩子吗？"

"有。"柯麦尔说，"我听说是一个小男孩，叫比利。为什么问这个？"

沃尔夫耸耸肩。"我对这个差点就抓到我的男人有点兴趣。"

艾琳确信他在说谎。

柯麦尔合上箱子，显然很满意。沃尔夫对他说："帮我看着她一会儿，好吗？"

"当然。"

沃尔夫转身走开，又折回来。他注意到艾琳手里还抓着那本《蝴蝶梦》。他伸手从她手里把书夺过来，消失在帘子后面。

艾琳想：如果我和柯麦尔说密码的事，也许柯麦尔让沃尔夫把密码给他，也许这样一来范德姆就会拿到密码——但他会把我怎么样呢？

柯麦尔对她说："你——"他突兀地停住了，因为沃尔夫拿着衣服回来了。他开始穿衣服。

柯麦尔对他说："你有呼号吗？"

"斯芬克斯。"沃尔夫简短地说。

"密码呢？"

"没有密码。"

"那本书里是什么？"

沃尔夫看起来很恼火。"密码。"他说，"但我不能给你。"

"我们需要它。"

"我不能给你。"沃尔夫说，"你只能试试运气了，用明文发信。"

柯麦尔点点头。

沃尔夫的刀突然到了他手里。"别和我争。"他说，"我知道你口袋里有一把枪。记着，如果你开枪，你得和英国人解释子弹是怎么来的。你最好现在就走。"

柯麦尔一言不发，转身就走，爬上舷梯从舱门出去了。艾琳听见他的脚步声从上面传来。沃尔夫走到舷窗旁，看着他沿着纤道走远。

沃尔夫把刀子收起来，扣上衬衣遮住刀鞘。他穿上皮鞋，系紧鞋带。他从隔壁把那本书拿过来，抽出那页印着密钥的纸，揉成一团，扔进一个大玻璃烟灰缸，从厨房抽屉里拿来一盒火柴，把纸点燃。

艾琳想，他一定还有另一份密钥，和另一台无线电放在一起。

沃尔夫盯着火苗，确保那张纸被彻底烧掉。他看了看那本书，像是在盘算着要不要把它也烧掉，然后他打开一扇舷窗，把书扔进了河里。

他从橱柜里拿出一个小手提箱，开始往里面装东西。

"你要去哪里？"艾琳问。

"你会知道的——你和我一起走。"

"噢，不要。"他会把她怎么样？他逮住她欺骗他——他是不是已经想出了合适的惩罚方法？她疲惫极了，害怕得不得了。她做的事没一桩有过好结果。她一度只是害怕她将不得不和他上床。现在要害怕的事可多得太多了。她考虑要不要试着逃跑——她上一次几乎成功了——但她现在没有那个勇气了。

沃尔夫继续收拾行李。艾琳看见她自己的衣服在地上，这才意识到自己还衣衫不整。地上有她的内裤、长筒袜和文胸。她决定把它们穿上。她站起来，把连衣裙拉过头顶脱下来。她弯腰捡起她的内衣。她直起身来时，沃尔夫把她抱进怀里。他在她的嘴唇上印下一个粗鲁的吻，似乎完全不在意她毫无反应。他把手伸到她两腿之间。她身子绷紧了。他把手指插得更深，她痛苦地喘着气。

他直视着她的眼睛。"你知道吗，我想即使我用不着你也会把你带在身边的。"

她闭上了眼睛，觉得很屈辱。他又把她丢开，继续收拾起行李来。

她穿上衣服。

他收拾好之后，最后环顾了一下四周，说："我们走。"

艾琳跟着他走上甲板，心想不知他打算拿索尼娅怎么办。

他好像知道她在想什么似的，说："我不愿意打扰索尼娅的美梦。"他露出一抹狞笑，"走吧。"

他们沿着纤道走。他为什么把索尼娅留下？艾琳不明白。她想不出原因，但她知道这么做有多无情。她想，沃尔夫是个彻头彻尾不择手段的人，这念头让她打了个寒战，因为她正被他攥在手心里。

她心想不知自己能不能杀了他。

他左手提着行李箱，右手抓着她的胳膊。他们拐上人行道，走到了马路上，来到他的车旁。他打开司机这一侧的车门，命令她越过变速杆到副驾驶座上去。他钻进车子坐在她旁边，发动了汽车。

这辆车在路边停了一整夜还完好无缺，真是个奇迹，通常只要是能拆下来的部件都会被偷走，包括轮子。他把所有的好运气都占了，艾琳想。

他们开车离开。艾琳真想知道他们要到哪里去。不管那是哪里，沃尔夫的第二台无线电在那里，还有另一本《蝴蝶梦》，和另一份密钥。等我们到那里时，我会再试试，她疲倦地想。现在这完全取决于她了。沃尔夫已经离开了船屋，所以即使有人给范德姆松了绑，他也做不了什么了。艾琳得靠一己之力阻止沃尔夫联系隆美尔，如果有可能再把密钥偷到手。这个想法实在异想天开，无异于上天摘月亮。她真正渴望的是从这个邪恶而危险的男人身边逃走，回到家里，忘记和间谍、密码、战争有关的一切，重新找回安全感。

她想到了她那步行去耶路撒冷的父亲，她知道她必须试一试。

沃尔夫停下了车。艾琳意识到他们在哪里。她说："这是范德姆家！"

"没错。"

她瞪着沃尔夫，试图读懂他脸上的表情。她说："但范德姆不在这里。"

"不在。"沃尔夫阴郁地笑了，"但比利在。"

二十四

无线电发报机让安瓦尔·萨达特很高兴。

"这是一台哈利克拉夫特牌的天空挑战者。"他对柯麦尔说，"美国货。"他把它接上电源测试了一下，断定它信号很强。

柯麦尔解释说他们必须在午夜时用预设的波长发信，呼号是斯芬克斯。他说沃尔夫拒绝给他密码，所以他们得冒险用明文发信。

他们把无线电藏在那栋小房子的厨房烤箱里。

柯麦尔离开萨达特家，驱车从库布里·库巴赶回扎马雷克。一路上，他思考着要如何掩盖他在这天晚上的事件中扮演的角色。

他的说法得和那位范德姆派去求助的警官的说法吻合，所以他得承认接到了电话。也许他可以说，在向英国人示警之前，他自己先到船屋去调查，以防万一"范德姆少校"是别人冒牌顶替的。然后呢？他搜查纤道和灌木丛寻找范德姆，结果也被人在头上敲了一记。所以他得说自己也被捆起来了。是的，他会说自己被捆起来了，刚刚才设法挣脱。然后他和范德姆会登上船屋——发现它空空如也。

这应该行得通。

他停好车，警惕地沿着纤道往前走。他朝灌木丛里张望，大致认出来他把范德姆留下的地方。他在离那个地方三四十码的地方走进树丛，躺在地上打了个滚，把衣服弄脏，然后他往脸上抹了些沙土，又把头发抓乱。然后他搓揉着自己的手腕，做出受伤的样子，去搜寻范德姆。

他正是在他留下范德姆的地方找到的他。绳结还系得很紧，塞在他嘴里的袜子也还在。范德姆双目圆睁，瞪着柯麦尔。

柯麦尔说："我的天啊，他们也抓住了你！"

他弯下腰，把塞在他嘴里的袜子拿出来，开始给范德姆松绑。"那个警官联系了我。"他解释道，"我到这里来找你，不知怎么的，等我再醒过来的时候，我已经被五花大绑，嘴里塞着东西，头疼得要命。那是好几个小时之前的事了。我刚刚挣脱出来。"

范德姆一言不发。

柯麦尔把绳子扔到一旁。范德姆僵硬地站起来。柯麦尔说："你感觉怎么样？"

"我没事。"

"让我们到船屋上看看能找到什么。"柯麦尔说着，转过身去。

柯麦尔刚把背转过来，范德姆就上前一步，使尽全力用掌缘切在他的后颈上。这也许会把柯麦尔打死，但范德姆不在乎。范德姆被绑起来，嘴里塞着东西，也没法看见纤道，但他能听见声音："我是柯麦尔，你一定是沃尔夫。"他就是这么知道柯麦尔背叛了他的。柯麦尔显然没想到这种可能性。自从无意间听见这番话，范德姆的心头就燃烧着怒火，他被压抑的愤怒都贯注到那一击里面了。

柯麦尔被击晕了，躺在地上。范德姆把他翻过来，搜了他的身，找到了那把枪。他用刚才捆住他双手的绳子把柯麦尔的手捆在他背后，然后打了柯麦尔几个耳光，直到他醒过来。

"站起来。"范德姆说。

柯麦尔先是一脸茫然，随后眼里露出恐惧来。"你在干什么？"

范德姆踢了他一脚。"踢你。"他说，"站起来。"

柯麦尔挣扎着站起来。

"转身。"

柯麦尔转过身。范德姆用左手抓住柯麦尔的衣领，右手拿着枪。

"走。"

他们走到船屋前。范德姆推着柯麦尔往前走，走上跳板，穿过甲板。

"打开舱门。"

柯麦尔用脚尖钩着舱门的把手，把门抬起来。

"下去。"

柯麦尔双手被绑住了，只好笨拙地沿着舷梯往下走。范德姆弯下腰往里看。里面没人。他迅速地走下舷梯。他把柯麦尔推到一边，拉开了帘子，用枪指着帘子后面的空间。

他看见索尼娅在床上睡觉。

"进去。"他对柯麦尔说。

柯麦尔走进去，站在床头旁边。

"叫醒她。"

柯麦尔用脚碰了碰索尼娅。她翻了个身，往另一侧一滚，眼睛都没睁开。范德姆隐约意识到她是赤身裸体的。他把手伸过去捏住了她的鼻子。她立刻就睁开眼睛坐了起来，看起来很生气。她认出了柯麦尔，然后她看见了拿着枪的范德姆。

她说："发生了什么事？"

然后她和范德姆同时说："沃尔夫在哪里？"

范德姆确信她不是在伪装。很显然柯麦尔警告了沃尔夫，沃尔夫没叫醒索尼娅就逃走了。他应该把艾琳带在身边了——虽然范德姆想不出这是为什么。

范德姆用枪指着索尼娅的胸口，正好抵在她左乳下。他对柯麦尔说："我准备问你一个问题。如果你回答得不对，她就会死。明白吗？"

柯麦尔紧张地点点头。

范德姆说："沃尔夫昨天晚上午夜时有没有用无线电发消息？"

"没有！"索尼娅尖叫道，"没有，他没有，他没有！"

"这里到底发生了什么？"范德姆问。他有些害怕听到答案。

"我们上床了。"

"谁？"

"沃尔夫，艾琳，和我。"

"一起？"

"是的。"

原来是这么回事。范德姆还以为她会很安全，因为有另一个女人在！这就解释了沃尔夫对艾琳持续不断的兴趣，因为他们想要她和他们玩三人行。范德姆觉得很反感，心里很不舒服，不是因为他们所做的事，而是因为他害得艾琳被迫参与了这件事。

他把这个念头赶出脑海。索尼娅说的是真话吗——沃尔夫昨晚没能给隆美尔发无线电？范德姆想不出查证的办法。他只能祈祷这是实情。

"穿上衣服。"他吩咐索尼娅。

她下了床，匆忙地套上一条裙子。范德姆一面用枪指着他们两人，一面走到船头，往小门里看了看。他见到一个小浴室，墙上有两个小舷窗。

"进去，你们俩。"

柯麦尔和索尼娅走进浴室。范德姆关上门，开始搜查船屋。他打开所有的橱柜和抽屉，把里面的东西扔在地上。他把床单扯了下来。他从厨房拿了一把锋利的刀，在床垫和沙发坐垫上划来划去。他把写字台抽屉里的文件都翻了一遍。他找到一个大玻璃烟灰缸，里面装满烧焦的纸。他拨弄了一下，但所有的纸都烧尽了。他倒空了冰柜。他走上甲板，清空了所有储物柜。他沿着船外壳绕了一圈查看，寻找垂进水里的绳子。

半个小时以后，他确信船屋里没有无线电，没有《蝴蝶梦》，也没有密钥。

他把两个俘虏弄出浴室。在甲板上的一个储物柜里，他找到一条绳子。他先把索尼娅的手捆上，然后把索尼娅和柯麦尔拴在一起。

他押着他们下了船，又沿着纤道走到街上。他们走到桥边，他拦了一辆出租车。他让索尼娅和柯麦尔坐在后座上，然后一面用枪指着他们，一面钻进前排，坐在那个眼睛睁得大大的，吓坏了的阿拉伯司机身旁。

"总司令部。"他对司机说。

这两个俘虏将被审问，但要问的问题其实只有两个：

沃尔夫在哪里？

而艾琳又在哪里？

坐在车里时，沃尔夫还是攥着艾琳的手腕。她试图把手抽出来，但他抓得很紧。他抽出刀子，让刀刃轻轻地划过她的手背。刀很锋利。艾琳恐惧地瞪着她的手。起初只有一条线，像是铅笔划出的印子，随后血慢慢地从伤口处涌出来，手背传来一阵尖锐的疼痛。她倒吸了一口气。

沃尔夫说："你要紧跟着我，不许说话。"

艾琳突然觉得他很讨厌。她直视着他的眼睛。"否则你就用刀割我？"她用极尽鄙夷的语气说。

"不。"他说，"否则我就用刀割比利。"

他放开她的手腕，钻出了汽车。艾琳一动不动地坐着，觉得无助极了。她能做些什么来反抗这个强壮又无情的男人？她从包里掏出一块小手帕，把它裹在她流血的伤口上。

沃尔夫不耐烦地绕到她这一侧，拉开了车门。他抓住她的上半身，把她拉出了车子。然后他抓着她穿过马路，朝范德姆的房子走去。

他们走过短短的车道，按响了门铃。艾琳回忆起她上次站在这个门廊下等门打开的情景。那感觉像是发生在多年以前，其实不过是几天前的事。她是从那天知道范德姆结过婚，而他的妻子已经去世；她还和范德姆做爱；而他没有送花给她——她怎么会为了这件事大发牢骚？——后来他们找到了沃尔夫；后来——

门开了。艾琳认得那是贾法尔。仆人也还记得她，说："早上好，芳塔纳小姐。"

"你好，贾法尔。"

沃尔夫说："早上好，贾法尔。我是亚历山大上尉。少校让我过来一趟。你能让我们进去吗？"

"当然，先生。"贾法尔站到一旁。沃尔夫仍然抓着艾琳的胳膊，走进了房子。贾法尔关上了门。艾琳记得这间拼砖装饰的大厅。贾法尔说："我希望少校安然无恙……"

"是的，他很好。"沃尔夫说，"但他今天早上回不来，所以他让我过来，告诉你他没事，然后开车送比利去学校。"

艾琳被吓得目瞪口呆。这太可怕了——沃尔夫打算绑架比利。沃尔夫提到男孩的名字时她就该猜到的——但这实在不堪设想，她一定不能让这事发生！她能做什么？她想大喊：不，贾法尔，他在说谎，带上比利逃走，跑，快跑！但沃尔夫有刀子，贾法尔又上了年纪，无论如何沃尔夫还是会抓住比利的。

贾法尔看起来有些迟疑。沃尔夫说："好了，贾法尔，动作快点。我们可没有一整天的时间。"

"是，先生。"贾法尔本能地说，这是一个埃及仆人被一个欧洲人用命令式的口吻使唤时的反应，"比利刚吃完早饭。你能在这里等一会儿吗？"他打开了客厅的门。

沃尔夫推着艾琳走进房间，然后终于放开了她的胳膊。艾琳看着室内的装潢，墙纸、大理石壁炉和安琪拉·范德姆在《上流社会生活》上的照片：这些熟悉的东西出现在眼下的噩梦里，看起来非常诡异。安琪拉会知道该怎么做，艾琳悲哀地想。"别胡闹了！"她会这么说，然后飞扬跋扈地抬起胳膊，告诉沃尔夫滚出她的房子。艾琳摇摇头，把想象赶出脑海：安琪拉会和她一样无能为力。

沃尔夫坐在书桌旁。他打开一个抽屉，掏出一个记事本和一支铅笔，开始写起什么来。

艾琳心想不知贾法尔会怎么做。他有没有可能打电话到总司令部和比利的父亲核实？艾琳知道，埃及人通常很不乐意打电话到总司令部：贾法尔也许会被总台接线员和秘书拦下。她四处张望，结果看见电话就在这个房间里，所以即使贾法尔想打电话，沃尔夫也会知道并且阻止他。

"你为什么带我到这里来？"她喊道。沮丧和恐惧让她的声音格外尖锐。

沃尔夫停下笔，抬起头来。"好让那男孩保持安静，我们有很长的路要走。"

"把比利留在这里。"她恳求道，"他是个孩子。"

"范德姆的孩子。"沃尔夫微笑着说。

"你不需要他。"

"范德姆也许能猜出我要去哪里。"沃尔夫说，"我想确保他不来追我。"

"你真以为你手里有他儿子他就会坐在家里吗？"

沃尔夫看来也在考虑这一点。"我希望如此。"他最后说，"不管怎么样，我会有什么损失？如果我不把男孩带上，他肯定会来追我。"

艾琳强忍着眼泪。"你就没有一点儿怜悯吗？"

"怜悯是一种堕落的情感。"沃尔夫说，眼里闪过一道光，"对道德的怀疑是决定性的。道德的世界解释，再也得不到认可了……"①他似乎在引用。

艾琳说:"我认为你这么做不是为了让范德姆留在家里,我觉得你无论如何都会这么做的。你想的是让他气急败坏,你喜欢这种感觉。你是个残忍、扭曲、可憎的人。"

"也许你说得对。"

"你真病态。"

"够了!"沃尔夫脸微微有点红。他似乎在努力让自己镇定下来。"我写东西的时候闭上嘴。"

艾琳强迫自己集中注意力。他们要走一段很长的路。他害怕范德姆会跟上他。他告诉柯麦尔他有另外一套无线电设备。范德姆也许能猜出他们要去哪里。毫无疑问,在旅途的尽头,会有一台备用的无线电,一本《蝴蝶梦》,和一份密钥。她得想办法帮范德姆跟上他们,这样他才能把他们救出来,并且夺得密钥。艾琳想,如果范德姆能猜出目的地,我也可以。沃尔夫会把备用的无线电设备放在哪里呢?到那里要走很远的路程。他也许是在到开罗之前把它藏在了某个地方,也许是在沙漠中的某个地方,或者是这里和阿斯尤特之间的某个地方。也许——

比利进来了。"你好。"他说,"你把那本书给我带来了吗?"

她不知道他在说什么。"书?"她惊讶地看着他,心想,虽然他表现得像个大人,但还是个不折不扣的孩子。他穿着灰色的法兰绒短裤和白色衬衣,他露出来的小臂光滑的皮肤上还没有毛发。他提着一个书包,戴着校服领带。

---

① 引自尼采《权力意志》。

"你忘记了。"他说，看起来像是遭到了背叛，"你要借一本西默农的侦探小说给我的。"

"我确实忘记了。对不起。"

"你下次来的时候会带来吗？"

"当然。"

沃尔夫一直盯着比利，像一个守财奴往他的珠宝箱里张望似的。这时他站了起来。"你好，比利。"他微笑着说，"我是亚历山大上尉。"

比利和他握了握手，说："你好，先生。"

"你父亲让我告诉你他确实非常忙。"

"他总是回家来吃早饭的。"比利说。

"今天不行。知道吗，他在忙着对付老隆美尔。"

"他又打架了吗？"

沃尔夫迟疑了一下。"事实上，是的，但他没事。他的头上肿了一个包。"

艾琳注意到，比起担心，比利似乎更感到自豪。

贾法尔走进来对沃尔夫说："先生，您确定少校让你送比利去学校吗？"

他起疑了，艾琳想。

"当然。"沃尔夫说，"有什么问题吗？"

"没有，但我要对比利负责，而我们其实都不认识你……"

"但你认识芳塔纳小姐。"沃尔夫说，"少校吩咐我的时候，她正和我在一起，不是么，艾琳？"沃尔夫瞪着她，摸了摸他的左侧腋下，那是他放刀鞘的地方。

"是的。"艾琳悲哀地说。

沃尔夫说："不过，你小心一点儿是应该的，贾法尔。也许你应该打电话到总司令部，自己找少校问一问。"他朝电话示意了一下。

艾琳想：不，不要去啊贾法尔，他不等你拨完号就会把你杀掉的。

贾法尔犹豫了一下，说："我确定没有那个必要，先生。就像您说的，我们认识芳塔纳小姐。"

艾琳想：这都是我的错。

贾法尔出去了。

沃尔夫用阿拉伯语对艾琳飞快地说："让那男孩安静待一会儿。"他开始继续写。

艾琳看着比利的书包，突然灵光一闪，有了主意。"给我看看你的课本。"她说。

比利看她的眼神就像她疯了似的。

"给我看看吧。"她说。书包是开着的，一本地图册露了出来。她伸手把它拿了出来。"你的地理学到哪里了？"

"挪威海峡。"

艾琳看见沃尔夫停下了笔，把那张纸放进一个信封。他舔了舔信封盖，把信封封上，放进自己口袋。

"让我们来找找挪威。"她翻开了地图册。

沃尔夫拿起电话拨起号来。他看了一眼艾琳，然后扭头看着窗外。

艾琳找到了埃及地图。

比利说："但这是——"

艾琳迅速地用手指点了点他的嘴唇。他住了嘴，皱着眉头看着她。

她想：拜托了，小朋友，别说话，让我来说。

她说："斯堪的纳维亚，没错，不过挪威是在斯堪的纳维亚，你看。"她解开缠在手上的手帕。比利瞪着那个伤口。艾琳用指甲挑开了伤口，它又开始流血了。比利的脸变得煞白。他似乎想开口，所以艾琳碰了碰他的嘴唇，带着恳求的眼神摇了摇头。

艾琳确信沃尔夫要去阿斯尤特。这是个很有可能的猜测，而且沃尔夫说他害怕范德姆会正确地猜到他们的目的地。她刚想到这一点，她就听到沃尔夫对着电话说："喂？帮我查查去阿斯尤特的火车时刻表。"

她想，我是对的！她用手指在她手上流出来的血里蘸了蘸。她用血在埃及地图上画了三划，画出一个箭头，箭头指着位于开罗以南三百英里的小城，阿斯尤特。她合上地图册。她用手帕把血抹在书的封面上，然后把书藏在自己身后。

沃尔夫说："对——什么时候到？"

艾琳说："但是为什么挪威有海峡，埃及却没有呢？"

比利看起来愣愣的。他一直盯着她的手。她得在他露馅之前让他回过神来。她说："听着，你读过阿加莎·克里斯蒂的一本叫作《染血地图册之谜》的小说吗？"

"没有，没有这么一本——"

"侦探基于这一个线索，就推理出了全部真相，思路非常巧妙。"

他皱着眉看着她。不过不是完全晕头转向的那种皱眉，而是正逐渐明白过来的那种表情。

沃尔夫放下电话，站了起来。"我们走吧。"他说，"你不想上学迟到吧，比利。"他走到门口把门打开。

比利拿起书包，走了出去。艾琳站起来，害怕沃尔夫会看到地图册。

"快点。"他不耐烦地说。

她走出门口，沃尔夫跟在她身后。比利已经在门廊上了。门厅里一张肾脏形状的茶几上放着一小沓信件。艾琳看见沃尔夫把那个信封放在那沓信顶上。

他们走出大门。

沃尔夫问艾琳："你会开车吗？"

"会。"她刚答完就怪自己反应太慢——她应该说不会的。

"你们俩坐前面去。"沃尔夫命令道。他坐进了后排。

她刚发动，就看见沃尔夫俯身向前靠过来。他说："看见这个了吗？"

她低头一看，他正把刀子拿给比利看。

"看见了。"比利用颤抖的声音说。

沃尔夫说："如果你惹麻烦，我就把你的头切下来。"

比利哭了起来。

二十五

"立正！"杰克斯以气势十足的少校副官的声音吼道。

柯麦尔立正站好。

审讯室里空荡荡的，只有一张桌子。范德姆跟在杰克斯身后走进去，一只手拎着一把椅子，另一只手端着一杯茶。他坐了下来。

范德姆说："阿历克斯·沃尔夫在哪里？"

"我不知道。"柯麦尔说。他稍微放松了些。

"立正！"杰克斯吼道，"站直了，小子！"

柯麦尔再次立正。

范德姆啜了一口茶。这是表演的一部分，用来表现他时间充裕得很，也没有什么特别关心的事，而他的俘虏则有大麻烦了。事实正与之相反。

他说："昨晚你接到一个监视吉翰船屋的警官打来的电话。"

杰克斯喊道："回答少校的问题！"

"是的。"柯麦尔说。

"他对你说了什么？"

"他说范德姆少校来到了纤道上，派他去召集帮手。"

"长官！"杰克斯说，"要说去召集帮手，长官。"

"去召集帮手，长官。"

范德姆说："你做了什么？"

"我自己到纤道去查看，长官。"

"然后呢？"

"有人在我头上敲了一下，把我打晕了。我醒过来时，手脚都被绑住了。我花了几个小时才挣脱出来。然后我给范德姆少校松绑，结果他袭击了我。"

杰克斯靠近柯麦尔："你这个该死的谎话连篇的埃及人！"柯麦尔退后一步。"站上前来！"杰克斯吼道，"你这个说谎的小鬼佬！你是什么东西？"柯麦尔什么都没说。

范德姆说："听着，柯麦尔，照目前情况看，你会因为间谍罪被枪毙。如果你把知道的情况都告诉我们，你就只需要坐牢。聪明点。听着，你来到纤道上，把我打晕了，对吗？"

"不是的，长官。"

范德姆叹了口气。柯麦尔有他的一套说法，并且咬定了不放。即使他知道或者能猜出来沃尔夫去了哪里，他要假装无辜就不会说出来。

范德姆说："这件事你妻子参与了多少？"

柯麦尔没说话，但他看起来有些害怕。

范德姆说："如果你不回答我的问题，我就只能问她了。"

柯麦尔的嘴唇紧紧地抿成了一条线。

范德姆站起来。"好吧，杰克斯。"他说，"以涉嫌间谍活动的名义把他妻子带来。"

柯麦尔说："典型的英国式正义！"

范德姆看着他。"沃尔夫在哪里？"

"我不知道。"

范德姆走了出去。他在门外等着杰克斯。等上尉出来之后，范德姆说："他是个警察，知道这些伎俩。他会崩溃，但今天不会。"而范德姆必须在今天找到沃尔夫。

杰克斯问："你要我逮捕他妻子吗？"

"现在不用。之后也许需要。"还有，艾琳在哪里？

他们走了几码来到另一间牢房。范德姆说："这里都准备好了？"

"是的。"

"好的。"他打开门走了进去。这个房间没那么空旷。索尼娅坐在一把硬椅子上，穿着一件粗糙的灰色囚服，旁边站着一个女军官。这个女军官又矮又壮，有着男性化的坚毅脸庞和灰色短发。如果范德姆自己是她手下的囚犯，他会很害怕她。牢房一个角落里放着一个架子，另一个角落里有一个只有冷水的洗手池。

范德姆走进去时，那个女军官说："起立！"

范德姆和杰克斯坐了下来。范德姆说："索尼娅，坐下。"

女军官把索尼娅推到椅子上。

范德姆对着索尼娅研究了一分钟。他审讯过她一次，她那次比他要强硬。这次情况不同了：艾琳的安危维系于此，而范德姆的耐心也所剩无几。

他说："阿历克斯·沃尔夫在哪里？"

"我不知道。"

"艾琳·芳塔纳在哪里？"

"我不知道。"

"沃尔夫是个德国间谍，你一直在帮助他。"

"荒谬。"

"你有麻烦了。"

她一言不发。范德姆观察着她的脸。她骄傲、自信、无畏。范德姆好奇今天早上船屋里到底发生了什么。沃尔夫肯定没有提醒索尼娅就逃走了。她不觉得被背叛了吗？

"沃尔夫背叛了你。"范德姆说，"柯麦尔，那个警察，提醒沃尔夫有危险；但沃尔夫扔下还在睡觉的你，和另一个女人走了。发生了这样的事你还要维护他吗？"

她没说话。

"沃尔夫把无线电藏在你的船上。他午夜时给隆美尔发消息。你知道这件事。所以你是间谍活动的从犯。你会因为间谍罪被枪毙。"

"全开罗都会发生暴动的！你才不敢！"

"你这么觉得？如果现在开罗暴乱，我们有什么可操心的？德国人已经到了门口——让他们来镇压叛乱好了。"

"你不敢动我。"

"沃尔夫去了哪里？"

"我不知道。"

"你能猜出来吗？"

"不。"

"你一点儿忙都不帮，索尼娅，这只会让你的处境更糟糕。"

"你不能动我。"

"我想我最好给你证明一下我可以。"范德姆对那个女军官点点头。

女军官按住索尼娅不让她动，杰克斯把她绑在椅子上。她挣扎了一会儿，但毫无挣脱的希望。她看着范德姆，眼神里第一次流露出恐惧。她说："你要做什么？你们这些混蛋！"

女警官从她的包里拿出一把大剪刀。她拉起一绺索尼娅那又长又密的头发，剪了下来。

"你不能这么做！"索尼娅尖叫。

女人敏捷地剪着索尼娅的头发。大把大把的头发掉了下来，女人把它们直接扔在索尼娅腿上。索尼娅尖叫着，咒骂范德姆、杰克斯和所有英国人，那些言辞范德姆从来没从女人嘴里听到过。

女人掏出一把小剪刀，修剪着索尼娅贴近头皮的头发。

索尼娅的尖叫被眼泪淹没了。等他的声音能被听见时，范德姆说："你看，我们现在不太在意合法性和正义了，也不太在意埃及公众的看法。我们已经没有退路了。我们也许很快都会被杀掉。我们已经绝望了。"

女人拿出肥皂和剃须刷，在索尼娅的头上涂上泡沫，然后开始给她剃头。

范德姆说："沃尔夫从总司令部的某个人那里获得了情报，是谁？"

"你真恶毒。"索尼娅说。

女人最终从包里掏出一面镜子，举在索尼娅面前。起初索尼娅不愿往镜子里看，过了一会儿后她放弃了。她看见镜子里映出自己的光头时倒抽了一口凉气。"不！"她说，"这不是我。"她大哭起来。

现在所有的仇恨都消散了，她被彻底摧毁了。范德姆柔声说："沃尔夫从哪里获得情报的？"

"从史密斯少校那里。"索尼娅答道。

范德姆如释重负地叹了口气：她被瓦解了，谢天谢地。

"全名？"他问。

"桑迪·史密斯。"

范德姆瞥了杰克斯一眼。那正是军情六处那位失踪少校的名字——那正是他们所担心的。

"他怎么拿到情报的？"

"桑迪在他的午餐时间来船屋看我。我们在床上时，沃尔夫就翻他的公文包。"

就这么简单，范德姆想。老天，我觉得好累。史密斯是总司令部和秘密情报署——也叫军情六处——之前的联络人，以他的身份，他可以接触到所有的战略计划，因为军情六处需要知道军队在做什么，这样它才能告诉手下的间谍去寻找什么信息。史密斯在总司令部参加完上午的晨会之后，就带着一个装满了机密的公文包直接去了船屋。范德姆已经知道史密斯一直对总司令部的人说他到军情六处的办公室吃午饭，对他在军情六处的上级说他在总司令部吃午饭，这样一来没人知道他在和一个舞女瞎搞。范德姆之前认为沃尔夫是贿赂或者敲诈了某个人，他从没想到沃尔夫可能是在这个人不知情的情况下从他身上获得情报。

范德姆说："史密斯现在在哪里？"

"他抓住阿历克斯翻他的公文包。阿历克斯杀了他。"

"尸体在哪里？"

"船屋旁边的河里。"

范德姆对杰克斯点点头，杰克斯出去了。

范德姆对索尼娅说："和我说说柯麦尔的情况。"

她现在滔滔不绝，急于说出她知道的一切，抗拒心理消失不见，为了让别人对她好一点儿什么都愿意做。"他来告诉我，你让他监视船屋。他说如果我能安排阿历克斯和萨达特见面，他就会删改监视报告。"

"阿历克斯和谁？"

"安瓦尔·萨达特，他是一个陆军上尉。"

"他为什么想和沃尔夫见面？"

"自由军官运动想送信给隆美尔。"

范德姆想：还有这么一档子事，我从来没想到过。他问："萨达特住在哪里？"

"库布里·库巴。"

"地址？"

"我不知道。"

范德姆对那个女军官说："去找出安瓦尔·萨达特上尉的准确地址。"

"是，长官。"女军官的脸上绽放出一个笑容，令人惊讶地好看。她出去了。

范德姆说："沃尔夫把他的无线电藏在你的船上。"

"是的。"

"他用一种密码加密信息。"

"是的，他有一本英文小说，用它来编写密码。"

"《蝴蝶梦》。"

"是的。"

"他还有一份密钥。"

"一张纸，告诉他应该用那本书的哪一页。"

她慢慢地点点头。"是的，我想他有这个。"

"无线电、书和密钥都不见了。你知道在哪里吗？"

"不知道。"她说。她害怕了。"真的，我不知道，我说的是实话——"

"没关系，我相信你。你知道沃尔夫可能去了哪里吗？"

"他有一栋房子……橄榄树别墅。"

"好主意。还有什么想法？"

"阿卜杜拉。他也许会去找阿卜杜拉。"

"好的，还有吗？"

"他的堂兄弟们，在沙漠里。"

"能在哪里找到他们？"

"没人知道，他们是游牧民。"

"沃尔夫有没可能知道他们的移动路线？"

"我想他可能知道。"

范德姆坐在那里又观察了她一会儿。她不是演员，她不可能是装出来的。她完全被瓦解了，不只是愿意，她是急切地想出卖她的朋友，说出她的全部秘密。她说的是实话。

"我会再来看你。"范德姆说完就出去了。

那个女军官递给他一张写着萨达特地址的纸条，然后走进牢房。范德姆匆匆赶到集合室，杰克斯正等着他。"海军借给我们一队潜水员。"杰克斯说，"他们几分钟后就到。"

"很好，"范德姆点燃一支烟，"我要你突袭阿卜杜拉家。我要逮捕这个叫萨达特的家伙。派一组人到橄榄树别墅去，只是以防万一——我觉得他们找不到什么东西。给所有人都交代过了任务是什么了吗？"

杰克斯点点头。"他们知道我们在找一台无线发射器、一本《蝴蝶梦》和一份加密说明。"

范德姆环视四周，这才注意到房间里有埃及警察。"我们的队伍里怎么有该死的阿拉伯人？"他生气地说。

"礼仪，长官。"杰克斯一本正经地回答，"博格中校的主意。"

范德姆强忍住没反驳。"等你搜完阿卜杜拉，来船屋和我碰头。"

"是的，长官。"

范德姆把香烟捻灭。"我们走。"

他们出门走到早晨的阳光下。一打以上的吉普正排成一排，引擎已经发动了。杰克斯给突袭队的军士们下了命令，然后对范德姆点点头。士兵们登上吉普，这组人出发了。

萨达特住在从开罗往哈里波利斯方向约三英里的郊区。他家是一栋普通的住宅，带一个小花园。四辆吉普咆哮着开过来，士兵们迅速包围了房子，开始搜查花园。范德姆敲大门。一条狗大声吠起来。范德姆又敲了一下。门开了。

"安瓦尔·萨达特上尉？"

"是我。"

萨达特是个中等个头的年轻人，瘦削，严肃。一头棕色卷发，发际线已经开始后退了。他穿着上尉制服，戴着军帽，似乎正要出门。

"你被捕了。"范德姆说完就把他推进屋子里。另一个年轻人出现在一个房间门口。"这是谁？"范德姆问。

"我的兄弟，塔尔特。"

范德姆看着萨达特。这个阿拉伯人镇定而威严，但他正试图隐藏自己的不安。他害怕，范德姆想，但他不害怕我，也不害怕坐牢；他害怕的另有其事。

柯麦尔今天上午和沃尔夫做了什么样的交易？叛乱分子们要沃尔夫帮忙和隆美尔联系。他们把沃尔夫藏起来了吗？

范德姆说："哪个是你的房间，上尉？"

萨达特指了指。范德姆走进房间。这是一间简单的卧室，地上放着一个床垫，一件加拉比亚挂在衣钩上。范德姆冲着两个英国士兵和一个埃及警察指了指。"好吧，动手。"他们开始搜查房间。

"这是什么意思？"萨达特平静地说。

"你认识阿历克斯·沃尔夫。"范德姆说。

"不认识。"

"他也把自己叫作阿赫迈德·拉姆哈。但他是个欧洲人。"

"我从来没听说过这个人。"

显然萨达特是个非常强硬的人，不会因为几个魁梧的士兵在他房子里捣乱就崩溃到把所有事都供出来。范德姆指了指大厅另一头。"那个房间是什么？"

"我的书房——"

范德姆走到门口。

萨达特说："家里的女眷在里面，你得让我提醒一下她们——"

"她们知道我们在这里，开门。"

范德姆让萨达特先进门。里面没有女眷，但有一扇开着的后门，像是有人刚从房间里出去。这不要紧，花园里全是士兵，没人能逃掉。范德姆看见书桌上有一把手枪，下面压着几页阿拉伯语手稿。他走到书架旁检查了一下，《蝴蝶梦》不在这里。

房子里另一处传来叫喊声："范德姆少校！"

范德姆循声来到厨房。一个军士站在烤箱旁，家里的狗正对着他穿着靴子的脚狂吠。烤箱的门开着，军士从里面抬出一台装在手提箱里的无线电发报机。

范德姆看着随他来到厨房的萨达特。阿拉伯人的脸因为苦涩和失望而扭曲了。这么说这就是他们的交易：他们给沃尔夫示警，作为交换，他们得到沃尔夫的无线电。这意味着他还有另外一台吗？或者沃尔夫计划到这里，到萨达特家来发情报？

范德姆对军士说："干得好，把萨达特上尉带到总司令部去。"

"我抗议。"萨达特说，"法律规定埃及军队的军官只能被扣留在军队食堂，而且必须由一名同僚军官看守。"

那名高级埃及警察正站在附近。"没错。"他说。

范德姆又一次暗暗咒骂博格把埃及人扯进来。"法律还规定间谍要被枪毙。"他对萨达特说。他转向那名军士。"把我的司机叫来。结束这里的搜查。再用间谍罪起诉萨达特。"

他又看了眼萨达特。苦涩和失望已经从他脸上消失，代之以一副算计的表情。他正在思考如何就这件事大做文章，范德姆想，他准备扮演烈士。他很懂得将计就计，他应该去从政。

范德姆走出房子，钻进一辆吉普。片刻之后，他的司机跑出来，跳上他身旁的座位。范德姆说："去扎马雷克。"

"是，长官。"司机发动吉普车离开。

当范德姆抵达船屋时，潜水员们已经结束了工作，正站在纤道上脱掉装备。两个士兵正把一个极其可怕的东西从尼罗河里拖出来。潜水员们把绳子系在他们在河底发现的尸体上，然后就撒手不管了。

杰克斯朝范德姆走来。"看看这个，长官。"他递给范德姆一本浸透了水的书。硬纸板封面已经被撕掉了。范德姆翻看了一下，是《蝴蝶梦》。

无线电给了萨达特，密码书扔进河里。范德姆回忆起船屋里那个装着纸灰的烟灰缸：沃尔夫烧掉的是密钥吗？

他有一条重要的情报要发给隆美尔，为什么在这种时候扔掉无线电、书和密钥？结论是必然的，他还有另一台无线电、另一本书和密钥，藏在某个地方。

士兵们把尸体拖到河岸上，然后立刻退开，像是不想再和这玩意儿有任何接触。范德姆站着俯视尸体。喉咙被割断了，头颅差一点儿就要和身体分离开来。腰间的绳子系着一个公文包。范德姆弯下腰，小心翼翼地打开公文包。里面装满了整瓶整瓶的香槟。

杰克斯说："我的天哪。"

"令人作呕，不是吗？"范德姆说，"割喉，抛尸到河里，用一包香槟做重物来让尸体下沉。"

"冷血的畜生。"

"而且用起那把刀来手法真快。"范德姆摸了摸自己的脸颊：敷的药现在已经拿掉了，留了几天的胡子遮住了伤口。但拜托不要这么对艾琳啊，不要用那把刀对付她。"我想你们还没找到他吧。"

"我什么都没找到。我把阿卜杜拉抓起来了,只是遵照通常的做法,但他家里什么都没有。我回来的路上去了趟橄榄树别墅,也是这样的情况。"

"在萨达特上尉家。"范德姆突然觉得精疲力竭。似乎沃尔夫每次都胜他一筹。他想到也许他只是不够聪明,才无法抓到这个狡猾而神秘的间谍。"也许我们已经失败了。"他说着,揉了揉自己的脸。他已经二十四小时没合眼了。他不知道自己站在桑迪·史密斯少校可怖的尸体旁做什么。从这上面已经发现不了什么了。"我想我还是回家睡一个小时。"他说。杰克斯看起来很惊讶。范德姆补充道:"这也许能让我思路更清晰。今天下午我们重新审问所有的俘虏。"

"好的,长官。"

范德姆走回他的车。乘车通过从扎马雷克到大陆的桥时,他回想起索尼娅提到的另一种可能:沃尔夫的游牧民堂兄弟。他看着辽阔而平缓的河面上的船只。水流把它们带往下游,而风把它们吹向上游——这一巧合对埃及意义重大。船夫们还在使用单三角帆——这种设计是在多久以前就被提出来的呢?几千年前吧,也许。在这个国家里,有很多事的做法几千年来不曾改变过。范德姆闭上眼睛,仿佛看见沃尔夫驾驶着一艘三桅帆船逆流而上。他一手操纵着三角形的帆,一手在无线电发报机上敲打着给隆美尔的信息。车突然停了下来,范德姆睁开眼睛,意识到自己做了个白日梦,或者打了个盹儿。沃尔夫为什么要逆流而上?去寻找他的游牧民兄弟。但谁知道他们会在哪里呢?如果他们每年都遵循一定的漫游路线,沃尔夫也许能找到他们。

吉普车停在了范德姆的房子外面。他下了车。"我要你等着我。"他对司机说，"你最好进来。"他领着司机进屋，把他带到厨房。"我的仆人，贾法尔，会给你拿些吃的，只要你别把他当埃及人对待。"

"多谢你，长官。"司机说。

门厅桌子上有一小沓信件。顶上的那个信封没有贴邮票，是寄给范德姆的，那字迹有些眼熟。信封左上角潦草地写着"紧急"。范德姆把信封拿了起来。

他还有更多事要做，范德姆意识到。沃尔夫很有可能正朝南部赶去。路上每个主要城镇都应该设置路障，铁路沿线的每一站都应该安排人寻找沃尔夫……应该有办法检查水路，以防万一沃尔夫真像他白日梦里那样乘船走。范德姆发现很难集中注意力。我们可以在主要河道上设置关卡，就像路障一样，他想：为什么不呢？如果沃尔夫仅仅是潜伏在开罗的话，这些方法都毫无用处。假设他藏身在墓地里？很多穆斯林把逝者埋葬在小房子里，城里这样的空房子有好几英亩：如果要全搜个遍，范德姆需要一千个人。也许我无论如何还是应该试试，他想。但沃尔夫有可能往北走了，往亚历山大城去；也可能往东或者往西，到沙漠里去……

他走进客厅，想找把裁纸刀。搜查范围无论如何得缩小，范德姆没有一千个人可供差遣——他们都在沙漠里征战。他得确定哪个方向可能性最大。他回想起这一切的肇始之地——阿斯尤特。也许他可以联络阿斯尤特的纽曼上尉。沃尔夫似乎是在那里从沙漠中走出来的，也许他会往那个方向逃。也许他的堂兄弟在那附近。范德姆犹豫不决地看着电话。该死的裁纸刀在哪里？他走到门口喊道："贾法尔！"他走回房间，看见比利在学校用的地图册放在一把椅子上，看起来脏兮兮的。男孩也许不小心把它掉进了一个水塘之类的。他把它拿起来，上面黏糊糊的。他意识到上面有血。他感觉自己在做一个噩梦。发生了什么？没有裁纸刀，地图册上有血，阿斯尤特的游牧民……

贾法尔进来了。范德姆说："这乱糟糟的是怎么回事？"

贾法尔看了一眼。"对不起，先生，我不知道。亚历山大上尉在这里的时候，他们在看这本书……"

"他们是谁？谁是亚历山大上尉？"

"您派来接比利去上学的那位军官，先生。他的名字是——"

"等等！"一阵可怕的预感立刻将范德姆脑子里的杂念清扫得干干净净。"一个英国陆军上尉今天早上到这里来带走了比利？"

"是的，先生。他送他去学校。他说是您派他来的——"

"贾法尔，我没有派人来。"

仆人棕色的脸变得灰白。

范德姆说："你难道没核对下他的身份？"

"但是，先生，芳塔纳小姐和他在一起，所以我觉得没关系。"

"哦，天哪。"范德姆看着手里的信封。现在他知道那字迹为什么眼熟了。那和沃尔夫给艾琳的信上的一模一样。里面是一页同样字迹的信。

亲爱的范德姆少校：

比利和我在一起。艾琳正照顾他。只要我安然无恙，他也不会有事。我建议你留在原地，什么都别做。我们不对孩子开战，我也无意伤害这个男孩。尽管如此，一个孩子的生命和我的两个祖国——埃及和德国——的未来相比微不足道。所以，请放心，如果有需要，我会杀了比利。

你忠诚的，

阿历克斯·沃尔夫

这是一个疯子写的信。礼貌的称谓，正确的文法和标点，却企图把绑架一个无辜孩子描述得正义凛然……现在范德姆知道了，沃尔夫的内心深处已经疯了。

而比利在他手上。

范德姆把纸条递给贾法尔，后者用颤抖的手戴上眼镜。沃尔夫离开船屋时带上了艾琳。强迫她配合他应该不难：他只需要用比利作为威胁，她就无能为力了。但绑架的意义到底是什么呢？他们去了哪里？血迹又是怎么回事？

贾法尔不加掩饰地哭起来。范德姆说："谁受伤了？谁流血了？"

"没人动粗。"贾法尔说，"我想芳塔纳小姐把手割伤了。"

而她把血抹在比利的地图册上，把它留在椅子上。这是一个记号，传递着某种信息。范德姆把书拿在手里，让它自然落下。他立刻看见埃及地图上有个污渍一样、画得很简略的红色箭头。箭头指着阿斯尤特。

范德姆拿起电话，拨给总司令部。总台刚接通他就挂断了。他想：如果我汇报这件事，会发生什么？博格会命令一队轻步兵到阿斯尤特逮捕沃尔夫。会有一场打斗。沃尔夫会知道他失败了，会因为间谍罪被枪毙，更别提绑架和谋杀了——他会怎么做？

他是疯的，范德姆想，他会把我儿子杀了。

恐惧让他动弹不得。当然这正是沃尔夫想要的，他带走比利的目的就是这个，让范德姆动弹不得。绑架就是这个作用。

如果范德姆让军队参与进来，会有一场枪战。沃尔夫会因为想要泄愤而杀死比利。这样他就只有一个选择了。

范德姆不得不孤身去追他们。

"给我拿两瓶水。"他吩咐贾法尔。仆人出去了。范德姆走进门厅，戴上他的摩托护目镜，然后找到一块围巾，把他的嘴和脖子包起来。贾法尔拿着水瓶从厨房出来。范德姆离开屋子来到摩托车前，把水瓶放在车筐里，爬上摩托车。他把车发动，让引擎高速旋转起来。油箱是满的。贾法尔站在他身旁，还在流着眼泪。范德姆拍了拍老人的肩膀。"我会把他们带回来。"他把摩托车从撑架上移下来，骑到街上，朝南驶去。

二十六

　　我的天，这车站真是乱七八糟。我看所有人都在试图逃出开罗，以防它被轰炸。开往巴勒斯坦的列车没有一等座——连可供站立的空间都没有。英国人的妻儿像老鼠一样逃窜。幸运的是，往南开的列车没有那么热门。售票处还是宣称没有座位，但他们总是那么说。这里塞几个比索，那里塞几个比索，总是能换来一个座位，或者三个。我害怕我会在月台上把艾琳和男孩丢了，这里有成百上千个农民，打着赤脚，穿着脏兮兮的加拉比亚，带着捆着的箱子和装在柳条箱里的孩子，坐在月台上吃着早饭。一个穿黑衣服的胖女人给她的丈夫、儿子、表亲、女儿、女婿们分发着水煮蛋、皮塔饼和饭团。我的主意太棒了，牵着男孩的手——如果我让他紧跟在身边，艾琳也会跟着。好主意，我总是有好主意，上帝啊我真聪明，比范德姆要聪明。你伤心吧，范德姆少校，你的儿子在我手里。有人牵着一头山羊。有意思，居然有人带山羊坐火车。我从来没在下等座和农民还有他们的山羊一起旅行过。在旅途终点打扫下等座车厢这种工作该多么可怕啊，不知道会是什么人来做，某个可怜的阿拉伯农民吧，和我们不一样的血统，不一样的种族，天生的奴隶，谢天谢地我们搞到了头等座。我这辈子都要坐头等座旅行，我讨厌尘土，天哪那个车站真脏。月台上的小贩，香烟，报纸，一个男人头上顶了个装着面包的篮子。我喜欢头顶篮子的女人，看起来优雅而自豪，让你想和她们在各处做爱，站着做，我喜欢女人享受做爱的样子，喜欢她们因为快感而失去理智、生机勃勃的样子。看看艾琳，坐在男孩身边，那么害怕，那么美丽，我想快点再和她做一次，忘了索尼娅，我现在就想和艾琳做，在列车上，在所有这些人面前，羞辱她，而范德姆的儿子在旁边看着，吓得要死，哈！看这满是泥砖房子的郊区，房子靠在一起互相支撑，牛羊走在狭窄而满是尘土的街道上。我一直好奇它们吃什么，这些长着粗尾巴的城里绵羊，它们在哪里吃草？铁路旁那些小黑房子里没有装水管。女人们在门口给蔬菜削皮，盘腿坐在泥地上。猫。多么优雅啊，那些猫。欧洲的猫不太一样，行动更迟缓，也胖得多。难怪猫在这里地位神圣，它们太美丽了，小猫能带来好运。英国人喜欢狗。恶心的动物，狗：不干净，没有派头，流着口水，摇尾乞怜，嗅来嗅去。猫比狗强多了，猫自己也知道。做一个强者是多么重要啊。一个人要么是主人，要么是奴隶。我扬起头，像一只猫；我走来走去，平头百姓我才不放在眼里；我专注于我神秘的任务，利用人，像猫利用自己的主人，从不道谢，也不接受爱意；他们为我所做的不是送我的礼物，是我本就享有的权利。我是主人，一个德国纳粹，一个埃及贝都因人，天生的统治者。到阿斯尤特要几个小时？八个？十个？必须快速行动。找到伊什梅尔。他应该在水井那里，或者离那儿不远。取走无线电。今晚子时发信。完整的英军防守情况，多么了不起的成就啊，他们应该给我发奖章。德国人统治开罗。哦，小子们，我们要把这个地方整治得像样些。多完美的组合，德国人和埃及人，白天注重效率，夜晚纵情享乐，日耳曼人的技术，贝都因人的野性，贝多芬和大麻。如果我能挺过去，成功赶到阿斯尤特，联系隆美尔；那么隆美尔就能越过最后一座桥，摧毁最后一道防线，冲进开罗，全歼英国人，好一场激动人心的胜利啊。如果我能成功。好一场胜利！好一场胜利！好一场胜利！

我不会晕车，我不会晕车，我不会晕车。火车在铁轨上哐当作响，它是在替我这么说。我现在已经长大了，不能再在火车上呕吐，我八岁时曾经吐过。爸爸带我去亚历山大城，给我买糖果、橙子和柠檬水，我吃得太多了。别想了，越想越觉得恶心。爸爸说这不是我的错，这是他的错。但即使我没吃东西，也总是会晕车。今天艾琳买了巧克力，但我说不要，感谢上帝我已经长大了，能对巧克力说不，孩子从不对巧克力说不。瞧，我能看见金字塔，一座，两座，加上那座小的一共三座。这里一定是吉萨。我们要去哪儿？他本该送我去学校。然后他掏出了刀。那把刀是弯的。他会把我的头割下来。爸爸在哪里？我本该在学校里，我们今天早上第一节有地理课，有关于挪威峡湾的考试，我昨晚全学过了，早知道就不用看了，我已经错过考试了。他们现在应该已经考完了，约翰·斯通先生收着卷子，你把那个叫地图，希金斯？你画的是你自己的耳朵吧，小子！所有人都笑了。斯麦士不会拼莫斯肯斯特罗门，把这个词抄五十遍，小子。所有人都庆幸自己不是斯麦士。老约翰·斯通翻开课本。下一章，北极圈冻土带。我真希望我在学校里。我希望艾琳能用胳膊揽着我。我希望那个男人别再看我了。他盯着我，一副洋洋得意的样子，我觉得他疯了。爸爸在哪里？如果我不去想那把刀，感觉就会像它不在那里一样。我一定不能去想那把刀。如果我集中精力不去想那把刀，那就和我在想着它效果一样了。故意不去想某个东西根本不可能嘛。一个人怎么能不去想某个东西呢？在不经意间。不经意的想法。所有的想法都是不经意间冒出来的。瞧，我有一秒钟没去想那把刀。如果我看见警察，我会朝他冲过去，嘴里喊着救救我，救救我！我会跑得很快，这样他就没法阻止我。我跑起来像风一样，我跑得很快。我也许会看见一位军官。我也许会看见一位将军。我会喊，早上好，将军！他会惊讶地看着我，说，哦，我的同胞小伙子，你是个好孩子！请原谅我，长官，我会说，我是范德姆少校的儿子，这个男人要带走我，而我父亲不知道，很抱歉麻烦您，但我需要帮助。什么？将军，往这儿瞧，先生，你不能这么对待一位英国军官的儿子。这可算不上光明正大，你知道的。赶紧离开，你没听见吗？你以为你自己是谁？你用不着拿着那把削笔刀对我晃，我有枪！你是个勇敢的孩子，比利。我是个勇敢的孩子。每天从早到晚都有人在沙漠里被杀死。炸弹落下来，魂归故乡去。大西洋里，军舰被U型潜艇击沉，士兵掉进冰冷的海里淹死。皇家空军的小伙子们在法国上空被击落。每个人都很勇敢。振作起来！这该死的战争。他们都这么说，这该死的战争。然后他们爬进驾驶员座舱，匆匆躲进防空洞，攻击下一个沙丘，对U型潜艇发射鱼雷，给家里写信。我曾经以为战争让人兴奋。现在我明白了。它一点儿也不让人兴奋。它让我觉得恶心。

比利很苍白。他看起来很苍白。他在努力让自己勇敢。他不该这样。他应该表现得像个孩子。他应该尖叫，哭泣，大发脾气，沃尔夫应付不了这个。但他当然不会这么做，因为他被教导要坚强，要咽下尖叫，要忍住眼泪，要有自制力。他知道他父亲会是什么样子，一个男孩除了模仿父亲还能做什么呢？看看埃及。铁路旁有一条运河。一丛椰枣树。一个男人蹲在田里料理作物，加拉比亚挽了起来，露出白色的长衬裤。一头驴在吃草，看起来比城里拉车的那些可怜的驴要健康多了。三个女人坐在运河边洗衣服，把衣服放在石头上敲打来让衣服变干净。一个男人骑马飞驰，他一定是当地有头有脸的人物，只有最富裕的农民才拥有马匹。在远处，郁郁葱葱的田园突兀地止于一片棕色的土丘。埃及其实只有三十英里宽，其余的地方都是沙漠。我要怎么做？每次我看到沃尔夫，都会打心底里生出一股不寒而栗的感觉。他盯着比利的方式。他眼里的光。他坐立不安的样子，他望向窗外，然后环视车厢，再看看我，最后目光再次回到比利身上，他的眼里总是闪着那种光，那是胜利的表情。我应该安慰比利。我真希望我对男孩了解多一些。我有四个妹妹。对比利来说，我会是一个多么糟糕的继母啊。我想抚摸一下他，用胳膊揽着他，给他一个紧紧的拥抱，或者只是依偎在一起，但我不确定这是不是他想要的，这也许会让他感觉更糟糕。也许我应该和他玩个游戏来让他分散注意力。多么荒唐的主意。也许没那么荒唐。他的书包在这里。他好奇地看着我。玩什么游戏呢？井字游戏好了。四条线组成井字格，再在中间画一个叉。从他拿起铅笔时看着我的样子，我相信他接受这个疯狂的主意是为了安慰我。他在一个角上画了个圈。沃尔夫把书夺过去，看了看，耸耸肩，又扔回来。我画叉，比利画圈。这会是个画图游戏。下次我应该让他赢。真可惜，我玩这个游戏完全不需要思考。沃尔夫在阿斯尤特有一台备用的无线电。也许我应该和他待在一起，好阻止他用无线电。真是痴心妄想！我得把比利弄走，然后联系范德姆，告诉他我在哪里。我希望范德姆看见了地图册。也许仆人会看见，然后打电话到总司令部。也许那本册子会在椅子上躺一整天也没人留意。也许范德姆今天不会回家。我得让比利远离沃尔夫，远离那把刀。比利在一个新的井字格中间画了一个叉。我画了一个圈，然后匆忙写下：我们得逃——准备好。比利又画了一个叉，写：好。我画了个圈。比利画叉，写：什么时候？我画圈，下一站。比利的第三个叉和前两个连成了一条直线。他沿着三个叉画了一条直线，然后开心地冲我笑起来。他赢了。列车开始减速了。

范德姆知道列车仍然在他前面。他在金字塔附近的吉萨车站停下来，打听火车在多久之前经过车站；他在接下来的三个车站也问了同样的问题。在走了一个小时之后，他不需要停下来打听了，因为现在公路和铁路已经平行了。两条路分别在一条运河的两侧，等他赶上火车时就能看见它了。

他每次停下来时都喝一些水。他的军帽、护目镜、包着嘴和脖子的围巾让他免受风沙之苦，但烈日灼人，他一直感到口渴。最终他意识到自己略微有些发烧。他想自己昨晚在河边的地上躺了好几个钟头，一定是受凉了。他感觉喉咙里热烘烘的，背上的肌肉也在疼。

他必须把注意力集中在眼前的路上。这是埃及唯一一条贯穿南北的路，从开罗通到阿斯旺，因此大部分路面是铺的。最近几个月，军队对它做了一些维修养护，但他还是得留心路面上的凸起和小坑。幸运的是，这条路像个箭头一样笔直，所以他远远地就能看见前方的牛群、马车、骆驼队和羊群，从而避开危险。他骑得非常快，只有在经过村庄和城镇时才放慢速度，因为在那里人们随时都会晃悠到马路上，他不会为了救一个孩子而杀死另一个孩子，哪怕是为了救他自己的孩子。

到目前为止他只超过了两辆车——一辆笨重的劳斯莱斯和一辆破旧的福特。驾驶劳斯莱斯的是一个穿着制服的司机，后座上坐着一对上了年纪的英国夫妻。老福特上装了至少一打阿拉伯人。范德姆现在很确定沃尔夫搭乘了火车。

他突然听见远处传来一声汽笛声。他向前方张望，在他左侧至少一英里外，一道毫无疑问是来自蒸汽机的白烟正袅袅升起。比利！他想。艾琳！他骑得更快了。

说来也怪，这蒸汽机的烟让他想起了英格兰，想起那些平缓的山坡，常青的田野，一丛橡树顶上露出教堂的方塔，一条铁路穿过村庄，喷着白烟的蒸汽机车逐渐消失在远方。有那么一刻，他仿佛置身于那个英国村庄，呼吸着清晨潮湿的空气，然后那景象退去，他又看见非洲那钢青色的天空、稻田、棕榈树和远处的棕色山崖。

火车开进了一个镇子。范德姆不知道这个地方的名字，他的地理没那么好，而且他情愿自己不知道骑了多远。这是一个小镇。这里应该会有三四栋砖砌楼房和一个集市。

火车会在他之前抵达。他得想出个计划。他知道自己要怎么做，但他需要时间，他不可能毫无准备就冲到车站跳上火车。他一到小镇就立刻放慢了速度。马路被一小群绵羊堵住了。一个抽着水烟袋的老人从一扇门里看着范德姆：一个骑摩托的欧洲人是很少见的景象，但并非绝无仅有。一头拴在树上的驴冲着摩托车叫了一声。一头水牛头也不抬地从一个桶里喝水。两个衣衫褴褛的脏小孩并排跑着，假装手里握着车把，嘴里发出"呜呜"的模仿声。范德姆看见了车站。他从广场看不到月台，因为月台被狭长低矮的车站大楼挡住了。但他能盯住出口，看到谁从里面出来。他打算在外面等到火车开动，以防万一沃尔夫下了车。然后他会继续前进，在到下一站前他还有充裕的时间。他停下摩托车，熄掉引擎。

火车缓缓驶过一个平交道口。艾琳看见门后人们耐心等候的面庞，他们正等着在火车经过后穿过铁轨：一个牵着驴的胖男人，一个领着骆驼的小男孩，一辆马车，一群沉默的老妇人。骆驼卧了下来，男孩开始用一根棍子打它的脸，随后这幅画面就滑出了她的视野。再过一会儿火车就进站了。艾琳的勇气离她而去。她想，这次算了。我没有时间想出一个计划。下一站，等下一站再说。但她已经告诉比利他们要试着在这一站逃走。如果她什么都不做，他就不会再信任她了。必须在这次逃走。

她试图想出一个计划。什么是最重要的？让比利从沃尔夫手里逃出来。那是唯一的事。给比利一个逃跑的机会，然后尽力阻止沃尔夫追他。她突然清晰地回忆起童年时在亚历山大城贫民窟一条肮脏的马路上打架的场景：一个爱欺负人的大男孩打了她，另一个男孩打抱不平，和欺负她的人扭打在一起，对她喊着："快跑！快跑！"而她站在那里看他们打架，虽然吓坏了，却看得入了迷。她想不起来最后事情是怎么收场的了。

她看了看四周。脑子要动得快一点儿！他们在一节开放式的车厢，里面有十五到二十排座位。她和比利并排坐着，面朝前方。沃尔夫坐在他们对面。他旁边的座位空着。他身后是通向月台的出口。其他旅客要么是欧洲人，要么是有钱的埃及人，全都穿着西式服装。每个人都又热又累，无精打采。有几个人睡着了。车厢较远那一头，列车段长正给一群埃及军官送上茶水。

透过窗户，她先是看见一座小清真寺，然后是一栋法式政府办公楼，然后是车站。水泥月台旁的泥地里长着几棵树。一个老人盘腿坐在一棵树下抽着烟。六个稚气未脱的阿拉伯士兵挤在一小张长椅上。一个怀孕的女人怀里抱着一个婴儿。火车停了下来。

还不行，艾琳想，还不行。火车正要再次开动时才是行动的时刻——那样一来沃尔夫就没时间来抓他们了。她又紧张又兴奋，一动不动地坐着。月台上有个带着罗马数字的钟。火车停下来的时候是五点差五分。一个男人走到窗子旁边兜售果汁，沃尔夫挥手让他走开。

一个穿着科普特袍子的牧师登上了火车，坐在沃尔夫旁边，礼貌地说："我可以坐这里吗，先生？"①

沃尔夫笑容满面地答道："请坐。"

艾琳悄声对比利说："等汽笛响的时候，跑到门口下车。"她的心跳加速了：现在她已经下定决心了。

比利没吱声。沃尔夫说："你们说什么？"艾琳扭头不看他。汽笛响了。

比利看着艾琳，犹豫不决。

沃尔夫皱起眉头。

艾琳朝沃尔夫扑过去，用手去抓他的脸。突然之间，她被愤

---

① 原文为法语。

怒和仇恨所主宰，而这些都归咎于他此前强加于她的羞辱、焦虑和痛苦。他抬起胳膊保护自己，但这阻挡不了她的攻势。她的力气让自己也震惊了。她用指甲在他脸上狠狠地抓了一把，看见血涌了出来。

牧师惊叫一声。

她从沃尔夫的座位靠背上方看到比利跑到门口努力想把门打开。

她筋疲力尽地倒在沃尔夫身上，脸砰地撞到他的额头上。她又爬起来，想去抓他的眼睛。

他终于反应过来，发出愤怒的吼声。他把艾琳往后一推，从座位上站起来。她抓住他，用双手揪住他的衬衣前襟。然后他打了她。他的手握成拳，从腰下往上一勾，打在她下颌侧面。她不知道被打一拳会这么疼。有一瞬间她什么都看不见：她松开了沃尔夫的衬衣，往后一倒，跌坐在她的座位上。她的视力恢复了，见到沃尔夫朝门口跑去。她站了起来。

比利已经打开了门。她看见他把门猛地拉开，跳到了月台上。沃尔夫跟着他跳了下去。艾琳跑到门口。

比利沿着月台像风一样奔跑。沃尔夫在他身后紧追不舍。周围那几个埃及人看着他们，微微吃惊，但没人上前。艾琳走下火车，朝沃尔夫追过去。火车震动了一下，快要开动了。沃尔夫加快了脚步。艾琳大喊："快跑，比利，快跑！"比利回头看了一眼。他几乎快跑到出口了。一个穿着雨衣的检票员站在那里，张大嘴看着他们。艾琳想：他们不会让他出去，他没有票。没关系，她意识到，因为火车已经开始向前移动了，而沃尔夫必须回到车上。沃尔夫看了一眼火车，但没有放慢脚步。艾琳看见沃尔夫不打算去抓比利了，她想：我们成功了！这时比利摔倒了。

他踩在什么东西上滑倒了，一小片沙子或者一片叶子。他完全失去了平衡，奔跑的惯性让他腾空而起，重重地摔在地上。沃尔夫冲到他身边，弯腰把他拎起来。艾琳追上了他们，然后跳到沃尔夫背上。沃尔夫跟跄了一下，放开了抓比利的手。艾琳紧紧抓住沃尔夫。火车缓慢但稳定地向前移动。沃尔夫抓住艾琳的胳膊，甩脱她的手，晃动着他宽阔的肩膀，把她一把扔到地上。

她头晕目眩地躺了一会儿。她抬起头，看见沃尔夫把比利扛到了肩上。男孩大叫着用手砸着沃尔夫的背，但无济于事。沃尔夫跟着前进的火车跑了几步，然后跳进一扇打开的车门。艾琳想留在原地，再也不想看见沃尔夫了，但她没法丢下比利不管。她挣扎着爬起来。

她跌跌撞撞地跟在火车旁边跑。有人朝她伸出一只手。她拉住那只手用力一跃。她上了车。

她一败涂地。她又回到了起点。她感到心灰意冷。

她跟着沃尔夫穿过车厢，回到座位上。她没去看她经过的那些人脸上的表情。她看见沃尔夫在比利的屁股上重重地拍了一下，然后把他扔在座位上。男孩无声地哭起来。

沃尔夫转向艾琳。"你是个愚蠢的疯姑娘。"他说得很大声，好让其他乘客听见。他抓住她的胳膊，把她拉近。他用手掌扇了她的脸一巴掌，然后用手背，然后又是手掌，反复不停。很疼，但艾琳没有力气反抗。最终那个牧师站起来，拍了拍沃尔夫的肩膀，说了些什么。

沃尔夫放开她坐了下来。她看了看周围。他们都盯着她。没有人会帮她，因为她只是一个埃及人，一个埃及女人，而女人和骆驼一样，有时不得不挨打。她一对上其他乘客的视线，他们就看向别处，面露尴尬，开始看起报纸、书和窗外的景色。没人和她说话。

她跌坐在座位上。无能为力的愤怒煎熬着她的心。差一点儿，他们差一点儿就逃掉了。

她伸手揽住那孩子，把他拉到怀里。她抚摸起他的头发。过了一会儿，他睡着了。

二十七

　　范德姆听见火车喷气，停车，然后又开始喷气。它逐渐加速，开出了车站。范德姆又喝了一次水。瓶子空了，他把它放进车筐。他吸了一口手里的烟，扔掉烟头。除了几个农民之外没人下车。范德姆发动摩托车离开了。

　　没多久他就出了这座小镇，回到运河旁那条笔直而狭窄的公路上。他很快就把火车甩在身后。正午了。阳光是如此灼热，以至于它似乎是有形之物。范德姆想象着如果他伸出一条胳膊，热量会像黏稠的液体一样挂在上面。前方的路闪烁着微光，一直延伸，仿佛没有尽头。范德姆想：如果我径直开进运河里，那该多凉爽、多惬意啊！

　　在半路上他做了个决定。他离开开罗时脑子里除了救出比利之外别无他念，但在某个时刻他意识到这不是他唯一的责任。还有战争。

　　范德姆几乎可以确信沃尔夫昨晚子时无暇使用无线电。今天早晨他交出无线电，把书扔到河里，烧掉了密钥。很有可能他还有另一台无线电、另一本《蝴蝶梦》、另一份密钥；而那个藏着这些东西的地方是阿斯尤特。如果范德姆要实施那个欺骗计划，他必须拿到无线电和密钥——那意味着他得让沃尔夫抵达阿斯尤特，拿回他的备用装备。

这本该是个痛苦的决定，但不知怎么的，范德姆平静地接受了它。没错，他必须救出比利和艾琳，但得等沃尔夫拿到备用无线电之后。这对孩子来说会很不好受，很残忍，但最糟糕的部分——绑架——已然发生，无可逆转，而生活在纳粹的统治下，父亲在集中营里，也很残忍，很不好受。

做出决定、硬起心肠之后，范德姆需要确定沃尔夫真的在那趟车上。在思考如何查证时，他想出了一个对比利和艾琳来说不那么困难的办法。

抵达下一个小镇时，他估计自己至少提前火车十五分钟。这里和上一个小镇是同一个类型的：一样的动物，一样尘土飞扬的马路，一样缓慢移动的人群，一样屈指可数的砖砌楼房。警察局在一个中心广场上，对面是火车站，两侧分别是一座大清真寺和一座小教堂：范德姆在警察局外停下摩托车，傲慢地按了好几下喇叭。

两个阿拉伯警察从楼里走出来：一个是穿着白色制服的灰发男人，腰间皮带上别着一把手枪，另一个是个二十来岁的男孩，没带武器。年长的警察正在扣上他的衬衫。范德姆从摩托上下来，大声说："立正！"两个男人站直身子，敬了个礼。范德姆回了个军礼，和年长的男人握了握手。"我在追捕一个危险的罪犯，我需要你们的帮助。"他用夸张的语气说。男人的眼睛闪了闪。"我们先进来吧。"

范德姆走在前面。他感觉自己得把主动权牢牢掌握在自己手里。他对自己在这里的处境完全没有头绪，如果警察们选择不合作，他能做的事情就很有限了。他走进大楼。他从一扇门里看见一张桌子，上面有个电话。他走进了那个房间，警察们跟在他身后。

范德姆对年长的那个男人说："给开罗的英国总部打电话。"他给了他号码，男人拿起了话筒。范德姆转向那个年轻的警察。"你看见摩托车了吗？"

"看见了，看见了。"他猛点着头。

"你会骑吗？"

男孩喜出望外。"我骑得很好。"

"出去试试。"

男孩狐疑地看了眼他的上级，后者正对着电话大吼大叫。

"去吧。"范德姆说。

男孩出去了。

年长的男人把话筒递给范德姆。"这是总司令部。"

范德姆对着话筒说："给我联络杰克斯上尉，快点。"他等待着。

一两分钟后，杰克斯的声音从话筒里传来。"喂？"

"我是范德姆。我在南面，我认为这边有情况，过来追查。"

"自从高层听说了昨晚发生的事，就统统慌了手脚。准将心里像有小猫在抓似的烦得不行，博格跑来跑去但屁用都没有——长官，你到底在哪里？"

"具体在哪里不重要，我不会在这里多待，我现在必须独自行动。为了确保得到本土警方的鼎力支持——"他故意说得文绉绉的，好让那个警察听不明白——"我要你上演一场训人的戏码。准备好了吗？"

"是，长官。"

范德姆把电话递给灰头发的警察，往后退了一步。他能猜到杰克斯正在说些什么。那个警察下意识地站直了身子，放平了肩膀，而杰克斯正在以不容置疑的口吻命令他满足范德姆的全部要求，并且行动要利索。"是，长官！"那警察说了好几次。最后他说："请放心，长官，我们会全力以赴——"他突兀地住了嘴。范德姆猜杰克斯已经把电话挂了。警察瞥了范德姆一眼，然后对着已经被挂断的话筒说了声"再会"。

范德姆走到窗前往外看。年轻警察正骑着摩托车在广场上兜圈子，不断地按着喇叭，让引擎疯转。一小群人围过来看着他，一群孩子正追着他的摩托跑。男孩笑得嘴咧到了耳朵根儿。他能行，范德姆想。

"听着，"他说，"到阿斯尤特的火车还有几分钟就要到站了，我准备上车。我会在下一站下车。我要你的手下骑着我的摩托到下一站和我会合。明白吗？"

"是，长官，"男人说，"这么说火车会在这里停？"

"通常在这里不停吗？"

"到阿斯尤特的火车通常不在这里停。"

"那就到车站去让他们把火车拦下来！"

"是，长官！"他跑着出去了。

范德姆看着他穿过广场。他还没听见火车过来的声音。他还有时间再打一个电话。他拿起话筒，等接线员接通，然后要求转接到阿斯尤特的陆军基地。如果电话系统连续两次正常工作，那将是一个奇迹。奇迹发生了。阿斯尤特回了话，范德姆要求找纽曼上尉。他们去找他。他等了好一阵子，他终于接起了电话。

"我是范德姆，我想我正在追踪你那个持刀凶手。"

"太棒了，长官！"纽曼说，"我能做点什么？"

"这个嘛，听我说，我们必须低调行事。这里面的原因我以后向你解释，我现在完全是一个人孤身行动，带一队士兵去追沃尔夫不仅没用，而且会让情况变得糟糕。"

"明白。你需要我做什么？"

"我会在几个小时后抵达阿斯尤特。我需要一辆出租车，一件大号的加拉比亚，还有一个小男孩。你能帮我准备吗？"

"当然，没问题。你从公路上过来吗？"

"我在进城的路口和你碰面，怎么样？"

"好。"

范德姆听见远处传来噗噗的声音。"我得走了。"

"我会等你的。"

范德姆挂上电话。他把一张五镑的钞票放在桌上的电话旁：一点儿酬劳总没坏处。他出门来到广场上。朝北面望去，他看见火车的蒸汽正在靠近车站。年轻的警察骑着摩托来到他跟前。范德姆说："我要上火车。你骑着摩托车到下一个车站和我会合，好吗？"

"好，好！"他很高兴。

范德姆拿出一张一英镑的钞票，撕成两半。年轻警察瞪大了眼睛。范德姆给了他半张钞票。"你见到我时，我再给你另外半张。"

"好！"

火车快进站了。范德姆跑过广场。年长的警察迎了上来。"站长正在让火车停下来。"

范德姆和他握了握手。"谢谢，你叫什么名字？"

"纳斯巴赫警长。"

"我回到开罗会和他们说起你的，再见。"

范德姆匆匆走进火车站。他沿着月台往南跑，和火车拉开距离，这样他就能在车头上车，不让任何一个乘客透过车窗看见他。

火车吐着蒸汽开进来。站长沿着月台朝范德姆站的地方走过来。火车停下来时，站长对司机和检票员说了几句，范德姆给这三个人各塞了一笔小费，然后登上了火车。

他发现自己置身于一节经济座车厢。沃尔夫肯定坐的是头等座。他开始沿着火车往后走，从那些带着纸箱、板条箱和动物的坐在地上的人们中间找出一条路来。他注意到坐在地上的主要是女人和孩子，木条钉成的座位则被喝着啤酒抽着烟的男人占据。车厢里热得让人难以忍受，味道也相当刺鼻。一些女人正在临时搭的炉子上做饭：这多危险啊！范德姆差点踩到一个小孩身上，那个小孩儿正在肮脏的地上爬行。他有种感觉，如果他不是在最后关头避开了那个孩子，他们一定会把他私刑处死的。

他穿过三节经济座车厢，然后来到一节头等车厢的门口。他在门外找到一个警卫，他正坐在一张小木凳子上拿着玻璃杯里喝茶。警卫站起来。"来点茶，长官？"

"不，谢谢。"范德姆不得不大吼大叫才能让他的声音压过他们脚下车轮的声音。"我需要检查所有头等座旅客的身份证件。"

"一切正常，都好着呢。"警卫努力想帮上忙。

"这里有多少节头等座车厢？"

"一切正常——"

范德姆弯下腰对那个男人的耳朵大喊："多少节头等车厢？"

警卫竖起两个指头。

范德姆点点头，直起身来。他看着门。突然间他不确定自己是否有勇气走过这道门。他觉得沃尔夫从来没看清过他——他们曾经在黑暗的巷子里打过一架——但他不是百分百确定。他脸上的伤痕本来也许会出卖他，但它现在几乎完全被他的胡子遮住了；不过他还是应该尽量让这侧脸避开沃尔夫。比利才是问题所在。范德姆得用某种方式提醒他的儿子保持安静，假装不认识他的父亲。没有办法事先计划，这才是问题所在。他只能进去，然后见机行事。

他深吸一口气，打开了门。

他跨进车厢，紧张地飞快瞥了瞥眼前几排的座位，没有他认识的人。他转身背朝车厢，关上车厢门，然后再转过来。他的目光快速地扫过一排排座位：比利不在这里。

他对离他最近的乘客说："先生，你的身份证件，劳驾。"

"这是怎么回事，少校？"一个埃及军官说。那是个上校。

"例行检查，长官。"范德姆答道。

他沿着过道缓慢前进，检查人们的证件。等他走过半个车厢时，他已经把乘客们看得清清楚楚，确信沃尔夫、艾琳和比利不在这里。他觉得他必须把这出检查证件的戏演完才能到下一节车厢去。他开始疑心自己可能猜错了。也许他们根本就不在火车上，也许他们根本没往阿斯尤特去；也许地图册上的线索是骗人的把戏……

他走到车厢尽头，穿过门来到两节车厢之间的地方。如果沃尔夫在火车上，我现在就能看见他了，他想。如果比利在这里——如果比利在这里——

他打开了门。

他一眼就看见了比利。他的心像是被狠狠地扎了一下。男孩坐在座位上睡着了，他的脚刚能够到地面，身子软软歪向一侧，头发从额头上滑了下来。他的嘴是张开的，下巴轻轻地动着：范德姆知道比利正在睡梦中磨牙，他以前见过他这样。

那个用胳膊揽着比利，让他把头靠在自己胸口的女人正是艾琳。范德姆突然觉得眼前的景象似曾相识，让他不禁有些茫然：这景象让他想起了那个夜晚，他撞见艾琳给了比利一个晚安吻……

艾琳抬起头来。

她的视线和范德姆交汇了。他看见她脸上的表情开始变化：眼睛睁大了，嘴正要张开发出一声惊叫；不过，他对这样的情况有所准备，所以他快速地伸出一根手指放到唇边，做了一个嘘声的手势。她立刻明白过来，垂下了眼睛，但沃尔夫已经看到了她的表情，于是他转过头来看她看见了什么。

他们在范德姆的左侧，而他被沃尔夫刀子划伤的正是左脸。范德姆转身背朝着车厢，然后对坐在过道另一侧，也就是沃尔夫对面的人说："你的证件，劳驾。"

他没料到比利在睡觉。

他本已经准备好给男孩迅速比一个手势，就像他对艾琳做的一样，而他希望比利足够警醒，能像艾琳一样迅速掩饰住惊讶。但现在情况不同了。如果比利醒过来看见父亲站在面前，也许等不到他理清头绪就会让整件事穿帮。

范德姆转向沃尔夫，说："证件，劳驾。"

这是他第一次和他的敌人面对面。沃尔夫是个英俊的混蛋。

他的脸特征明显：宽额头，鹰钩鼻，整齐洁白的牙齿，宽大的下颌。只有眼睛周围和嘴角才有一丝自我放纵和堕落生活导致的虚弱的痕迹。他把证件递给他，然后百无聊赖地朝窗外望去。证件表明了他是阿历克斯·沃尔夫，家住花园城橄榄树别墅。这个男人的胆量真是非比寻常。

范德姆说："你要去哪里，先生？"

"阿斯尤特。"

"公事？"

"拜访亲戚。"声音雄浑而低沉，范德姆若不是仔细辨别，根本听不出他的口音。

范德姆说："你们几个是一起的？"

"这是我的儿子和他的保姆。"沃尔夫说。

范德姆接过艾琳的证件扫了一眼。他真想掐住沃尔夫的脖子，把他全身骨头摇得咯咯响。这是我的儿子和他的保姆。你这个混蛋。

他把艾琳的证件还给她。"不用把孩子叫醒。"他说。他看着坐在沃尔夫身边的牧师，接过他递来的钱包。

沃尔夫说："这是怎么回事，少校？"

范德姆又看了他一眼，注意到他下巴上有一道新鲜的抓痕，很长一道：也许艾琳反抗了一下。

"安全检查，先生。"范德姆答道。

牧师说："我也是去阿斯尤特。"

"我明白了。"范德姆说，"到女修道院去？"

"没错，看来你听说过这个地方。"

"圣家族在沙漠里逗留之后居住的地方。"

"没错，你去过吗？"

"还没有，也许这次会去一下。"

"希望如此。"牧师说。

范德姆把证件还给他。"谢谢。"他退后一步，沿着过道往下一排座位走去，继续检查证件。当他抬起头时，他对上了沃尔夫的视线。沃尔夫正面无表情地观察着他。范德姆心想不知自己做了什么可疑的事。下一次他再抬起头来时，沃尔夫又变回凝视窗外了。

艾琳在想什么？她一定好奇我要做什么，范德姆想。也许她能猜出我的打算。即便如此，要坐着不动，看我走过而一言不发，对她来说一定很困难。至少现在她知道她不是一个人。

沃尔夫在想什么？他也许不耐烦，或者在幸灾乐祸，或者感到害怕，或者急不可待……不，这些都不是，范德姆意识到，他只是觉得无聊。

他来到了车厢尽头，检查了最后一份证件。他正要递回证件，沿着过道走回去时，他听到了一声尖叫，那声音穿透了他的心。

"那是我爸爸！"

他抬起头。比利正跌跌撞撞地沿着过道朝他跑来，身子晃来晃去，不停地撞到座位上，胳膊朝两边伸开。

哦，上帝啊。

范德姆可以看见，在比利身后，沃尔夫和艾琳站了起来，朝这边看过来。沃尔夫的目光仿佛能洞悉一切，艾琳眼里则带着恐惧。范德姆假装没有注意到比利，打开了他身后的门，倒退进了门里。比利飞奔着跟进来。范德姆砰的一声把门关上，把比利抱在怀里。

"没事了，"范德姆说，"没事了。"

沃尔夫会过来查看的。

"他们把我抓走了！"比利说，"我错过了地理课，我真的好害怕！"

"现在没事了。"范德姆觉得自己现在没法离开比利，但他得把男孩留下，杀了沃尔夫，他得放弃他的欺诈计划，放弃无线电机，放弃密钥……不，计划必须完成，必须完成……他克制住自己的本能。"听着，"他说，"我在这里，我会看着你，但我必须抓住那个人，我不想让他知道我是谁。他是我在追查的德国间谍，你明白吗？"

"明白，明白……"

"听着，你能假装你弄错了吗？你能不能假装我不是你爸爸？你能回他那里去吗？"

比利目瞪口呆地瞪着他。他没说话，但他的全部表情都在说着不、不、不！

范德姆说："比利，这是现实版的侦探故事，而我们都在其中，你和我。你必须得回到那个男人身边，假装你弄错了，但记着，我会在附近，我们会一起把间谍抓住。好不好？好不好？"

比利没说话。

门开了，沃尔夫走了进来。

"怎么回事？"沃尔夫说。

范德姆努力让自己的脸色平静下来，挤出一个笑容。"他好像刚从梦里醒过来，错以为我是他父亲。我们身材差不多，我和你……你是说你是他父亲，没错吧？"

沃尔夫看着比利。"真是胡来！"他粗鲁地说，"立刻回到你的座位上去。"

比利站着不动。

范德姆伸出一只手放在比利肩上。"去吧，小伙子。"他说，"让我们一起去打胜仗吧。"

这句熟悉的口头禅起了作用。比利露出一个勇敢的笑。"对不起，先生。"他说，"我一定是还没睡醒。"

范德姆觉得他的心都要碎了。

比利转身走进车厢里。沃尔夫跟在他身后，范德姆也跟了上去。他们沿着过道往前时，火车放慢了速度。范德姆意识到他们已经在靠近下一站了，他的摩托车应该在这里等着他。比利走到座位上坐了下来。艾琳不解地看着范德姆。比利拍拍她的胳膊，说："没事了，我弄错了，我一定是还没睡醒。"她看看比利，又看看范德姆，眼里闪过一道奇异的光，她好像快流下眼泪来了。

范德姆不想就这么从他们身边走开。他想坐下来，说点什么，做点什么，来延长和他们在一起的时间。车窗外面，又一个尘土飞扬的小镇出现了。范德姆屈从于内心的渴望，在车厢门口停下来对比利说："旅途愉快。"

"谢谢你，先生。"

范德姆出去了。

火车开进车站，停了下来。范德姆下了车，沿着月台朝前走了一点儿。他站在遮阳棚下面等着。没人下车，但有两三个人上了经济座车厢。这时传来一声汽笛，火车开始移动了。

范德姆的眼睛牢牢盯在比利座位旁的那扇窗户上。车窗经过他时，他看见了比利的脸。比利抬起手轻轻挥了一下，范德姆也挥了挥手，孩子的脸消失了。

范德姆意识到他全身都在发抖。

他看着火车远去，直到它变得模糊。当火车几乎开出视野时，他离开了车站。他的摩托车就在外面，来自上一个小镇的年轻警察正跨坐在上面，给一小群崇拜者解释它的神奇之处。范德姆把另一半钞票给他。年轻人敬了个礼。

范德姆骑上摩托把它发动。他不知道那个警察打算怎么回家，他也不关心。他沿着往南的路出了小镇。太阳已经越过了天顶，但气温还是很高。

范德姆很快就超过了火车。他计算了一下，他会提前于火车三十到四十分钟抵达阿斯尤特。纽曼上尉会在那里等他。范德姆大致知道自己接下来要怎么做，但细节就得见机行事，靠临场发挥了。

他骑到了那辆载着比利和艾琳的火车前面，那是他唯一深爱的两个人。他又一次对自己解释，他做得没错，这样对大家是最好的，对比利是最好的；但在他内心深处，有一个声音在说：残忍，残忍，残忍。

二十八

　　火车开进车站，停了下来。艾琳看见一个牌子上用阿拉伯语和英语写着，阿斯尤特。她震惊地意识到他们到目的地了。

　　在火车上看见范德姆那张善良而担忧的脸让她大大地松了一口气。有那么一刻她满心欣喜：她感觉这一切肯定都结束了。她看着他装作检查证件，以为他随时有可能掏出一把枪，表明身份，或者攻击沃尔夫。渐渐地，她明白过来这事不会那么简单。范德姆把自己儿子送回沃尔夫身边的那份铁石心肠让她很是震惊，而比利自己的勇气显得不可思议。当她看到范德姆站在站台上、在火车开动时朝他们挥手时，她的心情更是一落千丈。他到底在玩什么把戏？

　　当然，他还是记挂着《蝴蝶梦》密码。他一定有救出她和比利同时拿到密钥的计划。她希望她知道计划是什么。幸运的是，比利似乎并没有被这样的想法困扰：他的父亲控制着局面，而且显然男孩一点儿也没想过他父亲的计划可能会失败。他又振作了起来，对火车经过的村庄产生了兴趣，甚至还问了沃尔夫他的刀子是从哪里得到的。艾琳希望自己也能对威廉·范德姆有同样的信心。

　　沃尔夫的兴致也很高。比利的举动吓了他一跳，他看待范德姆的眼神充满了敌意和焦虑。但范德姆下火车时，他似乎又放心下来。在那之后，他的情绪一直在无聊和兴奋中摇摆，而在马上要抵达阿斯尤特之际，兴奋占了上风。在过去的二十四小时里，沃尔夫身上发生了某种变化，她想。她第一次见到他时，他是个非常沉着而世故的人，除了些许傲慢，他的脸上很少流露出任何内心的情感。他的面容少有异色，行动也颇为迟缓。现在这些全没了。他心烦意乱，坐立不安地四处张望，每隔几秒他的嘴角就要几乎无法察觉地抽动一下，就好像他想为自己的想法笑一下，或是做个鬼脸。那原本一度像是扎根于他本性深处的镇定自若现在看来不过是支离破碎的伪装。她猜这是因为他和范德姆的争斗已经变得凶险万分。这一切始于一场致命的游戏，如今已然成为你死我活的战斗。奇怪的是，无情的沃尔夫开始着急，而范德姆却冷静了下来。

艾琳想：只要他别冷静到冷酷就行。

沃尔夫站起来，把他的箱子从行李架上拿下来。艾琳和比利跟着他从火车来到站台上。这个镇子比他们之前经过的那些更大也更繁华，车站挤满了人。他们从火车上下来时被试图上车的人们撞来撞去。沃尔夫比大多数人要高一个头，他四处张望寻找出口，看到之后就开始试着从人群中挤出一条路来。突然，一个脏兮兮的、打着赤脚、穿着绿色条纹睡衣的男孩伸手来夺沃尔夫的箱子，嚷着："我有出租车！我有出租车！"沃尔夫不愿放开箱子，但男孩也不肯放手。沃尔夫愉快地耸耸肩，有些尴尬地让男孩拖着他朝门口走去。

他们出示车票，走出车站来到广场上。天色已经不早了，但南部的阳光仍然炽热。广场边上有成排的高楼，其中一栋叫格兰德大饭店。车站外面有一列马拉的出租车。艾琳四处张望，期待着看到一队准备好逮捕沃尔夫的士兵。没有半点范德姆在附近的迹象。沃尔夫对阿拉伯男孩说："汽车，我要一辆汽车。"这里有一辆汽车，一台旧莫里斯轿车停在马车后几码之外。男孩领着他们过去。

"坐到前面去。"沃尔夫吩咐艾琳。他给了男孩一个硬币，然后带着比利坐进了汽车后排。司机戴着黑色的墨镜和阿拉伯头巾来遮挡阳光。

"往南开，修道院的方向。"沃尔夫用阿拉伯语对司机说。

"好的。"司机说。

艾琳的心漏跳了一排。她认得这个声音。她盯着那个司机。那是范德姆。

范德姆开车离开车站，心想：目前为止一切顺利——除了阿拉伯语。他没想到沃尔夫会用阿拉伯语和出租车司机说话。范德姆对这种语言只是略知皮毛，但他能说出方位——因此也听得懂。他可以用单音节词回答，或者咕哝几声，甚至用英文答话，因为那些能说一点儿英文的阿拉伯人都很热衷于使用它，即使是被一个欧洲人用阿拉伯语问起时。只要沃尔夫不想和他讨论天气和农作物就没问题。

纽曼上尉带来了范德姆要求的所有东西，而且考虑得相当周到。他甚至把他的左轮枪借给了范德姆，那把六发的恩菲尔德380式步枪现在正放在范德姆的裤子口袋里，藏在他借来的加拉比亚下面。在等火车来时，范德姆研究了纽曼给的阿斯尤特及周边地区地图，所以他大致知道往南出城的路怎么走。他开车穿过露天市场，按埃及人的方式，差不多持续不断地按着他的喇叭，操纵着车子从马车的巨大木质车轮旁惊险地擦过，用挡泥板把绵羊挤出马路。商店、饭馆和作坊从两侧的楼房里一直延伸到了马路上。没有铺过的路面上满是尘土、垃圾和粪便。范德姆往后视镜里瞥了一眼，看见四五个孩子正站在他的后保险杠上。

沃尔夫说了些什么，这次范德姆没听明白。他假装没有听到。沃尔夫重复了一遍。范德姆听到了汽油这个词。沃尔夫朝一家修车厂指了指。范德姆在仪表板上的油表上叩了叩，油表显示油箱是满的。"够了。"他说，"够了。"沃尔夫似乎接受了。

范德姆假装调整他的镜子，偷偷看了比利一眼，心想不知他有没有认出自己的父亲。比利正以愉快的表情盯着范德姆的后脑勺。范德姆想："看在上帝的分儿上，别把戏演砸了！"

他们出了城，沿着沙漠里一条笔直的公路往南开去。他们左边是刚灌溉过的农田和一丛丛树木，右边则是花岗岩山崖的侧壁，石壁上覆盖着一层沙土，变成了米白色。车里的气氛很诡异。范德姆能感觉到艾琳的紧张、比利的欣喜和沃尔夫的不耐烦。他自己非常焦躁。这些情绪沃尔夫感受到了多少？这个间谍只需要仔细看上这个出租车司机一眼就能明白，他就是火车上那个检查证件的人。范德姆希望沃尔夫的脑子已经被和无线电相关的念头占据了。

沃尔夫说："拉阿里亚米纳克。"

范德姆知道这句话意思是"右转"。他看见前面有一个岔路口，似乎是直接通向悬崖。他放慢车速拐弯，然后看见他正朝一个山口开去。

范德姆很惊讶。根据纽曼的地图，沿着往南的公路再往前走一点儿是几座村庄和那所著名的修道院；但在这片小山后除了西部沙漠什么都没有。如果沃尔夫把无线电埋在了沙里，他就再也找不到它了。他肯定不会这么蠢吧？范德姆希望如此，因为如果沃尔夫的计划失败了，他的计划也就失败了。

公路开始爬升，这辆旧车挣扎着往坡上开。范德姆换低了一挡，然后又换了一次。车子用二挡开上了山顶。范德姆眺望着显然无边无际的沙漠，心想他要是有辆吉普车就好了。他好奇沃尔夫还要走多远。他们最好在天黑之前赶回阿斯尤特。因为害怕暴露他对阿拉伯语的无知，他没法问沃尔夫问题。

公路变成了一条小路。范德姆开车穿过沙漠，以他敢开的最快速度行驶，等沃尔夫发号施令。在他们前方，太阳正从天际滑落。一小时后，他们路过一小群正在吃着丛生的骆驼刺的绵羊，放羊的是一个男人和一个男孩。沃尔夫从座位上坐直了身子，开始四处张望。过后没多久，小路被一条干涸的河道所截断。范德姆小心地让车子驶下河岸。

沃尔夫说："拉阿什玛拉克。"

范德姆向左拐。河道的地面十分坚固。他惊讶地看见河谷里有成群的人、帐篷和动物。这里像是一个秘密社区。开出一英里后，他们看见了这一切的解释：水源。

井口被一圈低矮的泥砖墙围起来，四根没怎么加工过的树干靠在一起，架在井口上方，上面装了一个简易的辘轳。四五个男人不停地汲着水，把水桶里的水倒进水井周围四条辐射开来的水槽里。骆驼和女人们挤在水槽周围。

范德姆开近水井。沃尔夫说："安达可。"范德姆停下了车。尽管对他们来说汽车并不多见，但沙漠里的居民并不好奇。范德姆想，也许艰苦的生活让他们无暇关注奇闻轶事。沃尔夫正在用语速很快的阿拉伯语向一个男人打听。他们短暂地交谈了几句。男人往前方指了指。沃尔夫对范德姆说："达哈里。"范德姆继续往前开。

他们最终来到一大片营地前，沃尔夫让范德姆停车。这里有几座挨在一起的帐篷，一些被栅栏圈起来的绵羊，几头绑着腿的骆驼，还有几堆做饭用的篝火。沃尔夫突然动作敏捷地把身子探到车子前排，熄掉引擎、拔下了车钥匙，然后一言不发地下了车。

伊什梅尔正坐在火堆旁泡茶。他抬起头，说："愿你安宁。"随意得就像沃尔夫只是从隔壁帐篷过来串门一样。

"愿你健康，愿真主慈悲庇佑你。"沃尔夫庄重地答道。

"你身体还好吗？"

"真主保佑你，我很好，感谢真主。"沃尔夫蹲在沙地上。

伊什梅尔递给他一杯茶。"喝了它。"

"愿真主赐你财富。"

"愿真主也赐你财富。"

沃尔夫喝下了茶。茶很烫，又甜又浓。他还记得这种饮料是如何在他穿越沙漠的旅途中为他补充体力……那只是两个月之前的事吗？

沃尔夫喝完茶后，伊什梅尔把手举到头旁边，说："愿这茶合你的口味，先生。"

"真主保佑，它也合你的口味。"

礼节完毕了。伊什梅尔说："你的朋友呢？"他冲着出租车点点头。车子停在河道中间，在帐篷和骆驼中显得格格不入。

"他们不是朋友。"沃尔夫说。

伊什梅尔点点头。他不好奇。沃尔夫想,尽管他们会礼貌地问起你的身体健康,但游牧民对城里人的生活其实并不感兴趣:对他们来说城里的生活太过迥异,因而难以理解。

沃尔夫说:"你还留着我的箱子吧?"

"是的。"

沃尔夫想,不管伊什梅尔有没有,他都会说是的。这是阿拉伯方式。伊什梅尔没有要去拿箱子的意思。他不明白什么叫抓紧。"赶快"意味着"几天之内","立刻"意味着"明天"。

沃尔夫说:"我今天必须赶回城里。"

"但你要在我的帐篷里过夜。"

"唉,不行。"

"那你和我们一起吃饭。"

"唉,还是不行。太阳已经快下山了,我必须在天黑前回到城里。"

伊什梅尔伤心地摇摇头,脸上的表情像是想到了什么绝望的事。"你是为了你的箱子来的。"

"是的,请把它拿来,我的兄弟。"

伊什梅尔对一个站在他身后的男人说了什么,那个男人又对一个年轻人说了两句,年轻人吩咐一个孩子去把箱子拿来。伊什梅尔递给沃尔夫一支香烟。沃尔夫出于礼貌接了过来。伊什梅尔从火堆里拿出一根小树枝点燃了香烟。沃尔夫心想不知道烟是从哪里来的。孩子把箱子拿了进来,要递给伊什梅尔。伊什梅尔指了指沃尔夫。

沃尔夫接过箱子打开。当他看到无线电、书和密钥时,如释重负的感觉像潮水般漫过他的心头。在漫长无趣的火车之旅中，他的喜悦消磨殆尽，而现在它又回来了，他感觉自己充满力量，胜利在望，不禁有些陶陶然。他又一次认定他将赢得战争。他合上箱盖。他的手有些发抖。

伊什梅尔眯着眼睛看着他。"这个对你很重要，这个箱子。"

"对全世界都很重要。"

伊什梅尔说："日出，日落。有时下雨。我们活着，然后死去。"他耸耸肩。

他永远不会明白的，沃尔夫想，但其他人会。他站起来。"谢谢你，我的兄弟。"

"一路平安。"

"愿真主保护你。"

沃尔夫转身朝出租车走去。

艾琳看见沃尔夫从火边走开，手里拎着一个箱子。"他回来了。"她说，"现在怎么办？"

"他要回阿斯尤特去。"范德姆说话时没看着她，"那种无线电收发机没有电池，得插上电才能用，他得去有电力供应的地方，那就是阿斯尤特了。"

比利说："我能坐到前面来吗？"

"不行。"范德姆说，"现在别说话，等不了多久了。"

"我害怕他。"

"我也是。"

艾琳打了个寒战。沃尔夫钻进车里。"阿斯尤特。"他说。

范德姆伸出手，手心朝上，沃尔夫把钥匙扔在上面。范德姆发动汽车，掉了个头。

他们沿着河道往前，车开过水井，然后拐到小路上。艾琳想着被沃尔夫放在腿上的那个箱子。里面装着无线电、书和《蝴蝶梦》密码的密钥：真荒谬啊，有那么多事都取决于这个箱子在谁手里，以至于她为了它拿自己的生命冒险，以至于范德姆把自己的儿子置于险境。她觉得非常疲惫。现在太阳在他们身后已经很低了，最小的物体——卵石、灌木、草丛——也拖着长长的影子。傍晚的云堆积在前方的小山顶上。

"开快点。"沃尔夫用阿拉伯语说，"天要黑了。"

范德姆似乎听懂了，因为他加快了速度。车子在没铺平的路上颠簸摇摆。几分钟后，比利说："我想吐。"

艾琳转身看着他。他面色苍白，脸绷得紧紧的，直挺挺地坐着。"开慢点。"她对范德姆用英文说，然后又用阿拉伯语重复了一遍，像是她刚想起他不懂英文一样。

范德姆放慢了一会儿，但沃尔夫说："开快点。"他又对艾琳说，"别管那孩子。"

范德姆加快了速度。

艾琳又看了看比利。他的脸白得像纸，似乎快要哭出来了。"你这个混蛋。"她对沃尔夫说。

"停车。"比利说。

沃尔夫没理他，而范德姆只好假装听不懂英文。

路上有一道小梁。车子高速向它冲过去，腾空了几英寸，然后重重地掉到地面上。比利叫起来："爸爸，停车！爸爸！"

范德姆猛地踩下了刹车。

艾琳整个人扑到了仪表板上，然后转头看着沃尔夫。

有那么一瞬间，他震惊得目瞪口呆。他的眼睛先转向范德姆，再转向比利，再转向范德姆。她看见他的表情先是不解，然后震惊，然后是害怕。她知道他想起了火车上发生的事，想起了火车站的阿拉伯男孩，还有那包裹着出租车司机脸庞的头巾，然后她看出他明白了，他一闪念间全明白过来了。

汽车在尖锐的呼啸声中刹车，把所有乘客往前甩。沃尔夫找回平衡后，动作敏捷地用左臂一把抱住比利，把男孩拉到他身边。艾琳看见他的手伸进衬衣，然后掏出了那把刀子。

车停住了。

范德姆转过头来。艾琳看见，与此同时，他的手伸进了加拉比亚的侧缝——当他看到后座上的情形时，手立刻僵住了。艾琳也转过身来。

沃尔夫把刀子架在离比利喉头柔嫩的皮肤只有几英寸的地方。比利的眼睛因为恐惧而睁得大大的。范德姆看起来如遭雷击。沃尔夫的嘴角露出一丝疯狂的微笑。

"该死的。"沃尔夫说，"差点被你骗住了。"

他们沉默地盯着他。

"把那蠢帽子摘下来。"他对范德姆说。

范德姆除掉了头巾。

"让我猜猜。"沃尔夫说，"范德姆少校。"他似乎很享受这一刻，"我把你儿子带着防身，这事办得太对了。"

"都结束了，沃尔夫。"范德姆说，"有半支英国部队在追你，你可以让我活捉，或者让他们把你杀了。"

"我不相信你说的是实话。"沃尔夫说，"你不会带着部队来找你儿子的，你会担心那些傻小子把不该打死的人打死了。我想你的上级连你在哪里都还不知道吧。"

艾琳觉得沃尔夫说的肯定没错，她的心被绝望攫住了。她完全不知道现在沃尔夫打算做什么，但她确信范德姆输掉了这场战斗。她看着范德姆，看到他眼里写满挫败。

沃尔夫说："在他的加拉比亚下，范德姆少校穿着一条卡其裤子。在裤子的其中一个口袋里，也可能是在腰带上，你会找到一把枪。把它拿出来。"

艾琳把手伸进范德姆的加拉比亚侧缝，在他口袋里找到了枪。她想：沃尔夫怎么会知道的？然后想到他是猜出来的。她把枪拿了出来。

她看着沃尔夫。他如果要把枪接过来，就必须放开比利，而如果他放开比利，哪怕只有一刹那，范德姆也会有所行动。

但沃尔夫已经想到了这一点。"从后面把枪打开，让枪管指向前面。小心别无意间扣动扳机。"

她摆弄着那把枪。

沃尔夫说："你也许会在转轮旁边找到一个搭扣。"

她找到了搭扣，打开了枪。

"把子弹取出来，扔到车子外面。"

她照办了。

"把枪放在车厢地面上。"

她把枪放下。

沃尔夫看起来松了口气。现在，他的刀子又成了唯一的武器了。他对范德姆说："下车。"

范德姆坐着没动。

"下去。"沃尔夫重复道。他突然以精准的动作割了一下比利的耳垂。一滴血流了出来。

范德姆下了车。

沃尔夫对艾琳说:"到驾驶座上去。"

她爬过变速杆。

范德姆没把车门关上。沃尔夫说:"关上门。"艾琳关上了门。范德姆站在车子旁边,注视着车内。

"开车。"沃尔夫说。

车子之前熄火了。艾琳把车挂到空挡,拧了拧钥匙。引擎发出噗噗的声音,然后熄掉了。她希望车子发动不了。她又拧了一次钥匙,还是没发动起来。

沃尔夫说:"拧钥匙的时候踩着油门。"

她按他说的做了。引擎点上了火,发出轰鸣。

"开车。"沃尔夫说。

她把车开动。

"快点。"

她换上一挡。

她往镜子里看了一眼,见到沃尔夫移走刀子,放开了比利。车后五十码之外,范德姆站在沙漠公路上,夕阳衬托着他黑色的剪影。他一动不动。

艾琳说:"他没有水!"

"不。"沃尔夫答道。

这时比利突然发了狂。

艾琳听见他尖叫着:"你不能把他扔下!"她掉了个头,已经顾不上看路面在哪里了。比利已经像一只愤怒的野猫一样跳到了沃尔夫身上，对他拳打脚踢；他语无伦次地喊着，脸上写满孩子气的怒火，全身控制不住地抽动，像是歇斯底里发作了一样。沃尔夫本已经放松下来，以为危机已经结束，一时之间无力反抗。在有限的空间里，比利离他又这么近，他没法挥拳打他，于是他抬起胳膊保护自己，把男孩推开。

艾琳回头往路上看。她掉头的时候车开始偏离公路，现在左侧的前轮正在路边的沙地上打滑。她拼命地转着方向盘，但它似乎有着自己的意志一样。她猛踩着刹车，车子的后轮开始往侧面滑。太迟了，她看见前面的路上有一道深深的车辙。打滑的车子从侧面撞上了车辙，那冲击力仿佛要把她的骨架都撞散了。车子似乎弹了起来。有那么一瞬间艾琳腾空离开了座位，当她掉下来时，她无意中踩到了油门。车子猛地往前冲出去，开始往另一侧打滑。她眼角的余光看到沃尔夫和比利正无助地被抛来抛去，仍然扭打在一起。车子冲出了路面，开到了软沙地上。它突兀地放慢了速度，艾琳的额头狠狠地撞到了方向盘边缘。整辆车都在往侧面倾斜，似乎飞了起来。她看见沙漠从她身旁逐渐远去，意识到车子正在打滚。她想它大概会反反复复打好几个滚。她往侧面倒下时，抓住了方向盘和变速杆。车子并没有底朝天，而是以侧面着地停了下来，像一枚掉落的硬币侧插进沙地里。她抓在手里的变速杆已经掉了下来。她重重地跌在车门上，又撞到了头。车子不动了。

她用手和膝盖撑地爬了起来，手里还抓着断了的变速杆，往车后座上看了一眼。沃尔夫和比利摔下来时叠在了一起，沃尔夫在上面。她正往后看时，沃尔夫动了动。

她本希望他已经死了。

她一侧膝盖跪在车门上，另一侧跪在窗户上。她右侧是垂直的车顶，左侧是座位。她是从座位上部和车顶之间的空隙往后看的。

　　沃尔夫爬了起来。

　　比利似乎失去了意识。

　　沃尔夫踩在左后车门的内侧，用力撞着车子的地板。车子晃了晃了。他又撞了一次：车子晃得更厉害了。他第三次尝试时，车子翻了过来，四轮着地砸下来。艾琳头晕眼花。她看见沃尔夫打开车门出去了。他站在外面，伏下身子，掏出了他的刀。她看见范德姆正在靠近。

　　她跪在座位上观察着。直到她的头不那么晕眩了，她才能稍稍移动一下身体。她看见范德姆也像沃尔夫一样伏低身子，蓄势待发，双手举起作为保护。他面色发红，气喘吁吁，他之前跟在车后跑。他们转着圈。沃尔夫微微有些一瘸一拐。太阳是一个巨大的橙色球体，悬在他们身后。

　　范德姆向前移动，然后又奇怪地迟疑了。沃尔夫拿着刀子发起进攻，但他被范德姆的迟疑吓了一跳，刀子刺空了。范德姆出拳。沃尔夫猛地往后一仰。艾琳看见沃尔夫的鼻子在流血。

　　他们又一次面对着对方，像一对被围起来的拳击手。

　　范德姆再次向前扑过去。这一次沃尔夫往后闪开了。范德姆朝他踢了一脚，但没够着沃尔夫。沃尔夫用刀猛地一戳。艾琳看见刀子割破了范德姆的裤子，划出一道血痕。沃尔夫又刺了一刀，但范德姆已经退开了。他的裤腿上出现一道深色的血渍。

　　艾琳看着比利。男孩闭着眼睛，软绵绵地躺在车内的地上。艾琳吃力地爬到后座上，把他抱到座位上。她分不出他是死是活。她摸着他的脸。他没反应。"比利，"她说，"哦，比利。"

她又往外看。范德姆单膝跪地。他的左臂软软地从肩上垂下来，上面全是血。他举起右臂，做出一个防卫的姿势。沃尔夫正在靠近他。

艾琳从车里跳了出来。她手里还握着那根断了的变速杆。她看见沃尔夫往后扬起胳膊，准备再给范德姆划上一刀。她在沙地上跌跌撞撞，向沃尔夫背后冲过去。沃尔夫的胳膊猛地朝范德姆挥过去。范德姆往侧面一倒，躲过了这一击。艾琳把变速杆在空中高高举起，然后用尽全力冲着沃尔夫的后脑勺往下一抡。有那么一会儿，他似乎只是静静地站着不动。

艾琳说："哦，天哪。"

然后她又打了他一下。

她打了他第三下。

他倒了下来。

然后她扔掉变速杆，跪在范德姆身旁。

"干得好！"他虚弱地说。

"你能站起来吗？"

他一只手扶在她肩膀上，挣扎着站了起来。"没有看起来那么糟。"他说。

"让我看看。"

"等一会儿，帮我个忙。"他用没受伤的那只手拉着沃尔夫的腿把他朝车子拖过去。艾琳抓着昏迷不醒的男人的手臂把他抬起来。把沃尔夫搬到车子旁边后，范德姆把沃尔夫软绵绵的胳膊抬起来，把他的手放在踏板上，手心朝下。然后他抬起脚，往他的手肘上用力一踩。沃尔夫的胳膊断了。艾琳脸色刷白。范德姆说："这是为了确保他醒过来时不会再捣乱。"

他探进车子后座，把一只手按在比利胸口。"他还活着。"他说，"谢天谢地。"

比利睁开了眼睛。

"都结束了。"范德姆说。

比利闭上了眼睛。

范德姆坐进车子前排。"变速杆哪里去了？"他说。

"断了。我就是用这个打他的。"

范德姆拧了拧钥匙。汽车抽动了一下。"不错，车子还挂在挡上。"他说。他踩下离合器，又拧了拧钥匙，引擎发动起来了。他慢慢放开离合器，车子开始往前移动。他把引擎关掉。"车还能开。"他说，"太走运了。"

"我们拿沃尔夫怎么办？"

"把他放到后备箱。"

范德姆又看了下比利。他现在清醒过来了，眼睛睁得大大的。"你感觉怎么样，儿子？"范德姆说。

"对不起。"比利说，"但我实在忍不住想吐。"

范德姆看着艾琳。"得让你来开车了。"他说。他的眼里含着热泪。

二十九

附近的飞机突然发出可怕的轰鸣声。隆美尔抬头瞥了一眼，看见英军的轰炸机正从离得最近的那排山头上起飞，低飞着逼近：士兵们把它们叫"党代会"，因为它们飞行时阵列十分整齐，像战前纽伦堡游行时展示的飞机一样。"找掩护！"隆美尔喊道。他跑向一道战壕，跳了进去。

噪声太吵，倒像是寂静一片。隆美尔闭着眼睛躺着。他的胃在疼。他们从德国派来了一个医生，但隆美尔知道他唯一需要的药是胜利。他的体重掉了不少，他的制服现在松垮垮地挂在他身上，他的领口看起来太大了。他的发际线迅速地后退，头发开始变白。

今天是九月一日，一切都乱了套。之前看起来像是盟军防线中最薄弱的部分，现在越看越像是一场埋伏。本该稀疏的雷区其实部署严密，脚下的流沙让他们举步维艰，而本该被轻易攻下的阿拉姆·哈尔法岭防守十分森严。隆美尔的战略错了，他的情报错了，他的间谍错了。

轰炸机从头上飞过。隆美尔爬出战壕。他的副手和军官们纷纷从隐蔽物下出来，再次围在他身边。他举起他的望远镜远眺沙漠。几十辆装甲车静静地停在沙漠里，其中好些辆正燃烧着熊熊烈火。隆美尔想，如果敌人进攻，我们可以和他们作战，但盟军安营扎寨，按兵不动，逐个消灭德军装甲坦克，就像在桶里抓鱼一样。

情况不妙。他的先锋部队离亚历山大城只有十五英里，但他们被困住了。十五英里啊，他想。再前进十五英里，埃及就是我的了。他看着身边的军官们。像往常一样，他们的表情是他自己表情的倒影，他看着他们的脸，就看到了他们所看见的他。

那是一张被打败了的脸。

他知道这是一场噩梦，但他没法从梦中醒来。

牢房六英尺长，四英尺宽，其中一半被一张床占据。床下放着一个夜壶。墙壁是光滑的灰色石块。一个小灯泡由一根电线吊着，从天花板上垂下来。牢房的一头是一扇门。另一头是一扇小小的方形窗户，开在比眼睛略高的位置，透过窗户他能看见明亮的蓝天。

在梦里，他想：我要快点醒来，然后就没事了。我会醒过来，会有一个美丽的女人躺在我身旁，身下是丝质的床单。我会抚摸她的乳房———一想到这里他就觉得欲火焚身———然后她会醒过来，吻我，我们会喝香槟……但他没法继续想象下去，他又回到了关于牢房的梦里。附近的某个地方有人有节奏地敲着一个低音鼓，外面的士兵正踩着鼓点踏步。这鼓声太可怕，太可怕了，嘭嘭，嘭嘭，梆梆，鼓点，士兵，近在眼前的牢房的灰墙，遥远的诱人的蓝天，他太害怕，太恐慌，只好强迫自己睁开眼睛，他醒了过来。

他环视四周，迷惑不解。他醒了，醒得很彻底，毫无疑问，梦已经结束了，但他还在一间牢房里。六英尺长，四英尺宽，其中一半被一张床占据。他从床上起来，往床下看了看。那里有一个夜壶。

他站了起来。然后他安静而镇定地开始把自己的头往墙上撞。

耶路撒冷，一九四二年九月二十四日

亲爱的艾琳：

我今天去了西墙，它也被叫作哭墙。我和其他很多犹太人一起站在它前面，祷告。我写了一张祈愿纸条，把它塞进墙上的一条缝里。愿上帝答应我的请求。

耶路撒冷真是世界上最美的地方。当然我过得并不舒适。我和其他五个男人住在一个小房间里，睡在地板上的床垫上。有时我有一点儿活要干，在一个作坊里打扫，而我的一个室友，一个年轻人，在那里帮木匠搬木头。我很穷，像以往一样，但现在我贫穷地生活在耶路撒冷，也比富裕地生活在埃及要好。

我坐在一辆英军卡车里穿越了沙漠。他们问我如果他们没有让我搭便车，我会怎么办。当我说我会走路时，我相信他们觉得我疯了。但这是我做过的最理智的事了。

我必须告诉你，我快死了。即使我请得起医生，我的病也治不好了，我只剩下几个星期或者几个月可活了。不要伤心。我这辈子从来没这么幸福过。

我该告诉你我在祈愿纸条上写了什么。我请求上帝赐给我的女儿艾琳幸福。我相信他会的。

永别了，

你的父亲。

烟熏火腿被切成纸一样的薄片，卷成精致的圆筒。面包卷是自家烤的，那天早上新鲜出炉。玻璃罐子里盛着土豆沙拉，是用真正的蛋黄酱加上爽脆的碎洋葱做成的。有一瓶红酒，一瓶汽水，一袋橙子。还有一包香烟，他喜欢的牌子。

艾琳开始把食物放进野餐篮。

她刚把盖子合上，就听见了敲门声。她去开门之前摘下了围裙。

范德姆走了进来，关上身后的门，给了她一个吻。他伸出胳膊紧紧地抱着她，把她弄疼了。他总是这么做，总是弄疼她，但她从没抱怨过，因为他们差一点儿就失去了对方，现在他们在一起时总是心怀感激。

他们走进厨房。范德姆举起野餐篮，说："天啊，你放了些什么在里面，皇冠吗？"

"有什么新闻？"艾琳问。

他知道她问的是沙漠里的战事。他说："轴心国正在全面撤退，这是原话。"她想，他这些天来多放松啊。他说话的样子甚至都不一样了。他的头上出现了几丝白发，脸上总是挂着笑容。

"我想你是那种老了之后更英俊的男人。"她说。

"等我牙掉光了再说吧。"

他们出门了。不知为什么，天空十分阴沉。艾琳走到马路上时惊讶地"喔"了一声。

"今天是世界末日。"范德姆说。

"我从没见过天空这个样子。"艾琳说。

他们骑上摩托，朝比利的学校驶去。天空变得更暗了。他们经过谢菲尔德酒店时，第一滴雨点落了下来。艾琳看见一个埃及人把手帕搭在他的毡帽上。雨点很大，每一滴都穿透了她的裙子打到肌肤上。范德姆让摩托掉了个头，停在酒店门口。他们下车时，大雨倾盆而下。

他们站在酒店的凉棚下，观看着这场暴雨。降水量十分惊人。几分钟之内，排水沟里的水就漫了出来，人行道被淹没了。酒店对面的商店店员蹚着水架设挡板。路上的车子都只能停在原地。

"城里没有排水系统。"范德姆评论道，"除了尼罗河，水没有地方去，你看。"街道已经变成了河流。

"摩托车怎么办？"艾琳说。

"那该死的东西会漂走的。"范德姆说，"我得把它搬到这下面来。"他迟疑了一下，然后冲到人行道上，抓住摩托车的车把，蹚着水把它推到酒店的台阶上。当他重新回到凉棚下时，他的衣服已经湿透了，头发紧贴在头上，像一个刚从桶里拿出来的拖把一样。艾琳取笑起他来。

雨下了很长时间。艾琳说："比利怎么办？"

"他们会把孩子留在学校，直到雨停。"

他们最终走进酒店去喝了一杯。范德姆要了雪莉酒，他已经发誓要戒掉杜松子酒，而且声称他并不怀念它。

暴雨终于停了下来，他们又走出门去。但他们得再等一会儿，等洪水退去。最终地上只留下一英寸左右的积水，太阳出来了。司机们开始尝试发动车子。摩托车不算太湿，第一次点火就打着了。

太阳出来了，他们骑车赶往学校时，路面开始蒸腾起水雾。比利在门外等着。"好一场暴雨！"他兴奋地说。他爬上摩托，坐在艾琳和范德姆之间。

他们骑车开进沙漠里。艾琳紧紧地抱着范德姆，半闭着眼睛，直到范德姆停下摩托才看见眼前的奇观。他们三人下了车，四处张望着，哑口无言。

沙漠铺上了一层鲜花组成的地毯。

"显然，是因为那场雨，"范德姆说，"但是……"

成百上千只飞舞的昆虫也不知道从什么地方钻出来，蝴蝶和蜜蜂疯狂地在花朵之间穿梭，采摘这突如其来的丰收。

比利说："那些种子一定早就在沙子里等着了。"

"就是这样。"范德姆说，"那些种子已经等了好多年了，就是等着这一天。"

花朵都很细小，像是微缩的模型，但颜色非常鲜艳。比利往前走了几步，弯下腰来仔细观察一朵小花。范德姆伸手揽住艾琳，给了她一个吻。本来只是在脸颊上轻啄一下，但最后却变成了一个漫长的、充满爱意的拥抱。

最后她大笑着挣脱了他的怀抱。"你会让比利尴尬的。"她说。

"他必须逐渐习惯这件事。"范德姆说。

艾琳止住了笑。"是吗？"她说，"真的吗？"

范德姆微笑着，又一次吻了她。

激发个人成长

多年以来，千千万万有经验的读者，都会定期查看熊猫君家的最新书目，挑选满足自己成长需求的新书。

读客图书以"激发个人成长"为使命，在以下三个方面为您精选优质图书：

1、精神成长

熊猫君家精彩绝伦的小说文库和人文类图书，帮助你成为永远充满梦想、勇气和爱的人！

每个人的生命中，
都有无比艰难的那一年，
将人生变得美好而辽阔。

《无声告白》

《恋情的终结》

《教父》

《沙丘》

2、知识结构成长

熊猫君家的历史社科类、知识小说类图书，帮助你了解从宇宙诞生、文明演变直至今日世界之形成的方方面面。

其实是一本严谨的极简中国史
看半小时漫画，通三千年历史，
脉络无比清晰，看完就能倒背。

《丝绸之路》

《藏地密码》

《清明上河图密码》

《巨人的陨落》

3、工作技能成长

熊猫君家的经管类、家教类图书，指引你更好地工作、更有效率地生活，减少人生中的烦恼。

《可口可乐传》

《别独自用餐》

提升领导力，你会拥有想拥有的工作，成为你想成为的人，做任何你想做的事。

《压榨式提问》

《好妈妈胜过好老师2》

每一本读客图书都轻松好读，精彩绝伦，充满无穷阅读乐趣！

- -

认准读客熊猫

读客所有图书，在书脊、腰封、封底和前后勒口都有"**读客熊猫**"标志。

两步帮你快速找到读客图书

1、找读客熊猫

2、找黑白格子

马上扫二维码，关注"**熊猫君**"

和千万读者一起成长吧！

肯·福莱特经典作品

世纪三部曲　　各国读者平均3个通宵读完

《巨人的陨落》2016年5月出版

在第一次世界大战的硝烟中，每一个迈向死亡的生命都在热烈地生长——威尔士的矿工少年、刚失恋的美国法律系大学生、穷困潦倒的俄国兄弟、富有英俊的英格兰伯爵，以及痴情的德国特工……从充满灰尘和危险的煤矿到闪闪发光的皇室宫殿，从代表着权力的走廊到爱恨纠缠的卧室，五个家族迥然不同又纠葛不断的命运逐渐揭晓，波澜壮阔地展现了一个我们自认为了解，但从未如此真切感受过的20世纪。

《世界的凛冬》2017年3月出版

一切都始于那个裂变中的大时代——希特勒上台，爱德华八世退位，原子弹在广岛和长崎爆炸……世界剧烈改变，我该怎么办？

这正是他们的困惑——一群处于人生黄金时代的少男少女，来自德国、美国、英国、苏俄和威尔士的五大家族，他们父辈的命运因一战而彻底改变。如今，世界再次破碎，甚至更加暴烈和残酷。然而，这就是他们的时代！

在时间的永恒流动中，每个人都在创造历史。所以，为什么不一起来，会一会命运？

《永恒的边缘》2017年5月出版

如果说《巨人的陨落》是祖辈的传奇，《世界的凛冬》是父辈的人生，那么，《永恒的边缘》就是新一代的奋斗。
真正残酷和激烈的世界大战，是思想的大战。来自美国、德国、苏联、英国和威尔士的五大家族，又一次迎来了新的考验。东西德分裂、柏林墙、苏联秘密警察、刺杀肯尼迪、民权运动、古巴导弹危机、入侵黎巴嫩、弹劾尼克松……此外，第三代生活中还有摇滚、嬉皮士、跨种族婚恋、性解放，以及对过去的误会与和解。

说到底，世上只有一种英雄主义，就是在认清生活真相之后，依然热爱生活。

悬疑经典　　各国读者平均1个通宵读完

《针眼》2017年11月出版

一上市即受到广泛关注，并于次年获得爱伦·坡优秀小说奖，至1999年各国累计销量逾1000万册，是美国《出版人周刊》《时代周刊》等杂志强烈推荐的畅销小说。

《危险的财富》2017年11月出版

一部维多利亚时代浮华靡烂的家族史诗，交织着贪婪和仇恨、自私与残忍、冷血的谋杀和虚幻的爱情。

《寒鸦行动》2017年11月出版

二战期间，有一个全部为女性的情报部门，代号"寒鸦"。这群勇敢的女性在整个欧洲展开了激烈的抗击纳粹行动。然而，她们被出卖了。一张天罗地网正等待着"寒鸦"们……

《大黄蜂奇航》2017年11月出版

一名少年无意间闯入了德军秘密基地，发现了纳粹所向披靡的秘密。翻开本书，直面第二次世界大战英德空战的现场与真相。

《鹰翼行动》2017年11月出版

奥斯卡获奖影片《逃离德黑兰》的前传！书中的每一个细节都曾真实发生在世界上那个极度混乱的角落。没有任何一个好莱坞编剧能够像肯·福莱特一样完美地讲述这场著名的冒险。

《突然亡命天涯》2017年11月出版

致命的浪漫三角关系、充满风险的秘密任务、有异国情调的场景、扣人心弦的巧妙情节……一直在加速，紧张感令人无法呼吸。在这条亡命之路上，幸福与和平能否最终来临？

图书在版编目（CIP）数据

燃烧的密码 /（英）肯·福莱特著；周婧劼译. --
上海 ：文汇出版社，2017.12
　ISBN 978-7-5496-2393-8

Ⅰ．①燃… Ⅱ．①肯… ②周… Ⅲ．①长篇小说－英
国－现代 Ⅳ．①I561.45

中国版本图书馆CIP数据核字（2017）第280011号

燃烧的密码

作　　者 / （英）肯·福莱特
译　　者 / 周婧劼

责任编辑 / 戴　铮
特邀编辑 / 宋如月　黄迪音
封面装帧 / 刘　倩
责任校对 / 绳　刚　曹振民

出版发行 / 文汇出版社
　　　　　　上海市威海路 755 号
　　　　　　（邮政编码 200041）
经　　销 / 全国新华书店
印刷装订 / 三河市龙大印装有限公司
版　　次 / 2017 年 12 月第 1 版
印　　次 / 2017 年 12 月第 1 次印刷
开　　本 / 890mm×1270mm　1/32
字　　数 / 289千字
印　　张 / 13.25

ISBN 978-7-5496-2393-8
定　　价 / 58.90 元

侵权必究
装订质量问题，请致电010-85866447（免费更换，邮寄到付）